NIGHT IN SHANGHAI

夜上海

[美]尼克·莫尼斯◎著　余彬◎译

作家出版社

For Ben and Luke

七月，我到达了上海的公共租界。烈日下的外滩，黄浦江上挤满了小舢板、货轮、邮船，还有来自世界各地的战舰。空气仿佛在烧灼，这个城市里，我一个人都不认识。刚爬上一辆人力车，我就看见另一辆沿着外滩跑过来的人力车上也有一个黑人，一看就是从纽约哈莱姆来的。我在车上站了起来，大声地喊道："嗨，兄弟！"

他也在车上站了起来，叫道："你说啥？"在拥挤的街道上，我们擦肩而过。此后，我再也没见到过他。

——兰斯顿·休斯《我漂泊，我彷徨》

An inch of time is worth an inch of gold

An inch of gold cannot buy an inch of time

一寸光阴一寸金

寸金难买寸光阴

——中国谚语

第一部

内忧外患

DISORDER WITHIN,
DISASTER WITHOUT

上海，笼罩在战争阴云里。那些年，每个人都面临着选择：是跟着国民党，还是参加共产党？是奋起抗日，还是妥协讲和？即使是选择了不做选择，也成了一种赌博，只能被动地服从于命运这只无形之手的摆布。然而，对于我宋玉花来说，这只手却是有形的，有力度的，因为，我属于杜月笙。我受过良好的教育，不同于其他女人私下里委身于杜月笙，我是在公开场合为他服务。然而，我也同样是他的私有财产，根据我们之间的契约，在我三十三岁生日之前，他可以让我为他做任何事。但我依然是自由的，那是在我的心里，在我的内心深处。我把生命中最重要的一切，都藏在了那里。

那是一九三六年，战争正在逼近。中国，在西方多国军事力量的威胁之下，已经战栗了近一个世纪。鸦片战争之后，上海成了第一批开放的通商口岸之一，和其他港口城市一样，它被瓜分成一个个势力范围。我们已经习惯了被殖民化，然而，事态却继续恶化。日本人从他们在满洲里的基地出发，逐步扩张，吞噬了越来越多的东北地区。随着他们势力范围的不断扩大，北平已经危在旦夕，然而，蒋介石却没有作为。他的国民党军队正忙于对付共产党，因为共产党才是他的心头之患。当日本军队逼到眼前时，他干脆放弃了抵抗，任由日本人长驱直入。一时间，天怒人怨，不满情绪四处弥漫。对于我们大多数人来说，蒋介石的“先安内，后攘外”政策无异于拱手投降。

在我的眼前，出现了两条岔路，神不知鬼不觉地，我选择了左边的那条路。终于，我的人生有了方向，有了一个可以为之活着的目标。因为有了这个目标，我无惧惩罚，甚至无惧死亡。我知道，我终究是会死去的，或许，我可能死在战争之中，这场吞没了我、林鸣和托马斯·格林的战争；或许，一旦我的秘密泄露，我将死在杜月笙的枪口之下，倒在上海某一条僻静小巷里。这个城市，在那些年里，在黄金时代闪耀的光芒里，生命和死亡，其实只有一线之隔。

《夜上海》，是被歌星周璇唱红的一首歌；夜上海，是那个时代上海的象征。那是一个交织着快感、放纵和夜夜笙歌的世界，虽然，当上海落到了日本人的手里，这一切都灰飞烟灭。爵士乐，是那个世界环绕转动的主轴，爵士乐的旋律，送走一个个夜晚，迎来一个个升起的太阳，那是天堂里的太阳。而正是因为有林鸣哥哥那样的音乐经纪人，从海外招聘爵士音乐家，才使得这一切成为可能。那些年里，上海的舞厅拥有一流的黑人乐队，他们带来了迷人的声音，那些声音，之前在中国闻所未闻。后来，这些音乐家离开了中国，很多年之后，人们还记得他们。托马斯·格林，就是其中的一位，我总是听到别人说起他，回忆他演奏的乐曲，在他的音乐里起舞，甚至会很肯定地说，他出生在一片棉花地里。我知道，其实，这些都不是真正的他，但我什么都不会说，因为没有人真的懂他，除了我。我爱他，胜过我的生命，这是我将要永远保守的秘密。

·1·

在上海的第一个早上，托马斯·格林在吱吱咯咯的轮子声音和男人低沉的叫声中醒来。一时间，他有些恍惚，想不起自己身在何处；好一会儿，他都沉浸在温暖的记忆里，仿佛回到了童年时代，回到了巴尔的摩。那时候，他妈妈还活着，早上，卖草莓的小贩赶着骡车沿街叫卖，骡车的轮子吱吱咯咯地轧过夏日的科利尔街。然后，他感觉到了冷，那是打在脸上的冬天的寒气。终于，想起来了，他在中国上海，身上盖着丝棉被子。

男人低沉的叫声又传过来了，这一次，这叫声引出了一片叽叽喳喳的叫声，那是邻居家里养的鸡。他掀开被窝，瑟缩着下床，穿过落地门，来到了窗前。撩开窗帘望下去，原来，下面有个倒马桶的环卫工，他的叫声，很富有乐感，虽然托马斯听不懂他在叫什么。这叫声，在清晨的弄堂里飘荡，弄堂里前前后后的人家都打开了门。陆陆续续地，有蓬头垢面的女人拎着马桶，端着夜壶，出来了。托马斯住的公寓很高级，有着现代化的管道设施和抽水马桶，他家不需要倒马桶。而且，就在他坐着汽车来到他在上海的这个家的前一天，林鸣还为他添置了一应奢华的家什。国王乐队是上海滩上风头最健的管弦乐队，而他，即将成为这支乐队的领班。

这时，从南边远处一片低矮的屋顶上，传来一阵噼噼啪啪的巨响。后来，他才知道，那是日本军队在做实弹演习，就在沪杭铁路线尽头的那个打靶场上。之前，林鸣曾经告诉过他日本军队在中国的事情，所以，在中国的第一个早上，有那么一刻，他以为那个混乱的、梦境一般的时刻就这样来了。

可是，过了一会儿，又恢复了平静。他看见环卫工慢悠悠地朝弄堂深处走去，不断有女人拎着马桶出来。今日无战事，更让他担心的是，九点钟有一场排演，那是他在上海的第一场排演，不出八个音节，乐队里的人就会发现，他其实是个冒牌货。

不是因为他不懂音乐，恰恰相反，他从小就开始接受古典音乐的训练。一开始，是他妈妈教的，后来，跟着老师学，最后，他在皮博迪上了正规的音乐课。在那里，有特殊音乐才华的黑人孩子可以坐在教室的后排，只要保持安安静静，就能学到和声、乐谱、乐理和作曲。在他的家族传统里，音乐和钢琴是神圣的。对音乐的崇拜，始于他的祖母，然后传给他妈妈，现在轮到了他。在他小时候，那时，他爸爸还活着，他妈妈会经常带他去华盛顿特区，参加私人音乐沙龙。在那些沙龙里，黑人音乐家们演奏着室内乐，他们都是技巧娴熟的音乐家，听众们安安静静地欣赏着。到了十九岁那年，他穿上浆得发硬的晚礼服，也开始表演弹钢琴了。他本来是可以以此为生的，然而，仅仅过了两年，大萧条来临，股票市场一泻千里，突然间，好像再也没有人有闲钱可以花了。就这样，他没有地方教音乐，陪练的活儿也没了，就连为教堂合唱伴奏的机会也没有了。有一阵子，他在电影院里给默片弹钢琴配乐，以此维持生计，有声片出来后，这条路又断了。那时候，除了那些本来就有家底的，谁也没法搞到更多的钱。

终于有一天，幸运来敲门了，在一个吉尔福德富豪家举办的舞会上，他得到了一个视奏的机会，超强的读谱能力，为他获得了良好的口碑。之后，又有更多的人家请他去表演，他无需准备，也无从准备，只要有乐谱，他就能直接弹奏出来，而且非常出色。可是，这样的机会毕竟不多，他始终没有找到固定的工作，所以只能交给他妈妈一份可怜的收入，勉强用来支付房租，填饱肚子。不过，时势这么艰难，靠自己的才能，有这样的收入，他已经很满足了。他小心翼翼地维持着现状，他心里明白，有些机会之所以落到他的头上，是因为他的长相能迷惑人。他的肤色，是焦糖一般的褐色，眼珠倒是墨黑的。不过，他的脸庞精致俊俏，走在街上都会招人多看两眼。如果他把头发再剪短一些，人们就会问他是从哪里来的。在人们的心目中，古典音乐家本来就应该是有着异域风情的，他们也许是来自于欧洲，或者是来自于南方的某个国家。每当被问到出身背景时，他总会盘算一下如何回答，因为，作为一个美国黑人，一场演奏下来，他只能拿到两美元的酬劳。但是，如果是土耳其人，或者是葡萄牙人，那就不一样了，起码能拿到五美元的酬劳。所以，只要他觉得能蒙混过去，当然不会放过这样的机会。

他打开了衣柜，漆木柜门上，描着古色古香的中国画。柜子里，放着几件衣服。在他昨天上楼之前，这些衣服已经被收拾妥当，叠得整整齐齐的，放在这里了。这一小堆衣服，看起来少得可怜。在家乡的时候，这些衣服是他的骄傲，不，应该说，是他赖以生存的本钱。这些衣服是他的徽章，是他的制服，显示着他受过教育的身份，显示着他在欧洲古典音乐上的教养。穿上这些衣服，他就进入了一个角色，那是他为之奋斗至今才获得的角色。而现在，正是这个角色，让他远渡重洋，来到了这里。他打好领带，穿上那件袖口有点磨损了的旧西装，一粒一粒地系上纽扣，仿佛是要去参加一场葬礼。没错，从某种意义上说，他是要去赶赴一场葬礼。

下了楼，他走向厨房。厨房里，摆着一张圆桌，几个用人围坐在一起吃饭。一见到他，他们马上把他引进了餐厅。在那里，他看到餐桌都已经布置好了，属于他一个人的餐桌。白色缎子桌布、高雅的瓷器、锃亮的刀叉，这一切，只是因为他是乐队领班。陈妈急匆匆地给他端上了白粥、几碟小菜、一盘涂了黄油的面包，还有鸡蛋—— 够六个人吃的鸡蛋。看着这些食物，他感到一阵饥饿，狼吞虎咽地吃了起来。肚子填饱后，他的动作慢了下来，这时，华叔从厨房出来，走到了他面前。

“先生，您的衣服，是下等人穿的。”他挤出了一句。

“可不是吗。”托马斯耸了耸肩以示回应。他手里拿着银勺子，一口一口地舀着粥喝着。这是货真价实的银器，拿在手里，有液体一般的分量。以前，他也见过银器，当然见过，那是在那些富豪的家里。流光溢彩的派对上，银器在餐桌上闪动着诱人的光泽，而他，在一旁为宾主弹奏助兴。至于拿着银制刀叉吃东西，这还是第一次。如果妈妈还活着，她会为他骄傲的。妈妈把他们小小的家变成了一座孤岛，一座在贫困中依然讲究地生活着的孤岛。妈妈用缀着流苏的灯罩，用亲手缝制的布艺，还有，用每个晚上流淌在客厅里的奏鸣曲，固执地把生活变得精致。她在教堂里演奏管风琴，上钢琴课，以贴补家用。他和妈妈都努力着，维护着这份精致，直到她生了病。

一切都来得那么突然，妈妈生病的消息传开后，朋友们都来看望她。他们神情严肃，衣饰一丝不苟，戴上了自己最华贵的帽子和手套。换作妈妈她自己，如果是去看望重病中的朋友，她也会这样隆重地打扮的。外婆那边的表亲也来了，这些表兄弟姐妹住在伊斯顿，那是在切萨皮克的另一边。托马斯已经好几年没见到他们了，上一次见面时，他还是个小男孩。那一次，他是跟着妈妈去的。外婆家的外面，有一小片林地，草木丛生，蚊子飞舞，他和妈妈自己动手清理了林子。他们住在一栋小楼里，那是一栋砖砌的小楼，两层楼，上下层各有两个房间。现在，看到表亲们突然都变成大人了，他吃了一惊，其实，他自己也长大了。他和他们握手，无声地拥抱，然后，让他们到屋子里，和妈妈说会儿话。他们回忆起那个夏天，他和妈妈坐着大巴，大巴的车身上涂得色彩斑斓，他们一路向北，到达了特拉华，然后折返来到东海岸去看望表亲们。早上，妈妈在厨房里做早餐，烤箱里烤着苹果派，厨房里洋溢着焦糖和月桂混合的香味。他在林子里玩，捡了很多枯树枝，搭建堡垒，早上还不是很热。到了下午，暑气逼进了林子，妈妈和外婆都坐在安了纱窗的门廊上，在微风中聊着天，消磨着长长的夏日午后。外婆是妈妈的钢琴老师，就像妈妈是他的钢琴老师。日子好像桥下的流水，潺潺向前，一战来了又走了，带走了二十年代。现在，他和他的表亲们都长大成人了，而妈妈正弥留在病榻上。

自从她病倒以后，就再也没回到那个教堂。每个礼拜天，沉默的管风琴宣布着她的缺席。虽然马丁森牧师带领全体教友为妈妈的康复祈祷，可还是无济于事，妈妈的身体，没有一点好转的迹象。如果她走了，她的葬礼上，又有谁来演奏管风琴呢？他在祈祷的时候，总是走神，时时会回想着这个问题，它就像一个不协调的错位音符，在不应该出现的时候响起，让他感到羞愧。

那天，当他回到家的时候，房间里已经摆满了食物。朋友和邻居们在他家进进出出，带来了自家炖煮的汤锅和烤制的焙菜。她感谢他们的到来，可她说不出话了，只是从被窝里伸出手。他们握着那只手，枯干如柴，冰凉无力。从她的房间里出来时，他们都说："我觉得，今晚很难熬啊。"或者，他们说："看上去很不好啊，也许医生说对了呢。"

后来，很奇怪地，人们又变得不那么痛苦悲伤了。"看上去很平静啊。"那是住在楼下的黑泽尔先生说的。还有，马丁森牧师，妈妈数十年的老友和雇主，也说了："今天，我在她脸上看到了上帝的笑容。"

托马斯在窄小的厨房里加热那些食物，然后端出来，放在桌子上，那里已经放了很多盘菜了。客厅里挤满了妈妈教会里的女人们，她们叽叽喳喳地说着话，八卦着东家长西家短，不时地从卧室进进出出，汇报着最新的状态。她看上去更平静了，对的，今天没那么痛苦了。我很肯定。让她睡去吧。接着，她们又过来拥抱他，安慰他，喃喃地说着第二天还会再来看望他妈妈。她们围住他时，就像一群老鸟，他能感觉到她们的体温，闻到她们的体味，喷了香水，扑了粉，带着点酸酸的味道。

然后，只剩下了他一个人，和妈妈在一起。他把杯盘都洗干净了，清空水槽的时候，悲伤和着洗碗水，一起流走了。他在这个屋子里出生，在这里长大，从来没有离开过。每一块地板的纹理、每一条墙纸的缝隙，他都熟悉，可这一切就要结束了。如果她走了，他也要搬出这里了。可是，到哪里去呢？去寄宿家庭？还是去西部？听人们说，西雅图有工作机会。

他深深地吸了一口气，推开了她的房门，准备好被疾病的味道包围。那是一种奇怪的、带点甜甜的味道，现在，那种味道来了，里面还掺杂了一丝陌生的气味，或者，那是白天某一位访客带来的吧。"妈妈，你感觉怎样？"

没有声音，他停顿了一下，是不是该让她睡着？

他的眼睛渐渐适应了房间里昏暗的灯光，于是，他看清楚了，她躺在床上，她看上去平静极了，一动不动，好像整个人都沉进了床垫里。"妈妈？"他又叫了一声。

他把一只手放在妈妈的手臂上，倏地跳了开来，仿佛碰到了一只烧红的炉子。其实，那不是烫，而是，冰冷。他又碰了碰她，这一次，他动作放慢了，在他的内心，一切都崩塌了。

"他会上门裁衣服，但不会待很久。"

"先生？"是华叔，还站在他面前，看他没反应，又叫了一声。

你看着那张床，看到妈妈走了。哦，对了，他的衣服。变卖了所有的家当，包括那架钢琴之后，他什么也没了，只剩下两套西服，几件衣裤，皮鞋，还有一只皮箱。那是他爸爸留下来的皮箱，现在，皮箱里面装着他最喜爱的音乐作品，那是他的心血，一辈子的积累。“可我只有这些衣服。”

华叔摇了摇头，说：“裁缝晚上会来。”

“我没钱，我还没拿到薪水。”

华叔的眼睛眨巴着，有点不耐：“先生，你的支票过半个月就来了，裁缝那里可以打个三十天的欠条，没问题的。”

“这样啊，我知道了。”托马斯说道。这是他以前没操过的心，就是想操也没那个能力，“那就没事了。”

说话间，年龄最小的打杂工小孔冲了进来，嘴里嚷嚷着上海话。还没等大家反应过来，一位有点上了年纪的黑人缓步跟了进来，他步态悠闲，晃晃悠悠的，这种步态在托马斯看来很奇怪，简直不像个美国人。这位老黑人头发斑白，眼珠深褐，他打量着餐厅，眼神慈祥而充满善意。他笑着对托马斯说：“你这里不错，很好，很好，我们，都是富豪啦。”

“深有同感。”他站起了身，伸出了手，“托马斯·格林。”

“阿隆佐·罗宾斯，低音贝斯。今天是你的第一次排演，我来接你。”

“谢谢你！”

“我可不想让你孤零零地一个人过来啊。”

“心领了，是羊入狮口吗？”

“哦，不不，”阿隆佐咧开嘴笑了，他喜欢这个年轻人谦逊的幽默，“当然不是。”

“吃过早饭了吗？”托马斯指了指那些盘子，都空了一半了。

“谢谢，我吃过了。”

“那好。”那就别耽搁了，他耸耸肩。他穿着一件陈旧的淡褐色羊毛外套，单薄的衣料不足以抵挡外面的寒气。站在穿着考究的阿隆佐旁边，更是显得寒酸。“走吧。”他拎起了跟着他到处漂泊的小皮箱。

冬日的阳光洒下来，弄堂里热热闹闹的，很有生气。路边有很多小吃摊，还有穿着厚棉袄的小贩，推着小车卖吃的。他们走过去的时候，刚好一锅生煎熟了，摊主掀开巨大的平底锅盖，一股热气裹着香气扑鼻而来。“跟我说说国王乐队吧，”托马斯说，“乐手们都是从哪里来的?”

阿隆佐点点头:“嗯，第一批乐手来自于堪萨斯城的雷诺俱乐部，是和本尼·莫顿他们一伙的。去年，本尼因为做扁桃体切除手术而猝死，于是，这个俱乐部由比尔·贝西接手。你肯定听说过贝西吧，大家都叫他贝西伯爵，因为他不管走到哪儿，手里总是拿着名片，嘴里说着:‘小心小心，吸血鬼德古拉伯爵来了。’你知道他吧?”他们走到了弄堂的尽头，阿隆佐招手叫车。

“他从东边招了一些新人，像赫塞尔·伊文思，所以他也得踢掉一些老家伙，”阿隆佐说道，“那些人于是就找到了我们，加上两个从沃尔特·佩吉的旧部蓝色妖魔乐队出来的，这就组成了国王乐队。我们一起在堪萨斯城表演了六个月，林先生就来了，于是，他把我们都带到了这里。”

“我可不知道他跑了那么远，还往东部跑到了堪萨斯城去招人。”

“告诉你吧，幸好他跑得远啊，这可是我们的福气，这个地儿没话说啦!那么，他是从哪儿把你找来的?”

“西雅图。”托马斯回答道。这个简单的回答后面，掩藏着什么，只有托马斯自己知道。当抵达那个笼罩在雾气之中的城市时，身无分文的他已经饥寒交迫。所以，当耶斯乐大道上的蓝玫瑰俱乐部收留了他，给了他一份清洁工的活计时，他感激得只差跪地磕头了。这是一家爵士俱乐部，每天晚上，在地下室对外开放。他白天在那里打扫卫生，换得一日三餐，并且，他在俱乐部后面还有了一个小小的栖身之地。

下午，干完活之后，他会走进地下室。那个时候的地下室，安安静静，有一台三角钢琴。太阳落山之前的最后时分，微弱的夕阳斜斜地透进来，灰尘在光柱里舞蹈，他开始了一个人的钢琴演奏。不久，琴声吸引了俱乐部的老板，大路易斯·理查德森，也吸引了任何一个刚好在这栋房子里的人，他们会停下手中的活，下楼来听他弹奏。

他知道，在这栋房子里，他们是不会听到这种音乐的，这是一种高贵的音乐，它来自于伟大的音乐家的天才大脑。它需要高超的演奏技巧，没有经过严格的训练，是难以表现这种音乐的。“这是一种信仰。”妈妈总是这样对她说，说这话的时候，她表情肃穆，仿佛音乐高于一切。可是，这种信仰带给了他什么呢?两美元，如果是个黑人；五美元，如果不是。

她并不在乎他能不能蒙混过关，但是，她总是担心他会被别的声音分心，比如，时髦的迪克西兰乐。“你不会去演奏那些礼拜六晚上的夜店音乐，对吧？”她会说，“把那些声音从你的心里赶出去吧。”她也不喜欢他在古典音乐上动手脚，比如添加额外的装饰音，或者改变节奏的长短，这些都会让她很生气。“不要去篡改，”她会说，“难道你以为自己比门德尔松还厉害吗？”

不过，至于爵士乐，她倒不必担心，因为他演奏不了。这种音乐，他当然是听到过的，不过，因为当时颁布的禁酒令，只能在地下俱乐部和非法小酒吧里偷偷摸摸演奏。这种音乐情绪饱满，节奏变化多端，调子轻快，切分音丰富，韵律俏皮，十分适合小型而隐秘的演奏空间。如今，饮酒又合法了，音乐以及夜生活本身都随之发生了变化。时髦的俱乐部和舞厅渐次开放，配备了更大规模的、类似于大型舞会的乐队。在单簧管和铜管之外，增添了更多样化的乐器，在这种情况下，对曲目的安排提出了更高的要求，必须由经验丰富、乐感敏锐的乐队领班做周密灵活的协调。这意味着对领班的能力提出了更高的要求，相对于迪克西兰那种二十年代随意的演奏风格，托马斯的角色，显然更加符合这种大乐队的要求。不过，依然还有距离。

这一点，他心里很清楚，尤其是领教了像汉德森和艾灵顿等顶尖大乐队领班的能量之后。他知道，他们是巨人，他们能够把一支由十多个乐手组成的乐队玩得如同一把乐器那么随心所欲。托马斯不是不能玩，但是，他无时无刻不会忘记他和他们之间的差距。

大路易斯当然也知道。“你弹得很好，”在西雅图的第一个礼拜，他就说了，“可是，你这样的弹法，上哪儿去找工作呢？”

“这的确是个问题。”托马斯回答道。

“你需要的是学会一些大乐队的标配乐曲，还要加上一些慢摇。”说着，大路易斯就唱起了《九点差一刻》，那是电影《第四十二街》里的一首插曲，非常受人欢迎。“来吧，弹起来。”他打起了节拍。

托马斯畏缩了，他羞愧地说：“我不会这样凭空弹奏，我只会照着乐谱弹。”

“真的？你只会那样弹？”

“是的。如果能写下来，我就能演奏。我去把那首歌的乐谱找来，看着弹吧。”于是，大路易斯借给了他五分钱，托马斯拿上这五分钱，去了杰克森大街。找到乐谱后，他买回来读了起来，等他读完，才发现这支曲子太简单了，这让他感到很尴尬。于是，当他给大路易斯演奏的时候，他尽自己所能加入了大量的装饰音，让这支简单的乐曲更能显示得出他的弹奏技巧。

可是，那个老男人并不买账，“让旋律摆动起来！放开手，让音乐流淌起来！”

托马斯又弹奏了一遍。

“不行！你的重音又错位了。你以为自己在哪里？是在教堂里吗？”大路易斯一掌拍在离他最近的一张桌子上，蹒跚地拖着老腿走了。

每个晚上，托马斯都很专心地听着地下室传来的爵士乐，尤其是朱力耶·汉森演奏的钢琴曲。即使是即兴之作，那乐曲也完全在他的精准掌控之中。那是一种克制，带有一种玻璃般干脆的硬度。如果我能弹爵士乐，我就要弹得像这个家伙。可是，当他第二天在钢琴上试弹的时候，那种感觉又溜走了，他抓不到。

大路易斯听到了。“你太用力了。这只是一首歌的变奏，你就这样想，这只是一首歌而已。”他演示给托马斯看，如何用布鲁斯的音阶去表现那些被他称为伤感的音符，尤其是在一个大型和弦中的降七音。当托马斯听不出如何用反节奏来表现层次感，或者试图将一个不和谐插入音融入乐曲的时候，老人就会唱给他听，用他的歌声来做示范，教他怎样用即兴的方式在旋律上跳舞，把那些过渡的音符轻松地处理为装饰音。一个星期过去后，托马斯至少能弹几支时下流行的舞曲了，比如《身体和灵魂》、《我不能开始》等，他的演奏，也许不算很准确，但至少已经相当得体。

“我这样混得过去吗？”他问大路易斯。

“难！在这儿没戏，这里有太多厉害的音乐家了。不过，据我估计，以你现在的水平，在偏远一些的小镇上，还是可以混混的。如果那是你的愿望，你一定要努力，非常非常努力。”

于是，每天下午完工后，托马斯都关起门来猛练舞曲。虽然，他也一天天在进步，但是，他也知道，自己离大路易斯的要求还很远。那天夜里，俱乐部打烊后，大路易斯把他叫了进来。进去之后，大路易斯告诉他有个音乐经纪人正在他这里，那是一个来自中国的男人，他需要找一个钢琴演奏家。

“去中国弹钢琴？”

“对，去上海。我早就听说了，那里在招人。”

托马斯瞪大了眼睛。上海！它充满着诱惑，它意味着危险，他在很多歌曲里听到过这个城市。现在，俱乐部里的客人都走光了，“就是他吗？”他指着那位瘦高个子的男人问道。那个男人是在场的唯一一个亚洲人，他脸颊清瘦，在细长而深黑的眼睛下面，颧骨高高凸起。托马斯注意到，他的头发向后梳去，抹着发蜡，十分服帖，他的西服上还留着在行李箱里压过的褶痕。他这一身的绅士打扮，让托马斯心里生出了亲近感。

“过去吧，和他谈谈。”大路易斯鼓励他。

“如果他……”

“就说你是一位钢琴家，然后就坐下来，开始演奏。别的什么也不用说。”

他低头看看自己身上穿着的工装，这身打扮，和钢琴家的形象太不相符了。可是，也没准儿是件好事，能带给他运气。“弹什么好呢？”他紧张地问道。

“狂想曲。”

托马斯闭上了眼睛，对啊，大路易斯懂他，他真是个天才。《蓝色狂想曲》让他深深入迷，它的旋律，他记得非常清楚。他弹过无数次，熟悉得可以跟着音乐跳起来。于是，他把拖把和水桶往地上一放，动作干净利落。他朝着那个亚洲男子走了过去，脚步落在黏答答的地板上，还没打扫过的地上，都是客人丢下的垃圾。“我的名字叫托马斯·格林，”他说，“我的老板告诉我，你在找人。”

现在，他在上海，和阿隆佐一起。走到弄堂尽头，转进辣斐德路[1]的交叉路口，他们停下了脚步。托马斯打量着眼前这张显然比他

① Rue Lafayette，今复兴中路。

更有阅历的脸，说："看来，你喜欢这里。"

"到这儿来，可是我最幸运的一件事。我就知道自己这辈子会时来运转的，没想到，只有在上海，好运气才来。在这里待上一阵，你就明白我的意思了。"说着话，阿隆佐随意地举起手指一勾，一个拉着黄包车的苦力气喘吁吁地跑到了他们跟前。阿隆佐先爬了上去，坐到了藤编的座位上，他往边上一滑，腾出位置给托马斯，托马斯一动不动地僵在了那儿。这位比他大了好几岁的男人在这儿已经一年了，他当然比他懂得多多了。可是，真的有必要坐在这样的一辆车上，让这个身上套着绳索的可怜人拉着他们走吗？即使是奴隶，也不用干这样的活儿啊。可是，这个光着膀子的苦力不耐烦地跳着脚，在寒风里，他也满头大汗，他的肌肉精瘦紧实，他的腿强劲有力。显然，这个车夫很想赶紧再跑起来。

阿隆佐的目光里饱含着同情，托马斯明白了，既然已经来到了这座城市，这道门槛是他必须跨过去的。这座城市是冷酷的，也许，所有的城市都是冷酷的。

"你知道吗？"阿隆佐对他说，"人们有权利选择自己的主人。"他拍了拍座位。

于是托马斯爬了上去，坐在了他身边。

黄包车驮着他们颠簸向前，在人流中，喘着粗气的车夫迈着有节奏的步子，匆匆地朝前赶。托马斯感到头晕恶心，但他不确定，到底是这个车夫让他感到不安，还是这一路的颠簸搅动了他塞了太多早餐的胃。然而，阿隆佐看起来一点都没有不适，几乎可以说是非常平静，他坐在车上，悠然地看着身边的行人和来往的车辆。托马斯也强迫自己把心思从这个车夫身上移开，逼着自己去回想自己离开西雅图之前，别的音乐家是如何向他描述上海的。

"地球上最随心所欲的地方，"这是罗杰·菲尔顿说的，"随便你往哪儿看，到处都是快感、美酒、美女。而且，你挣的钱，和白人一样多。想想这个吧！弟兄们都大把挣钱，谁都能赚。可我就没看到一个人，带回一分钱的，统统在那里花了个精光。"

我可不会，托马斯心里暗暗地想着，我能存钱。但是，当他问起那里的政局时，罗杰的话让他感到不安："日本人打中国人，中国人互相打来打去，黑帮控制着城市，谁不服，谁就死翘翘。所以，你就弹你的琴，什么也别管，听到了吗？”

不过，林鸣开出的价格很诱人，似乎足以抵消所有的这些不安和顾虑。乐队队员们每周五十元，他这个领班每周一百元，何况，他在技能上还有欠缺。的确，这些都是上海的钱，只值美元的三分之一，不过，林鸣也跟他说了，上海的物价低得跟白送似的——十二元一套定制西服，花两元就可以上餐馆享受一顿晚宴，三元钱就可以包个女人，整晚。而且，在上海，什么样的女人都有，他也都可以有，因为这里没有种族隔离法。当他们的海轮行驶在太平洋上的时候，这个念头让他很兴奋，一直挥之不去。

在家乡马里兰州的时候，他也有过白种女人。有时候，他为派对演奏，派对结束后，运气好的话，他会撞上个寻欢作乐的女孩。还有些时候，他被当作埃及人或者阿根廷人，那么，他就有可能找上个白种女孩了。不过，她们都不是他可能交往的女人，也不是他心里想要的女人。那些浅薄的女孩子，剪着短发，穿着超短裙，是没心没肺的派对动物，她们恨不得每个晚上都喝得醉醺醺的，因为她们有足够的青春和美貌可以挥霍。其实，在巴尔的摩的时候，他也根本没能力找女孩，因为他从来就没有什么零花钱，可以请他心仪的女孩出去玩。现在，他心里存了念想，希望在上海，一切都会变得不一样。

在海轮上，在他那间小小的、四壁都是金属板的船舱里，他从那面钉在墙上的小镜子里端详着自己的脸庞，仿佛要努力为他的希望找到理由。大家都说，他的长相，继承了他爸爸家族的血统，是属于肤色较浅的那一类。他的奶奶曾经是一位教师，曾祖父是化学家，参加过印第安战争，是第二十五步兵团的一位军官。托马斯从父亲那里继承了英俊的外貌，从母亲和外婆那里继承了善于聆听音乐的耳朵。在美国重建时期的那段岁月里，外婆爱上了一位农场主，结果是离开了伊斯顿，远嫁切萨皮克。在那里，她成了一个农场主妇。外婆年轻时肤色仿若奶油巧克力，是个美人儿，老了还是风韵犹存。她把余生都消磨在客厅的那把竖琴上，弹奏着深奥的乐曲，旋律回转，展开一个个令人崩溃的艰难问题。琴声从敞开的窗子飞出去，没有答案的问题落在林子里，芜杂得像这一片丛生的草木。他爱着那片林子。

然而，这一切都结束了。他和家乡，先是隔着大陆东西遥望，现在是隔着蓝色太平洋。以前，他从来不曾到过大海边，也没坐过稍大一点的轮船。那一年，他和表兄弟们在塔尔伯博特县，在切萨皮克的支流里上下晃悠的时候，那条载着他们的方驳船就是他坐过的最大船只了。在这艘海轮上的第一天，他把自己关在船舱里，整整一天都充满恐惧。直到一轮太阳跌入了十二月的海平面，他听到了音乐的撞击声，那是从林鸣的船舱里传来的。他站起身，把耳朵贴向了金属的舱壁。他知道那首歌，那是汉德森的《孟菲斯蓝调》，他以前在收音机里听到过，那还是住在科利尔街的时候。他的心里，涌上了一阵思念，以前的那个家，一下子都回来了。空气是天鹅绒的质地，冬日里，湿润而尖锐，到了夏天，空气变得甜美。他几乎听到了一阵阵的声浪，从远方传来，那是巴尔的摩棒球迷们兴奋的呼啸，是皮鞋和白色大理石台阶轻快接触的声音。他已经离开了那个世界，但是没有离开那里的音乐。因为这音乐还和他在一起，陪着他漂洋过海，他变得勇敢而强大了。他走出了船舱，敲响了林鸣房间的门。

他的手指几乎还没落到门上，门已经开了，林鸣站在那里看着他，就像焦渴的旅人看着一汪清水。后来，托马斯会理解这个男人有多么憎恶孤独，不过，那一刻，托马斯只听见林鸣愉快地对他说："进来，进来！我还以为你永远都不会露面了呢。怎么了？"顺着托马斯的视线，他的目光落到了自己身上穿着的这件马褂上，这是件长及膝盖的中式袍子，里面还穿着件裤子，马褂的两边开衩，便于行走迈步。"你从来没见过这样的衣服吗？穿着很舒服，很随意，你以后也试试吧。你喜欢弗莱彻·汉德森？"

"非常喜欢，"托马斯说道，他一直倾慕这位音乐家的节制感和把握度。

林鸣一听，开心地笑了："他的水平非常高，而且，和你一样，他也是用乐谱的，这有什么不好？不要不好意思，每个人都有自己的特长，我看得出，你最拿手的就是读谱写谱。喏，这个给你。"他拿出一大沓七十八转粗纹唱片，往托马斯怀里一放："拿着，再拿上我的留声机，回你自己的房间慢慢听吧。这些都是堪萨斯城国王乐队演奏的曲目，我们还有二十二天才能到达上海，这点时间足够你把这些曲子都写出来了。这样，你到了以后，至少有点存货了。”

困境中长大的托马斯，在这突如其来的善意面前，一时有点手足无措。在他的人生经历中，他所需要的帮助，可能来自于朋友，可能来自于家庭，但从来没有可能来自于外人。他嗫嚅着说了句："谢谢你。"

林鸣摆了摆手："先不要谢我，我把你带到中国，前途未卜。现在，那里已经危如累卵，日本正在步步蚕食。他们要土地，要食物，要我们的劳力。他们已经占领了一部分北方地区，现在正在往南方扩张。全中国的民众应该团结起来共同对付他们，可是，中国现在有两股敌对的势力，恨不得杀死对方，他们是共产党和国民党。"

"那我们站在哪一边？"

"哪边也不站，让我告诉你为什么吧。国民党和共产党这两个党派，泾渭分明，不共戴天。但是，有一点他们是相通的，那就是都认为爵士乐是个危险元素，是应该禁止的。所以，我怎么可能站在任何一边呢？"

"禁止爵士乐？"托马斯感到很诧异。

"是啊，"林鸣摇着头说，"我知道，听上去这也太荒唐了，不可理喻啊。再说了，无论哪一种音乐形式，一个政府怎么可能禁止得了呢，现在都是收音机的时代了！但是，你听好，小格林。"他开始对格林用起这个称呼来了，虽然他自己也就二十八岁，只比格林大了三岁。"等你到了上海以后，日本人会试图告诉你，我们中国人没有能力管好自己。他们就是这样自以为是，蛮不讲理。他们觉得我们懒惰，没有组织性，蠢笨，我们需要他们的照看。他们还会告诉你，是我们自己希望他们来的。"

"我不认为他们会告诉我任何事，我只是个音乐家。"

"反正你就记住，无论他们说什么，都不要相信。他们最终的目的，无非是想把我们变成他们的奴仆。"他舒展了一下身体，整了整马褂，接着说："我快要饿死了，走，我们吃饭去。"

在太平洋上漂荡了二十多天后，终于，他们在十二月二十日抵达了黄浦江口。轮船顺着蜿蜒的江道缓缓前行，站在船上，能看见沿江的一个个码头，寒风中，苦力们在沿岸的船坞上来来往往地搬运货物。他们的轮船在江里转了一个弯，突然间，外滩就呈现在了他们眼前。迎面，是一排风格多样的万国建筑，廊柱高挺轩昂，立面壮观华丽，高高的尖顶和钟楼画出了独特的天际线。这一排建筑的后面，拥挤着低矮、陈旧的房子，大多数的房子都有褐色的砖瓦屋顶。

轮船挂锚了，乘客们排成队上了摆渡船，然后等待着依次上岸。摆渡船一靠岸，双脚一踩在地上，能量马上就从托马斯的脚底涌上来，这亲爱的坚硬的土地啊。他看见外滩的马路上车水马龙，拥挤着各种交通工具，人行道上也都是人。他跟在林鸣的身后，穿梭在拥挤的人群中，他长到这么大，还没见到过有这么多人的地方。刚下船的旅客，在混乱的人群中，都睁大了眼睛，寻找来接应的朋友、亲戚或者仆人。他们身前身后，挤来挤去的都是人，他们在人流中吃力地前行。坐了那么长时间的海轮，头重脚轻的感觉还没消退，在推推搡搡的人流中，他们脚步不稳地往马路边上走去。

“这里没有海关?”托马斯很惊奇，因为他们直接就上了岸，连身份证都不用出示。

“上海是自由港，”林鸣骄傲地说道，“它向所有人开放。”

走在人行道上，他们的耳朵里灌进了各种各样的语言，中国话，外国话，上海话，外地话。他们的身边，中国男人穿着马褂，外面罩着棉袍，瘦成竹竿的女人们穿着高领旗袍，围着华贵的皮毛披肩。人群中，也有穿着印度短上衣和阿拉伯长袍的男人，有些人的脸比他的还黑。突然间，他和身边的人不是那么不一样了，因为在这里，每个人都不一样，各种肤色，各种装束，各种人种。生平第一次，没有人会带着异样的眼神，多看他一眼。就像这会儿，就在这人来人往的人行道上，无论他做什么都无人理会。走着也好，站着也好，摆弄他那顶帽子也好，没有人在意他，他也不会去在意别人。对于他来说，这种感觉简直是太神奇了，他终于可以放松地融入人群，而不用担心被人另眼相看。两位脸色苍白的白种妇女，蹬着高跟鞋，身披羊毛大衣，咚咚咚地在他面前走过，都没扫他一眼。他感觉到，一丝笑容在他的脸上漾开。

“快过来。”林鸣对着他喊道，托马斯看到他打开了一辆黑车的门，这是来接他们的轿车。托马斯从来没有坐过私人轿车，这会儿，他滑坐了进去，一时间，皮革的柔滑和芬芳包覆了他。引擎一阵轰鸣，他们的车开进了车道，沿着江边，慢慢地开着。沿江的一侧，是无数个码头，江面上，有各种形状和大小的轮船，远远近近，高一声低一声地鸣响汽笛。上海，一个童话般的城市，这是他对上海的第一印象。

这是一个热闹的大城市，不同于他以前去过的任何地方。不过，托马斯还是在这里看到了战争的影子，证明了林鸣跟他描述的一切。沿着码头开过去，他时不时地看见一堆堆的军人，他们穿着褐色的军装，打着紧紧的绑腿，来复枪随意地挂在肩头。

“这些就是日本人。”林鸣说。

“你不是说，他们只是占领了东北地区。”

“是的，上海依然属于中国。但是，四年前麻烦就开始了，没完没了地打仗。后来，在外国势力的干预下，争斗终于停止了，但是，前提是中国方面必须承诺，只有日本人可以在上海驻兵，中国则不可以。”

“什么？这里没有中国的军队？但这是个中国的城市啊。”

“说的就是啊。”林鸣的脸上露出了一丝苦笑。

“可是，外国势力又怎能逼迫中国接受这样的条件呢？”

林鸣都要笑了：“你忘了我在船上是怎么跟你说的吗？上海是个外国租界城市，被分割成了几块小的领地，分属于不同的国家。对于你们外国人来说，这个城市看起来很自由，但是，我们中国人在这里却是不自由的。不要忘记这一点，你是一位爵士音乐家，你和你的伙伴们应该记住，我们是不自由的。往前看，看到那一排码头了吗？法国码头，那里就是法租界了。我们现在开过的，是公共租界，属于英国和美国。”

“就像外国殖民地。”托马斯说道。

“是租界，”林鸣纠正他，说着他又转向司机，用语调轻快的上海话说了几句，托马斯不知道他在讲什么，只觉得他说起话来像唱歌。

司机一打方向盘，往右转进了一条大路："这条是爱多亚路[1]，法租界和公共租界的分隔线。"

托马斯看到，右边的路牌还是用中文写的，而左边，突然冒出了洋文路牌，他看到了珀蒂路[2]、杜浪路[3]和西贡街[4]。这里的建筑有红砖外立面，高大的法国式大开门，还有铸铁的阳台。在马路之间，还穿插着一条条窄小狭长的弄堂，弄堂里，女人挎着菜篮，篮子里是今晚饭桌上的菜；小女孩们结伴而行，手挽着手；老奶奶在照看小小孩。对于托马斯来说，这是非常有异国风情的景象，然而，又有一丝熟悉，让他感到亲切。

就在这时，林鸣突然开腔了："关于公共租界，也就是我们刚才经过的那个区域，有一件事你必须了解，它有种族隔离法规。"托马斯的心倏然一沉，自从上岸之后，他心里的那种愉悦的接纳感和亲切感，一下子就消失了。

"你说什么？"他不相信地看着林鸣。

"虽然这个租界由英国和美国共同拥有，但是，美国的种族隔离法规在这里是有效的，就像你们的南方。"

"像我们的南方？"托马斯感觉到脑门发紧。在这里？在地球的另一边？

"好啦，好啦。"林鸣说道，"不要这样紧张吧，其实，没有你想的那么可怕。毕竟，这个法规只局限在那一个租界范围之内，在其他所有地方，你都是受欢迎的。在法租界，那就更不用说了，人们崇拜像你这样的音乐家。我肯定，这里的每个人都会觉得你的身上充满了异国情调，他们会非常欣赏你的才华，没有人会在乎你的肤色的。"

托马斯重重地陷入了车座，仅仅在一个租界里面？话虽如此，可他绕不开公共租界，因为它包括了市中心、码头和外滩。所以，当他们的车在法租界驶过时，托马斯的心中充满了新的担忧，难以抑制。

"你看，这里就是你的家，"林鸣手指着前方，说，"我们到了。"

---

① Avenue é Douard Vii，今延安东路。

② Rue Petit，今江西南路。

③ Rue Tourane，今福建南路。

④ Rue Saigon，今广西南路。

他们停在了一扇铸铁大门前，推门进去，是一个精致小巧的前院和一座相当气派的房子。房子是欧式的石砌立面，高大的玻璃窗，屋顶却是中式的飞檐。这么大的房子，起码有四五间睡房吧，托马斯估摸着，这和他出生长大的那个房子可是有着天壤之别啊。我们是绅士，妈妈总是这样说，但是，那从来都是一种理念而不是现实。自从妈妈去世后，他到处和别人挤着住，他多想有一间只属于他自己一个人的房间啊，这种渴望把他的身体刺得生疼："有几个人住在这里啊？"

林鸣已经登上了台阶，他回头对托马斯说："就你一人。"

不可能啊，他心想，跟着走上了台阶，大门应声而开。出来开门的是一个中年人，穿着白色的短褂，另外还有两个男人和一个老妇人急急忙忙地站到了他后面。

"这些人都是谁？"托马斯问道。从门里看进去，他瞥到了紫檀木的壁板，玄关桌上，有一只瓷盆，看上去很贵重。

"你的仆人，"林鸣说，"这位是华叔，你的管家。"

"仆人？"这是他在他的新房子里憋出的第一个词，听上去是那么匪夷所思，那么陌生，卡在嘴里几乎说不出来。

华叔双手在胸前一拱，低眉垂眼地说："是，先生。"

上帝啊！难道那就是昨天吗？当黄包车在皇家剧院门前停下，他和阿隆佐从车上下来时，他心中无比感慨。阿隆佐打开了大堂的门，将那把黄铜钥匙放在了格林的手心里："这是奥格斯特的钥匙。"

这把钥匙，沉甸甸，冷冰冰。他的这位前任，因为心脏病突发，死在了一家妓院里。他把钥匙揣进了口袋，心里不由得一颤，那栋房子，那些仆人，那架客厅里的钢琴，甚至于他昨晚盖的那条丝棉被子，肯定都是奥格斯特用过的。现在，他们的脚步声在空旷的大厅里回响，踩着大理石地板，穿过拱廊，来到了舞厅。舞台上，灯光泛着珍珠白，灯光下，坐着十来个人，他们跷着腿，穿着宽松的裤子，乐器搁在腿上，他们显然在等候着他。

托马斯走向了钢琴，一只手按在琴盖上，掩饰自己的颤抖。他知道，自己是个骗子，不一会儿，他们也都会知道："首先，在我们开始之前，请接受我诚挚的哀悼。我知道，你们都为失去奥格斯特·琼斯而难过，我深表同情。这一切来得太突然了，我也很难过。但是，现在离除夕夜的复演只有十天了，时间很紧张。目前我已经会弹十首你们的演出曲目，但是还不够，我会集中精力，尽快地把别的曲目都学会，希望你们能给我时间。”

舞厅里，响起了一片不满的低语声。

这时，一个矮胖的男人发声音了，他的法国圆号夹在两条胖胖的短腿之间：“你怎么不会弹那些曲子呢？你以前在哪里表演啊？”

托马斯虽然已经准备了很久，连怎么回答都想好了，可是，汗水还是止不住地流了下来：“几个不同的地儿。匹兹堡、里士满，还有威明顿。”其实，除了威明顿，其他几个地方他连去都没去过。他只能盼着乐队里的其他人也没去过，他的谎言就不会被戳穿了。他很想快点转移话题，于是就说：“那我们今天的排演，就从你们的开场曲《恰恰好似你》（Exactly Like You）开始吧。”这是一首一九三〇年的歌曲，一经问世便大受欢迎，是电台常青树。这支曲子，甜蜜而简单，很容易演奏，他练习过。可是，他开始弹奏之后，其他人并没有跟进，一两个音节之后就停下了。于是，他也停了下来：“怎么啦？”

“你不是在逗我们吧？”那个法国圆号手反问道，他胖得下巴都搁在了领子上。

“好吧，先生，”托马斯问道：“请问，你是……？”

“埃罗尔·马特。”

“马特先生，很高兴认识你。要不这样，我来打拍子，你们按照自己原有的节奏弹几个小节给我听听？”还没等别人反应过来，提出意见，他就倒数着打起了拍子，四、三、二、一……于是，他们只好吹奏起来。两个音节下来，他就听出了自己的问题所在，是自己的重音位置不对。他回到钢琴上，这回，多多少少着调了点，虽然摇摆得还不是很到位。他看见埃罗尔和其他号手交换了一个眼神，心里一阵发虚，头更埋了下去，他感觉到汗水沿着后背流下来。直到一曲弹完，他才看到了林鸣，林鸣不知道什么时候进来的，这会儿，他坐在楼上的包厢里，很专注地看着楼下舞台上发生的一切。

而舞台上方的包厢里，并不是只有林鸣一人，和他在一起的是他的结拜妹妹宋玉花。坐在林鸣身边的宋玉花，穿着紧身的蓝色旗袍，致密织锦缎质地，线条简洁地衬着她纤细的身材。她的头发在后面绾成一个髻，上面簪着一朵粉色的绢花。这是杜月笙欣赏的打扮，他要他的女人看着甜美而古典。

其实，宋玉花还算不上是杜月笙的女人，她只是一个契约在身的仆从。和其他下人有所不同的是，宋玉花受过教育。她读过很多古文，也喜欢看西洋小说，说得一口流利的英语，法语也过得去。此外，她还有点音乐天分，能弹奏几支简单的巴赫。对于没多少文化的杜月笙来说，她不仅仅是个翻译，也是他无价的附属品，他在她身上可是花了大价钱的。

林鸣是杜老板的私生子，所以，在某种程度上，宋玉花是他的自家人，也是在杜月笙家族中，他唯一可以信赖的人。“蒋介石有什么新闻吗？”他问道。昨天一下船，他就听说这位国民党的元首被抓了，被他自己的手下拘禁在北方。

“他拒绝和共产党合作对话，”宋玉花说道，“坚持要和共产党斗到底，直到共产党屈服，然后他才会把枪口转向日本人。绑架他的将领威胁说，如果他继续和共产党作对，将是死路一条。”

“那么蒋介石怎么说？”

“他当然拒不答应，并且反复强调共产党一定要向他投降。大多数时间里，他都是关起门来，坐在床上读《圣经》。”

“怎么会这样！”

“我说的每个字都是真的，现在，他们已经陷入僵局，很可能会杀了他。”她说着，声音里流露出一丝期盼。

他看了她一眼。

“总得有人站出来做点什么，”她有些激动，“看看吧，日本人的军队离北平和天津已经多么近了。如果这些城市沦陷，我们也没有希望了，沦陷也是迟早的事，现在，水已经烧上，我们只是在慢火温水锅里的游鱼罢了。”

“只要他们离我们还远，只要目前这种状况还能维持，只要这个城市的人们还会涌进我的舞厅，在音乐中起舞，”林鸣说道，“那么，我们，还有我们的美国爵士音乐家们，就会守在这里。”他对着下面的舞台抬了抬下巴，托马斯正好完成了一支曲子，从钢琴凳上站起来，面对着他的乐手们。

“那么，奥格斯特在的时候，”他们听到托马斯说，“你们是怎么演奏曲子的？对照着五线谱，还是对照着字母谱？”

“五线谱？”小号手塞西尔·普拉特惊叫起来，“还字母谱？我们就跟着奥格斯特呗。”

他听到身边响起了几声窘迫的笑：“难道我们现在没人可以跟了？”

“难道你们喜欢那样跟着演奏吗？”托马斯说道，他感觉现在是时候了，该开诚布公地亮出自己的底牌了。“可是，告诉你们吧，没有五线谱或者字母谱，我就演不了，一贯如此，很抱歉。所以，如果有人可以照着谱子演奏的话……”

一阵令人不安的沉默蔓延开来，然后，小提琴手的声音传了过来：“兄弟，你会给我们乐谱吗？”

在上面一直观察着的林鸣和宋玉花交换了一个忧虑的眼神。

“你难道会把所有的东西都写出来？”鼓手问道。

“我会的。”托马斯说道。

包厢里，宋玉花对林鸣说：“你得给他找个乐谱抄写员。”

“马上去办。”林鸣表示同意。托马斯需要一位助手跟在他身边参与排演，把整夜演奏的乐曲都记录下来。在上海，通常来说，这些人就和下人一样，是廉价的劳动力，给点小钱就够了。

“有几个人想要五线谱？”下面的舞台上，托马斯开腔了，说着举起了手。有几个人能够读谱。“那么字母谱呢？”其余的人举起了手。他做了些记录，然后坐下来开始弹奏下一支曲子的过门和声，那些音乐家迟疑了一下，也都跟着他了。簧片已经舔湿，铜管也已高举，他们放慢了节奏等着他跟上来。

排演结束的时候已经六点钟了，托马斯走向大厅向每个人告别，再次表达他的感谢和对奥格斯特离去的惋惜。他对号手们尤其友好，而且，凑近了看，演奏萨克斯的兄弟比他想象中更年轻，他有点疑惑，他们是通过什么途径来到国王乐队的。他还注意到，这时，林鸣和宋玉花的包厢里已经没人了。

“这两个兄弟，还是孩子啊。”阿隆佐看他注意到那兄弟俩，就在他身边说道：“他们可比六个大人还能来事，你就等着他们给你惹麻烦吧。”

“真的？哦，对了，你看到林鸣了吗？他刚才就在左边舞台上面的包厢里。”

“当然看到啦，”阿隆佐说道，“那是大老板的专用包厢。有时候，到了下半夜，他也会来露个面，等你看到他，你就能猜出他是谁了。”

“老板？”托马斯疑惑地问道，“就是他们那家公司的老板吗？”

“公司？”阿隆佐盯着他看了半天，揣摩许久后笑了起来，“是林鸣对你说的吧？”

“他是对我说过，他的父亲是同望公司的老板，而且，对皇家剧院有控股权。”托马斯记得很清楚，这些都是他的新朋友对他说的。

阿隆佐微笑了一下，他总是那么温文尔雅。“嗯，也可以这么说吧。青帮的确拥有同望公司的绝大部分，这个，如果你不想知道，就当作没听到吧……”

“不不，当然想知道。”托马斯很尴尬。他了解更多的情况，才不会显得一无所知，否则的话，他什么都蒙在鼓里。当然，作为一个初来乍到的新手，他本来就蒙在鼓里：“告诉我吧。”

“毫无疑问，林鸣是为青帮做事的，那是中国最大的三合会，而他的父亲就是总头目。”

“他的父亲？”

“他没告诉你吗？”

“没有。”托马斯尽量让自己显得很镇定沉稳，“那么，三合会是……？”

“一个帮会，但是规模比一般帮会更大，它更像一个地下秘密社会。入会的成员以生命起誓，生死同心，一辈子。”

面对眼前这个徐徐展开的新世界，托马斯感觉自己如同盲人。你什么都还不知道呢。但是，他现在的任务是努力演好老大这个角色，因为他是乐队领班。面对阿隆佐，这位比他年长了二十多岁，显然阅历比他丰富得多的前辈，他还是摆出了一副冷静的样子，说：“谢谢你告诉我这些事情。”他伸手关掉了大厅的电灯。“不过，依我看，那是林鸣自己的事，与他人无关。就像你今天跟我说起的人力车夫，每个人都有权利选择自己的主人，对不？好吧，明天见，今天真是太感谢你了。”他们穿上大衣，纽扣一粒粒扣好，走到剧院门口，一阵寒气逼来，他们都不由得拉了拉呢帽子。匆匆道别后，他们朝着相反的方向离开了。

托马斯都快冻僵了，他现在只盼着赶紧回家，回到那栋巨大而冷清的房子里，抓紧时间再弹会儿钢琴，为明天的排演做好准备，他不想再在队友们面前出洋相了。一辆黄包车跑到了他面前，这回他不再犹豫，甚至都没多看车夫一眼就跳上了车，嘴里还喊着“快，快”。

·2·

排演结束之前，林鸣和宋玉花就离开了剧院。把她送上黄包车之后，他步行着穿过法租界，去逸园[①]看望父亲。黄昏时分，天色渐渐开始暗下来，这个时间里的上海，是林鸣最喜欢的。暮色四合，城市安静下来，白天的喧嚣慢慢消退，夜晚的魅力在慢慢凝聚。而夜晚，是这个城市展示魔力的舞台，无论是优雅的，还是颓废的。在夜色里，你可以拥有任何东西，只要你付得起。准确地说，夜晚的上海，不是一个具体的城市，它是幻想飞扬和承诺兑现的梦境。而对于林鸣来说，逸园，就是夜上海最典型的象征。

比起其他同类建筑，这栋娱乐交际大厦简直是巨人，它的部分股权，也归青帮所有。虽然在这个帮会庞大的财产收入中，来自于这栋大厦的比例很小，不过，这里有舞厅、餐馆、赌场、麻将室，还有一个标准大小的跑狗场，所以，它是上海最大型、最气派的夜生活的宫殿。

林鸣来到了位于辣斐德路上的大门口，“谁啊？”里面的人粗鲁地问了一声，那是守门人老铁的声音。

“你妈×的，”林鸣亲热地回了他一句，“我刚从她那儿回来。”

“我妈？麻秆，瘦成你这样的，掉进去都找不着咯。”老铁嗤笑着，叫着他给林鸣起的绰号。林鸣个子很高，但非常瘦削，这一特征无疑是继承了他的父亲杜月笙。

---

① Canidrome，逸园跑狗场，今文化广场。

林鸣听到这个绰号一点都不动气，他知道，自己长得和杜月笙像是一个模子里刻出来的，看到他们两人站在一起，没有任何人会对他们之间的关系做出错误的判断。

“进来吧。”老铁说着打开了门，粗鲁又亲昵地把他拉了进来。沿着一条靠近围墙的青砖小道，林鸣往跑狗场后门走去，这是一条幽暗的小道，小道两旁的树木枝丫光秃秃的。虽然走在围墙里，但外面的气味毫无阻拦地在空气中弥漫，那是混合了腐败的垃圾、寺庙的香火、柴油、香水和鲜花的气味。他熟悉这种气味，这是让他感觉心安的气味，是他心目中真正的上海气味。在上海，他没有真正意义上的家，他不属于这里的任何一个家族。他的身后，没有家族的依靠，但是，这种上海的气味就是他的依靠。无论他身处何方，这种气味总是会把他拉回来。这会儿，他深深地吸了一口气，走进了跑狗赛场。这是一个椭圆形的碗状场地，碗底就是赛狗的赛道，赛场的外圈是层层看台，由铸铁栏杆隔开。灯柱也是同样风格的铸铁，灯柱上悬挂着的电灯是老式煤油灯的样子。看台上方是钢构屋顶，屋顶下的每一排座位上，都坐满了赌狗的人，这时，比赛还没开始，赛场上一片嘈杂的人声。

突然间，栅栏门啪的一声打开了，一只假兔子蹿了出来，沿着轨道，迅速前行。随后，发令枪鸣响，一群赛狗跟着跑了出来，追着假兔子撒丫子狂奔。看台上炸开了，原本嘈杂的声音变成了高声的喊叫，人们跺脚吹口哨，夹杂着尖叫声和呵斥声，一时间，赛场上喧闹震耳欲聋，声浪冲向半明半暗的夜空。一切来得快，去得也很快。押了注的人群在充满希望地呼喊，过了线的赛狗筋疲力尽地倒下来，大口地喘着气，口水顺着嘴角，流淌了一地。高音喇叭里，好几种语言轮流播报着赢得名次的赛狗号码。

紧挨着的大楼里，一条长长的走廊通向舞厅乐池的后门。在逸园，林鸣管着两支乐队，一支是泰迪·韦瑟福德管弦乐队，这支乐队在大舞厅从晚上七点半演到半夜两点，另一支是由巴克·克莱顿哈莱姆绅士乐队旧部组成的乐队。克莱顿在一场争吵之后，甩手不干，离开了乐队，他一走，乐队也散了。他自己有能力，找到了别的活计，还能在这城市里继续混下去，可别的乐手就没有这么幸运了。过了一段时间，林鸣把这些乐手都招了回来，重新编排安置。现在，这支乐队就在逸园里驻演，每天下午到傍晚时分为茶舞伴奏。今晚，他来这儿就是为了去见他的父亲，他没有在舞厅停留，而是绕过舞厅，直接上楼了。

杜月笙坐在一张漆光油亮的桌子后面，孔祥熙坐在一张扶椅上，两人面对面地坐着聊天。孔祥熙是财政部长兼中央银行总裁，他学养深厚，家财万贯。时下，因为蒋介石正被拘押在北方，所以他还担任了中央政府的行政院长。

"小林。"他很慈祥地叫了一声，烟斗嘴里一叼，伸出双手，握住了林鸣的手。

"很高兴见到您。"林鸣说道。他们两人之间，虽然年龄悬殊，但有一种默契。孔祥熙曾就学于俄亥俄州的欧柏林和耶鲁大学，而林鸣上过美国人开的寄宿学校，所以他们两人的英语都很流利，思维方式也很西化。

接着，他又转向了他父亲。父亲穿着一件中式长衫，坐得笔直，头发总是刮得光光的，面色冷峻。"先生。"他恭恭敬敬地喊了一声，杜月笙办过学，崇尚教育，他喜欢别人这样称呼他。

杜月笙对林鸣的温顺没有任何反应，他继续着和孔祥熙的对话："蒋委员长的夫人和她的哥哥宋子文明天将飞往西安，他们带上了一大笔钱，要把委员长保出来。"

林鸣早已经习惯了杜月笙的冷淡，他毕恭毕敬地站在一旁，听着两位长辈的对话。听到这里，他轻轻地对孔祥熙说道："愿您的亲人们平安无事！"

"他们不会有事的，"孔祥熙温和地看了林鸣一眼，接着说道，"可是，当务之急是，说服蒋委员长，听从部下的建议，停止反共，一致抗日。"

杜月笙毫不掩饰他的诧异："停止反共？"

"对，在目前的情况下，必须以大局为重。"孔祥熙说着，吸了一口雪茄。

"但是，我还是会继续剿杀他们的。"

孔祥熙笑了笑，杜月笙想杀谁就杀谁，谁也拦不住他。"如你所愿吧，”他宽容地笑了笑，“不过，我的老朋友啊，你也应该把精力转移到对付日本人上面去。这也是我今晚来看你的另一个原因啊，我来是要告诉你，从日本新来了一位高级将领，一位海军大将。”

林鸣不由得往前探了探身子，很关注地听着。这个时候来的海军大将，在上海的日本驻兵里无疑是级别最高的。

“他的名字叫森冈。”孔祥熙说道。

“我们的新总督，”杜月笙冷笑了一声，口气里带着嘲讽，“是啊，这事我知道。”

“你已经知道了？”孔祥熙有点意外，“遗憾的是，对他的个人背景，我一无所知。”

“你等一下。”杜月笙在桌边轻轻敲击了三下，老博推门进来，他是位年长的广东人，杜月笙众多秘书之一。“先生。”他谦恭地向杜月笙弯了一下腰，然后转向孔祥熙：“先生。”他没有向林鸣打招呼。老博的上海话说得很流利，不过带了点他的家乡口音，显得慢条斯理的。“是这样，我们有一位兄弟，手下有线人在新成立的日本海军指挥部行政署工作。”

孔祥熙紧皱双眉，问道：“在指挥部工作？他们征收了共达纺织厂旧厂房，加以改造利用，指挥部就是设在那里吗？”

“是的，这位新来的大将的公寓也在那边。我们了解到的情况是，这位大将夜里经常出去喝酒，但从来不会喝到醉。他结了婚有孩子，不过，家眷都留在日本，没有跟过来，他也没带他们的照片。”

“那么，他有什么特别的爱好吗？”杜月笙说。

“是的，先生，”老博继续说：“据我们的线人的了解，他对音乐很痴迷。在他那儿，到处都是留声机唱片。”

“是吗？”杜月笙冷峻而阴沉的目光里闪过一丝亮色，他扫了一眼林鸣，继而又转向老博，“那么，他喜欢的是哪种音乐呢？”

“爵士乐，先生。”老博回答道。

“真的吗？”孔祥熙用英语说道，还向林鸣眨了眨眼睛，他没有注意到，林鸣已经陷入了恐惧。“至于您，先生，”孔祥熙换作中文，对杜月笙继续说道，“运气实在太好！您什么也不用做，有爵士音乐家在那里，他就会自己送上门来啦。”

林鸣站在那里，双腿发软。他嗅到了危险，呼吸不畅，感觉到周围空气在变得稀薄。对生活，他所求不多，只想做好所能做到的分内事，从海外引进新的音乐，照顾好他的音乐家们，然后和他心爱的姑娘珠丽在一起。他没有自由，也不奢求，因为他心里很清楚，他父亲，还有青帮，已经完全控制了他的生活，甚至有可能控制他死去的时间和方式。现在，他还接受了另一个事实，面对日本人，他是无能为力的。但是，那些音乐家，那些他从美国带回来的音乐家，他们让上海沉湎于无尽的夜晚，至少，日本人会放过他们。

杜月笙谢过了老博，对他提供的信息，表示了赞许，杜月笙对秘书们总是很客气。老博一躬身，退了出去。

"真是很幸运。"孔祥熙转而又对林鸣说道，"还有你，不要太担忧，没有李代桃僵的理由啊。"

孔祥熙善意地用这个典故转移了话题，然而，他的话并没有缓解林鸣的忧虑。一旁的杜月笙点点头，表示同意，古代的用兵策略是他最喜欢的传统典故。

林鸣僵立着，他低声地开了腔："请……"他听到自己的声音在颤抖。

"你想说什么?"杜月笙的眼光尖锐锋利。

"上海有那么多爵士音乐家，可以用别人做诱饵——"

但是，他父亲举手制止了他往下说："这由不得我们，做决定的是他自己。在上海，没有人能抵挡得了诱惑。他就像一只鸟，在花海上飞啊飞，可是，迟早会掉下来，那时，就落到我们手里啦。"他目光冷峻地盯着林鸣，一字一顿地说："不管他落到哪里。"

那是让林鸣心寒的目光，他扭头躲开了父亲，心里燃起了憎恨。他憎恨父亲，憎恨日本人，最憎恨的还是他自己。他知道，无论他将得到怎样的指令，只要指令一下达，他手下的一位音乐家就要遭殃，而他，只能服从。

一九三六年的平安夜，是个礼拜四。那天的排演结束之后，托马斯穿上大衣，走出了剧院。这是第一次他没有马上回家继续练琴，而是出去走走，放松一下。并不是这个传统的团聚日子勾起了他的思乡之情，绝对不是，直到现在，他还是很高兴能远离美利坚，在上海生活，上海的一切都让家乡相形见绌。每天早上，他在睡梦中醒来，期待着会有一丝的感怀涌上心头，但是，到目前为止，这一切从来不曾发生。当然，他怀念妈妈，但那是另外一回事，妈妈走了，她永远都不在了，没有任何力量能让她死而复生。

平安夜，他不想待在那栋冷清的房子里。他住的房子很大，用人很多，但其实并没有他的私密空间，也没有真正的同伴。所以，扣好大衣纽扣，从剧院出来后，他走到了霞飞路[1]上。这一条路上，都是店铺和餐馆，一家挨着一家。他的乐队同伴们把这一带称为“小白俄”，西里尔字母的店招闪烁着变幻的色彩，店铺和餐馆灯火通明，窗户上装饰着节日的彩灯和圣诞的布景。那是可以触摸得到的快乐，餐馆的大门开开合合，一对对裹着华贵皮草大衣的男女笑盈盈地进进出出。他都能听到酒杯的碰撞声，还有缕缕钢琴声，今晚，到处都是舞会。

那时，住在科利尔街，每到这个节日，家家户户都会在窗口挂上彩灯，圣乐班的歌手们在人行道上漫步，对着过往行人唱着圣诞颂歌。从街上走过时，烤火鸡的芳香不时地从邻居家飘出来。想到这里，一阵尖利的疼痛扎透了他，他的身体瑟缩了一下。他紧了紧大衣领子，装作是因为冷。

他想找个地方，坐下来听会儿管弦乐。在公共租界里，有好几支从美国来的白人爵士乐队，在维也纳花园，或者大华咖啡厅等俱乐部里，都有这些乐队驻演。听乐队队友说，这些俱乐部大舞厅里还配有舞伴，她们多半是白俄女子。不过，这样一来，这些俱乐部的档次，比起法租界里的俱乐部，自然就低了一等。法租界里有名的俱乐部有皇家剧院、圣爱娜舞厅、天宫咖啡厅以及大使俱乐部等等，以纯粹的音乐吸引高贵的客人。托马斯一直没去过公共租界里的俱乐部，就因为那里的种族隔离法规。今晚，他还是会在法租界找个有黑人管弦乐队的地方坐坐。

借着刚买来的地图，他发现附近有条小路通往逸园跑狗场。他早

---

① Avenue Joffre，今淮海东路。

就听人说了，在逸园驻演的泰迪·韦瑟福德的乐队，演出合同即将到期，到时候，泰迪将会带着他的乐队去加尔各答，开始冬季巡回演出。他准备过去看看。

他到的时候，逸园的大门敞开着，门口停满了轿车，连草坪上都停着车，他从正门径直走了进去。到了上海后，能随意出入高级场所，这一点，依然令他欣喜。领位的中国女孩给了他一个甜甜的笑脸，他报出了泰迪·韦瑟福德的名字，她指点他去其中的一个舞厅。

在这种娱乐场所，托马斯已经熟门熟路了，一进舞厅，他就招来了侍者领班。他有一张赊账卡，在这里以及其他高档的消费场所都是通用的，这是他作为一个外国人在上海生活的便利之处。只要签个单，想要啥立刻到手，无论是货物、食品、美酒还是女人，只要是钱能买到的都可以赊账。到了月底，他会收到一张账单，上面是他这一个月的所欠总额，然后他会派最年轻的用人小孔去付账。就这样，虽然他还在等待他的第一张支票，但他已经可以和任何有消费能力的男人一样，被带着入座，一瓶冰镇克罗瓦啤酒和一只冷藏过的杯子放在了他面前。

他一直听他的队友们说起泰迪·韦瑟福德，他们对他的评价很高，今天他就想来一探究竟。演出还没有开始，来宾们都在等待，一阵骚动后，泰迪大步地跑出来，人群中立刻爆发一阵阵的欢呼声。这个男人一出场，他就明白为什么队友对他赞誉有加了。泰迪大声地向大家问好，祝来宾们圣诞快乐，随后，他一个转身，坐在了钢琴凳上，几乎同时，一串热烈奔放的音符在的他手下倾泻而出。在人们的欢呼声中，他的伴奏者们身着色彩协调的制服，相继出场。在他们当中，托马斯认出了拉小提琴的达内尔·霍华德，托马斯以前见过他一次。那时候，达内尔还是詹姆斯·P·约翰逊的种植园日子管弦乐队的一员。在无可挑剔的协调一致中，他们举起了各自的乐器，韦瑟福德则开始了他的暴风骤雨式钢琴演奏，刹那间，电闪雷鸣，天崩地裂，云聚云开，阳光倾泻而下。

托马斯看着看着入了神，他自己的演奏，从来就没有带着这种力度。这样的表演，带给人触电般的感官刺激，令他大开眼界。在表演的间歇中，他急忙上前去祝贺。

韦瑟福德这时正坐在台下休息，他手上拿着一杯威士忌，看见托马斯，他的嘴就咧开了，露出了标志性的笑容："你也是该过来打个招呼了！孩子们，过来过来，这位就是国王乐队新来的领班。"

"你好，我是托马斯·格林。"他兴奋地和挤在身边的每一位乐队成员握手，"你们真是太棒了，只要让我知道你们成功的秘密，叫我干什么都可以。"他转向达内尔·霍华德，亲热地说道，"我见过你，那时你和詹姆斯·P·约翰逊在巡演，你演奏得太好了，我记忆犹新，很高兴能在这里的舞台上再次见到你。不过，我很好奇，"他又转向了领班，"你又是怎么知道我的？"

"得了吧！"韦瑟福德笑了，"你以为我们有多少人在上海啊？我一见到你就猜出来你是谁了。不过，看你的样子，还有你说话的方式，你不像是从哈莱姆出来的，对吗？"

"你说对了，"托马斯说道，心里暗暗诧异，不知道什么地方暴露了自己，"我来自马里兰州，东岸。"他不敢说巴尔的摩，生怕韦瑟福德刚好认识那儿的哪一位音乐家。"那是靠近伊斯顿郊外的一个小地方。"这倒是真的，他外公的农场就在那里，当然也可以算是他的家。

"我就说嘛，都是来自于美国！"泰迪得意地欢呼道。韦瑟福德的外套很随意地敞开着，里面的衬衫上有汗水的痕迹，那是刚才弹钢琴时流出来的。"来来来，让我们坐下来说话，"他一边说，一边找了张空桌子坐下，"是林鸣先生在关照你？"

"当然。"好像谁都认识林鸣。

"今天晚上你要去哪儿过平安夜啊？如果你想和我们混，我们可以在下半夜一起出去。"

"你太客气了。"托马斯不想暴露自己其实无处可去，无事可干，在这个城市，他认识的人就是堪萨斯城国王乐队的那些同伴，但没人邀请他共度平安夜。"抱歉，我已经另有安排。请告诉我，除了在这里，你还在别的地方演出吗？"

"哈，四处巡演，"韦瑟福德说，"从夏天到冬天的圣诞季节，在这里。然后，转移到加尔各答的格兰大酒店和孟买的泰姬陵酒店，冬至在那里可是大好时光。当中，我们还会抽空去一下马来的丛林地区。"

“你指的是新加坡?”

“我们会坐船去新加坡，然后驾车北上去丛林。”

“去哪里呢?”

“巨大的橡胶种植园，英国人开的。好家伙，他们在那里开的舞会你都不敢相信！方圆几百英里的白人都来了，长袍、礼服、钻石，那豪华场面任你怎么想象都不过分。舞厅是一水的大理石地板，光芒四射的水晶吊灯比起这儿的更大更精美，而那是在丛林里！他们喜欢我雷鸣般的钢琴声!”

“这里的人们也喜欢，”托马斯接口，环顾了一下整个舞厅，“可是，有种族法规的公共租界那边怎么样呢?”

韦瑟福德摇了摇头说：“林先生总是叫大家小心点，我也听说有过一些纷争，不过，我可以肯定，你去没事。或许，你应该避开那些大酒店和大餐馆，他们不让你从正门进去，不过私人舞会绝对没问题。英国人在那里有别墅，那些草地，那些花园，简直就像是从童话世界里出来的。”

“那么，日本人又是怎么回事?”托马斯朝远处示意了一下，在舞池边上，有一小堆穿着军装的日本兵。

这位领班盯着他们看了很久，说：“他们喜欢爵士乐，不过你可别抱有幻想，我是不会为他们服务的。一旦他们占领上海，上海立刻就从我们的巡回名单上划掉，因为我是见识过他们占领一个地方之后，是怎么干的。兄弟啊，在这件事上，就得这么干脆。”

“你看见过什么？他们干了什么?”

“他们一旦占领一个城市，那里的夜生活就被控制了，然后就毁了。他们要推一种新的毒品叫海洛因，它是从鸦片中提炼出来的，用针头注射，这就是他们为什么喜欢夜店，千万别碰。他们来了，我们就走。什么?”他抬头看到达内尔·霍华德对他打了个手势，他一口喝光啤酒，说：“失陪了，兄弟，我得去砸点布鲁斯出来啦。”

“谢谢你，再见。”托马斯回道。

“期待听到你的声音。”韦瑟福德说着向他致敬，托马斯笑了笑，笑容掩饰了他心中的焦虑。他还没有声音，而且，在接下来的六天里，恐怕还是没戏。国王乐队是有声音的，而且，还是很大的声音，他们的歌曲，在即兴复调和布鲁斯旋律中飞扬，簧片和铜管的即兴独奏穿插其间，把气氛步步推向高潮。现在，在他的努力下，曲目的安排已经非常紧凑，可是，他自己的钢琴该如何把这一切串联起来，呈现出来，他心里却还一点底都没有。

听完三支精彩的曲子后，他离开了，站在马路上，他冻得发抖。心里想着还要做的事情，立刻扬手叫了辆黄包车。现在，让车夫在寒风中像牲口一样拖着他跑，他已经眼睛都不眨一下了，大家都这么做，他也习以为常了。他也习惯不付小费了，在这里，如果你付了小费，他们就会小看你。至于在这个平安夜，孤独地在大街上游荡，也没有什么不可以。爵士音乐家就是游荡的人，是布鲁斯的人，这样说来，他现在还在马路上游荡是对的，和他的身份相称。

走上台阶，他还没掏出大门钥匙，华叔就已经从里面把门打开了。“先生，来客人了。”他说道。

托马斯进了客厅，一眼就看见林鸣坐在长靠椅上，笑容可掬。“怎么突然到我这里来了？有什么喜事吗？”

“哈哈，你说对了，”林鸣说，“你有听到关于蒋介石的新闻吗？”

“不太清楚。”托马斯在逸园听到人们说起过绑架的事，但他并没有听进去。

“他们把他放了，因为他承诺和共产党合作，并肩对抗日本！也因为孔祥熙和宋子文付了一大笔钱把他保出来，这可是大新闻。”

“那可真是好消息，这下，也许你们可以打败日本人了。”托马斯想起了韦瑟福德说过的话，想起他关于日本人占领上海之后的预言。

“对，把那些强盗赶出去！”林鸣把手伸到棉衣里摸索着，“哈，在这儿。”他取出了一瓶酒：“明天就是圣诞节了，这是我来你这儿的另一个原因，我也无处可去。坐下，小格林。陪我喝一杯。”

盛大复演那天，林鸣很早就到了。巨大的穹顶上，灯饰层层叠叠，如瀑布般倾泻而下。舞台背景的贝壳，闪耀着一道道象牙和黄金的光泽。身着白色上衣的侍者将一朵朵茶花插入花瓶，浆过的白桌布铺得平平整整。林鸣还注意到，他们的脸都刮过了，头发往后梳得服服帖帖。他的所有雇员都是从北方逃难来的，从日本人占领的东北逃到上海，他们饥寒交迫，陷入了绝境。这样的难民每天都会增加。战争写在他们的脸上，这些战战兢兢、骨瘦如柴的人们来向他求一份糊口的工作，如果他愿意，他每天都可以迎新去旧，“快点快点！”他拍着手大声地催促着。

周是林鸣的大堂经理，他已经见识过太多的演奏和伴奏了，这种演出已经不能给他带来一丝的兴奋。不过，今天不一样，剧院外面挤满了等待进场的人，他们衣冠楚楚，脸上却是抑制不住的兴奋，他在林鸣的眼里读出了意外的惊喜。时间一到，大门打开，迎接宾客，他们是穿着西装、礼服、中式长袍的男人，是穿着紧身旗袍的中国女人和曳地长裙的西洋女郎。那些富豪还带着一队队的俄国保镖，对于任何一个身家显赫的重要人物来说，流氓绑架和索求赎金一直是个令人头疼的威胁。在皇家剧院这么特殊的场所，刀枪相见是常有的事。

皇家剧院的来宾中，华洋兼有，甚至还有日本人，当时有两万多日本人住在上海。他们当中，不仅仅有爵士乐爱好者，也有上海最好的爵士音乐家。从音乐素养和技巧方面来看，他们仅次于美国人，当然，这并不意味着林鸣会招聘他们。在闸北，他们有自己的夜总会，那里才是日本人聚居的地方。不过，作为剧院的客人，林鸣对他们一视同仁，如同他欢迎任何一位来宾，这也是夜上海一条不成文的规则：把政治和分歧关在门外，所有人都欢迎，所有人都平等。

当然，这其中还有另外一层原因，一个不是那么说得出口的原因，那就是没有人愿意直面战争，尤其是在夜晚，本来就该是享受快乐的夜晚。他们把每一次的侵犯和每一次的吞并称为一个偶然的事件，这样一来就好容忍多了。比如，奉天事变[①]和长城抗战[②]，就在上

---

① Mukden Incident，即九一八事变，欧美称奉天事变或盛京事变，因沈阳旧称奉天或盛京。Mukden为满文，音译谋克敦，意译为盛京或奉天。

② Great Wall Incident，一九三三年一月一日—五月三十一日，日本称之为热河作战，结果是热河沦陷，日军势力逼近长城。

海发生的一·二八事变[1]，导致了在上海这个中国城市，只有日本人可以佩带武器的规定。既然定义为“事件”，人们就可以心安理得地照常工作，照常娱乐，照常消费，今晚该干啥还是可以干啥。“你好，”林鸣向每一位从他身边经过的客人致意，“欢迎来到新皇家剧院！”

他认出了汇丰银行的总裁，在他身后，是渣甸洋行的大班，身边带着跟了他很久的法国情人，自从他夫人去世后，这两人就在公开场合出双入对了。这个男人悲恸了很久，做得也很得体，现在，就连最固执的卫道者也该容忍吊在他手臂上这位丰满的厚眼皮海洛薇兹[2]了吧。在这一点上，白人有时候让林鸣觉得保守得有点不可思议。

见到作曲家阿龙·阿甫夏洛穆夫[3]，他的笑容更加灿烂了。这位出生于西伯利亚的俄罗斯人把一生中最好的时光都献给了中国，写出了多首糅杂西洋音乐和中国传统音乐的交响曲，他是一位令人尊敬的作曲家，他的到来提升了今晚这场演出的档次。和平时一样，他依然穿着一件黑色丝质中式长袍，配上他那双有点鼓出来的蓝色大眼睛，还有棱角分明、英气逼人的脸庞，显得有点奇怪。“你好，阿甫！见到你很高兴。”林鸣伸出了手。

现在，大门关上了，每一个位置都坐满了，舞池里，欢声笑语，衣香鬓影，人们都等待着。终于，灯光暗下来了，只有一束光柱，斜斜地打在舞台的中央，林鸣举起双臂，走进了光圈：“各位，除夕夜快乐！”他大声地说道，顿时，一阵欢呼声席卷了他，“你们的侍者已经将最好吃的和最好喝的都给你们准备好了，我们将要在音乐美酒中迎来一九三七年！尽情地跳起舞来吧！”

人群再一次沸腾。在他的身后，第一批音乐家穿着蓝色西服出场了。他心里在默默祈祷，但愿托马斯已经准备就绪，于是，他张开了臂：“欢迎堪萨斯城国王乐队再次出演！”

---

① Shanghai Incident，发生于一九三二年一月二十八日，日本称之为第一次上海战役，以别于一九三七年的淞沪会战。

② H é loïse，中世纪法国哲学大师亚伯拉德的情人。

③ Aaron Avshalomov，一八九四——一九六五，俄罗斯犹太作曲家，在中国居住三十余年，曾为《义勇军进行曲》配器，代表作有《北平胡同》等。

整个舞厅淹没在尖啸声中，当托马斯跟着走进光圈时，声浪平息了。虽然托马斯也是普通身材，和林鸣并肩站在这柱光里，他显得很高大，令人眼前一亮。

聚光灯下，他的动作潇洒自如，步履轻捷地走向钢琴，然后稳稳地坐好，随着右手抬起放下，一串复合音如流水般倾泻而出，李斯特风格的曲调顿时攫住了在场每一位的注意力。这段音乐横空而出，瞬间又戛然而止，这只是个预热。那只手，又抬起来了，同时，他的脚有节奏地打着拍子，数到点，《萨伏伊顿步曲》①响起，仅仅弹了几个音节，舞池中的人们就像通了电一般兴奋起来。

很好，林鸣听出了曲目安排的巧妙之处。在开头用炫技来吸引听众之后，人们的注意力已经从托马斯的钢琴上转移了。琴声就像一个背景，它总是在那里，延续着时间，但又让人感觉不到它的存在。他还年轻，还青涩，刚刚从他的茅草屋里出来，但是，他已经在做一些新鲜的尝试，用经典来引入爵士。林鸣希望这种做法能改变人们的看法，不再视爵士乐为外国文化中暴力和危险的元素。没有人在听到这段开场之后还会认为爵士乐是来自于丛林的野蛮之物。即使抛开托马斯的个人风格，国王队也是炙手可热的，尤其是那对年轻的兄弟，查尔斯和欧内斯特·希金斯，他们配合得天衣无缝，用轻快亮丽的萨克斯风一遍又一遍地冲撞歌曲的主调，而铜管悠然吹出了本来的节奏，协同吉他，把旋律悄然拉回。

钱也开始涌进来了，两首曲子之后，舞厅里人已经多得挤不下，他们开始劝退听众了。每次林鸣经过办公室，他都会听到保险箱被打开和关上的声音，杜月笙会很满意。

夜半钟声敲过后不久，大老板来了。在一阵噼噼啪啪的香槟酒开启声中，在《友谊地久天长》的和声中，一九三七年到来了。橡木塞子被气体冲开，带出了令人微醺的酒香。那时，乐队刚刚重新坐下，

---

① Stompin' at the Savoy，创作于一九三六年，爵士和慢摇发展时期的萨伏伊舞厅是纽约哈莱姆的心脏，这家传奇性的舞厅开业于一九二六年，众多著名爵士音乐家在此驻演。一九五八年因社区改造，舞厅关门。

开始演奏伴舞乐曲，杜月笙出现了。火老鸦[①]和花旗阿根[②]跟在他左右，他身后的宋玉花穿着一件过膝旗袍，就像那些从二十年代月份牌里走出的女郎。“妹妹!”林鸣迎了上去，她和平常一样，给了他一个暖暖的笑，然后转身消失了。

转过身，林鸣不在视线中了，她紧走了几步，跟上前面的男人。在她前面扶梯而上的，是先生和保镖们。在公开场合，她总是走在最后面，没有男人的保护。不像那位女演员，记得那是几年前了，她的化妆间门口，总是守着杜月笙的保镖。他最近娶的两房太太也有她们自己的保镖，护卫着她们的住处。

这些，宋玉花都没有，她不配。她住在顶楼，天花板低矮，夏天闷热，冬天冰冷。在那里，她有一间卧室，一间小小的客厅，还有一间小小的起居室，只容得下一张小床，那是她的女佣阿潘的房间。杜月笙根本没想过在她身上浪费更多的空间和用人，因为她的父亲赌博输给了青帮，把家当都输光了，杜月笙收走了房产，连同她，算作抵押赌债。

她是翻译，也是随从，她有她的任务和义务，不过，至少她还不算他的小老婆。十八岁那年，她进了杜家，那时她还是处女之身。可是，他睡了她两次之后，就再也没碰过她。对于她来说，这是她求之不得的，但同时也时时提醒她的失败，这种失败是她所不能理解的。她不知道为什么杜月笙从此就再也不要她了，她不知道自己哪里做错了。有时候，她会帮着老婆们照看孩子，心里疑惑着这个家里藏着多少她们都知道、就她自己不知道的秘密。杜月笙的四房太太有时会和她说说话，她不止一次地帮她看过孩子，虽然四房太太是杜月笙几个老婆中最年轻的一位，和宋玉花的年龄最相仿，但她们两人从来不谈私事。

和那个刚到上海时温顺的女孩相比，现在的她已经是另一个世界的人了，如今，她有她要报效的对象。和杜月笙一起出入各种场所是

---

① 本名芮庆荣，世代居住曹家渡，打铁为生，平时路见不平拔刀相助，有拼命三郎之风。

② 本名叶焯山，他在美国领事馆做过事，给洋人开汽车，因此得了这个绰号。

她的优势，他是上海滩的大佬，黑白通吃的主儿，跟在他身边，她耳闻目睹了很多隐秘的事情。就当她和平常一样，跟在众人的后面，走在皇家剧院的楼梯上时，她的耳边充斥着各种交谈声。那些人群中时而爆出的笑语，那些包厢的帘子后面传出的窃窃私语，她都听在耳里。听得懂英语是她另一大优势，那些外国人就像傻瓜似的在她面前口无遮拦。

走在她前面的杜月笙在一个包厢前止步了，他走了进去和里面的人打招呼，火老鸦和花旗阿根在外面站好，她跟了进去。她认出了孔祥熙那圆胖的身材，在他身边，坐着一位看上去有气无力的英国老男人，她在报纸上见过他的照片，那是李滋罗斯爵士（Sir Frederick Leith-Ross），英国政府派来的财政顾问，帮助中国治理经济问题。资本主义吸血鬼，她暗暗地鄙视他那光光的脑袋，上面有几根可怜巴巴的白发，贴着头皮向后梳去，一张松弛的老脸，在酒精的作用下泛着红光。

李滋罗斯的眼神里，也毫不掩饰地流露着对杜月笙的鄙视，鄙视他那标志性的大耳朵、光头，还有他的长袍。“太令人吃惊了，他们居然让他进来，还到包厢里来，真丢人！”

“没错，你可以说他是个绑匪，或者凶手，随便你怎么说吧，”孔公用他流利的英语低声作答，“但是，亲爱的爵士，在上海，有十万人听从他的指挥。”这个说法不免有点夸张，宋玉花知道，准确的数字应该接近于一万吧。但孔祥熙还在继续：“国民党之所以能够控制上海的局面，就是因为有杜月笙和他的手下。为什么？你说我们还有什么选择？他随时都可以挑起一场动乱！”他转而谦恭地低眉，用上海话对杜月笙说：“先生，随时听候吩咐。”他之所以被称为孔公，是因为他是孔子的第七十五代后人。

“哪里，哪里。”杜月笙客气地回应着，非常受用对方的恭敬。

孔祥熙又用英语说：“让我来介绍一下。”

他们同时转向了那位英国人。英国人阴沉的眼光已经在上下打量宋玉花了：“我的天，他的小情人年轻得可以做他的女儿了。”

王八蛋，宋玉花心里暗暗骂道，她憎恨用淫秽的目光看待她的男人，可她没有流露出来。她伸出了一只手，用英语说：“抱歉，我们还不认识吧，我是宋玉花，您是……？”

他一惊，差点没噎住，尴尬地说道：“李滋罗斯爵士，很高兴认识你，美丽的女士。”

“久仰。”然后，她转向孔祥熙，孔祥熙握住她的手，依照欧洲人的礼节，在她的手背上吻了一下。“孔公，”她继续用英语说，“见到您很高兴。”她的脸上，挂着甜美的微笑。杜月笙神色威严地和他们道别，在众人的簇拥下转身离去，她也跟了出去。

她的话，礼貌得无可挑剔，但是，英国人愠怒的脸色显然表明她刺中了目标，孔祥熙忍了忍，才没笑出声来。很好，这个外国人就是只癞蛤蟆。

在他们自己的包厢里，宋玉花坐在了属于她的位置上。和平常一样，她默默地环顾四周，她总是担心会遇到家乡来的熟人，在老家，人们并不知道她父亲为了抵债，把她卖给了杜月笙。那天晚上，没有来自安徽的人，不过，她注意到很多上海的社交明星、银行家、航运巨头和地产大佬，甚至，还有阿甫，那位俄国来的犹太作曲家。楼下舞池里的每个人都把注意力放在了那位新来的钢琴家身上，虽然在过去的一个星期里，剧院已经为乐队的复演大打广告，但是，在宋玉花看来，这位钢琴家并不像传说中那样是生在棉花地里的奴隶。

他的演奏中有一种冷峻的高傲，那是她所熟悉的感觉，这种感觉把她带回到了童年的时光，那时候，她家庭教师给她上钢琴课，教她弹车尔尼，弹巴赫。然而这又是一种舞曲，她判断，这大概是来自于美国的一种新的混合品种，她很喜欢。

午夜过后，大约两点来钟，林鸣出现在包厢里，他卷着袖子，看上去精疲力竭，但是脸上满是喜悦和兴奋之情。今晚的复演，无疑是一个巨大的成功，账房先生的算盘打了一夜。“暴利啊！”他瘫坐在椅子上。

杜月笙冷冷地看了他一眼，微微地点了点头，表示认可，这对于他来说已经是很大度了。可是，这眼光如同一桶冷水，当头浇了下来，他恨他的父亲，虽然他父亲给了他受教育的机会，但是，林鸣负责打理的爵士俱乐部，早已经把这笔投资连本带利都收回了。无论他有多么努力，他从来没有得到过杜月笙父爱的温暖。幸好，他有音乐，那是他的酷爱，也是他的安慰。楼下，托马斯的钢琴声带出了乐队主打曲《恰恰好似你》的第一句，林鸣悄悄地松了一口气。这首经由班尼·古德曼之手，成为知名单簧管曲的乐曲，被国王乐队改成了器乐曲，主调由两支萨克斯风组成，查尔斯和欧内斯特兄弟的萨克斯风高低错落，穿插呼应。

我知道我为什么等待，我知道我为什么忧伤
每个夜里都在祈祷，祈祷有一个人
恰恰好似你。

一曲终了，林鸣在一片掌声和欢呼声中，轻轻地碰了碰宋玉花的手肘，示意告别。然后，他悄然离开了包厢。这时，整个大厅都安静了下来，空气凝固，胶着。大家都屏住了呼吸，等待着安可曲。

钢琴家缓缓地抬起了手，一束灯光罩住了他，他的四周，都没入黑暗。

在他身后的幽深处，单簧管发出了一声清亮的悠鸣，宋玉花听出来了，那是《蓝色狂想曲》著名的前奏，她在收音机里听过，只是她从来不曾想到，有一天会在舞厅里听到这支曲子。

单簧管在起伏的调子里孤独地行走着，直到钢琴的和声如雨点般洒落。有那么一会儿，她微微地合上了眼睛，静静地聆听着。当她再次睁开眼睛时，她看到了从未见过的一幕，满满一屋子的人，身穿华贵的晚礼服，在摇曳的光柱里，静默无声，纹丝不动，都在听着，仿佛琴声是一张魔网，罩住了他们。她也一样，一动不动地坐着，心驰神移，想象着他经历的所有艰难困顿……而现在，他抬起了一只瘦削而高贵的手，带出了一声号角。

她注意到，乐队里的其他乐手也在盯着他看，脸上流露着惊奇，几乎充满了敬畏。其中有几位似乎有点怔住了，一时都跟不上他的节奏。钢琴家继续弹奏着，几秒钟之后，终于，他的伙伴们迅速调整好自己，切入了节奏之中。她能感觉得到这种细微的停顿和变化。

可惜，一支曲子太短。那一夜最后的掌声再一次在大厅里响起。宋玉花转向了杜月笙，尽量克制着，不动声色地说："挺不错，你觉得呢?”

不出所料，他冷冷地扫了她一眼。对于他来说，爵士乐和其他任何一种西洋音乐一样，都是噪音。他崇尚国粹，鄙视一切外来的东西，崇尚传统，厌恶一切新生的事物。也许，他是一个黑帮头目，是一个恶棍，但是，他的内心有一片没落贵族的领地。他和他的手下们希望能让作曲家们都闭上嘴，宣布爵士乐有害，禁止新的演出项目，让心怀不满的人都消失。她恨他。

这不是她一个人的感觉，在上海，大多数像她这样秘密加入共产党的年轻人都有同感。他们是在生活的漩涡中挣扎的作家、演员、记者和音乐家，他们是为未来而活的。他们中有些人出身贫寒，也有些人家境富裕而同情劳苦大众，但他们都是理想主义者，是典型的“走城市路线的”共产党员，他们不同于那些外省市通过“乡村路线”，而投身革命运动的年轻人。他们聪明，富有激情，通达老练，他们对自己的信仰坚定不移。宋玉花就是他们中的一个，虽然无人知晓，但她的生命中的每一天因此而富有意义。

杜月笙起身要走了，她也赶紧起了身。她的内心波涛起伏，但外表波澜不惊。

两层楼之下，托马斯·格林正站在包铜的大门边。当他向来宾一一致谢告别的时候，依然感到微微的晕眩，心情已然轻松了。仿佛整座剧院里的观众都涌向了他，向他送去赞美和祝贺。

“新年好！是的，谢谢你，”他说，“您太客气了，这是堪萨斯城国王乐队全体同仁共同努力的结果，每一位都是优秀的音乐家。是的，谢谢您，欢迎下次再来。”林鸣站在他的身边，说着同样的话。剧院里的每个人经过都得从他们身边挤过去。

在这片潮水般涌动的人头之中，他看到了一个人，他和林鸣一样，显然比别人都高，甚至比林鸣还要高。他立刻明白，这个人就是林鸣的父亲，青帮头目杜月笙。是不是该上前打个招呼呢？但据说他不会讲英语。

不过，杜月笙并没有给他这个机会，他看也没看他，目不斜视地径直走过去了。

可是，在他的后面，在所有保镖的后面，一位女子款款而行；她的眼睛里，闪动着一种光，那是他在一个女孩子眼里所见过的最聪慧、最纯洁的光，这束光一下子就透进了他的心里。她的头发，是乌黑光滑的，在颈后绾了一个髻，上面簪着一朵娇艳的鲜花。

托马斯看见她的时候，她正被人潮推送着，朝他走来，脸上露出笑容。有那么一瞬间，他们面对面了，在人潮中，四目交汇，可是，也就一秒钟，她又被人潮裹走了。终于，他最后看了一眼离去的背影，收回了恋恋不舍的目光，继续面对眼前络绎不绝的观众。

这一切，林鸣都看在眼里："别看她。"

"为什么?"

"别问为什么，她是他的人。"他接着用中文和下一位客人打招呼。

"是他老婆?"

"那倒不是。"林鸣说道。

那么，是什么呢?托马斯很想知道，但他没有再问下去。从小，他就已经懂得，有时候，必须退一步才能恰到好处。但是，道理归道理，这和他内心的感觉、想法和计划都是无关的，他现在已经注意到她了，他还会继续关注她。当然，是在他自己的内心里。

人群终于渐渐散去时，他走到了外面。在那里，乐手们和前来祝贺的人们还聚在一起，在那堆人中间，他见到了阿隆佐刚才指给他看的那个人，一个高挑的、有着蓝色眼睛的俄罗斯犹太人，身穿一袭中式长袍。格林穿过人群走了过去，向他伸出了手："新年好。托马斯·格林。"

他们的手亲热地握在了一起："很高兴认识你，新年好。"这位老人的口音，有多种欧洲语言的混杂。"阿龙·阿甫夏洛穆夫。今晚是最棒的，我总是说，一个人还是得先学古典的。你的狂想曲简直是太辉煌了！饱含着美国精神的精华，奔放、不羁。我在天津时，和一位俄罗斯夜总会钢琴家合奏过这支曲子，但是完全无法和你相提并论！你的表演精彩绝伦，我们应该再碰面，一定会的，我坚信。你同意吗?为了新的一年，让我们再次相聚吧。"

"我非常乐意，"托马斯说道，他的心因为这突如其来的接纳而鼓胀，得到像阿甫夏洛穆夫这样严肃音乐家的尊重，正是他一直以来梦寐以求的。这位老音乐家匆匆道别后，坐上一辆人力车离开了。他浅色的头发，蓬松杂乱像一团云，飘浮在人力车收拢的遮篷上，随着车子的颠簸而颤动。

托马斯转身看到了身边站着两位吹奏簧片的乐手，查尔斯和欧内斯特。“来吧，尾巴，”欧内斯特说道，这个绰号是刚起不久的，因为托马斯那天穿着乐队领班的燕尾服，“你跟我们说过，复演的晚上，你要请我们客的。”

“没错，我说过。”他伸手捋了捋那个年轻人的头发，这个世界似乎一下子向他打开了所有的大门，想到这里，他忍不住得意地笑了，这是从未有过的笑。他可以去喝酒，可以去跳舞，可以尽情地享受女人，因为他有钱了。在这里，所有的人终于生而平等了，这是最要紧的。“走吧。”

·3·

阴冷的上海冬天过去了，当杨柳泛出鹅黄的时候，托马斯的钢琴表演已经能跟得上大家了，当然，离国王乐队的要求还是有一定的距离。这是一支舞厅伴奏乐队，它的乐曲应该充满鼓动和诱惑，让人情不自禁地扭动腰肢，跟着跳起来。但是，他的不足之处在很大程度上被忽略了，一来是因为他有高超的曲目安排和带领引入的技巧，再则，他在舞台上展示的古典魅力得到了广泛的认可，所以连乐队中的铜管部都不敢提出异议。

但是，他还是感觉到隐隐的不安。三月的一天，一次，在排练的时候，铜管乐手莱斯特·寇尔嚷了起来：“尾巴，你打算什么时候开始独奏啊？”

“这个……”这一天终于来了。

“我们已经忍了很久了。”

有那么一瞬间，托马斯只听得见自己急促的呼吸声和脑子里的嗡嗡声。过了一会儿，查尔斯站了出来，打破了沉默。“这么说可不公平。”他说道。

“我同意，”他哥哥欧内斯特也加入了他的阵营，“我挺喜欢现在新的声音。”

寇尔立刻反击道：“你们俩懂什么？”

“我们大家知道的，他们俩也知道，”阿隆佐说话了，他的声音低沉洪亮，一下子吸引了大家的注意力，“你这样说话是不妥的。我认为，不论你对新声音有什么看法，但是，事实是，我们都看到了，舞厅里从来没有来过这么多的客人，我们的演出也从来没有这么受欢迎，我说的没错吧？”

他的这番话，引得众人纷纷表示赞同，也帮托马斯解了围。托马斯虽然从尴尬中暂时脱身出来，但整场排演下来，焦虑感始终盘桓心头，挥之不去。他在曲目的编排上做了一些改动，而且，尽量让自己的钢琴声隐藏在国王乐队的蓝调主旋律之下，可是，这终究不是长久之计。他是在用他的钢琴声，为自己树立一个他希望别人看到的形象。在美国的时候，深色的皮肤是他的障碍，不是每次都能冒充欧洲人混过去。因此，他必须在精确度和微妙处加倍下功夫，以此来弥补缺憾，这也是为什么他对衣饰和举止的细节如此注重。他希望别人看到的他，是一个弹奏着古典音乐的白人音乐家的形象。然而，这个形象，和他与生俱来的形象恰恰形成对比，他只能把不能弥补的缺陷，深深地隐藏在阴影里。虽然他的心里厌恶这样的行为，可是为了谋生，他不得不那样做。但是，现在不一样了，想要成为一个合格的爵士音乐家，他必须抛弃这一切束缚，成为一个不同于以往的自己，一个真正的自己。

他要做的第一步就是要拿出类似于独奏曲这样的东西。他最近雇用了徐先生，在徐先生给他抄录的乐谱基础上，他自己创作了一系列装饰音，加入其中，这些装饰音优雅而华丽，效果出人意料，听众都已经深深折服了。但是，他的伙伴们却不以为然。

乐队里的其他音乐家都有即兴表演的能力，顺手就能来个独奏，就好比兴之所至就能唱上几句一样，让托马斯很羡慕很嫉妒。这就是堪萨斯城国王乐队特有的声音，降四大调层层推进，宾客翩翩起舞，就在这平稳如河床的基调上，悠长尖厉的独奏缓缓升起。乐队里的其他人都能来一段独奏，除了他自己之外。后来，他知道这就是堪萨斯城国王乐队特有的风格，是它的标示性声音的组成部分。这种方式让每一位音乐家都有机会站出来，展示自己的才华，讲述一个故事，有平缓稳定的调子作为背景，故事得以平行展开，饱含乐感。在他知道了乐队的这个特色之后，更是对每一位队友的能力心生艳羡，深感自己的不足。

而且，还有一件事也令他嫉妒，他的队友们很多人都有女朋友，出双入对的很亲热，可就他没有。并不是因为他洁身自好，而且，这里哪个国家的女人都有，有几个睡过的女人他还蛮喜欢的。起先，他觉得很开心，享受那些年轻可爱的身体，他的手抚摸过各种肤色深浅不一的肌肤。他亲吻过的那些朱唇里，吐出的是俄语、法语、印度话，还有东京话，以及中国的方言。可是，最终他觉得他掏钱出来付给这些有过肌肤之亲的女人，实在是一件很落寞的事情。不过，令他满意的是，他得到了尊重，得到像绅士一般的对待，他享受这种感觉，对于他来说，尊重比性更令人兴奋。虽然他在这里得到的性更加实在，更加治愈，这种抚慰是他这辈子都缺少的，现在，他在上海找到了感觉。

他心里慢慢滋生出对其他队友的艳羡，他们的女朋友中，有两个是中国人，两个俄国人，一个马来西亚人，阿隆佐甚至和女朋友同居了，那是一个叫惠子的日本女人，他是通过在巴克·克莱顿哈莱姆绅士乐队里的一个朋友认识的。他多想也有一个属于他的女人。

可是，他每天下班已经是深夜两点钟了，这种时候，在这个城市里已经没什么地方好去了。所以，大多数的夜晚他只能回家，脱下演出服，换上他那套柔软的连身衣——他不喜欢裁缝做的那套丝绸长衫。他会用一个小时来彻底放松自己，不用摆姿势，不用管别人，他独自一人，在自己的家里，一页一页地翻看以前弹过的协奏曲和奏鸣曲。他到上海已经九十多天过去了，可他依然没有怀念美国。虽然他时时会沉浸在对科利尔街的回想之中，尤其是在夜里，当他独自坐在这盏煤油灯散发出的小小的、温柔的光晕之中的时候。战后，在他们最贫寒的日子里，每个停电的晚上，他守寡的妈妈每天晚上都点上一盏防风灯，他们提着灯，从一个房间走到另一个房间。后来，妈妈走后，家里断电的那几天，他也在公寓里点上了那盏灯。他离开家的时候，他把灯放进了柜子。在上海苏州河边的一个旧货店里，他发现了一盏油灯，很像他以前的家里有过的那一盏，他满心欢喜地买下来，拿回了家。可华叔不喜欢，说这种灯现在已经过时了，而且还有可能着火。托马斯没理他，夜深人静的时候会点上，油灯昏暗的光让他觉得温暖熨帖。

那些晚上，他自己估计了一下，感觉自己是有能力去追求一位值得敬重的女孩的，只要他能遇上一位。他有钱，在女人身上花得起。就算刚到上海的几个月里，他在青楼女子的身上花了很多钱，但他挣的还是比花的多。他把剩下来的钱很仔细地折好，放进衣柜里，塞在衬衫下面。这些衬衫被陈妈洗过熨过，叠得棱角分明，整整齐齐。三月里的一天，他从衣柜里取现金时，华叔出现在门口。

华叔看了一会儿，说："先生，给我看看。"

"你不是已经看到了吗？"托马斯有些生气地回了他一句。其实，他在这里没有任何隐私，他很快就意识到了这一点。当他把装着一点点钱的小包塞回那个并不隐秘的地方时，他心里已经接受了这个事实。

"先生，你给我一百，我回头就给你一百零七。"

百分之七？托马斯的胃口被吊起来了："怎么弄？"

华叔满是褶子的脸变得严肃起来："那是我的事。"

"如果我的钱在里面，那就是我的事了。"托马斯反击道，"怎么弄的？"

华叔眯缝了眼睛："赌局，在我家里。"

"原来如此！你一定干得不错，还能有七分利息。"

"没问题。"

"我明白了，"托马斯想了想，从小包里又抽出了一张百元钞票。"小玩玩试试看，"他说着把钱递上："一个月，一百十。"

"一个月不行，三个月，七分五。"

"两个月，八分五。"

"八分。"

托马斯暗自思忖着。

"八分五？"华叔又重复了一遍，托马斯点了点头。

"能写下来吗？"华叔的脸上已经藏不住笑容了。

"写下来，"托马斯说，"就这么说定了。"他把钱交给了华叔，关上了衣柜。“还有，华叔，离我的东西远点。”托马斯装出很严厉的样子，他的大管家也装得唯唯诺诺地答应了。但是，托马斯现在明白了，这里不过是个舞台，人们都在扮演自己的角色，就像他自己也在扮演自己的角色。他已经明白了其中的道道了。

或者，这只是他的一厢情愿。

每个礼拜六，宋玉花都会去一趟市中心，去给杜月笙大太太配中药。照顾这个家族中地位最高的大太太，是一项非常重要的任务，这位老女人抽鸦片成瘾，已经有很多年没离开过她的房间了。她终日待在她的睡房里，门窗紧闭，屋里香烟缭绕。每次，宋玉花走进大太太的屋子之前，都要先深深地吸一口气。这项任务落到宋玉花头上，部分原因是没有其他人愿意接手，这是一个吃力不讨好的活。不过，对于宋玉花来说，这份差事给了她每周一次的放风机会，这是她喜欢的。她可以自由自在地在市中心逗留，通常，委派给她的任务很快就能完成，于是，她就有好几个小时做她自己想做的事。她不是被困在华格臬路[①]杜公馆里的犯人，虽然她时常被呼来唤去，但她多多少少还是能够自由走动。尤其是在礼拜六，先生知道这一天她是要给大太太去拿药的，所以每周的这一天，在夜晚到来之前，他从来不会指派她。

走在人行道上，她听到两个裹着皮草的俄国女人在吵架，听到有男人们在说着英语，时不时地还能听到些几句德语和法语。这个城市的多样化的勃勃生机让她迷恋，虽然，眼下，外国人把上海隔成了一块块势力范围，各据一方，从中获利。可是，当日本人的威胁步步逼近时，他们又视而不见，拒绝伸出援手。虽然她现在完全站在了共产党的这一边，但是在观念上还是存在着分歧，最大的分歧之一就是共产党的排外，在这一点上，和国民党是一样的。不过这种分歧她只会放在心里，从不表露出来。她知道，有这样的想法就是不明智的，说出来更是会招致危险，个人是不能逆潮流而行的。所以，她从来不说自己喜欢西方的音乐，也不说自己喜欢英语，虽然她的英语那么流利。私下里，她很庆幸，因为英语给了她另一种思维方式，那是和中

---

① Rue Wagne，现宁海西路。

文全然不同的方式。而且，无可否认的事实就是，正是因为她的英语能力，她才对杜月笙来说具有如此的价值，进一步来说，也是这个原因使得她现在对于左翼来说也具有价值，做一个卧底的价值。这是她的软肋，她的被人利用之处，但同时也是她最强大的能力。但是，这一点不能多想，想多了就像整理一团丝线，越理越乱，没有头绪。

她推开了大门，那是一家光线昏暗的中药铺，店堂里，一列列小抽屉从地板直抵天花板，一个木头的柜台，包着铜边。店铺的主人，是个矮胖的老派男人，留着稀疏的白胡子。看见她进来，抬了抬头，问道："小姐，吃过了吗?"

"谢谢，吃过了。您呢?"

"我也吃过了。"他愉快地笑着，她知道他说的是实话。她经常在他这里和其他人接头，这是一位谨慎的男人，这个地方非常安全。虽然他是一个忠诚的党员，但他并不会因此而否定自我。他没有读过马克思，有一次，他对她说：他死后会去见马克思的，到那时候，马克思他老人家自己会讲给他听。至于现在，要紧的是如何对付日本人。

他接过了她的方子，细细打量方子上老中医那行云流水般的字迹："这个配方有点复杂，我建议你还是到客厅里去休息一会儿，我给你叫杯茶。"

她点了点头："谢谢您了。"他们总是很小心，对话滴水不漏，即使是在只有他们两人在场的情况下。

他把手伸到柜台下，拉了一下把手之后，他打开了墙壁上的一扇隐形门，这扇门通向一间没有窗子的内室，电灯开着，黄黄的灯光里，可以看见靠墙摆放着黑色的木椅子和桌子。

只要他说给她叫杯茶，其实是指有人要见她。所以，等他在她身后关上门之后，她坐了下来，望着火盆里一闪一闪的炭火，心里充溢着温暖的期待。被告知有人要见她，总会让她感到一丝丝的激动，然后她会期待地等着，揣摩着那扇门被打开，会出现怎样的一张新面孔。至少，那也意味着她又多认识了一个同伴。在他们这个秘密行动的组织里，大多数的成员只认识他们支部里的其他人，但是，因为宋玉花在杜家里的位置，她的身份变得很敏感，她不属于某个支部，她只认识她的上级，还有就是来和她秘密接头的那些人。所以，有新的人来，总是令人感兴趣的。

如果上天有眼，也许，有一天她将遇到她的另一半。一个和她一样，有着自己的生活的男人，他们心意相通，平等相待。她总是在等待，等待这个人的出现。就像现在，当她在等待着接头人的时候，这个愿望再一次浮上心头。为什么不可能就在这里，以这样的方式遇见他呢？既然现在这场运动成了她生活的中心。虽然，她和杜月笙之间的契约，剥夺了她的自由，直到三十三岁。到那时，在他人眼里，她已经是个老女人了，一个被抛弃的老女人，想到这里，她不禁黯然神伤。但是，她总是相信，世界上一定会有一个这样的男人的，这个男人在某一个地方，也在等待着她。这样的念头，从她还是一个小女孩时就有了。也许是因为她从小念英语，读了很多西洋小说，于是有了这么一个西化的幻想。在她的生活里，她从来没有放弃这样的梦想，因此，每次在等待一个秘密接头的人的时候，在她的内心，都不免有隐隐的悸动。

她还记得刚加入的那几个月，每次去参加组织活动，她总是又兴奋又紧张，那是在一九三二年和一九三三年之间，秘密聚会的地点在新渔阳里六号[①]，对外这里是外国语学校。这个学校的广告时常出现在《民国日报》上，声称学校设有法语和俄语课程，其实，这所学校里虽然经常挤满了年轻人，但并没有这些课程。这是一个共产党员培育中心，直到现在，她时常还会去那里参加高层的会议。

有意思的是，第一次接触组织，却是因为杜月笙。那时，他迷上了一位唱京剧的女演员，为了不让刚刚娶进门的小老婆知道，他出门幽会时总是带上宋玉花打掩护。为了讨得美人欢心，杜月笙附庸风雅地在晚餐前请女演员喝咖啡。女演员选在了维也纳咖啡馆，傍晚时分，这里是戏剧界人士的聚集地。他们不知道的是，这些戏剧界人士中，有大量的左翼分子。不过，这个秘密，宋玉花不久就发现了。

几乎一踏进咖啡馆，杜月笙和女演员就在保镖的簇拥下，消失在楼上的小包厢里了。宋玉花看着他们上了楼，她已经习惯了这样，在不需要的时候，像一块破布一样被抛弃在一边，可她的心还是会隐隐

① 现今淮海中路五六七弄六号。

作痛。她挑了一张空桌子，独自缩进了一个靠角落的座位，尽管如此，她还是能感觉到别人好奇探寻的目光，杜月笙是上海的闻人。侍者端上了一壶茶，她默默地端起茶杯抿了一口。

离她很近的另一桌上，坐着一桌子读书人模样的男女，他们正在激烈地讨论着什么。“这就是我们为什么要推出这个戏!”一个小个子男人激动地挥舞着手，他的头发乱蓬蓬的，像一团茅草。“我们要开启民智，让人们看见外国势力和国民党是如何抽干我们的鲜血的。就像你的电影，老白。我们大家齐心协力，就能创造一个新世界。”

“对!”那个被叫作老白的人拍了一下桌子，“这就是为什么我的新电影里，配乐用了大量进行曲的节奏，我们要向前看，向前进。歌词里不再出现‘我’，而是用‘我们’。插曲不是独唱，而是合唱。”

“太好了!”一头乱发的年轻人大声叫好，“我们要一起向前进。”

这些年轻人以茶代酒，互相碰杯。宋玉花低下了眼帘，默默地喝起了茶，心里却被刚才听到的对话激起了阵阵涟漪。她惊奇地发现，他们的对话如此精彩，听着他们说的那些事情，她好像一头扎进了一江激流，兴奋不已。这些年轻人热烈地交谈着，激烈语言碰撞着思辨的火花，其中不乏女青年，同样畅所欲言，这更让她倍感兴奋。他们是一个全新剧院时代的一部分，在过去的数个世纪里，男人主宰着舞台，现在，至少在现代剧中，女人也能站上舞台。在那个傍晚，在维也纳咖啡馆里，围坐在一起的这些年轻人都公开地表明自己的倾向，这让宋玉花感到莫名的兴奋，他们的对话，在她面前打开了一个新世界。她忍不住微微地前倾，不想漏掉他们的每一句对话。

那个被叫作老白的中年人注意到了她的神情，和蔼地对她说:“姑娘，一个人坐那里喝茶太寂寞了，来，坐过来吧。”

宋玉花一下子畏缩了，虽然她心里一百个愿意和他们坐在一起，听听他们说的那些有意思的话，可是，如果杜月笙看到她和一群年轻男女在一起，那后果不堪设想。她犹豫着，看了一眼楼梯，心里激烈地盘算着，也许，他不会这么快就下来的，她实在难以抵御这些年轻人的吸引力。于是，她鼓起勇气，搬了一张凳子，坐了过去。

还不都是为了钱，她听到一个女青年尖锐地说道，她是南洋大学的学生。那些外国人，不就是把上海当成摇钱树吗？可是，上海民众的生死和自由，他们根本不在乎。他们老是拿一九三二年的协议说事，阻止上海有自己国家的军队，不就是为了奴役我们，来获得更多的好处吗？钱，都是为了钱。

就在这时候，宋玉花注意到靠墙坐着一位舞女，美丽而落寞，她的旗袍在小腿处开衩，露出丝袜和高跟鞋。“那是张小姐。”坐在边上的男人告诉她，刚才她一坐下，他们就互相自我介绍过了；他的名字叫陈鑫，是一位剧作家。刚才，听着他们的对话，她能猜测出他们就是传说中的左翼剧作家，这让宋玉花感到兴奋不已。以前，她也听说过新的戏剧，和传统戏不同，年轻的男女站在同一个舞台上表演，但她没有去看过这种戏，更加没想到会遇见这些戏剧的创作人。“她肚子里怀着宋子良的孩子。”陈鑫说道，“你听说过这个名字吗？她是蒋介石夫人宋美龄的弟弟。”

宋玉花倒抽了一口冷气。这个传闻她听到过，那是在华格臬路杜公馆的大厅里，从那里，各种传闻总是像雾气一样弥漫。通常，这种怀孕不会带来什么麻烦，花点钱，让女孩子去打胎，什么事都没有了。可是，据说张小姐不干。看看她吧，她什么都没有，只有肚子里这个宋家的骨血，她要抗争。“她提了什么要求？”

“哦，她要一万。”陈鑫说道，语气微微有些震惊，“她说了，如果她拿不到这个钱，就会把这事捅到报社去。”

“太不明智了！”宋玉花叫了起来，以宋家的权势，这个女孩子要这么多钱，无异于鸡蛋碰石头，简直是胡来。“她只是一个舞女，这样做太危险了，他们会……”宋玉花闭上了嘴，她不想说下去。

陈鑫的眼睛盯着宋玉花：“你好像很关心她，为什么？”

宋玉花低下头，默不作声。因为她是个没有人保护的女孩子，就像她自己，任由有权有势的男人欺凌，这就是为什么。

“你很有同情心。”陈鑫好像看得懂她，“女孩子在外面，总是时时处于危险之中。”

是的，危险，就像现在，和这些年轻人坐在一起，也是要冒了风险，想到这里，她起身退回到了自己原来的座位上。

就在这时，杜月笙的保镖走下了楼梯。

宋玉花意识到她的主人马上跟着就会出现，她赶紧垂下眼帘，整理一下情绪，抑制住内心的兴奋。然后，她起身迎向楼梯口。

正是因为那一天，几年之后的今天，她坐在了这里，在一个中药铺里的密室里，独自等待着。

一个穿着皱巴巴长衫的男人走了进来，她认识他，这个半秃顶的男人就是她的上级。“马女士，近来都好吗?”他一进来就跟她打招呼，她藏起了失望之情。

“好的，郭先生，谢谢您。”她也不知道他的真实姓名。

“你那里有什么新情况吗?”他问道，她知道他指的是杜月笙。

“他给了国民党二十万，用于军备。虽然蒋介石刚刚承诺和我们一起抗日。”

他们对视一笑。在签署了一项协议之后，蒋介石获释了。现在，国民党和共产党将联手对抗日本人。“你的北方亲戚们怎么样?”她说，她指的是在抗日前线的共产党军队。

他摇了摇头，叹了口气说：“他们是最能吃苦耐劳的人，但是条件实在太艰苦了，没有粮食，他们在挨饿，也没有……”他顿了顿，换了一种口气，直截了当地说，“他们没有枪支弹药，我们需要钱。”

她一下子呆住了。他们从来没跟她提钱的事，他们只要她提供信息。当然，她也不可能弄到钱。“郭先生，我想不出我能做什么。但是，我们的事业是高于一切的。我会到庙里去拜拜菩萨，希望能找到解决你的难题的办法。”外面响了几下轻轻的敲门声，她站起了身，“我的中药配好了，我得走了。再会。”他目送着她离开。

走在马路上，她把中药包塞进了随身带来的一只丝质袋子里。她怎么可能弄到钱呢?杜月笙的钱是想也不要想的，每个铜板在哪里他都知道。他的势力遍及城里的每一家银行，或者在它们的董事会里占据一席之地，或者，他干脆就直接控制这些银行的高管，他们就像一群木偶，被他手里攥着那些线操纵着。诅咒所有像他那样的达官显贵、流氓强盗，是他们偷走了这座城市，扭曲了这座城市，用鸦片荼毒了这座城市。为了解除父亲的赌债，她甘愿用自己的性命做交换。只要父亲的债务能够一笔勾销，只要她的家庭能免受贫困之苦，只要她的妹妹们能上得起学，但是，无论如何，至少在外人的眼里，她就是一件商品。可是，在她的内心深处，她知道，她还有另一条生命，这条生命，她已经奉献给了她的国家。如果他们抓住我，就让他们杀了我吧。

这是一种真正的力量，当她穿过马路时，她的嘴角扬起了一丝笑容。

“你把你的薪水都交给了你的管家？”林鸣很吃惊。他和格林站在霞飞路上国泰电影院的外面，等着看平·克劳斯贝和路易斯·阿姆斯特朗主演的《飞来横财》(Pennies from Heaven)。

“他干得不错，八分五的利息。”

林鸣暗暗地笑了，显然，他的乐队领班不仅仅只会弹钢琴，其实还挺会动脑子。从一开始，他就断定，这位音乐家并不是表面看起来那么简单，他的心里一定还有更多的东西。“那比银行利息要高。”

“就是因为这个原因，我才交给他的。”

林鸣眼角的余光一扫，发现格林正盯着他手上的电影说明书，这是他刚才进了电影院后买的。这个美国人应该不是要了解故事情节，他是看中了别的什么吧，林鸣心想。这种中英对照的电影剧情梗概，每家电影院都有卖，别看它制作粗劣，但内容绝对有娱乐性，因此很受欢迎，是上海特有的。

“你看完之后，能给我吗？”托马斯问道。果然不出所料。

“你要看？”

“我要收藏。”说着，他们会心一笑。很好，林鸣现在就需要谈点轻松的话题，让他的心思暂时游离一下，连日来，随着日本大将而来的危险挤迫着他，他的心里充满了担忧。

现在是否是时候该提醒一下小格林呢？他一直放不下这个问题，可当他们一边找座位，一边随意地聊着天，等待灯光变暗时，这个问题显得越来越不合时宜。毫无疑问的是，林鸣一定会找个机会，提前给格林提个醒的，即使这样做会破坏杜月笙的计划，因而给他自己带来麻烦和危险。但是，他要做的是挑选一个合适的时机，至少到目前为止，还看不到迫在眉睫的威胁。林鸣花了钱雇了线人，线人反馈的确定信息是，到目前为止，森冈只在他自己的公寓里，听留声机放爵士乐唱片。他一直没有外出，从未发现他跨进任何一家夜总会的大门。是现在说还是以后再说，林鸣一直思忖着这个问题。直到灯暗了，丝绒幕布缓缓拉开。现在提起这个话题显然太晚了，只会制造紧张和恐惧。

“我们一起去剧院吧。”电影散场后，托马斯提议道。他们随着人流走出了影院，站在影院门口等车。电影院正好在街角转弯处，大门斜对霞飞路，大门上方是竖排的CATHEY几个字母，狭长的现代风格字体。霞飞路上是成排的法式四层楼建筑，上面三层在沿街一面的外墙用红砖装饰，底层是商店、餐馆，还有茶馆，这会儿，天已经开始暗下来，从玻璃窗看进去，家家店铺都点上了灯，等待着夜幕的降临。

“今晚就不去了，”林鸣回道，抬手招了一辆人力车，“我还有人要见。”林鸣习惯用这种方式回绝他人，不过，今晚还真是有人要见，他和孔祥熙约了共进晚餐。尽管孔祥熙位高权重，财力雄厚，但是，在很多方面，他还是需要仰仗杜月笙。因此，他很重视和林鸣之间极为私密的会晤，定期见面，有助于他了解杜月笙的最新动向。

“他说起过转移资产的事儿吗？”坐在餐桌对面的孔祥熙问道。他们正在新雅饭店，雀巢浓汤里，卧着几粒精巧的鸽子蛋，螺片和鸡肝片把不同的口感融合在一起；红焖蛙腿上，浇了一层西蓝花煲骨酱汁；包在猪油膜里蒸出来的鲥鱼，浸在清澄的高汤里。

这个问题，让林鸣吃了一惊。转移资产，意味着他已经接受了日本即将占领上海的事实。确实，现在只要打开收音机，听到的都是来自于北方前线的消息，他们的军队已经逼近北平和天津。在上海这里，突然间，马路上到处都是日本人，而且，不光是军人，还有很多普通的日本老百姓，以及他们的家庭，就连到他夜总会和舞厅来的客人中，也有很多是日本人。但是，日本人算是打进来了吗？“关于这个，他可什么都没说。”

“他的钱和金条很快就能转移出去，”孔祥熙说道，“但是，我们的情况不同，我们得拆建工厂，转移到内地去。工业不倒，中国才有立足之时。我们必须抢在前面，不能眼睁睁地看着他们逼到我们家门口。”说到这里，孔祥熙耸了耸肩。他往林鸣的盘子里夹了些菜，然后才给自己。他的动作利索而优雅，态度亲密和蔼，是好朋友之间才有的融洽。

林鸣感到肚子一阵难受，有点翻江倒海的感觉。孔公比他年长一倍，权势更是比他高出一万倍，既然连他都觉得日本人快要来了，那很可能真是快了。“难道没有任何办法可以阻止他们，让他们掉头回去吗？”

“有可能，”孔祥熙说道，“莫斯科有个想法，联合几个国家，形成一个联盟，共同阻止日本的进一步侵略。到目前为止，这还只是一个想法，而且仅限于一个很私密的圈子。这个行动有可能会包括美国，不过现在尚未和他们取得联系。”他示意又要了一杯红酒，“我下个礼拜就要去莫斯科，然后从那里再前往德国，主要目的就为了这事。”

“德国？”

“我在德国读的研究生，这事你知道吗？那是从耶鲁本科毕业之后。那里有我认识的人，我可以做些事情，安排最高层的会晤，会见一见希特勒。不过，我也想去会见我的两位朋友，施瓦兹和申戈尔德，他们两人是我的老同学，犹太人，非常有实力的银行家。可他们还没有回我的信，德国犹太人的情况，你有听过吗？”

“没有很确定的信息。”林鸣回答道。

“我的朋友何凤山，驻维也纳的总领事，他跟我说起过。他们通过了反犹太法，没收了犹太人的财产。我准备去找一找我的老同学，如果他说的属实，我会面呈希特勒。不过，最重要的是，我将要说服他和我们站在一起，加入反日本联盟。这是我的使命。”

他们举杯碰了一下，一饮而尽。“你呢？”孔祥熙问道，“你的使命是什么？你没有家累，无牵无挂，说起来你是可以献身于某一项事业的。”

“从来没有过。”林鸣回答他。

“这不就是忘记战争，忘记祖国了吗？”

林鸣摇了摇头，“我当然反对日本人，我是中国人，这是毋庸置疑的。但是，要记住，我是杜月笙的手下。”

“可你不是青帮的一员啊。”

“对，”青帮成员是要用生命盟誓的，“我是他的儿子，这就够了。”

“我估计你继承不到什么财产。”

“是啊。”林鸣并不是杜月笙名正言顺的儿子，既不是老婆生的，也不是小妾生的，甚至不是他的情人生的。说起来，他的出生，来自于最不堪的一种关系，他的母亲，是一个妓女。而且，他现在得到的薪水也少得可怜，只够在法租界租一间小小的公寓。

不仅仅林鸣生活在杜月笙的阴影之下，对面的这位孔博士，对杜月笙的权势也有仰仗，林鸣当然知道其中的缘由。本来，青帮和国民党高级官员之间，就有一笔血债连接了他们的关系。一九二七年在上海发生的那场大屠杀，多位共产党高层领导人惨遭杀害，他们被国民党以和平谈判的名义骗到上海，结果遭遇杀害，而这场凶杀的执行者就是杜月笙。这次血洗更加稳固了国民党的势力，也终结了国共之间的第一次合作。对于共产党来说，从那时起，一切都改变了，从此他们转入地下，至少在城市里是这样。而在农村，他们退回到江西，但遭到了蒋介石军队的“围剿”和驱赶，自此，他们开始了二万五千里长征，开往北方的陕西，在那里，他们建立了新的根据地，继续对抗日本。

把共产党从政府中赶出去，应该归功于杜月笙，也正因为如此，国民党里面的高级官员也成了杜月笙的囊中之物。而且，这些国民党领导人因为和宋氏姐妹的婚姻关系，都成了一家人。宋美龄是蒋介石的夫人，宋霭龄嫁给了孔祥熙，宋庆龄是孙中山的遗孀。她们的哥哥宋子文曾经担任财政部长。他们这些姻亲关系稳固了他们的绝对权势，但同时也给国民党政府抹上了一层王朝的色彩，虽然自一九一一年起，中国封建王朝已经结束了。不管怎样，这几大家族控制了中国的命脉，积累了惊人的财富，可是，即使如此，他们依然仰仗着杜月笙，向他示好。

而且，他们似乎对日本人也无能为力。他们将国民政府南迁到南京，同时和他们南迁的还有六十四万件珍贵的文物，这些文物原本是紫禁城的藏品。这个看起来颇有预见性的举动，是否昭示了国民政府对前景的担忧，或许他们预计到了北平和天津沦陷的一天。面对敌人的入侵，这两个城市会在不抵抗的状态下拱手相让吗？如果真是这样，下一个就会轮到上海了。

“如果他们占领了我们的城市，”林鸣说，“上海的夜生活就萎落了，消失了，没等你来得及转身。俱乐部、金钱，还有爵士乐，一切都结束了。”

“是的，伴随着其他的一切。如果那一天来临，天堂也会阴沉，大地一片黑暗。这就是我为什么一定要去莫斯科和柏林，还有伦敦，而你，我的朋友，”孔祥熙顿了一顿，眨了眨眼睛，林鸣可以看到，在那圆形眼镜后面的眼睛里，饱含着基督徒的悲悯之情，“如果他们瞄准了森冈，你不要出手阻挡，即使他的身边站着的，正好是你的人。”

林鸣的脸慢慢地硬冷起来，仿佛戴上了一副面具，掩盖了心中的翻江倒海。这已经抵达他脆弱的平衡点了。

“同意吗？”

林鸣默默地垂下了眼睛，“好吧。”他违心地说。

礼拜五，又到了冯医生给杜太太上门出诊的日子。冯医生在大太太的软榻边坐下，给尊贵的大太太搭了脉，又察看了她的眼白和舌苔。他开出了一张新方子，还建议大太太晒晒太阳，呼吸点新鲜空气。整天抽鸦片的大太太，房间里弥漫着浓重的鸦片味。宋玉花一直陪坐在一边，冯医生临走时，她起身从大太太的钱包里拿出了几枚银元给了冯医生，谢了医生。

那天很晴朗，宋玉花轻轻转动木百叶，阳光立刻透过缝隙，洒了进来。这是晚春最好的时候，再过一阵，黄梅天就要开始了，到那时，空气里充满了水汽，地板和墙壁上也会返潮。

大太太的脸上现出惊恐的神情，她不习惯太阳。宋玉花走到她身边，抚着她的手说，医生说了，这样对你有好处。大太太像一个孩子一样平静下来了。

阳光透过木百叶，将一缕缕光线照在了进来，在宋玉花的记忆中，这是第一次她在大太太的房间里看见阳光。和煦的晚春清风也吹了进来，她看着灰尘在光线中跳舞，在阳光下，大太太的脸上难得有了一丝红润。宋玉花看着她的脸，心里有了一些安慰。在这个家里，她是个仅次于女佣的人，只有在大太太身边，她才是有用的。她看见大太太的眼神有点不对，直勾勾地盯着墙壁，顺着她的眼光看过去，墙上是一幅画，她平时都没注意到这幅画，现在阳光正好打在这幅画上。大太太慢慢地抬起了手，手指指着画，好像要说什么话。

一只苍白的、像爪子一样的手伸了出来，轻轻地触碰了一下宋玉花的手腕。“那里。”这位老女人指了指墙壁。

什么？你是说，那幅裱好的画吗？宋玉花起身走了过去。

“画的后面。”

宋玉花很吃惊，在她的记忆里，这位沉湎于鸦片的老女人可从来没有说过这么完整连贯的话。这幅小小的扇画，裱在镜框里，是模仿明代画家陈洪绶的粗劣赝品，这种展示艺术修养的画作，很受中等人家的青睐。

“后面。”大太太又说了一遍。宋玉花将画框掀开一角，后面什么也没有，她只看到泛黄的墙纸。

可是大太太依然伸着她蜷曲的手指，宋玉花的眼光落到了画框的背后，她看到了一只小小的丝绸布袋，陈旧的抽绳系在画框背后，上面落满了灰尘。

“是这个吗?”她把画框翻转了一点点，好让大太太看到那只小布袋。“那是我的。”大太太声音低得几乎听不到，“是我妈妈留给我的。”宋玉花拨开那团丝线，把小布袋取了出来。“给。”她递给了大太太。

大太太干枯的手指无力地颤抖着，嶙峋的骨头上包着一层薄薄的皮，透明的一样。“你把它打开。”

一根细细的绳线，扎着小布袋，宋玉花小心地解开绳子，打开了小布袋。她坐在大太太的床边，身下是一床深蓝色的丝质被罩，她翻转布袋，晶莹的钻石倾泻而出，宋玉花不由得深吸了一口气。

宋玉花确信，很久以来，大太太已经忘了还有这些钻石了。在华格臬路上的杜公馆里，她听到的故事是，当时，年轻的大太太刚刚迷上了抽大烟，她和杜月笙为了钱吵得不可开交。因为杜月笙为了不让她太上瘾，限制她的用度。正如宋玉花确信大太太一度已经遗忘了这些贵重石头的存在，她也确信，杜月笙根本不知道这些石头的存在，因为，如果他知道的话，它们就不会在这里了。

宋玉花盯着这些钻石，在深色丝绸被罩的衬托下，这一小堆宝石透出柔和的光亮。杜月笙每个礼拜至少会到这屋里来一次，来了就会坐在这床边和大太太说几句话，可他一点儿都不知道这些钻石的存在，想到这些，宋玉花心里掠过一丝兴奋。

她知道，杜月笙一来，会对大太太讲讲家里发生的事儿，好像她还能听他讲话一般。每个礼拜，他都会在她的身边坐上个把小时，一直如此，像周而复始的月亮一样稳定。虽然她恨他，但是，在他对待大太太的态度上，宋玉花觉得无可挑剔。一阵伤痛涌上心头，差点淹没了她。没有人会这样宠爱她，照顾她，这样耐心地陪伴着她。不可能了，她被卖给了一个老男人，在他眼里，她是一个工具，而不是一个女人。当然，她也感到了庆幸，她丝毫也不想他碰她的身体，可是，她的心里很受伤，因为作为一个女人的她就这样被遗忘了。杜月笙会在某一天放了她，可是，那时候她将是三十出头了，而且一无所有。

除了她的党，她的组织。

她看着那些宝石，想起了她说过的话：我会到庙里去拜拜菩萨，希望能找到解决你的难题的办法。难道菩萨听到了她的请求，她的许愿这么快就应验了？她的手掌摩挲着这些钻石，眼光落在这些石头上面移不开。在她的心里，再一次想起了自己的使命，肩负的责任。

杜月笙和女演员的恋情几乎贯穿了整个一九三二年，宋玉花也因此有了很多个夜晚，坐在维也纳咖啡馆里，坐在香烟缭绕的咖啡桌旁，聆听着著名剧作家黄伟明和他的伙伴们的高谈阔论，后来她才知道，他也是一名地下党的领导人。她记得那种身处危险之中的不安，但更记得的是，两颗相近的心灵互相碰撞的乐趣，他们在一起谈论文学，朗诵诗歌。那天，他们在一起几乎待了一个小时后，她才意识到没有看见张小姐，那位美丽勇敢的张小姐。“张小姐最近怎么样？”她问黄伟明，“她是否终于让步，同意打掉胎儿了？”

“没有，”黄伟明说道，他很在意地看了一眼宋玉花，凑近了一些问道，“你好像对她的事很关心，你同情她吗？”

“当然，我很同情，”她正色地说道，“女人总是受欺负，这是不对的。”

---

① Bubbling Well Road，今南京西路。

“我同意，”黄伟明说道，脸上露出赞许的神色，“她是个坚强的女孩子，她有她的原则。其实，她今晚应该就在这里的，早些时候我还看到过她。”

这一晚，左翼人士在一起热烈地辩论着，而那位怀有身孕的女孩子始终没有出现。宋玉花心里惦记着她，在来来往往的人群中搜索她，可她一直没有露面。相反，倒是先生突然从楼上下来了，比平时要早很多，后面紧跟的是花旗阿根。

“走吧。”先生走过她身边时，断然地命令道。她跳了起来，急急忙忙地跟了出去，这时她才注意到，另一个保镖，老火鸦，没有跟在身后。

走近轿车，她看到老火鸦已经在车上，坐在副驾座上等着他们。看到他们走近，他跳下车，给他的老板打开车门。杜月笙钻进了后座，和宋玉花坐在一起，轿车缓缓开出了静安寺路[①]。和往常一样，开车的总是花旗阿根，他之所以落下这么个绰号，也是因为他以前在美国领事馆开过车。

但是，那天晚上，他没有像往常那样沿着老路开回法租界，而是开上了小路，朝北开到了苏州河边，接着，他沿着河边继续向上，开向了郊外。窗外，掠过一片片的树林，错落在开阔的农田上，间或，也有一栋栋黑乎乎的房舍。车上所有人都一语不发，宋玉花保持着表面的镇静，可她的内心的恐惧在聚集。

花旗阿根离开大路，沿着河岸，开进了一条短短的小石子路，最后，他们在一棵大树下停下了。“下车。”杜月笙命令道。

他们四人下了车，天色已经很暗了，在这个荒郊野外的小河边，看不见一个人。他们转到车尾，花旗阿根把车钥匙插进后备厢，一转，正要打开后厢盖，杜月笙说道：“停，让她来开。”说着，他冷冷地看了宋玉花一眼。

她满心狐疑，紧张得几乎站不住，但还是勉强走了过去，打开了后备厢。那一刻，她的心跳停止了。暮色中，她第一眼看到的，是一双充满了痛苦的、祈求的眼睛，那是张小姐的眼睛。这个怀有身孕的舞女，浑身战抖，她的嘴里胡乱塞着破布，双手被反绑在背后。

“求求你，”宋玉花的声音发抖，“别，别……”

“站到一边去，”他命令道，一字一顿地说，“我要你看着。”

老火鸦和花旗阿根弯下腰，用长长的链子将水泥块绑在她的脚上，可怜的舞女扭动着，挣扎着，被破布塞住的嘴巴里发出呜呜的声音。宋玉花站在那里，眼泪直流，心里痛恨自己的无能。她眼睁睁地看着他们把不停地扭动着的女孩拖了出来，在她压抑的哀鸣声中，几乎孩子气地荡起了她的身体，只为了能把她扔到更深的河水里。然后，数到三，他们协力把她抛向了远处。她的身体，沉重地砸向水面，激起了一大片水花。河水翻腾，河面上冒出了一串串的水泡，一分钟后，河面平静下来，重新笼罩在一片黑沉沉的宁静。

“这叫‘种莲花’。”杜月笙说道。

坐在车里，在夜色中往回开，宋玉花透过车窗直勾勾地看着前方。她已经决定了，这将是她最后一次在罪恶面前，感觉如此无能为力，从今以后的她将要参与其中，不让它重演。她将用自己的余生来对抗像杜月笙这样的流氓，还有日本人，只要他们的军队还在中国的土地上作威作福。她清晰地记得那一刻的感觉，那是深刻而又意外的一种感觉，在最无助的时刻之后，她感觉到了内心的平静，也找到了解决的方法。

那一刻，是她新的人生的开始。

现在，当她坐在大太太的房间里，她默默地在心里向张小姐发誓。这位可怜的舞女，她爱上了一个来自于权势家族的男人，怀上了他的孩子，却在宋玉花的眼皮底下送了命。所以，她要发誓，为她，也为她自己。她自己那时也是一个无助的女孩，可怜得几乎像一个奴隶。现在她已经是一个机警的女人，她不会放过这些钻石，这些贵重的石头，为了张小姐，也为她自己。

她的手掌中握住了四粒钻石，它们在她的掌心中像一片细碎的光亮。她应该拥有这些钻石的，她让这位老女人高兴，离不开她。连女佣们都说，大太太对她最有反应了，比对她的丈夫还有反应，如果宋玉花不在身边，大太太就躺在床上，如同一只空的豆荚，在生活的最后一阵风中颤抖。宋玉花把小布袋放回原处，接着把画框重新挂好。

转过身，她看见大太太盯着她看，眼神迷茫。“歪了？”

她的心怦怦直跳，眼睛在大太太苍老的脸上搜索着。她已经忘记了。“有一点儿。”她撒了一个谎。

大太太看了一眼墙上的画，眼神空洞无物。她的意识的清醒就像森林里漏进来的一道光，转瞬即逝。

看着疲惫不堪的大太太，宋玉花上前扶着她缓缓地躺了下来，她给大太太盖上了绸被面丝绵薄被。

大太太昏昏然地入睡了，宋玉花轻轻转动百叶窗帘，只留了一条细细的缝，城市的空气丝丝缕缕地透进来，稍稍冲淡了屋子里浓郁的鸦片味。她将椅子摆摆好，掸了掸红木大桌上的灰尘。这张桌子上摆放着的物品，透露着大太太曾经有过的生活：一张婚礼照片，一幅铜版小像，上面刻着经文，一对玉石耳环，还有几本书，已经有很多年没有被打开过了。这个老女人对这一切都失去了兴趣，包括这屋子里的一切，只剩下了对鸦片的兴趣。

在杜家，经过最初的两年后，宋玉花已经看惯了大太太的样子，她不会再去自问，是什么原因让她变成现在这个样子，是因为嫁给了杜月笙吗？还是她自身的原因？她亲眼看着一位温柔的妇人，变得越来越憔悴，越来越干枯，直到现在，形同鬼魅。她上前轻轻地抚摸了一下大太太的眼皮，那眼皮干得像一片透明的纸。她把灯光调暗，静静地坐了一会儿之后，关上窗，合上百叶窗帘，走出了屋子。

那年的四月，国王乐队少了人，那是一位叫索罗蒙·科克的小提琴手，他是乐队里第一个因为战争原因而离去的人。他是在乐队排练的时候宣布他的决定的，当时，乐队的气氛很不愉快。那天，抄谱员徐先生还没来，几个铜管乐手很不恭敬地议论着他。

托马斯腾地从钢琴椅上站了起来，“你是什么意思？”他冲着埃罗尔·马特说道，“你有什么话要对大家说吗？”

“我是说，你的boy还没来，他不来，你就没法干活。”

“马特先生，我告诉你，正因为有徐先生，我才能给你提供乐谱。”托马斯的声音里有掩饰不住的恼火，虽然竭力控制自己的情绪，但还是很不客气地脱口而出。在美国的时候，他也常常被白人称为boy，即使他已经是个成年人，但只是因为他是个黑人。他知道那种滋味，他不想让徐先生在乐队里感觉低人一等，“关于他的能力，你们谁也不必有丝毫的怀疑。”

他不想过于流露自己的情绪，这不符合他的作为乐队领班的形象。可是，他觉得马特的话对于徐先生来说不公平，徐先生工作非常卖力，虽然每个月只挣八块钱，八块钱怎么过日子呢？托马斯觉得很不可思议。林鸣跟他说，徐先生住在一个很小的亭子间里，那是一栋小房子的顶层阁楼，进去人都直不起身来。可是八块钱这个价格是他自己提出的，托马斯根本没和他还价。合作下来后，他发现徐先生音乐修养很高，很有才华，而且非常勤勉，把乐队每天演奏的曲子记录成五线谱很辛苦，是一项工作量巨大的任务。

“可是，没有他，你能独立演奏吗？”埃罗尔不依不饶地问下去。

“不是有没有他的问题，而是我必须照着乐谱弹奏。关于这一点，在第一次排练的时候，我已经告诉各位了。”

“他是说过的。”林鸣的声音，穿过一排排的空位子，从远处传过来。刚才没有人注意到，他已经走进了舞厅，向他们走来，他的身边，是徐先生。“刚才我们一进大堂，就听到你们的争论了，你们说的话，他都听到了。”

大家都转过身看着他们，站在林鸣身边的徐先生脸涨得通红，嘴里嘟囔着他们听不懂的上海话。

林鸣翻译给大伙儿听：“他是想知道，你们喊他boy是什么意思？”

那些乐手有点坐不住了，他们的脸上都露出尴尬的神情。在上海，像男佣、酒店服务员和人力车夫这类被人使唤的男人，不管年龄有多大，在西洋人嘴里，一律都是boy。可徐先生是不一样的，他是一位受过教育的音乐家，这一点，大家都很清楚。托马斯等着埃罗尔回答这个问题。

“这样的确是很无礼。”过了老半天，埃罗尔才挤出了一句。徐先生一听，转身就朝着大门走去。

“等一等！”托马斯叫道，“请你别走，我们需要你。”他看见徐先生迟疑了一下。

埃罗尔也终于说：“对不起。”

徐先生终于停下了脚步。

“你们对徐先生客气一点，不然他又要走了。”林鸣的声音再次响起。

“我们会注意的。”托马斯很温和地说道，他把林鸣的指责都揽了下来。在这里，他作为一个乐队领班，理应为手下的乐手们的行为负责。而林鸣也只会指责他，所以他必须咽下所有的责备。

徐先生听他们这样说，也就勉强坐下来开始工作了。可是，一波未平一波又起，恢复排练还没有多久，索罗蒙站了出来，宣布了他的决定。他先是说对不起大家，因为影响了乐队的演出而道歉，但是，眼下到处都是日本人，这让他感觉很不妙。他一定要离开上海，他不能冒这个风险，而且回国的机票钱他也省出来了。回程票自己负担，这一点是有言在先，乐队成员们都同意的，当初他们来上海时，林鸣就给他们买了一张单程票。索罗蒙祝愿留下来的队友们平安，说他们都比他勇敢。在接下来的排练中，他特别用心，虽然到下周六晚上，他已经不在这里了。

索罗蒙走了之后，乐队第一次演出的那个晚上，一位容貌姣好、有着深色秀发的白人姑娘走进了舞厅，她身穿一件式样简洁，但非常合体的缎子长裙。她独自一人坐在那里，身边没有别人。这对于像她这么有魅力的女人来说，很不寻常。托马斯留意到，她拒绝了好几次的邀舞，孤傲地端坐着，眼神迷离而富有魅力。整整一个晚上，他的心思都离不开她，那个女人的身上，散发出一股魔力，越来越强烈地吸引着他。弹完最后一支曲子后，他深吸了一口气，向她走去。

她微笑着，向他伸出了一只白皙的小手：“安雅·彼得洛娃，来自圣彼得堡。你弹得非常漂亮。”

“谢谢。”圣彼得堡。她是说圣彼得堡，看着她的深色短发和浅灰色的双眸，他心里一动，只有这些白俄才会用这个城市过去的名字。“没有你漂亮。”通常，托马斯是不屑于说这种奉承话的，可是这句话用在眼前这位姑娘的身上，那是事实。

“噗。”她失声笑了，两根手指在空中一捏，好像要把他的话挥去。“你知道吗？我小时候，可是家里那个丑小鸭啊！我的爸爸妈妈，还有用人们，总是对我的姐姐伊莉娜的容貌赞不绝口，连家里那些马车夫都夸我姐姐漂亮，可从来就没有人夸我。”

用人们。马车夫。“他们都错了。”

“马屁精。”她朝他一笑，“你的嘴很甜。我得走了，晚安!”

“欢迎你再来。”安雅走出了舞厅，他目送着她的背影。安雅风情万种地扭着腰肢，丰满的翘臀大幅摆动着，这显然就是故意给他看的了，无非是想让他记住。托马斯心里不禁暗笑，这样看来，这个姑娘很可能还会再来。

果然不出所料，不到一个礼拜，她又来了。他约她演出结束后一起吃晚饭。在化妆间，阿隆佐问他：“那个女孩是谁?我以前在什么地方见过她。”

“她的名字叫安雅。”

“我知道，我在什么地方看过她的表演，她是唱歌的。呃，对了，林先生在找你，他说有事情要跟你说，你们见过面了吗?”

“没有。”托马斯不耐烦地跳着脚，他的双脚，如今套上了顶级意大利皮鞋。他急于回到安雅身边去，“你来挑吧。”他让安雅挑一家她喜欢的餐馆，结果，她挑了一家叫金三角厨房的餐馆，这是一家通宵营业的中国餐馆，他很吃惊。更让他吃惊的是，到了餐馆后，她用流利的上海话和店员打招呼，他们也用上海话回应她。他简直看呆了，问她：“你会几种语言啊?”

“六种。”她说。

在家乡的时候，除了他的高中老师，托马斯从来没碰见过能讲另一种语言的人。不像音乐，那是科利尔街上每个人的第二语言，很多人都能弹一曲简单的歌谱。这种I–IV–V三个和弦节奏的歌曲形式很简单，短小，连没学过乐理的小孩子都能朗朗上口。这种旋律和节奏的一首歌，不管形式和内容如何变幻，但里面的精髓不会变，那是纯粹美国的精神，这一点，托马斯有了越来越深刻的认识。可是奇怪的是，这是当他离开了美国之后才意识到的。所以，他只有这一种语言，音乐的语言，而她却会好几种语言，而且，她还是那么美丽。“告诉我，”他对她说，他的手肘支在桌子上，满心爱慕地靠向了她，“你会说什么话。”

“上海话、英语，这你知道的——当然，还有俄语、法语、拉丁语和希腊语。”

“你一定上过很好的学校。”

“是啊，可那是遥远的过去。你呢？我听说你受过很好的音乐教育。”

“事实上，在美国，大多数的音乐学校都把我拒之门外。而且，我在一个很贫困的地区长大，我妈妈是给人当用人的。”

安雅的眉毛微微一皱。

“一个女佣。”托马斯思忖着，提醒自己要集中注意力，他要对安雅好好地讲一讲自己的故事，这个故事，可不是乐队里其他人听到的故事。他们听到的版本是，他来自于伊斯顿的一个农场，那是位于切萨皮克的遥远的地方，小河从它身边流过。这样的版本很符合他的形象，也解释了为什么他的演奏和他人相比显得很天真质朴。然而，在安雅面前，他想做真实的自己，一个不同于他人眼中的自己，他慢慢地讲述着，感受着自己的故事。“虽然她只是个给有钱人家打扫卫生的女佣，以此来养家糊口，抚养我长大，可她会弹钢琴，她是我的第一位老师。从我开始认字母，她就开始教我读五线谱，她告诉我，只要钢琴弹得好，总会有贵人相助。”当他说这些话时，他意识到，有这些想法，都是因为他在美国长大。自从离开美国，来到上海，这是第一次，不仅对他的妈妈，还有他的祖国，他有了深深的怀念。

“那你的家庭是奴隶吗？”

“这一切在七十年前就结束了。”他故意含糊其词，不去刻意纠正。其实，据他所知，他的家族虽然是黑人，但从来都是自由人。而且，虽然种族隔离在美国南方部分州里依然存在，但是奴隶制早已经废除了，但是，在很多外国人眼里，黑人就是奴隶。他最好是来自于一个荒僻之处，无人知晓的远郊，或者，来自美国遥远的南方，是在一片棉花地里出生的奴隶，这样的故事，在上海才有吸引力。在美国的时候，他是个演员，他在言谈举止和衣着打扮上都刻意向一个弹奏古典音乐的欧洲人的角色靠拢，他要尽力显示他的白，只有这样他才能被认可，得到更多的报酬。然而，现在，在上海，他要扮演一个新的角色，他不仅要尽力显示他的黑，还要显示他的贫穷和低贱。离开美国时间越久，离开在美国的真实生活也越远，这让他有了充分的自由，在上海，每个人都有自己的故事，真真假假，这里就是这样的一个地方，是一个舞台。

安雅的眼光很犀利，似乎看穿了他的故事。“我知道了，为什么你在上海这么受欢迎，因为，对于他们来说，你的弹奏技巧娴熟精湛，但你的身世令人可怜。其实，他们自己才是奴隶，先是沦为外国租界里的奴隶，现在又将沦为日本人的奴隶。当他们看到你的时候，他们心里感到欣慰，因为你和他们是一样的。”

“也不完全是这样。”

“在他们眼里，是这样的。而且，对于共产党来说，他们也会这样想的。”

“安雅，其实……”他想说下去。

但是，她抬手制止了他，“我可以预见！有人和你接触过吗？我指的是共产党人。”

“没有。”他重重地说道，因为他真的从来都没见到过一个，“人们说，上海人中，三分之一倾向于共产党的，很多人甚至就是党员，可是我不知道他们在哪里，他们中的任何一人。”

她冷冷一笑，说：“别犯傻啦，你肯定见过他们，他们就站在你的面前。可是，他们隐瞒自己的身份，他们不让你知道，他们无处不在。”

“真的？”他坐直了身子，不愿意相信自己完全被蒙了，他自认为是看人高手，“他们长什么样？”

“他们是强盗，”她恨恨地说，“冷血，残暴，他们杀死了我的父母，还有我的妹妹。”

“那是在哪里？”他温柔地问道，伸出手握住了她的手，可她缩了回去。

“俄国。”

“那后来，你去了哪里？”

“奉天，在中国的北方。”说出这些话，她抖掉了一身的战栗，把那些不愉快的往事赶得远远的，她的面容，渐渐恢复平静，明亮而快乐，就像平常那样。

她换了个话题，开始谈音乐，不再提起她的家庭。她告诉他，他听到的传闻是真实的，她有时候在夜总会唱歌，而且，她说她喜欢爵士乐，虽然他问她具体喜欢哪个乐队，她一个也答不上来。他了解了她的现状，但他并不在意，他喜欢关于她的一切，喜欢她这个人，或者，至少喜欢和她在一起。令他愉快的是，这样一个漂亮又受过良好教育的女孩，和他在一起，是因为她也喜欢他，而不是因为他付了她钱。

他们两人说说笑笑，直到身边的其他客人都离开，只剩下了他们这一桌，夜深了，四周都安静了下来。等他们终于起身准备离开饭店时，安雅已经醉得几乎站不住了，这时她需要的是一副坚定的臂膀。他拥着她，扶她上了一辆人力车，然后自己也上去坐在她的身边。夜色里，白赛仲路[①]褪去了白天的颜色，人力车夫拉着他们，穿过影影绰绰的梧桐树荫。来到她家的大门前，他弯腰在她的手背上吻了一下，道声晚安。她也踮起脚，在他的脸颊上亲了一口，然后，她摇摇晃晃地走了进去，大门在她身后关上了。

托马斯心醉神迷地看着安雅消失在大门里，痴痴地在门口站了许久。不过，他心里还一直惦记着，想起早先阿隆佐在剧院里跟他讲的话，不知道林鸣找他有什么事。这样一想，他决定在回家的路上，顺便到林鸣家停一下，他知道，他的朋友这会儿应该结束了夜巡，回到家里了。

到了林鸣家楼下，他往窗口扔了几粒小石子，果不其然，窗户应声而开。这家的主人还穿着一身正装呢，一见到楼下的托马斯，他立刻喜形于色。

“你来了，我真高兴。”他打开前门时说道。

“找我有什么事吗？”托马斯跟着他进了屋子，上了楼。

“进屋说，”林鸣说道，转身反锁了他那间小小公寓的门，“坐下。”

托马斯坐到沙发上，整个身子陷了进去，他把脸埋在了双手里，他的心思，还在白天发生的事情上：“我也很担心，索罗蒙走了，我现在还有十个人，可他们都忧心忡忡的，一直在问我是否还能够留下来。”

林鸣很理解地点着头，这是托马斯记忆中的第一次，林鸣耸了耸肩，没有给他任何答案。

---

① Route Gstave de Boissezon，现复兴西路。

“那么，接下来会发生什么?”

“这个，没有人知道，可是……”

“说出来吧。”托马斯催促道。

“……可是，高层人士认定日本人会来上海的。”

“什么！什么时候?”

“谁知道。不会马上吧，可他们把工厂拆了，要转移到内地去。”

托马斯一下子觉得大脑都空白了：“那么，这到底意味着什么呢？对于我们美国人来说?”

林鸣耸了耸肩说：“我想，如果他们对谁还有所顾忌的话，那就是对美国人了。他们最不想做的事就是和美国人开战了。”

“那我们还能表演下去吗?”

林鸣缓缓地吐出一口气，犹疑着说：“现在已经不是你和堪萨斯城国王乐队还能不能表演的问题，而是整个夜上海还有没有可能存在下去的问题了。但是，小格林，眼下，我们还有一个更为急迫的危险，这个危险和新来的日军大将森冈有关。这就是我找你的原因，我是为了提醒你。”

托马斯吃惊地睁大了眼睛。

“首先，你得发誓你不会说出去。”林鸣紧张地咽了一下口水，“如果有任何人知道我把消息透露给你，那我就没命了。你明白吗？他们会杀了我的。你发誓，绝对不会说出去。”

“我发誓。”他轻轻地说。

林鸣咬住了嘴唇，他明显地感到脊背一阵发凉：“你仔细听着。”

接下来的好几天，林鸣都摆脱不了内心的忧虑。他逾越了他的界限，也许，厄运马上就会降临，不知什么时候，不知从哪里来，但已经等在那里。因为，他违背了杜月笙的意愿。

林鸣已经不再天真了，他很清楚，如果他被抓的话，他的出身是不会帮他的忙的。是的，他是杜月笙的儿子，但从某种意义上说，他又不是真正的儿子。这并不是说杜月笙不承认他们的血缘关系，相反，当杜月笙第一眼看到他的时候，就接纳他了。因为，当时他还没有孩子，而他的第一任老婆大太太显然没有生育能力。在当时，接纳林鸣算得上是一种子嗣上的保障，可是这种保障从来没有给林鸣带来任何相应的好处。因为此后杜月笙又纳了好几房妾，于是有了好几个儿子，这些儿子都是在杜家出生，是合法继承人。不过，林鸣比他们都早，他出生的时候，杜月笙自己也才十五岁，那时候，他几乎就住在林鸣生母的屋子里。

在她生活的年代，住在爱多亚路后面房子里的姑娘都喜欢说自己是苏州人，因为那个小桥流水的花园城市以出美女闻名，可爱的、说话软软糯糯的美女，不过，林鸣的妈妈还真是苏州姑娘。在上海，她属于被称为幺二的那一类妓女，因为男人花一块钱可以叫她陪酒，花两块钱就可以睡她。幺二还不是最下等的，像那些来自于广东的咸水妹，只能跑跑码头，嫖客基本上是外国船员和水兵，还有那种棚户区的穷苦男人花个三毛钱，按在墙上就能干一回的妓女，人称钉棚的，那就更低级了。比幺二高一档的妓女叫长三，而最高档的妓女当属那些能唱能吟、琴棋书画无一不精的小先生，她们衣着入时，风流蕴藉，和达官贵人们吟诗作对。

林鸣的妈妈不是她们中的一个，不过杜月笙遇见他妈妈的时候，他自己也不过是个小混混，境况比她好一些，但跟后来的飞黄腾达相比，当时就是个瘪三。他们俩是相好，他从来没有在她身上花过钱。也正是因为这个原因，后来，当他听说她有个孩子，长得又高又瘦，像极了他的模样，他立马亲自赶到花园城市苏州，去找她去了。这个男孩子，还在妈妈肚子里时，就随妈妈回到了她的家乡苏州，他就在苏州的妓院里慢慢长大。

那时候，林鸣的整个世界就是妓院，连同妓院层层叠叠的院落，院落里如蝴蝶般翻飞的女人们，还有迎来送往的沉重大门。朱红色的大门外，青青垂柳下蜿蜒着青石板小路，在夏日里腾起一片绿色的雾气，温润清凉。纵横交错的小河在桥下流淌，一座座拱形的石桥在河面上投下弯月般的倒影。热热闹闹的集市上，人们用吴侬软语讨价还价，小贩们有的来自于田野，有的来自于河流湖泊，有的来自于山林，他们带来了活蹦乱跳的活鱼，关在笼子里的鸭子，一捆捆新鲜的水生菜蔬，还有嫩黄的竹笋。农历三月，他会用兜兜里的碎钱去买青团，碧绿的青团里包着莲子馅。秋天，七夕节的夜里，他会吃到甜甜的巧果酥糖。那是他的世界，伴随着眼前闪过的无数个陌生的面孔，伴随着院子上空翻卷疏散的云朵，还有店家商号猎猎吹动的旗幡。那个时候，他的脑子里面从来没有未来这两个字。

这一切，在他爸爸到来的那一天突然就改变了。

他记得那个奇怪的早上，妈妈天不亮就进了他睡觉的小房间，推醒了他。平时，他妈妈都要睡到中午。“起来起来，小豆芽。”她说，妈妈总是这样叫他，从小他都是瘦骨伶仃的。他还要睡觉，推开了妈妈的手。

“起来洗澡啦，”她还在叫他，“穿上那件新做的蓝褂子。”

“硬邦邦的扎人，我不要穿。再说了，我昨晚刚洗过澡，不用洗了。”

“一定要穿上。”

“为什么啊?”

“你爸爸来了。”

他的身体一下子僵住了，妈妈的话让他摸不到头脑，因为他没有爸爸。

“快一点。”可是，妈妈一点没有迟疑，她把他推起来后，顺手抚平了床罩上的褶皱，好像这样就能抚平儿子前方道路上的坎坷不平。“是时候了，你该成为一个男人了。”

平时安安静静的小巷，变得喧哗起来，鸡咯咯的叫声，孩子们的哭声，还有汽车声，都涌进了小巷。他穿上衣服，跑到院子里，那里，站着老鸨和他的妈妈。

一辆硕大的、有棱有角的轿车突突地开进了小巷，开出长长的一段路后，才轰隆隆地刹了车。车门打开，跳下一众保镖，跟着他们下车的，是一个个子高高的男人，他剃着光头，穿了一袭宽松的长袍，袍子随着他的步伐飘荡着。他的颧骨很高，耳朵很大。他的耳朵和林鸣的很像。一阵恐慌像一把发烫的匕首，扎进了林鸣的心里。

这个男人盯着林鸣看了很久，一语不发，然后，他转身和他妈妈说起话来。自从她怀上他后离开上海，他们就没再见过面，可是，一见面他们还是亲亲热热的。他们看也没看林鸣一眼，相拥着转身朝堂屋走去。林鸣不知道，他们其实已经在谈论怎么安排他了，几天后，他被送到了汉口的教会学校。

过了很多年，林鸣才明白，这个安排其实也是一种投资。杜月笙之所以送他去上教会学校，是为了日后自己手下也有人懂得外国人的语言和想法。事实证明，这是一笔很明智的投资，它的回报是实实在在的。林鸣把爵士音乐家带到了中国，爵士乐把人们吸引到了舞厅夜总会，人们在这里聆听音乐，翩翩起舞，吃饱喝足后，一些人还一闪身进了旁边的妓院和鸦片馆，在那里再花掉大把银子，而所有这一切盈利，自然是淌进了青帮的钱柜。

不过，林鸣的成功，与其说是来自于他的血缘，不如说是因为他从小生活在外国人办的寄宿学校里，从小受到的是西方音乐的熏陶。那时候，每天都是在音乐中开始，他和他的同学们聚集在学校的小教堂里，吟唱赞美诗，在歌声里，他熟悉了和缓的十二声音阶，以及它的音程及和弦。这些音乐，成为了他的第二语言，后来，这些音乐成为了他进入夜晚世界的门票。法租界附近还有一些其他的音乐经纪人，他们把他的成功归于和杜月笙的关系，他们在私下的议论，会忌恨他的近水楼台先得月。他们错了，其实，他的成功，在于他和他的爵士音乐家们从小听的是同一种音乐，那就是教堂里的主旋律赞美诗。他的耳朵，和他们的耳朵是一样的，他们是不同肤色的兄弟。

在他的世界里，没有婚姻这个概念。于是，珠丽就成了他的理想伴侣，在他需要的时候出现，但永远不会成为他的责任，他们互相理解，也互相需要。现在，他匆匆地走过狮子街，穿过桂香楼打着铜钉的大门时，那种熟悉的悸动又来了，他的心一热，加快了脚步。

这是一栋木结构大楼，高敞的厅堂里四处挂着煤气灯，灯光摇曳，忽明忽暗，映照着考究而精致的雕梁画栋，是典型的传统结构老宅。只是这栋散发着浓郁古典气息的老宅里，住着一些妖娆的姑娘，软滑的丝质长袍松松地搭在身上，举手投足间，酥胸若隐若现。“林先生来了！”他一进门，她们大声地喊叫着，带了一点孩子气。她们不用在他面前忸怩作态，因为，她们知道他来这里只为了珠丽，从来不找别人。如果她正忙着，他就等在那里。

楼上传来轻轻的一声咳，那就是说她有空。她的头发刚洗过，散发着芬芳，她的嘴唇娇嫩滋润，她身上穿了一件灰色的真丝长裙，内衬一款紧身收腰红色缎子肚兜。

一进她的屋子，他们就倒在了一起，互相撕扯着衣服。他知道她在这里有过多少男人，可他不在乎。他们在一起，她就像他的旅伴，陪伴着他自由地行走，一起走一段路。在她面前，他是自由轻松的。她从来没有向他要过额外的金钱，也没有向他寻求保护。这一点对于他很重要，他需要无牵无挂。空气中已经充满了战争的气息，现在，安全是第一要紧的事，他自己和他的乐手们的安全，这已经够他担忧的了。

他们从欢愉的巅峰跌落后，相拥着瘫软下来。他总是付足一整夜的钱，这样，他就能安安心心地一直睡到第二天中午。

她把他的身子翻转，然后坐了上去。她的手，在他的后背温柔沉着地按揉着，一下又一下，像一个熟练的按摩师，但又很亲昵。她知道哪里藏着他的愤怒和恐惧，她的手指慢慢地探索，轻轻地释放，直到多日的积郁完全消散，他的身体轻得要飘起来，而他的心一片澄净，稳稳地安放得妥当。这就是爱吗？他时常会自问，只有在她的手掌的摩挲下，他才能进入最深沉的安眠。舒服了吗？她停下了手，躺到了他的身边。

他就是这样来到这个世界的，就是在另一个妓院里，离这里并不远。虽然他只是一个私生子，但他的内心高傲，他坚持认为他和父亲是不一样的：他受过良好的西式教育，他真诚守信，他公平善良诚实。但是，躺在珠丽的身边，他不无悲伤地发现，在本质上，他们父子竟然如此相似。他自己心里很清楚。他对珠丽的感觉，正如当年他父亲对他母亲的感觉，难道这就是难以逃脱的宿命？可是，他心里又知道是不完全一样的，因为他对珠丽的感觉永远不会改变。和她在一起，所有的担忧和焦虑，都如冰雪消融，即使他的心里压着一块石头，因为在不久之前冒险警告了小格林。格林，一想起他，他心里不禁叹了口气。

“怎么了？”她似乎感觉到什么，转过身，双手支着下巴，忧虑地看着他问道。

“没什么。”他满怀爱意地将她揽过来，“睡一会儿吧。”

那天晚上，就在林鸣和珠丽缠绕在一起的时候，森冈大将走出了家门，钻进轿车的后座，拉上车窗的窗帘。他的座驾在深夜的马路上驶过，穿行在法租界，他要找个地方听听音乐。在他以前驻扎的地方，无论是北京还是天津，他都能找到一些有爵士乐队驻演的夜总会或舞厅，他听过日本乐队、中国乐队的表演，也听过美国乐队的表演，但他知道，这些乐队的水准和上海是没法比的，他早就听说了，上海的夜晚，是世界的中心。

虽然他在上海只待了很短的时间，但森冈已经感觉到中国政府对上海的宽容，这种宽容，倒是很像一个人对待自己身上的一块脓疱。上海的夜生活是聚宝盆，因此它得以存在，虽然中国政府真正的意图是禁止外国的音乐，不仅仅是爵士乐，而是包括所有的西洋乐。真是无可救药，禁止音乐，这对中国的未来有什么好处？这样一个想法，在森冈看来简直是不可思议，也再一次向他证明了中国人不是有策略的成熟思考者。禁止音乐？那下一步是什么？难道禁止电影？而且，这种视音乐为毒药的看法，在处处针锋相对的共产党和国民党之间，难得地达成了惊人的统一。这真是令人称奇。

国民党和共产党之间争斗的方式，一直以来都让森冈为之惊诧不已，尤其是在当下，当日本人在一点点切入中国土地的时候。很显然，他们需要我们。

他让司机慢慢开，车子缓缓驶过吉臣俱乐部、逸园大厦、卡萨诺瓦和安乐宫，这些地方都有爵士乐队驻演。他的秘书给他开了一张上海舞厅的名单，可直到现在，他还没有去过其中的任何一家。今晚，他有兴致出来一探。

他又看了一遍舞厅名单，最后下了决定，告诉司机说："去圣爱娜。"

南京路，一条华洋杂陈的商业街，巴黎面包房、巴尔干乳品店、奥地利咖啡馆，还有出售各种坚果干货的中亚店铺，错落在马路的两侧，吸引着络绎不绝的顾客。宋玉花的眼光，总是落在那些外国的商号上，对先施和永安这类本土大百货商场，她没什么兴趣。而那些充满异域风情的洋文店铺名称，当她在口中默念时，那些字母会像音乐一般在她心头跳跃，伴随着她的高跟鞋，磕磕地敲击着人行道。

她在一个小镇上的大家庭里长大，教她英语的是留过洋的家庭教师。这个孤独的女孩子是读着西洋小说长大的，那些小说给了她无限的幻想空间。她总是把自己想象成一个成熟的女人，美丽动人，饶有风情，说着一口流利的外语，周游于世界各地。那些小说里，总有一个魅力无穷的年轻男子，一段如梦如幻的情爱。可是，这样的男人，这样的感情，在她生活的那个安徽小镇里，从来不曾出现。她相信爱，但这种情感，在她的幻想里，总是用英语来表达。可现在，她只是在别人要求下才说英语，而在平时的生活里，英语只是她的一种技能，深埋不露。她真的不知道，应该如何应对那些因为懂了英语，而带给她的不同的感受。在她的生活里，她没有任何人可以分享这样的感受。

现在，她来到了外滩的尽头，站在有着绿铜尖顶的华懋饭店[①]旁边，在她眼前，是中国最为著名的大道。可是，这会儿，这条滨江大道上行驶着一辆辆重型卡车，满载着武器和装备，车上插着白底红日的小旗。王八蛋，她握紧了拳头，她的眼里满是仇恨，她恨的不仅仅是这些卡车，它们运送着对准中国人的武器，她更恨那些士兵的神色，满不在乎、平静、冷漠，显示着他们对胜利的绝对把握：在中国打胜仗是囊中取物。

她离开外滩，沿着四川路往爱多亚路走去，这条路是法租界和公共租界的分界线。在交叉路口，一个红头阿三站在交通岗亭上，指挥着交通。她看着他打着手势，指挥着马路上的轿车、摩托车、三轮车和公交车，就在眼前车辆驶尽的一瞬间，她怔住了：她看见那位新来的钢琴家从皇家剧院走了出来。他站在路口，朝着黄浦江的方向，望着东边，她因此有时间在一旁观察了他一会儿。因为他在这座城市的名气，已经吸引了无数的目光，但他似乎并没因此而有骄矜之态。他的脸上，有一种隐忍，使得他泯然于众人之间。这个男人，和她生活里的其他男人不同，这是她的第一感觉。也许，正是他脸上的这种隐忍，让她有了亲近的感觉，让她解除了对男人天然的戒备，让她忍不住想去了解他，想和他说话。

---

① Cathay hotel，现和平饭店。

红头阿三吹响了哨子，伸出他的手臂示意放行，她和身边聚集的行人一同穿过了马路。走到离他只有几步路的时候，他一转身，看见了她。

“真巧啊，在这里碰上。”她脱口而出，这声音把她自己也吓了一跳。连她自己都不相信，真的就这样开口对一个陌生的男子说话了，而且是一个外国人。

“你在说什么?”他惊奇地张大了嘴巴，“你会讲英语!”

“宋玉花。”她的手指捂了一下嘴巴，一个很典型的中国女孩子的动作，而不是向他伸出手。

“托马斯·格林，”他回答道，依然有点恍惚不知所措，“你就叫我托马斯吧。”

他们在人行道上对视着。他们的身后，人来人往，神不守舍的赌徒、匆匆赶路的白领、浓妆艳抹的妓女、身穿烟灰色长袍的尼姑，他们在人流中，安静地对视着：“好吧，那你就叫我宋吧。”

“可不可以问你，这一口流利的英语是从哪儿学的呢?”

“家庭教师教的，在家乡的时候。”她的目光离不开他的眼睛，那是一双圆圆的、有着长长睫毛的眼睛，衬着奶茶色的皮肤，更显得一团漆黑。

“中国的家庭都会这样做吗?”

“只有富有的家庭才有这个条件。”她说道。这次意外的邂逅，让她面对了这位美国人，她发现，平时，她用遗忘来作为自我保护的盾牌，可是在这个美国人面前，这个盾牌悄然撤离。她又看到了她过去的生活，那是一段她试图和现在剥离，默默收藏在心底的过去。现在，这段过去又浮现在眼前。她的家，院子里的大鱼缸，几条金鱼在游来游去，芬芳的紫藤爬满了篱笆，桃花盛开的树下，摆着一张藤编靠椅。温暖的日子里，妈妈穿着雪纺罗裙，斜倚在桃花树下，吟诵着唐诗。那些温柔的夜晚，是她记忆中最后的美好日子，那些古典的诗句，她总是能很快应答上来，妈妈会给她一个心意相通的微笑，于是她被理解了。可是，后来她妈妈去世了，她爸爸开始沉湎于赌博。

托马斯·格林接住了她的目光，回视着她，仿佛要钻进她的心底，他看出来她有点走神了。“你的家乡，”他说，“很远吗?”

“是的，你怎么知道。”她抬了抬眼皮，有点被看破心事的吃惊。

“我也没有家了，我妈妈去世了，我现在只能靠自己奋斗了。”

“哦，对不起。”我也没有妈妈了，她很想告诉他。

“别难过，”他说，“我想听你说说，是怎么来到上海的。”

她注意到他有些不安，不停地把重心从一条腿换到另一条腿上，也许，他也是想到了什么吧。

可是，她是不可以随便想的啊。在上海，杜月笙的手下有几千人，谁敢稍稍违逆了他，一个轻轻的手势就可以要了命，连她也不例外。这叫“种莲花”。其实，她这样站在这里，和这个美国人面对面说着话，就像人流中的两块石头，袒露在人们的目光之下，这也是不可以的，甚至是危险的。“我们这样站在马路上，说着话，很不好。”

“那么，到别的地方去，”他说，“我去找你。”

“不，”她回答道，“不可能的，很抱歉。”她转身匆匆地离开了，不想让他看到她有多无奈。

托马斯发现，那个晚上，他的目光频频落在大厅的入口处，心里盼望着她会和杜月笙一起出现。但是，那个包厢空了一整个晚上。他完全不知道什么时候才能再见到她，如果还能再见到她的话。他告诉自己，他盯着入口，是因为林鸣告诉他要留心着那个日本大将，但他心里明白，其实并不是这么回事。

第三天晚上，他看到大厅里有很多女眷的身影，他的心都快跳到喉咙口了。他慌乱得弹琴的手都不听使唤了，错了好几次，好不容易才稳住了神。埃罗尔和莱斯特用眼神向他示意，他们总是最早发现他的失误。当他再一次抬头望去的时候，他看见了安雅，是的，是安雅。

自从上一次的共进晚餐，已经一个礼拜过去了。此后她没有再在俱乐部出现过，他虽然曾经从她的住处前经过，他还在她家门口留下了一张卡片，但他没有听到任何回音。自从和宋的短暂邂逅之后，安雅的身影已经从他的心头消失了，但是，宋这位姑娘，他也许这辈子都不会再见到了，而安雅，此时就在他的眼前，穿着一身雪白的真丝曳地长裙，仪态万方地站在那里，笑吟吟地。就在两支曲子之间的短短时间里，他叫住了那个外号刀豆的服务生，塞给他一些钱，让他出门买朵栀子花。他喜欢这种芬芳的花朵，在上海的街头，他经常看到路上有小女孩挽着竹篮，上面盖一块蓝花布，掀开花布，一阵馥郁花香扑鼻而来。篮子里有栀子花、茉莉花，还有白玉兰，路过的行人有时会停下脚步，买一串花别在衣襟上。

一曲终了，她走了过来。“很高兴又见到你，”他说着，温柔地将栀子花别在她蓬松的盘发上，“谢谢你，那天，我们度过了一个难忘的夜晚。”

她的笑容消失了：“哦，亲爱的，我什么都不记得了……我出丑了吗？”

“那怎么可能呢？”他回答道。

“为什么？”她双眉微蹙。

“因为，你可以做任何事。”

她笑了，显然，他的回答让她很舒服：“我收到你的卡片了，可我出门了，有一阵子不在家。”

“欢迎你回来。”他轻轻地拥住了她，“留下来。”他轻柔地说，“等我演出结束。”

她听话地留了下来。最后一支曲子一结束，他们就匆匆地离开了剧院，跳上一辆人力车，直奔她的住处。

那个地方比他想象的要小，只有一个房间，里面挤着床、梳妆台，还有椅子，这间房间只有一扇小小的窗户。她的房间在顶楼，要走四段长长的楼梯，可他根本无暇注意这些，为了得到她，他愿意爬上高山，只为在她的怀里度过温柔的一夜。

安雅从衣柜上拿下一个水瓶，从老式水盆里接了一些水，倒进了一个杯子。她把栀子花从头发上取下，轻巧地将它插在水杯里。他有一种奇怪的感觉，仿佛回到了巴尔的摩，回到了他们住的联排狭长木屋里，冬天，所有的排气口都关上了，尽可能地锁住屋子里的热气。小孩子的衣服穿破了，总是会被裁开，派作别的用场。他的妈妈在草莓贩子的摊子里长时间地翻找，挑出那些挤坏了的、有些斑点的草莓，然后缠着小贩便宜一些卖给她。

他看着安雅把插着栀子花的水杯放在了床边，然后，他上前把她的长裙从她光滑的肩头褪下。她很自然地转过了身子，让他从后面解开她。他的手抚过她的肌肤，那是像缎子一样细腻的手感，不同于他自己那丝绒般的质地，那雪白的肤色也让他莫名地兴奋。可是，当他将她抱起来放到床上时，他感到了力不从心。这是他们的第一次，也许是因为他太久没有接近女人了吧。他渴望了很久，可是就这么草草地结束，他心里很沮丧。

不过，第二天早上天不亮他就醒来了，他们又做了一次。这一次，他们很放松，动作舒缓地享受着彼此的身体，直到两个人都满足地松开。

他说要走的时候，原以为她会不高兴，没想到她很体贴，轻柔地对他说："抽屉里有干净的毛巾和大浴巾，就在脸盆旁边。"

他洗过之后，穿上了衣服，"谢谢你。"他亲吻了她一下。

"不，不，应该谢谢你。"她的双臂环住了他，不停地吻着他，直到他们再次倒在了床上。

他回到家的时候，天已经开始亮了。他静悄悄地进去，蹑手蹑脚地溜进了他自己的房间，然后，钻进他自己的被窝里，尽情地摊开了身子。现在，他拥有了他一直想得到的、一个真正的女人。他将一个枕头折叠后塞在脑后，然后闭上眼睛，静静地享受着从小巷深处传来的声音，那是一天里最初的清晨之声，远处传来小贩货车的叮叮当当，还有汽车启动的声音。他的心里很满足，因为充溢着爱情，任何声音到他耳朵里都变成了音乐，每一种声音都是美丽的回声：门窗吱吱咯咯地打开关上，车轮在青石板上碾轧出咯咯的声音，窗子外面鸽子发出咕咕的叫声。可是，就在进入梦境之后，现实世界渐渐隐去，幻化为另一个世界后，他看见了一张脸，那是宋玉花的脸，而不是安雅的脸。

·4·

整个一九三七年的春天，安雅是他的女人，几乎每个周末，安雅都会到俱乐部来。她坐在那里，美丽而高傲，这是他的女人，他很享受这样的时刻，他愿意让每个人都看见他的可爱女郎。但是，他的心里时时想着的是宋玉花，他不知道还能不能见到宋玉花，外滩的一面，就像惊鸿一瞥，有时，他甚至觉得那是他的梦幻。然而，宋玉花和杜月笙一直没有再出现，当安雅坐在这里的时候，他心里倒是暗暗高兴他们没有出现，这样的想法有时会让他感到羞愧。安雅就像一只快乐的小鸟，她美丽的羽毛总是袒露在所有人的眼前。

她的出现，会让他情绪高昂，现在，他需要这样的能量。战争的预期正在慢慢地渗入他的乐队，他无时无刻不在担忧着。一些乐手开始攒钱了，像鼓手艾迪·瑞奥登，以前总喜欢挑好的馆子下，现在就在面摊上将就着充充饥，为的是省下钱，买回国的船票。小号手塞西尔·普拉特也在念叨同样的事儿，他的女朋友是日本人，大多数的夜晚，演出结束后他都会去闸北区，和女朋友一起过夜。那个区，现在几乎已经是日本人的天下，虽然不舍得离开他的女朋友，但是他说了，看见眼前晃动着这么多穿着军装的人，让他神经紧张。

安雅来到俱乐部的那些夜晚，托马斯都会和她一起回到她的住处，然后在第二天黎明之前回到自己的家，这样，他还能在自己的床上再睡一觉。他喜欢这样的方式，亲密而有距离。每当阿隆佐和惠子把队友们都叫上吃午饭的时候，他从来不跟安雅提及，更不会把她带上。惠子是不一样的，她已经是他们生活中的一部分了，她几乎就是阿隆佐的妻子了。虽然大家都知道，他在家乡还有一个真正的妻子，以及正在上大学的孩子们，他把挣来的钱大部分都寄给了他们。但是，在这里，在上海，惠子才是他的女人。惠子也是大家的大姐姐，她穿着拖鞋，系着围兜，给大家做日本饭吃，温柔，亲切。这种时候，阿隆佐就像一个君主一样坐在那里，惠子则在一旁伺候着大家。她不断地给托马斯，给查尔斯，还有给欧内斯特夹上煎得喷香的鱼，端上用酱油、清酒和米醋煮出来的蔬菜，还有一碗碗的蒸米饭。他享受这些愉快的下午，那种舒适的感觉，只有和自己的亲人在一起时才有，而这种时候，他不需要安雅，安雅不是他的家。

没有演出的晚上，他们两人就会一起出去，他跟随着安雅，进入他所不知道的世界。在那个世界里，有舞女，也有鸦片烟鬼，有赌徒，也有哲学家和乌托邦主义者，还有各色各样的异见分子，整天琢磨着推翻现有的政权。在她的陪伴下，他碰到了很多艺术家、演员、诗人、酗酒者和单纯寻找感官刺激的人。

“可是，没有一个人是共产党。”一天晚上，他对她说道。他在这个城市有一段时间了，这是他很感兴趣的一个问题。

“当然有，他们中的一些人就是共产党，”她立刻反对道，“我们讨论过这个问题，三分之一的上海人……”

“我知道，”他打断了她，“但谁是呢？我好像从来就没遇见过一个。”

“没有人会公开承认，共产党人是要被杀头的。”

“这真是一个谜，我没法确定，他们是否真的存在。”

“听着，”她靠近了他，压低了声音说，“我认识各种各样的人，他们是对上海知根知底的人。你知道他们是怎么说的吗？这可是天大的秘密，你千万不要说出去，你知道吗？新渔阳路六号的外国语学校，其实就是共产党的秘密地下联络点。”

“真的吗？”

“是的，他们悄悄地告诉我，那里根本不上外语课。你去那里走一趟，就会知道了。当然，从外表看，共产党跟普通人没什么不一样。”

那天晚上，他多喝了点，事后，他都不记得那天还去了安雅的家，第二天清晨才回到了自己的住处。当他在中午醒来的时候，头痛欲裂，口干舌燥，而且，更糟糕的是，他嗓子都哑了。他匆匆地洗了一把，穿上衣服下楼了。

楼下的餐桌上，摆着丰盛的早餐，那都是陈妈的手艺，浓稠的燕麦粥、切成厚片的烟熏火腿，还有炒得喷香橙黄的鸡蛋，只见查尔斯和欧内斯特正埋头吃着。

“奥利佛和弗兰克也要走了！”欧内斯特一见到他就大叫起来，嘴里还塞满了炒鸡蛋。

“什么？”他重重地坐了下来，“那两人？他们一点积蓄都没有。”一张去美国的末等船票是一百五十美元，也就是四百五十块钱，以一百五十块的收入，也要花很多时间才能存下来。何况灯红酒绿的上海就张开双臂等着你，夜夜笙歌吸引着你，存钱成了十分困难的一件事。“他们上哪儿去弄钱呢？”

"赛狗场。"查尔斯说,"他们说,运气好,赌赢了的话,就能买上两张船票了。话说,如果这里真的打起仗来,那我们都得跑。"

托马斯听了无言以对。

"难道你就不害怕?"查尔斯问道。

"当然怕,但是,在老家,我也害怕,所以才会选择离开。相比之下,我更喜欢这里。"

他们兄弟俩互相看了一眼,低下了头。"我们也一样。"欧内斯特说道。

"如果他们入侵上海,那可不是闹着玩的,我们就得找个地方躲起来。不过,我们又不参与战争,无论哪一方赢了,都和我们没关系。再说,他们都想听爵士乐,无论战争的结果怎样,我们应该还能继续演奏。"

这两个男孩又对视了一眼,欧内斯特说:"我们会留下来。"

"再也不回去了。"查尔斯附和道。

"尾巴,"欧内斯特话锋一转,"你昨晚上哪儿去了?"

"你怎么管起我来了?"

"华叔告诉我,你今天上午七点才回家。"

"真的?这是他说的?你这个调皮鬼。"托马斯很喜欢这个男孩,这个机灵的孩子在上海待了一年半,现在一口流利的洋泾浜,和当地人可以没完没了地聊天了。而托马斯到现在为止都还没学会几句洋泾浜,更别提上海话和国语了,对于他来说,那真是太难了。其实,托马斯在上海遇到的乐手中,也没有别人能讲上几句上海话或者其他地方方言的,这两兄弟的机灵劲儿让托马斯很喜欢。

看着这两个快活而开朗的男孩,托马斯脱口而出:"嘿,你们两个,别自己租房子了,干脆搬过来和我住吧。"他们一听这话,就咧开了嘴,他知道他的提议是对了,何况他自己也需要伴。这个屋子里,有太多的空房间了,他一个人住在这里,很寂寞。现在,夏天来了,这个屋子里的空气黏滞闷热。冬天的时候,沉默寡言的老朱是这栋屋子的供暖大使,现在,他把窗户都打开透气,还各处放了好些扇子,供大家随时取用。

"我会跟林鸣讲的,"他告诉这两兄弟,"把你们的东西搬过来吧，今晚就住下来。”

两天后的晚上，也就是一九三七年六月的第三个礼拜三，森冈第一次走进了皇家剧院。

当时，杜月笙正在他的包厢里，宋玉花、林鸣，还有他的保镖，就围坐在他的身边。起初，没有人注意到他进来，他穿了一身不起眼的便衣，找了张靠墙的桌子坐下。直到他跟侍者要了一杯威士忌，大堂经理周先生才发现了他。他脚步匆匆地上了楼，一把拉开了包厢的帘子。“他来了，”他气喘吁吁地说，“那个大将。”

“是吗？在哪里？”杜月笙问道，顺着周先生的手指看下去：“哈！看见了，这只汽油桶。”

包厢里的人都紧张地往下看，看向对面包厢的下方，那里坐着一个长得粗壮结实的日本人。“没娘教的混蛋。”老火鸦骂了一声。

“他真的在城里到处设立作战指挥部吗？”花旗阿根问道。

“是的，”林鸣很肯定地说，“好像上海已经是他的地盘。”

此刻，他们都瞪着他，人人都怒气冲冲。因为愤怒，他们总算有了一个共同的仇恨对象。

“他娘的×，”杜月笙恨恨地骂道，“滚他妈的蛋！”

“让我收拾了他，”花旗阿根气冲冲地说，“就在今晚。”

“别冲动。”杜月笙伸出了一根手指，花旗阿根立刻就不出声了。

杜老板一语不发地坐了很久，盯着楼下的那个日本军官，他的脸上，呈现出一种冷血动物瞄准目标，随时准备出击的阴鸷神情。然后，在他开口说话之前，他回头看着花旗阿根，眼神温和得就像看着一只喜爱的宠物：“首先，我们要找到他的弱点、他的软肋；然后，我们要找准时机，打他一个措手不及；最后，我们才会杀了他，一步一步慢慢来。你们就看着吧。”

听着这番话的时候，林鸣的双膝簌簌发抖。楼下，森冈饶有兴致地盯着托马斯，他的这种偏爱非常明显，他们都感觉到了。

他看着楼下，身体里面一片寒凉。下面的舞台上，完全蒙在鼓里的托马斯正在示意下一支独奏曲。接着，查尔斯和欧内斯特开始了一段大三度的萨克斯，兄弟俩的表演带有明显的炫技成分，他们就喜欢要酷。虽然排演了无数次，这样的演奏已经驾轻就熟，但是，两人之间依然有着可贵的默契。大三度明亮饱满的旋律洋溢着乐观的情绪，每一次，听众都会被感染，场上的气氛一下子就被调动起来了。他非常善于编排曲目，这个小格林，即使乐队只剩下包括他自己在内的九个人，他照样还能让乐队显得阵容强大，气势饱满。他非常受欢迎，是林鸣的摇钱树，更是林鸣的朋友，是他从事音乐经纪以来，结识的第一位真正的朋友。这个婊子养的日本大将就不能把目光从他身上移开吗？他就不能立刻起身，离开这里，上别的地方去吗？林鸣的目光，落在这两个让他揪心的人身上，心里却翻滚着这些哀伤而无奈的问题。

坐在林鸣前面的宋玉花，此时心里也充满了恐惧。而且，她还能看见林鸣所不能看见的一幕。那是杜月笙的眼神，阴暗尖锐，随着这眼神在森冈和托马斯身上来回游走，变得越来越凝重。那目光里，是冷冷的算计筹谋。她很清楚杜月笙心里在想什么，现在，几乎可以肯定，诱饵就是托马斯了。她的心一阵抽搐，她不敢想下去了，她不愿看到任何不幸降临到这个和她只说过一次话的男人身上。

演出结束后，她跟在她的主人身后下楼了，老火鸦和花旗阿根走在前面，在拥挤的人群中开出一条通道。

谁也没有注意到，森冈也从大厅的另一边挤过来了，宋玉花几乎都走到门口了，才看见了他。托马斯此时就站在门口，跟客人们致谢道别。

森冈此时也挤在人群中，就在她前方不远处，大概一米左右的距离吧。看见他的背影，宋玉花禁不住颤抖了一下，整个人瞬间如同遭到电击一般烧灼起来，下意识地想往后退。她都能看见他的后颈了，看见后颈正中一颗深色的肉瘤，她感到一阵反胃。他的皮肤是褐色的，是被日本的太阳晒出来的褐色。他们离得那么近，她几乎能闻到他的气息，这股来自于她仇恨的男人的气息压迫得她喘不过气来。

她隐隐听见他用英语和托马斯说了几句话。

“你是怎么来的?”她听到他在发问，“这是我的名片，也许你会用到，拿着吧。”她看见他把名片塞到托马斯手里，然后浅浅一点头，随着人流出了大门。

宋玉花在后面怒视着他，任由人流将她推送到托马斯的前面。托马斯看见她，一下子呆住了。她的眼光避开了托马斯，巡视着四周的人群，就在经过他身边的一瞬间，她极其敏捷地将托马斯手上的名片打掉了。名片掉在了地上，消失在人们的鞋底，谁也没有注意到这一幕。

她的眼睛虽然直视前方，但是，在他身边经过时，她能感觉到他的注视，那是带有热度的注视。

不光是她感觉到了，杜月笙也感觉到了，因为，就在这个时候，他回头喊了一声："玉花!"

"我来了。"她应答道。收回目光，低下了头，她温顺地紧跟了上去。

第二天，林鸣问托马斯："他和你说话了?"

"他问我是怎么来到中国的，还塞了一张名片给我。"

"乌龟王八蛋！你把他的名片扔了吗?"

"嗯，他一走，我就扔了。"托马斯没提见到了宋玉花。即使她在他的面前只停留了一秒钟，这一秒钟已经让他欣喜若狂了。在那个人挤人的大厅里，没有人注意到她打掉了他手上的名片，只是这样片刻的交汇，已经让他觉得离她那么近。从她燃烧的眼睛里，他看到了她沉重的呼吸，也看到了从她心底升腾而起的火焰。他的目光，仿佛能够穿透她，直抵她的内心深处，就在那个人群涌动的大厅里。

"你做得好，"林鸣说道，"还是说森冈吧，如果他再来找你，尽量少跟他说话，免得被人偷听。也不要答应他在任何地方会面。"

"这些话你已经都说过了。"托马斯温和地说道，虽然他实在看不出一个日本军官能把他怎么样。而且，他觉得他和森冈之间不会再有交谈了。

可是，不到一个礼拜，这层薄薄的安全帷幕就被撕开了，森冈又来到了皇家剧场。这一次，他没有久留，而是只听了一支曲子。不过，在他离开之前，他突然站起身，走向了舞台。托马斯被他这一突如其来的动作惊呆了，从他的钢琴椅上欠起了身子，他看见周经理和刀豆也迅速交换了一下眼色，悄悄地试图凑近。

“弹得很好，”森冈说道，语气显得有点严肃，托马斯回答道：“长官，谢谢，谢谢。”他故意用了种植园工人的口音，好让周经理和刀豆解除戒备。森冈没再说什么，鞠了一躬后，就离开了。周经理和刀豆似乎也很满意。

然而，托马斯却止不住地颤抖着，演出一结束，他就跑到了安雅居住的地方，按响了她家的门铃。他按了一遍又一遍，可她就是没有下来。她窗口的灯亮着，通常，这意味着她不在家，可是，她会在哪里呢？他抬腕看了看新买的金表，现在几乎至凌晨三点了。

其实，这个时间，在上海，还有很多人依然未眠。虽然离他和森冈的上一次对话才过去两个小时，但是，杜月笙已经把他们说的每一个字都细细推敲过了。

第二天下午，杜月笙把林鸣叫到了华格臬路。林鸣走进了二楼的那间书房，书房里安安静静，铺着厚厚的地毯，木质百叶窗紧紧地关着，把初夏的热气都关在了外面。和平常一样，杜月笙显得平静沉着，没有一丝不安，他的声音也像石头一样硬冷。“一个礼拜里面，他两次去找那个美国人。”他告诉林鸣，“我们要动起来了。”

“怎么动？”林鸣的声音掩藏不住他内心的紧张，“我可不可以……”

但是，杜月笙打断了他的话：“我们将会严密监控你的音乐家，以等待最佳的时机。”

“也许，我们不必牺牲托马斯·格林，他是我们乐队的摇钱树，拿他做诱饵，有点浪费了吧。”林鸣语无伦次地挣扎着。

“我把你叫来，提醒你，是尊重你。”杜月笙的声音里，没有一丝犹豫，“你不必多嘴。”

林鸣站在那里，闭上了嘴。

“我们必须杀死这个吸血鬼，这件事，我们会做得让他们摸不到头脑，这样我们就掌握主动权了。至于你的美国人，我们自然是会尽力保证他的安全的。但是，毕竟，这是无关紧要的。”

这番话，像一把刀一样割在林鸣的心口：“那么，谁来监控他呢？”

“这个任务，我会交给一个外人，跟我们的帮会无关。”杜月笙说，“他的名字是赵富年。”

林鸣点了点头，一语不发，他的腿阵阵发软，只想赶紧离开这里。

那个礼拜，阿甫夏洛穆夫派他的伙计上门送来了一份邀请函，邀请托马斯前往观赏指点他的交响诗《北平胡同》的排演。托马斯给了伙计一点小费，几天之后，他派小孔送去了邀请函的回函，表达了自己的荣幸之情。他非常喜欢和安雅一起，出入于夜上海的各种场合，但是，接受这样的邀请对他有另外的意义，阿甫夏洛穆夫是很有声望的作曲家，得到他的邀请是一种肯定。

他们在六个月前又见过一次，那次是在兰心大戏院，阿甫夏洛穆夫的钢琴音乐会在那里举办了一次首演。在礼拜天的下午，人们喜欢上兰心大戏院听音乐，然后再去参加晚宴。那场钢琴演奏会是由格里高利·辛格主弹，他是阿甫夏洛穆夫的御用钢琴家，演奏会的下半场由贝多芬的第五交响曲拉开序幕。格林出席了那场音乐会，过后，他差遣小孔送去了一封热情洋溢的祝贺信。现在，阿甫夏洛穆夫就用这样的一份邀请函，回应了他的祝贺。

托马斯发现，上海人很喜欢听音乐。电影院和录音棚里的乐队，或者是上海交响音乐厅在上海都很受欢迎，这个城市里，有很多受过良好古典音乐训练的乐师。这些音乐家中，有些是土生土长的中国人，有些是比较年长的俄国犹太人；后者到中国已经有些年头了，现在，蜂拥而至的有更年轻的欧洲犹太人，他们极富才华，为了躲避迫害，逃离故乡，在上海的乐队里找到了一席之地。

阿甫夏洛穆夫的情况和他们都不一样，他几乎一辈子都在中国，"我试图捕捉你在北京胡同里所能听到的一切，"他这样解释自己的作品，"小贩悠长的叫卖声、理发师傅手中的音叉发出的嗡鸣，还有寺庙的钟声，总之，所有的声音。"

"对了，我非常喜欢你的钢琴演奏会。"

"哈，谢谢你，我收到了你的祝贺信。你看到那个演奏钢片琴的男孩了吗？他是我的儿子，杰克！"

就在这个时候，舞台上响起了一阵大声的嗡鸣，"那是剃头师傅的音叉，也就是'唤头'，"阿甫夏洛穆夫说道，"剃头师傅沿街叫卖，就是用这个玩意儿招呼客人，需要理发的人们听到音叉一响，就从家里出来了，这个声音能传得很远。好了，我们该开始了。”他像中国人那样，双手合抱，向托马斯作了一个揖，就离开他去指挥工作了。

托马斯看着他走到了乐队的前面，指令长号和大号调高音量，继而协调了寺院木鱼、钟声和鼓点的击打，他要求小提琴的声音柔和地插入，就像夏天的一只小虫。他对着音乐家们慢慢地阐述，纠正，吟唱。“对了，”终于，他大声地叫道，“这就是歌剧风格，我要的就是这种感觉。小提琴，用一根手指在E弦上轻轻拨动，突出颤音。很好，再来一遍。”

排演结束后，托马斯上前道贺，结束了工作的阿甫夏洛穆夫兴致很高，又和他谈起了音乐。“你所受的训练，给了你很明显的个人风格，”阿甫夏洛穆夫对他说，“你一弹，我就听出来你明显受过严格的古典钢琴训练，真是棒极了。但是，我觉得，你现在所在的这个乐队，国王乐队，才是未来大乐队的趋势。现在我到处都能听到爵士乐，在电影里，在收音机里，还有，在广告里，铜管乐器大大超过了其他乐器。我听到很多，但我听不出其中的好处，但是，在你的演奏里，我听到了爵士乐的美妙。”

“谢谢你，”托马斯说道，“不过，我想知道的是，如果有一天日本人来了，你认为在这里继续表演还安全吗?”

阿甫夏洛穆夫的眼神黯淡了下去，他的眼睛里流露着忧伤，虽然才四十出头，但是他的坎坷经历使得他看上去比实际年龄老很多。他有着一头蓬乱的金发，散漫不羁，可是，这会儿这位艺术家的神情，却是异常凝重。“不，”他说，“如果有一天，他们占领了这个城市，你就不会想在这里继续待下去了，我知道的，因为我就是从北方过来的。”

那天晚上，宋玉花又来到了皇家剧院。

一看到她，托马斯就非常慌乱。因为，这天晚上安雅也在，她慵懒而仪态万方地坐在她固定的位置上。和往常一样，宋玉花低眉垂眼地跟在杜月笙和保镖们后面，在上楼之前，她用余光扫了一眼安雅。托马斯虽然刻意地回避着他们的方向，但心思都在他们的举动之上，紧张得呼吸都不畅了。在表演的过程中，有那么两三次，他抬眼飞快地扫视楼上的包厢，他的动作这么细微，没有人能觉察任何异样。

然而，安雅看到了。那天晚上，当他们离开剧院，前往她家的路上，她提起了这个话题："她是谁?"

"我不知道你在说什么。"

"那个包厢里的女人。"

"那个包厢是青帮老板的。"他如实地说。

"我知道，但我问的是她。"

"她总是和他一起来，我就知道这些。"

人力车夫拉着他们俩，一颠一颠地在凹凸不平的青石板路上小跑着。安雅的眼神里，写满了疑惑，可他不想说话了，安静了下来，于是她也若有所思地闭上了嘴。一到她家，他们就贴在了一起，飞快地滚到了床上。

平静下来后，安雅转身看着他。他以为她又要提起宋玉花了，可是令他吃惊的是，她是要告诉他，以后他不能上这里来过夜了。她说房东给她下了一道禁令，不许带访客来，"他就是针对你的，"她很抱歉地说，"是因为你来得太勤了。我实在是没有办法……"

"这不是你的问题。"他说道，心里盘算着以后他们该上哪里去。

"也许，到你住的地方?"她试探着提议道。

"我觉得不行哎，我刚刚让乐队里的两个小兄弟住到我那里去了，他们还没成年呢。"

她看了他一眼，任何人都看得出，那两个乐手虽然年龄还小，但早就不是不谙世事的孩子了。"那么，好吧。也许，你应该为我们俩租个房间，我们就能在一起了。一间小公寓你应该付得起，一个月不会超过七八块钱的。"

没错，他付得起。从那周起，他就开始看房子，最后在黄浦租下了一间小小的底楼单间公寓。公寓位于北京路的尽头，对面就是外滩码头，河面清凉的空气透过木百叶窗，在小房间里飘荡。他喜欢这个地方，水边的公寓，让他回想起在外公农庄里的童年时光。他们在他收工后去那里，在午夜的凉爽空气中入睡，在清晨的各种声音中，和这座城市一起醒来，他再回到他自己的住处。这是他最后的一段宁静生活，直到世界在他眼前崩塌。

宋玉花左思右想，不知道把一颗钻石交给组织，以解决组织上经费短缺的燃眉之急，这样做是否妥当。这个举动，如果被杜月笙发现，那么她是必死无疑。当然，只要杜月笙发现她私底下和外界有任何联系，她都是必死无疑，所以，多一层冒险其实已经无所谓了。她的忐忑不安还另有原因，她担忧的是，作为一个进步人士，捐献一颗钻石，是否会显得太浮华了。这可是钻石啊！如果先兑现成银元，或许会更合适，可是，那样的做法会带来更多的危险，只要珠宝商一说出去，杜月笙马上就知道了。

然而，只有捐出这颗钻石，才能表达她的忠诚。这份忠诚，是她愿意表达的，只是过去她苦于无法表达。在遇到组织之前，她的生活是无望的，她的前景是暗淡的，即使到了三十三岁重获自由，她也是一个被遗弃的老女人，没有人还会要她。而现在不一样了，她有了生活的目标，有了为之奋斗的目的，这项事业，将她和她的同胞以及国家的命运联系在了一起。而这个颗钻石，本来就应该属于这个国家和她的人民，她只不过是在无意中发现了它，献给组织，就是它最好的去处。

而且，只是其中的一颗而已，另外三颗，她还是藏得好好的。

阵雨停了，她看着马路两边的店铺又打开了木门，旧货店的老板在湿漉漉的人行道上支起简陋的货架，重新把旧书旧报和一些古玩搬出来，不一会儿，摊子边上聚集了一些戴着宽檐遮阳帽，身着棉布长衫的男人，他们停下来翻阅着那些线装书和古籍旧书。那位写字先生也出来了，这个小城镇出来的落第秀才，这会儿靠着他那张摇摇晃晃的小桌子，百无聊赖地等待着顾客。

她为这些男人感到难过，因为她自己也是受过教育的人，但是，除了给杜月笙做做翻译，别无他用。在赌博输了钱之前，她爸爸可是想把她培养成为一个现代女性的。他为她的哥哥请来了最好的家庭教师，要她也在一边听着。后来，哥哥得了肺炎死了，爸爸伤心欲绝，继而把所有的希望都寄托在了这个大女儿身上，他的小玉花，冰清玉洁的花朵。这一个很传统又很乡土的名字，她从来都不喜欢。可是，她是个乖女儿，她不仅接受了这个名字，也听从爸爸的吩咐，认真念书，讨得爸爸欢心。那时候，她才八九岁，她已经能感觉到要为这个家庭挑起重负，不辜负爸爸对她的期望。那时候，她的妹妹们还都是幼儿，她所有的时间都和家庭教师在一起。

然而，妈妈去世后，一切都改变了。从那时起，她爸爸开始夜里出去，到了第二天早上，惨白着一张脸，失魂落魄地回到家里。家里的古玩一件件地不见了，先是一只雍正年间的珐琅彩百花纹碗，后来是一只乾隆年间的白玉香炉，还有一只成化年间的青花龙饰瓷盘，最后，爸爸把手伸向了她妈妈遗留下来的翡翠手镯。那些早上，他口袋里揣着现金，有时候还会带回来一些毫无用处的抵押品。这一切她都看在眼里，可她什么都不能说，因为她只是一个女孩子，没有她说话的地方，除了眼睁睁地看着，她没有任何办法。终于，那一天到来了，那天他的手气一塌糊涂，于是，祖上传下来的宅第以及周边的地都被他输掉了。

就在那时候，他乞求她，毫无羞耻地在她面前跪了下来。

“爸，不要这样，”她惊叫道，“快起来。”那是她不堪回首的记忆。她宁愿去回想那清幽的庭院，用人们手里端着水盆手巾，穿过那个圆洞门进来，恭恭敬敬地递上来，离去时，布纳鞋底在青石板路上慢悠悠地拖着。这样的记忆，才是她允许存在于脑海里的。

她根本不想回到她以前的那个家，他们把她给卖了，再也没有理会过她。无可怀疑，那是因为羞耻吧。宋家在当地可是显赫世家，这样的家庭出来的女孩，是要嫁到好人家的。当她消失在乡人的眼前时，他们家就是这样讲故事的，没有人不相信宋玉花远嫁到富贵人家了。

她生下来就是一个工具，就像任何一个农民，或者一个工人，她的用处就是被使用。因此，在她的心里，她感谢共产党，是共产党拯救了她，给了她一个为之奋斗的使命，给了她活下去的理由。她的信念将她提升到一个更高的境界，他们将她的命运和这个城市的命运联系在了一起。

听人说，上海街头的每个转弯，都有一千个灵魂，是的，当她穿行在这些大街小巷时，她就感觉穿行在人的海洋之中。那些母亲、父亲、孩子，那些店员、用人、劳工，她仿佛能听到他们的呼吸声，那么统一，如同来自于同一个器官，她能感觉得到那呼吸的起伏，感觉得到那思维的波动。对于她来说，这就是人民的概念，这缓缓律动的城市蜂巢，就是她为之献身的真正缘由。

当她走进那家中药铺的时候，她的手指再一次滑过那个暗袋，她已经证实过一百遍了，那个小袋子还在。

“小姐，你好。”

“今天要配一帖特殊的方子，”她说着，把一张空白的处方纸递给了药铺老板。这是事先约定的暗号，表示她需要和上级见个面。“平时的那个方子也要配。”

“小姐你辛苦了，”药铺老板对她说，“你去客厅里休息会儿吧，我叫人给你端茶。很抱歉这会儿伙计不在，请稍等片刻。”他再一次小心地环顾四周，确信没有他人之后，推开了墙上那扇隐形的门。

“好吧。”她一脸不耐烦地答应道，十足的少奶奶派头。直到那堵墙再次合拢，她坐了下来，终于可以不用演戏了。她轻抚额头，让自己放松一下。暗室里光线很暗，只点着一盏小小的电灯，这个时节，不用点火炉了，暗室里很阴凉。她知道，把她的接头人叫来是要花点时间的。很长时间以来，这个接头人都是郭先生，就是通过他，她把收集到的有关杜月笙的信息传达给组织，这些信息都是她陪伴在杜月笙身边的结果。至于郭先生公开的身份和职业，她一无所知。

现在，郭先生推门进来了，上气不接下气地。他就在附近工作，她猜测着他是冒着暑气从上班的地方赶过来的。

“马女士，”虽然他呼吸急促，但语调还是一如既往的平和，“你都好吗？吃过了吗？”

“是的，谢谢。你呢？”

“都好。”他坐下来的时候，抹了一把脸。

“你还记得我们上次见面时的交谈吗？”

他的脸上一片茫然：“不记得了。”

“你告诉我，你的北方亲戚们需要钱，我说我会替他们去求菩萨。”

“啊，”他想起来了，“是啊，很缺钱。”他们都知道，现在，北方的情况更加糟糕了，日本军队已经将北平团团围困了数周了。

“菩萨听到我的话了。”她说着，从衣服里层摸出了那只小小的口袋。

他困惑不解地接了过去，笨拙地打开了小口袋。

“小心。”她轻轻地叫了一声，她的语调使得他在揭开丝绸包布的最后一角时，动作骤然慢了下来，然后，他的眼睛就瞪得差点要掉下来了。灯光下面的两个人，都陷入了静默之中。

“你都要流口水啦。”她温和地揶揄他，他的眼光一秒钟都没离开过那颗石头。

他抬起了头，有点不好意思。“对不起，”这颗宝石又被包进了那块方丝巾之中，然后，他用自己的手帕将它包了一层又一层。“北方的亲人一定会无比喜悦。”

“这是他们的好运气，”她淡淡地说道，竭力掩藏自己的得意之情。北方是这个政党的神经中枢，是他们的基地。

磕磕两下，她听到墙壁上轻轻的敲击声，那扇隐形门又打开了，她站起了身。“我的中药配好了，我该走了。很高兴见到你，代我问候你的家人。”

药店老板把包扎好的中药以及几罐滋补品交到了她的手上，她迈着沉着的步伐走出了药店，心里为她所做的一切感到异常高兴。日本人的魔爪正伸向上海，可是，就在今天，为了挡住这只魔爪，她做了应该做的事。

天还没亮，托马斯就醒了，身边是熟睡的安雅和她甜蜜的气息。再过半小时，他就该起床回家了，然后，再睡个回笼觉，睡到午后起床，与查尔斯和欧内斯特共进早餐。可是，这会儿，他享受着傍水而居的快乐，享受新鲜的空气、潺潺的流水，还有温和的浪花——一下一下地拍打着停泊在岸边的小船，发出阵阵空旷的声音。当黎明的曙光出现，这个城市也会随之慢慢苏醒过来，无数个细细碎碎的对话，从马路上、从小巷里，甚至从水面上传来，从摇摆的褐色小舢板里传出来：那是刚刚醒来的人们的声音，组成了人声的河流，在这个城市里流淌。城市初醒的那几分钟，总是这种波澜不惊的声音，带着夜的睡意和慵懒，细微而缠绵。直到各种车辆的喇叭声、各种叫卖声，把城市的宁静打破。

他枕着花边靠垫，躺在那里听着外面的声音，手托着后脑勺。他看见到处都扔着她的围巾，衣柜里塞满了她的衣服，还有鞋子。一个念头涌上来，他一下子清醒了，他猛地明白过来，原来她搬进来住了。

刹那间，他最近的疑惑都有答案了：为什么她每天晚上都叫他带她出去吃饭，为什么她吃饭的时候那么狼吞虎咽，为什么回避以前住过的地方的邻居，因为，她已经不再住在那里了，而且，她也没钱了。

当她醒来的时候，他对她说："你把自己的房子给退了。"

"对，我付不起房租，何必花钱租两套呢？再说，我身上也没钱了。"她很坦率，当然，她的声音里，还有一丝吃惊，继而变得柔美起来："你就不能每月给我一点钱吗？不用很多，就一点点。我现在口袋里空空的，没有一个法苏，没有一个菲币，也没有一个中国铜板。你看看昨晚你花在晚餐上的钱，一顿饭就……你就不能帮帮我吗？"

"当然可以。"他脱口而出，把她搂得更紧了一点。他为自己的疏忽感到惭愧，太不绅士了，怎么会没有更早觉察到这些呢，他完全可以早一点开始给她钱的。那天早上，他做出了第一个行动，就是把抽屉里那些堆积起来的账单给付掉了。

然而，随着一天时间的流逝，他又开始觉得哪儿不对劲了。绅士派头固然重要，可问题是，他对安雅，不是真正的爱，他不想一直这样下去。不过，在她身上，他得到了难言的快感和巨大的安慰，显然，在她有需要的时候，给她以回报并不为过，可是，回报到什么时候呢？

"只要你还想上她的床。"一个礼拜后的一天中午，他们在德兴馆吃饭，在翻看菜单准备点菜的时候，林鸣这样说道。从这家位于二楼的餐馆看出去，就是苏州河，他们坐在临窗的位子上。时值夏日，河面上升腾着暑气，裹挟着四方的喧哗，码头上挤满了小舢板、三桅帆船和平底船。巨大的货船在通过河道的时候拉响了长长汽笛，这是上海和弦的基调，赋予上海市中心以特有的音响背景，现在，托马斯已经爱上了这种声音。

林鸣点了这家餐馆的招牌菜，这是一份海鲜浓汤，乳白色的浓底，鱼片、大虾、鲜干贝、豆腐，佐以切成丝的海参，还有碧绿清香的芥菜，炖出了乳白色的一盅，上面若有若无地撒下一点白胡椒粉。此外，他还点了几个冷盘，薄腌黄瓜、水晶冬菇竹笋，还有豆干马兰头。林鸣感觉到了格林的焦灼不安，他还特意点了白酒，温热了，盛在一只小小的坛子里。“你看上去如鲠在喉啊，吐出来吧。”他一边说，一边给两人都斟上了酒。

“首先是我们的乐队，很不妙啊，现在只剩下一副骨架了。”

“我早就告诉过你的，但是我们没法补充队员了。”

“可舞厅每天晚上都挤满了人啊！我们钱可一点都没有少赚。”

“这和钱无关。在这样的局势下，难道你还想要我去美国招募更多的音乐家吗？这是不可能的。”

“可现在我们难以为继了，难道要我们大家都解散了吗？”

“我怎么知道？每个人都有自己的决定。除了你和我之外，”林鸣说道，“他们都离开了，可我们还会留下来。我们都知道，一旦战争爆发，这里有多危险。从美国招新人？不可能！”

托马斯沉默了。

“还有什么事吗？”林鸣问道，“是安雅？”

“你怎么知道？”

林鸣笑了：“很明显啊，你们这些外国人，一碰到房子的事，就变得这么敏感。”

“呃……起先她告诉我，我不能上她那儿去了，接着她让我在外面又租了一间公寓。这些我都做到了。”

林鸣点了点头，这种计谋，他是太熟悉了，他也不觉得有什么不对，“何必付两间公寓的租金呢？”

“她就是这么说的，只是现在我得帮她付房租了，她还希望我给她钱，每个礼拜。”

“不然的话，你认为她该上哪儿弄钱呢？”

托马斯吃惊地瞪着他。

“难道你希望她去找另一个男人吗？”林鸣问道，给他的朋友又盛了一盅汤，“我问你，当初你和安雅见面的时候，她在做什么事？”

“我不知道。她租了那间公寓……她有时候在夜总会唱唱歌，有时候也会做些表演。”

“那怎么够用。”

“那么，你是说她赚男人的钱？”

“这就和所有女人一样啊。以我的观点，这都不重要，重要的是，她是哪一种女人？”

“她是个好女人。”

“我同意，而且，很可爱，”林鸣说道，“还有，在你之前，她和什么样的男人交往呢？”

托马斯隐隐地觉得如芒在背了：“我完全不知道。”

“可我知道，”林鸣说道，“那是个意大利男人，一个外交官。”

“你怎么会知道？”

林鸣的手掌在空中一挥：“我有眼睛啊，我生活在上海。你不必对她这么苛刻，你应该明白的……你还能指望她如何生活呢？”

“我有点明白你的意思了，”托马斯说道，心里想着，安雅以前让他感到吃惊的地方，现在都有答案了。她的社交圈，她的人缘，她在上海似乎神通广大，结识的人三教九流，连门卫和服务生她都熟悉。以前他都没有去细想，现在才明白，正是这样，她才能在上海混下去啊。

林鸣几杯白酒下肚，开始滔滔不绝了：“其实啊，小格林，我告诉你。这种女人就像宝石一样珍贵啊，她不是妻子胜似妻子，招之即来，挥之即去，一点不给你添麻烦。在上海，这样的女人谁不喜欢呢？尤其是在现在这样的局势下？”

“那么，你的女人是怎样的呢？”托马斯问道，“你以前跟我说过一次，后来就没再说了。”

林鸣思忖着如何向托马斯描述珠丽，但感觉像托马斯这样的外国人是不可能理解一个中国女人的。“她是完全不同的。”过了很久，他轻轻地说了一句。

午餐结束后，托马斯和林鸣分手了，他要独自去散会儿步。朝着小东门的方向，他走向了民国路[①]，这条路环绕着老城厢，通往霞飞路。这条长长的路上布满了商铺店家，两边的建筑极富特色。走在路上，看到漂亮的姑娘，他就会想起安雅，心里就会想着该怎么做。他和安雅一起度过了好几个激情四射的夜晚，他们在一起，把男人和女

① 现人民路。

人在一起会做的事情都做过了，可是，他们之间并不亲密。这是他的过错，在他的生活中，她只是很小的一部分。每次在她身边醒来，他都会回到自己的家，睡到自己的床上去。因为，他并不爱她。

他不能再这样继续下去了。

当他想明白了以后，数日来压在心头的重负一下子就释然了。他知道，现在就应该结束这一切了，不过，他不愿伤害她，不愿她无依无靠，他希望他们能够愉快地分手。

他知道，他还会怀念她的，怀念她坦荡不羁的饥渴，怀念交融在一起时的狂喜。他还会怀念那些夜晚，她带着他出入各种隐秘的场所，那些不为人知的地下沙龙，遇见那些各种背景复杂的人物，虽然即使和她在一起，他还是没有遇见过一个共产党人，他依然怀疑，他们是否真的存在。

一转弯，就是新渔阳路，他的耳边想起了安雅压低的声音，共产党？新渔阳路外国语学校，那里就有共产党。他拐进了这条安静的小路，这条路的两旁，是上海典型的公寓楼房，三四层高，红砖外立面，阳光透过梧桐树叶，洒落在马路上。炎热的六月，路上除了拉黄包车的苦力，很少有行人。鹅卵石铺就的人行道上，几个老人躺在竹椅上，躲在绿荫里打着瞌睡，几个老妇人凑在一起聊着天。

往前走，是一栋相当气派的建筑，入口处挂着白色的招牌。看到招牌上的英文，他眼睛一亮，心头掠过一阵兴奋，外国语学校，就是这里了！他走开了一点，侧身立于马路对面的梧桐树树荫下，开始细细地观察起来。

奇怪的是，大门虽然开着，进出的人却很少。有几个人走近了，但只是从门前经过，急急地又走远了。终于他看见了一个中年的男人，看上去是读书人的模样，还有两个人衣着寒酸，像是小职员。后来又出来一个年轻的女子，像个学生，用白围巾的一角掩着脸。

这时，又一位女子走了出来，他吃惊地后退了几步。她的身影，她的步态，优雅而内敛，是他那么熟悉的样子；虽然她举起了手，挡了一下阳光，半遮着脸，他还是确信，这就是她，宋玉花。

当她四下里环视着这条小巷时，他的背紧紧地贴着长满了爬山虎的墙壁，心都快要跳出来了。

她是他们中的一员。灵光一闪中，他突然明白了过来。他突然理解了当她伸手打掉他手上的名片时，眼睛中为什么闪动着那么深刻的仇恨，他突然明白了当她陪伴在杜月笙的左右时，为什么又显得那么格格不入。现在他看到了，她还有另一种生活，这种生活，使她成为这个时代的一部分。而这一切，居然就发生在杜月笙的眼皮底下。他倚靠着身后墙壁上暗绿的藤叶，看着她匆匆地走远，她的勇敢逼迫着他，让他觉得喘不过气来。

·5·

礼拜五的下午，托马斯参加了一个草坪派对。几天来，他的眼前晃动着的都是宋玉花的影子，他的新发现在心里发酵，让他又兴奋，又晕眩。他佩服宋玉花的勇气，这个女孩留在他心里的碎片印象，现在，突然间就像拼图一样完整了。她的秘密，也就是他的秘密，虽然这个秘密他不会告诉任何人，甚至于宋玉花她自己，现在还不是时候，但是，他在心里已经在和她分享这个秘密了。派对是在西郊公共租界的一栋都铎风格的别墅里举行。那个区域很受早年就来到上海定居下来的白种人的青睐，这些在上海熟门熟路的外国人自称为“上海佬（Shanghailander）”。那天的来宾绝大多数都是白人，他们中有商人、有教师、有传教士，还有生活范围横跨东西方的各色人等。错落于他们之中的还有数十位中国人，身穿长衫或西服，当然，也有几个像他那样例外的少数派。每个人看上去都很体面富有，女人们裙裾飘飘，高跟丝袜，男人们穿着定制的西装，戴着金表。这些人看上去太成功了，一点不像共产党，托马斯的思绪回到了这几天萦绕在他心头的问题上，于是，他又想起了宋玉花。宋玉花也是贵妇打扮的，托马斯想起她合身的缎子旗袍，耳朵上戴着翡翠耳环，宋玉花的外表可把他给骗了。托马斯发现，一想到宋玉花，自己的脸上就会忍不住地漾开笑意。

他今天胃口很好，往自己的盘子里夹了很多吃的，通红的大虾、烤牛肉、煎羊排、黄瓜色拉，还有奶油草莓。他喜欢这些派对上的食物，所以他也很喜欢受到这类的邀请。每当演出结束，他站在大门口向来宾致谢告别时，那些塞到他手里的邀请函他都笑纳了。他也喜欢到有钱人家做客，正如他喜欢和白人音乐家拿一样的薪水。

在上海，他对美国的想念，具体的体现还是对美国食物的想念。陈妈只会做两种口味的中国菜，上海菜和粤菜。上海菜他已经吃腻了，而粤菜他从来就没喜欢过。演出结束后和安雅一起，他们去过很多餐馆，尝试了各国风味菜肴。在吃这件事上，他们的爱好很一致，他喜欢由她带着出入他所不熟悉的地方，而对于她来说，一天里主要就是吃这一顿。

分手虽然艰难，但总要面对。和林鸣交谈过之后，托马斯更是心意已决，要和安雅分手，可是，他不知道应该如何开口。那天，托马斯在演出结束后，像平常一样，又带她上餐馆。饭后，他们再次坐上黄包车，被车夫辛辛苦苦地拉着回北京路上的公寓时，已经是凌晨三点半了。和往常一样，她整个人倚着托马斯，完全没有防备，对接下来要发生的事毫无预感。而托马斯则决定，在外面什么也别说，等回到公寓再说。

他的话，如同一瓢冰水，浇在了安雅的头上。那时他们已经上了床，她一把掀开被单，跳下了床，把散落四处的围巾、内衣还有一些假首饰都一股脑地扔进了一只袋子里。

“安雅！”托马斯叫道，试图阻止她。

“放开我。”

“不要这样。”

“你把我当成什么人了？”她大声地叫道，“我一分钟都不想待在这里了！”

“安雅，不要这样。”

“我就要这样，是你不要我了。”她大声地叫道，他听到她的声音都走调了。他还没回过神来，她已经扑到床上，泪眼婆娑地哭开了。

“安雅，别哭了。”

“别哭？”她猛地抬起了头，泪水浸湿的头发黏在了她的脸上，涂了鲜红甲油的指甲抠进了胸前，仿佛要把心掏出来给他看，“是你要把我扔到马路上，就像一堆垃圾那样扔出去。”

他仰面躺在床上，闭上了眼睛，听着安雅的哭喊声在耳边呼啸。她说得没错，他是要把她扔了，可他并没有想伤害她，他只是不想这样过下去了。他曾经喜欢她，和她在一起他有过快乐的时光，但他从来没有想过要和她一起生活，他甚至不想把她带到他的朋友面前，带进他的生活里面。他有过女人，那些寻欢作乐的女人，而安雅也是其中的一个。

他翻了一个身，用枕头捂住了耳朵，安雅的哭声一下下地抽打着他。他这样做，是为了宋玉花吗？他不禁问自己，可他甚至都不知道宋玉花在哪里。即使这辈子再也不能见到宋玉花，只要她还在这个世界上，我不会想要像安雅这样的女人，再也不会了。

他听到安雅在擤鼻涕，刚才的号啕大哭现在已经变成了抽泣，她慢慢地平静下来了。托马斯坐了起来，说："安雅，过来吧。"

安雅爬到了床上，拉上被单，背对着托马斯："我什么也没有，"她的声音里，透着心灰意冷，"我会饿死的。"

"不，你不会的。"没有他之前，她不也是过得好好的。

"可我没有地方住。"

他们谈了很久，终于谈妥由托马斯为安雅提供八个月的房租，还给了她一些生活费，让她还能过一阵子。条件谈好后，他们两人都已经精疲力竭，翻身睡去了。第二天醒来，托马斯帮着安雅收拾东西，给了她一些钱，她就独自离开了。看着她离去的背影，托马斯发现自己居然一点都没有留恋，虽然他们在一起同床共眠，耳鬓厮磨地度过了很多亲密的时光，虽然他们也同出共入，一起享受过那么多美味佳肴。

他把盘子里的食物都吃完了，侍者过来，要收走他前面的空盘子，他这才发现自己已经走神了很久。

他起身在草坪上漫步消食，发现旁边有三个外国人在那儿高谈阔论，他不由得驻足聆听。这会儿，说话的是一个商人模样的美国人，"你们看看，这里什么都乱哄哄的，要花多少力气才能恢复秩序？如果日本人赢了，这一切都会清理干净，他们知道应该怎么管理一个国家。"美国人转向了他："艾德·罗林斯，来自于克利夫兰，很高兴认识你。"他又愉快地伸出手，向托马斯介绍身边的另外两位，他们一个来自于英国，另一个来自于德国。托马斯最后也做了自我介绍。

认识了之后，针对美国人刚才的一番言论，托马斯提出了疑问：“那么，就因为日本人更有秩序，更善于管理，你认为他们就有理由入侵别人的国家吗？”

“对于我们来说会更好。”艾德轻佻地一笑。

“我听说德国也很有秩序，很善于管理，”托马斯很想严肃地讨论这个问题，“那么，应该由德国来管理美国吗？”

“喂，等一下……”

“我们是干得不错，”德国人抢过了话头，汉诺威大胡子后面漾开一个得意的笑，“但是，你们所有人都没抓住重点。对于这个世界来说，日本人不是一个威胁，而犹太人却是。可是，上海这里，却敞开大门任由他们进入，世界上没有第二个国家会做如此愚蠢的事情。”

“好了好了，”英国人出来打圆场了，“上海是个自由港，在这里，它对所有人都是欢迎的，这点不会改变。”

“犹太人除了干活当劳力使，没别的用场。”德国人冷傲地说道。

托马斯盯着他，不能相信他竟然说出这样的话来。

“而且，他们就像野猫一样繁殖。”德国人又加了一句。

托马斯合上了眼睛，脑海里瞬间充满了记忆。那些记忆，是如此的久远，却依然如此的强烈。这些记忆对于他来说太重要了，那是他个人的历史，虽然现在那些记忆已经结了痂。那时他六七岁，一年前，他爸爸战死在法国，此后，他和妈妈两人经常吃了上顿没下顿，长得又瘦又小。那天，他妈妈出去给人家帮佣前，要求他把巴赫练习曲的前十首连贯地弹一遍，可他自己却很想出去和小伙伴们玩耍。正当他悄悄地溜出去，跌跌撞撞地跑下阶梯时，两个白种女人刚好从门前经过。看到她们俩，小托马斯已经胆怯畏缩了。她们有着铁灰色的眼睛，脖子上缠着死去的狐狸。而且，她们看他的眼神也很奇怪，就像在看着一只小动物，带点嫌恶，又有点感兴趣。其中一个女人随随便便地对另一个说：“他们就像野猫一样繁殖。”说完就仰头走过去了，根本不管这话会不会被他听到。他记得当时他又气又怕，虽然年龄还小，但是他从小就懂事，知道这样的话有多么羞辱，他几乎当即就想好了，绝不能把这话说给他妈妈听，他妈妈已经受了太多罪了。

现在，他可以向这个德国人开口了："先生，我觉得你这样说，不像个绅士啊。"

"可我是对的。"德国人傲慢地说。

"行了，"英国人忍不住也介入进来，"我必须请你闭嘴了，在这个问题上，我站在你的一边，格林先生。"这位先生对着托马斯点了点头，托马斯突然想起来了，那天晚上就是这位先生把邀请函塞到他的手里的。这位先生又转向德国人说："你的话毫无根据，这里是我的家，还是希望你停止这类言论了。"

"可是我相信你对犹太人一无所知。"德国人说道。

"这你就不对了，"英国人说着举起了他的手杖，指了指远处的一位先生，"那是和我有二十多年交情的老朋友，维克多·沙逊先生。他是我们尊贵的来宾，也是上海滩上非常活跃的人物。"这位一头银发的绅士又转向了托马斯："正如我的这位朋友，格林先生。"

"事实上，"托马斯沮丧地说，"我在公共租界可不受欢迎啊，我甚至不能站在餐厅或酒店的门口说话。"

英国人的神情十分忧伤："啊，那是你们美国的规定，可不是我们的。"

"忘记犹太人吧，别谈论他们了，"德国人说道，"他们很猥琐，和我们不是一种人。"他夸张地作势画了一个圈，把托马斯也包括进去了，"我们都是绅士。"

"你把我搞错了吧？"托马斯不为所动，"你说他们很猥琐？"他直视德国人的眼睛，"那么，我和他们完全一样。"

那天晚上，孔祥熙乘坐的轮船靠上了外滩，他从欧洲回来了。林鸣听到消息后，前往市中心为他洗尘。他打算一边抽着雪茄，一边喝着白兰地，一边听他说说他的欧洲之行。

一见面，孔祥熙憔悴的面色让他吃了一惊，照理说，乘坐海轮应该还算舒适，孔公一副无精打采的样子令他深感意外。"孔公，怎么了？你得病了吗？哪儿受伤了吗？"

"是的，我受伤了，但是，我伤到的是我的骄傲和我的希望，"老先生缓缓说道，"而不是我的身体啊。走，我们去喝点什么吧。"

“正合我意。”他们说着，走到了马路上，林鸣伸手招了一辆黄包车。车夫拉着他们，悠闲地沿着爱多亚路前行。转入敏体尼荫路[①]后，孔祥熙让车夫离开大道走小路，他喜欢幽静的小巷。在一条小巷的深处，他们进了一家隐蔽的小酒吧，坐下后，他们要了一瓶昂贵的雅邑白兰地，又要了一壶铁观音。

孔祥熙剪开一支雪茄，点上了。“这次出行很不尽如人意啊，这次的计划，最初是苏联起的头，希望我能配合。可是，等我到了莫斯科以后，他们又改变主意了。可是尽管这样，我还是继续我的行程，到了柏林。你知道，我是希望能说服希特勒来帮助我们啊。”

“然后呢？”林鸣问道。

“他们不肯。”

“我知道了，”林鸣的心沉了下去，“这真是坏消息啊。”

“是的，”孔祥熙说着，吐了长长一口烟，“可是，这还不是我唯一的担心啊。更让我担心的是德国犹太人的处境。他们把犹太人的地和财产都没收了，我在那里的犹太朋友失去了他们的银行。而他们还要制定一系列的法令来对付犹太人。”

“那你的朋友都还好吗？”

“你是说施瓦兹和申戈尔德吗？我始终找不到他们，他们的家都被封了。我向上帝祈祷，愿他们平安。小林，我们必须要做点什么了，这是一个胆大妄为的国际性犯罪，中国应该站出来反对这种做法。”

“可别的国家都没有这样做。”

“那我们就更应该去做了。”

“你为什么说‘我们’？这事跟我有什么关系？”

“因为你爸爸的原因，所以和你有关系。我们要让他知道，有必要向蒋介石施压，让他出面。”

“我不能左右杜爸爸。”林鸣说道，手下的人经常这样喊杜月笙的，“他想做什么就做什么。”

“他想打日本人的，对吧？”

“那是毫无疑问的。”为了支援抗日，杜月笙已经向蒋介石提供了

---

① Boulevard de Montigny，现西藏南路。

数百万的资金。

“如果我们站出来反对德国对犹太人的做法，那么西方国家也有可能站在我们的这边，反对日本。”

“也许吧。”林鸣说道，但他心里想的是，也许不会吧。

“这样迫害犹太人是毫无道理的。”孔祥熙又说了一句。

林鸣点了点头，他自己是很尊重犹太人的，对他们的评价很高。这种对犹太人的好感始于他招募的第一个音乐家，海拉姆·格兰特是个萨克斯管乐手，现在早已回美国去了。海拉姆的脖子上总是戴着一只大卫星金坠，从来不取下。他坚称自己就是犹太人，其实从血缘上来说，他并不是犹太人。在美国重建时期，海拉姆的奶奶被俄亥俄的一个犹太人家庭接收了，这个家庭送她上大学，出钱让她接受教育。从此她家有了良好的教育背景，她很重视对儿子的培养，后来，儿子又让孙子海拉姆进了音乐学院。他们感恩于当初那个犹太人家庭的帮助，视他们为家人，所以自认为是以色列人中的一员，戴上了以色列人标志性的金坠。海拉姆十分敬重犹太人，是他们把无价的教育机会给了他的奶奶，正如杜月笙将同样的机会给了林鸣，但区别在于他的父亲利用这样的教育来控制他，而那个俄亥俄州的犹太家庭给了格兰特以自由。

他心里明白，在这件事情上，和孔祥熙站在一起是正确的做法。这就像是行一种孝道，但已经超越了对杜月笙作为一个生身父亲的孝顺，而是对这个国家尽一份孝心，对这个国家里的所有人民尽一份孝心。

“我们应该这样做，安排一次晚宴，邀请杜老板，还有孙科。”

孔祥熙胸有成竹地点着头，林鸣明白这种安排的合理性。孙科是国父孙中山的儿子，他对英属巴勒斯坦地区的犹太人权益问题非常关注，孙科先生是杜月笙愿意结交的人士。“然后，你出现在宴会上……”

“……动员他给蒋介石施加压力，要求纳粹放过犹太人。”孔祥熙接过话头，“这是他应该做的事，你知道的，他是上海之王。现在，已经有一万犹太人在这个城市了，也许是一万二，这个数字还在不断增加。可以说，这些人，都在他的保护之下。”

“可问题是，他是个自作主张的人。”

“你说得对，”孔祥熙吐了一口烟：“但是，我必须去努力。因为，如果有人能够在犹太人事件上逼迫蒋介石的话，这个人只能是杜月笙了。”

“还有，如果有人能够逼迫杜月笙去施压于蒋介石的话，这个人只能是你了。”林鸣加了一句，他们相视而笑。幽暗的酒吧里，烟雾缭绕，他们看不清对方的表情，但彼此心领神会。

艾迪·瑞奥登攒足了买船票的钱，在这年的七月二十六日回美国去了。从这一天起，国王乐队缺了个鼓手。托马斯显然有点焦头烂额了，他把乐队里的人员又调整了一番，将阿隆佐的击弦贝斯移至开头部分，用一种冲击的效果瞬间吸引听众。乐队只剩下了八个人：两个萨克斯，三个铜管，乐器的配置有点头重脚轻。而小号手塞西尔·普拉特很可能是下一个离去的人，他还有点积蓄，路费是足够了。那样一来，整个乐队就更加不平衡了，托马斯深知，现在的乐队，犹如大海中一艘即将沉没的轮船，而他却是那个掌舵的人。

午夜过后，剧院的气氛开始松弛了，一般来说，都是这样的。这个时候，门口的警卫也轻松点了，森冈就是在这个时候进来的。当时，乐队正在演奏艾林顿公爵的《蓝色漫步》(Blue Ramble)，托马斯一眼就认出了出现在门廊上那个结实的身影。不仅托马斯，别人也认出来了，因为，就在森冈坐下不久，托马斯看见周经理和刀豆立刻进入了状态。

托马斯感觉身上在出汗，他弓下腰，更用心地弹奏着这支缓慢而跳跃的曲子，努力让自己集中注意力。在查尔斯和欧内斯特兄弟俩层层递进的萨克斯声中，乐曲诙谐而激荡地循环展开。幸运的是，这首歌的旋律节奏一直很简单，直到在十二小节循环中的B段，突然吹出一个延留和弦，六个声部亮出一个第九音，这个突如其来的第九音由埃罗尔·马特在长号上吹出来。这是这支曲子的点睛之笔，一个出乎意料的第九音，一个命运的转折，一个不和谐的声音。就在不经意间，生命的整个运程发生了逆转，而正是在这个时候，森冈走了进来。这支曲子结束后，托马斯宣布休息。一会儿，舞厅中央和舞台上都空了，跳舞的人们回到了他们自己的座位上，乐手们也去找地方休息一下。

灯光忽明忽暗中，森冈站起了身，在桌子间穿行。周经理和刀豆紧紧地尾随着他。可森冈走进空荡荡的舞厅中央，他们两人就不能这么明目张胆地跟着他了，于是他们赶紧绕到舞台的另一边，站在大约十米开外的地方，紧张地盯着，监视着他的下一个举动。

森冈的声音很洪亮，他们听见他大声地说道："格林先生，太棒了！"

"谢谢您。"

"我非常喜欢爵士乐。"

"您来听音乐，我感到很荣幸。"托马斯感觉自己在发抖，他不由自主地也提高了音量。

"这是爵士乐唱片，来自于外交通道。"说完这句话，森冈突然压低了声音，简直就像是在耳语了，远处的周经理和刀豆什么也听不见了，而森冈的嘴唇几乎都没动："据我得到的情报，中国人在监控你。他们想利用你来杀了我。"

"外交通道？您太幸运了。"托马斯高声说道。接着，他也压低了声音说："我知道。"

"对，所以我就给你拿过来了。"森冈大将一边大声地说着，一边将一张装在纸袋子里的树脂七十八转粗纹唱片递了过来："给你。"他又压低声音说："我会邀请你去一个地方，你就说你会去的。但是不要去，明白吗？不要去。"

"您太客气了，这是新出的唱片吗？"托马斯装作看纸袋子上的标签，压低了声音说："我明白了。"他抬起脸，高兴地叫道："贝西伯爵管弦乐团！太好了，我的乐手中有七人是从这个乐队来的。"

"是吗？"周经理和刀豆越靠越近了，森冈不再低声说话了："现在他们有了一个新的萨克斯风乐手，他的名字是莱斯特·扬，我从来没听到过那样的声音！你拿去听吧。"

"好。"托马斯说着翻过了唱片：《凌晨一点的跳跃》，贝西伯爵管弦乐团。"莱斯特·扬，谢谢您，我回去听。"

森冈浅浅地一鞠躬，快速地转身离开了。

他一走，周经理和刀豆立刻就围过来。托马斯心里紧张得在尖叫，可他尽量不动声色地说道："他过来是为了告诉我，他喜欢我的演奏，还给了我这张唱片。"他把唱片举起来一晃，"他让我听听这位萨克斯乐手的演奏，莱斯特·扬。"

他们似乎相信了他的说法，可是，这个晚上剩下的时间里，托马斯一直在竭力抑制着恐惧中度过。真正让他震惊的不是这个计划，而是这样一个林鸣警告过他的超级机密计划，居然已经被日本人知道了。他心里明白，这事非同小可，在他理清头绪之前，不能将他和森冈之间的对话告诉任何人，即使是林鸣，也不能告诉。

那天的演出结束之后，他匆匆忙忙地赶回家，把留声机打开，放上那张森冈刚刚塞给他的唱片，静静地坐在那里听了起来。

这支十二小节的蓝调曲，在最初的半分钟里，是一段悠长的钢琴序曲，欢快的钢琴声中，隐约可闻轻轻的鼓点，如同私语般低低切切。随着整支管弦乐团的加入，烘托出一支明亮的萨克斯管，他从来没有听到过如此富有表现力的萨克斯，饱满的音色里，点缀着欢愉，夹杂着遗憾。他心里充满了惊叹，脚步随着音乐有节奏地来回踩动。一曲终了之际，他为这美妙的音乐结束得这么快而失声喊叫。

这个大将是个音乐发烧友，这毫无疑问。这首歌一结束，托马斯就把指针又放到了起始处。他的心里充满了欢快，这个时刻对于他来说具有里程碑的意义，在他对音乐的理解上，这一刻是一条分水岭。

一支俏皮灵动的小号响起，听了两三遍后，托马斯已经确信这就是巴克·克莱顿的声音，一定是他。巴克最终还是离开了上海，他在一个全华人的俱乐部里表演了很久，终于攒够了钱。他们肯定会在这里发动一场战争的，那天，就在他离开上海的前两天，在天文台路[①]的露丝咖啡馆，他们喝着茶，吃着薄卷饼，他对托马斯这样说道，我可不想卷入其中。他那天就坐在托马斯的对面，衣着时髦体面，一如既往的讲究，可是脸色却因为担忧而灰暗。"我对哈莱姆乐队的其他朋友也是这样说的，他们还在逸园为茶舞伴奏，但他们都同意我的看法，除了一个人之外。"克莱顿接着说，"所以，他们都要

---

① Rue de L'Observatoire，今合肥路。

离开这里了。”

“那么，谁想留下来？”格林问道，他非常好奇。

“斯托弗，我的钢琴家。他加入了艾尔·韦利在圣爱娜驻演的切分音乐队，艾尔说他将一直待在上海，无论发生什么。那么，我只能祝愿他一切平安了，你也一样。”他们举杯一饮而尽，为了他们各自的未来，也为了即将到来的分别。巴克离开了，而现在，他就在听着他的小号，在《凌晨一点的跳跃》里的小号。那小号声就像一声号角，他们肯定会在这里发动一场战争的。

直到接近凌晨四点，那对小兄弟才在外面摸索着把钥匙插进钥匙孔。他们跌跌撞撞地开门进来，一身酒气。可是，一听到留声机里的萨克斯风独奏，他们立刻就站直了，竖起了耳朵。“这是谁？”查尔斯问道，他们又听到了来自于自由土地上的声音。

那天晚上，他们都不肯去睡觉，一遍又一遍地放着这张唱片，听了不下十五遍。他们全都凑在留声机旁，把音量开到最大，让音乐一遍遍地冲击身心。看着他们，托马斯看到了前方黑暗旅途中的一线阳光，在这旅途中，他们吹奏技术会随着他们年龄渐长而成熟，音乐会伴随着他们成长，改变。他们的身躯依然年轻充满活力，而他已经老了，他为之妒忌他们。

而他们的安全，是他的责任。

七月的第三个礼拜，杜月笙和孙科以及孔祥熙会面了，会面的地点安排在绿波廊，一家老城厢里的饭店，紧邻豫园。在那里，他们坐下来一起商讨有关犹太人的问题。杜月笙让林鸣陪着他，这和他经常带着宋玉花出去的原因是一样的，在有可能使用外语的场合里，他不想错过任何细节，身边有接受过西方教育的自己人让他心安。

服务生陆续端上了鱼翅羹、莼菜汤，还有炖鲍鱼，薄薄的豆腐衣裹着切成细丝的鹌鹑肉和云南野生山菇。席间，他们轻松地互相问候，谈论着彼此的健康和家庭状况，显得十分亲切而熟稔。服务生温了一瓶绍兴黄酒，给每个人都斟上一杯，孔祥熙点上了第一支雪茄。就在这个时候，孙科略显激动地说起了德国犹太人的困境，他指责德国人对犹太人的迫害，致使成千上万的犹太人背井离乡，涌入了上海。杜月笙静静地听着，没有说话。

“这些人现在就在你的保护之下了。”孔祥熙对着杜月笙轻轻地说了一句。

杜月笙依然不置可否地沉默着。

“先生，我可以插一句吗？”林鸣突然开口了，所有人的眼睛都转向了他，杜月笙点了点头，“在这件事情上，如果您出手相助，那您就是很多人的大恩人。您将会被记住，不是现在，而是载入史册。”

杜月笙思忖着，这句话显然让他产生了一丝兴趣。孔祥熙和孙科都感觉到了这一点，他们不由得凑得更近了。

“那么，你跟希特勒提起此事时，他是怎么回答你的呢？”杜月笙问孔祥熙，在座的都知道，孔祥熙刚刚和希特勒会过面。

“他说‘你不知道犹太人’。这很奇怪，他很有头脑，一直以来，给我的印象很好。”谈论着这一次不愉快的会面，孔祥熙的表情一如既往的平静，他小而有神的眼睛在玳瑁眼镜后面闪动着光芒，那双眼睛里，藏进了人间百态。“可是，蒋介石就不同了，他们都是国家领导人，地位上平起平坐，如果是蒋介石向他进言的话，也许……”

“关于帮我们对付日本人的事，他又是怎么说的呢？”杜月笙接着问道，这个问题，所有人都急于知道。

孔祥熙取下了他的圆框眼镜，揉了揉眼睛。他是个财力雄厚、权倾天下的男人，可是他不再年轻了，这会儿，因为失望，他整个人都萎靡了下去。“他拒绝了，”他沮丧地说道，继而又坐直了身板，“他的建议是，让我们放弃抵抗，尽快加入日本人的东亚共荣圈。”

“他要我们拱手相让？”孙科显得非常吃惊。

“好像我们会听他的。”孔祥熙轻蔑地说道。

“绝不会。”杜月笙断然地说道，他转向孙科，“我们有自己的对策。东京往上海派遣了一名新的大将，我们正在设计暗杀他。我已经从外部安排好一个杀手，一个干净的职业杀手，没有背景，没有牵扯。”他又转向林鸣，难得地露出了一个淡淡的笑脸：“而他，将会日夜监控你的钢琴家。”

因为捐赠了一颗钻石，宋玉花得到了更多的信任和重用，她的联系人也换了一个。在这个城市里，大多数的党员都是以小组的形式联系在一起，这些小组的人数都不多，因此，如果有一人被抓，小组可以立即解散，然后组员重新组合，这样保证了大家的安全和灵活。宋玉花不属于任何小组，因为她是一个卧底。因为有了她，组织上得以持续地了解青帮向国民党输送的钱财，这些钱财最终成为国民党军备的一部分。也是因为她的情报，组织上两次及时获知青帮的反共行动，从而避免了巨大的灾难。一九三三年，那时她还刚刚加入组织，通过她，组织上先于公众了解到杜月笙正在策划一项恶意收购，最终将大达轮船公司及其所属的大批商轮和客轮置于自己的名下。宋玉花和她的联系人总是以一对一的方式见面。

关于今天要见的这位上级，宋玉花所知道的全部信息就是，他是上海戏剧界一位举足轻重的人物。她懂得，以她的身份，她只有服从。她和联系人的关系，从来都是上下级的关系，从来没有一次是平等的交流。从这方面来讲，这个党派的组织关系依然是儒家传统的关系，这一点让她不舒服，她是一位接受了现代教育的女性。

从有轨电车上下来，她看了一眼永安百货楼顶的大钟，她来早了。她的目的地是北京路上的西哈诺咖啡馆，就在附近不远处。于是，她走进了百货店，经过那些琳琅满目的柜台和笑脸相迎的店员，坐着电梯上了四楼。四楼是这栋百货大楼的顶层，那里有个幽暗的舞厅，一个菲律宾乐队在那里驻演，陈旧的木地板上，旋转着一对对紧紧拥抱着的舞伴。这里的舞女不是妓女，她们就是陪舞，也有情侣来这里，可以在幽暗中相拥。宋玉花抱着手，站在一边看着，看着舞池里抱在一起的男女，这是她作为旁观者，所能看到男欢女爱的唯一的场面。

原来，他和那个有着灰色眼睛的白俄女子分手了，她是在小报上读到这条八卦的，这些小报除了登一些毫无价值的绯闻传言之外，也会有一些抗日的内容。宋玉花站在舞池旁边，看着眼前这一对对不明身份的伴侣，大白天里在人造的幽暗中翩翩起舞，她不知为何会想起这条八卦，而且，心里生起了一种莫名的愉快。其实，那个美国人和她一点关系都没有，他们只说过一次话，她这样告诉自己。可是，她看着这种展示着男女间亲密的舞步，想着这是自己不曾做过的事，她还是忍不住想起了托马斯。她不知道如何和一个男人起舞，就像她不懂得如何和一个男人交欢。很显然，她一定是做错什么了，因为连杜月笙都不再碰她了。她就这么站着，看着这些人舞动的双脚，在众目睽睽之下紧紧搂抱着，任由思绪飘荡。

想到马上接下来的会面，她的心头掠过一丝紧张，抱着的手放了下来。关于她的新上级，她只知道他以精明老练著称，那么他们之间将会有对话交流，思想碰撞。她很怀念早年在维也纳咖啡馆的那些黄昏，杜月笙和他的情人上楼幽会去了，把她一人留在楼下，给了她这样的机会，遇见这批带领她走向一片新天地的人们，她怀念和他们在一起的那些时光，他们对未来思考着憧憬着辩论着。

她还记得宣誓加入组织的那一天。按照事先得到的指示，她找到了河南路，然后，在过了四川美丰银行、过了北京路之后，几乎都快要到苏州河了，一个从来没见过的年轻男人迎了上来。她冲着他一笑，仿佛早就认识一般，然后他们肩并肩地沿着苏州河前行，走过了上海自来水厂。她的介绍人、戏剧家黄伟明曾对她说，他们应该装得跟一对普通小夫妻似的。

这个年轻男人牵着她的手转进了一条窄窄的小巷，这条小巷就在英商探勒汽车行和光陆大戏院之间。他在一扇木门上轻轻地叩了两下，门迅速地打开了，眼前是一条黑魆魆的走廊，穿过走廊，他们沿着狭窄的楼梯上了二楼。二楼是一间办公室模样的房间，里面坐着一个男人，看上去就像是一个普通的小职员，他的袖管上套着袖套。男人抬头看着他们："有事吗？"说着放下了手中的钢笔。"这位是？"他看了看宋玉花递给他的一张纸片，这张稀薄的纸片上写着几行龙飞凤舞的字，"哦，是黄伟明推荐的人。"他盯着她看了几眼："他和我们说起过你，你就站在那里吧。"接下来的几分钟，没有庆典，没有仪式，自然也没有意识到可能会给她的生活带来的危险，她就这样宣誓入了党，成为了上海分部的一员。从此她就是有组织的人了。

乐队演奏的旋律，激荡着循环往复的脉动，紧紧依偎在一起的伴侣，舞出一波又一波起伏的浪潮，而她，却在冷冷地质问自己，为什么总是不由自主地回到这种地方？难道是要折磨自己吗？要知道，还有整整十年，她是属于杜月笙的。想到这里，她心灰意冷，匆匆逃离了诱惑的音乐，冲上了马路。

到了咖啡馆，她就是高太太，这是上级事先给她的角色。她总是扮演太太的角色，在她这个年龄，还是未婚的姑娘的话，就有点说不过去了。他们把她引进一间包房，她要了一壶茶，两只小茶杯。她给自己倒了一杯，小口小口地啜饮着，接着，又喝了一杯。时光在等待中慢慢流逝，等到距离约好的时间都过去半小时了，她终于听到走廊里响起了脚步声，木门在一阵轻微的颤动之后被打开了。

一看到进来的这个人，宋玉花在等待中积累的不快就烟消云散了，眼前站着的是陈鑫。当初她最初接触共产主义时，他们就在维也纳花园遇见过。是他向她讲述了张小姐的故事，那位美丽可爱的姑娘，那位怀孕的舞女，就在她被种了莲花之前，她用那样乞求和哀伤的眼睛看着宋玉花。那么，他是否知道张小姐的遭遇？

从上次的相遇之后，她发现陈鑫的名字经常见诸报端，这才知道他拥有好几个行政头衔，同时还是几家上海最有规模的银行的董事。与此同时，他还是戏剧制作人，左翼戏剧家联盟的领导人之一，一家激进派沙龙的主人。他因为经常和女性传出绯闻而出名，不过，虽然他明显有左派倾向，但是没有人知道他还是一个共产党员。

从他忽闪的眼神里，她看得出来，见到她，他也同样很惊喜。很显然，在见到她之前，他也只知道将要见到的下级不仅提供了信息，还捐赠了一颗钻石。可是，他显然不会想到，这个人居然是他认识的，更重要的是，这个人还和杜月笙有关系。从他的夸赞中，她听出来他居然以为她从杜月笙那里偷出了那颗钻石。傻瓜，没有人能够从杜月笙那里偷东西。

"高太太。"见到她，他的脸上显出了由衷的欣喜，"很高兴见到你。"

这时，门外响起了脚步声，不一会儿，一个女孩子推门进来，门都没有敲一下。"啊，"他对她说，"这是吴小姐。"这个女孩子看上去不到十八岁，脸颊圆润，粉粉的像一只熟透的水蜜桃。她已经经历过好几次类似的会面了，但还从来没有出现过第三个人，一时间，她傻在了那里。

女孩子进来后，直接就坐到了陈鑫的腿上，爱娇地贴住了陈鑫，尽管他们俩的年龄看上去相差了二十多岁，但是看上去亲昵得像一对情侣。“很高兴见到你。”宋玉花说道。

“高太太好。”女孩回了她一句后，又回过身去，对着陈鑫的耳朵轻声笑语着。

他也轻声地回应着她，隔着衣服爱抚着她，完全无视宋玉花的存在。她吃惊极了，他们到这里会面，是要谈正经事的。

宋玉花正感到尴尬，面前的这两个人，让她看也不是，不看也不是，陈鑫一把把女孩推了下去：“好了，乖乖地去拿个杯子来。再叫一份小馄饨，不，叫两份。你就等在那里，好了端上来。你把我的胃口吊上来了。”女孩转身离去之际，他还在她浑圆的屁股上拧了一把。

宋玉花感觉脸上阵阵发烧，觉得自己看到了不该看到的一幕，她逼着自己忍下羞耻。回想今天出门前，在穿着上花费了多少时间和心思。每次出来见人，都是这样，她心里总是很紧张。今天，她试穿了不下一打衣服，最终，还是挑了一件不起眼的灰色棉布旗袍，这件旗袍穿在身上，让她看起来很严肃，但同时还很漂亮。她的头发还是像平常一样绾了一个低低的发髻，在靠近后脖的地方簪了一朵浅紫的绢花。任何和平常不一样的打扮，只会引来他人的注意，在她走出杜宅之前，她不想惹来任何麻烦。这样的一身打扮很得体，她是去和一个单线联络人会面，当她沿着碎石子路走出铸铁大门时，她知道自己很漂亮，可以自信地面对任何一个陌生人。可是，没想到这个联络人是陈鑫，而且，现在她还要痛苦地旁观着他和一个女孩子亲热。冷静吧，就当作没看到，她告诫自己，脸上一定要显得若无其事。她看着吴小姐走了出去，从她的背影和步态可以看出，她很努力，想让自己看上去更成熟更有风情一些

门一关上，宋玉花终于平静下来了。“很可爱。”她不动声色地说了一句，希望现在他们可以开始谈正事了。

可是，眼前的陈鑫又让她大吃一惊，一转眼，他完完全全地变了一个人。刚才脸上的那种吊儿郎当一扫而光，这会儿，他的脊背挺得笔直，他的眼睛炯炯有神。就这么一转眼的工夫，她看到了一个戏剧家，一位沙龙主人，一个有思想的男人。“她被惯坏了。”他轻描淡写地说了一句。他的声音也变了，刚才的那种油腔滑调一点都不见

了，变得沉稳而富有质感。“打个掩护吧，我会经常带上一些年轻貌美但是没有脑子的女孩子，这样她们就可以看到我都去了些什么地方，干了些什么事，这正是我想要的结果。请原谅刚才的插曲，现在我们可以有一点自己的时间了。”

她瞪着他，哪个才是真实的陈鑫呢？是刚才那个富有、玩世不恭的演艺圈人士，还是眼前坐在她对面这个聚精会神、严肃的人呢？“北边有消息吗？”她问道。她的意思是指日本人的动静，当然也指的是党中央所在地，那里是策略的发源地。过去的两年里，党的领导人就在延安的窑洞里办公，中国的未来，中国的希望，就在那里。会有那么一天，当她重获自由身，她也会去那里。

他靠近了一点：“我听到的消息是，北平此时就像一座沉默的坟墓，每个人都在等待，日本人已经重兵包围了北平。他们已经拿下了天津和塘沽，塘沽是为这两城市服务的港口。”

“那么我们的军队会保护北平吗？”

“不会，蒋介石已经下令撤退了。”她的心口一紧，这么说来，北平就要落入日本人之手了。

“我们必须服从，”陈鑫忧伤地说道，“我们现在和国民党合作了，我们是在同一条战线上。而且，蒋介石也是对的，我们没有能力抗拒日本人。”

宋玉花只觉得心头燃起了一把火，这把火快要把她烧焦烤干。“他们也会这样把上海交出去吗？”

“不！在这里，我们会把他们一个一个地干掉，第一个要干掉的就是那个死猪猡森冈。我听说他又到过皇家剧院了，去看那个钢琴家。”

“是的，我也听到了一些传言。”虽然这个故事令她心生恐惧，但是，在复述林鸣跟她讲过的话的时候，她还是尽量保持声音的平静。“他给了美国人一张新的唱片，那是一个叫莱斯特·扬的萨克斯乐手的唱片。这张唱片是通过外交通道获得的，装在一个外交专用的口袋里。美国人很喜欢这首歌，我听说他听了一遍又一遍，而他自己乐队里的两个萨克斯乐手，一对精瘦的兄弟，更是听了无数次。”

陈鑫往后靠在了椅背上，一时陷入了沉默。“一首歌。”他说道，随即又陷入了沉默。过了一会儿，他沉吟着说，“呃，高太太，你是知道的，你不仅仅会说西洋话，而且，你还懂得他们心里在想什么。”

这话让她震了一下：“我会为我们的事业尽最大的努力。”

“我知道。你做得很好，你的技能很高超，上面已经注意到你了。”她觉得心里阵阵发凉，因为她知道，陈鑫说的无非是因为她的钻石，还有她的英语能力。

“我会以任何方式为组织服务，只要是上级的意愿，我可以从此不再说英语。”

他举起了一只手，“小心从事，现在，我们要你做的下一步工作就是辅助杜月笙的暗杀计划，尽你的一切可能使得这个计划得以实施。”

“可是，他们是我们的敌人啊。如果他们要用一个美国人做诱饵，我们应该反对才是……”

“宋小姐，”他制止了她，她的话让他非常吃惊，一时忘了用她的代名，“我们不需要你参与意见。”

她垂下了眼帘。

“你的任务就是辅助这项计划。”

“是。”她说道，虽然心里一百个不愿意。

“还有，”陈鑫继续说道，“我们还需要钱，所以，如果你有办法……”

门开了，吴小姐回来了。“吃的来了。”她笑吟吟地说道。

陈鑫瞬间又变身为原先那个公子哥儿：“你的意思是，你觉得胡蝶漂亮？她的确是个好演员，你看过她的《姊妹花》吗？可是她太矜持了，端庄得就像一座雕像，一张石雕一样的脸。”他一把把吴小姐拉过来，“我喜欢活泼泼的女孩！”

宋玉花喝着茶，看着他们两人打情骂俏，心里明白他们今天的会面到此结束了。陈鑫又换上了他在公众面前的那张脸，眼皮浮肿，神色疲惫，一张沉湎于夜生活的脸，和刚才的他截然不同。

他抬头望了一眼宋玉花：“我还是那句话，高太太，如果你还能再来参加每周一次的沙龙聚会的话，我们将会感到无比荣幸。大家都感谢你的参与和奉献，希望你能再来。”

她淡淡地一笑：“我尽量吧，高先生总是让我很忙。”她站起了身，感觉自己的这身衣服很过时，自己很老。“代问你家人好，再见。再见了，吴小姐。”

女孩子抬头看着她，那神情仿佛在吃惊她怎么还在这里。

她迅速地离开了那里，直到走到街上，她才恢复到平常的模样，不再戴着那个贵妇人的面具。她的鞋跟一下一下地叩击着人行道，她的身影在经过的商店橱窗里映现。现在她该怎么办？她不能辅助一项用托马斯作为诱饵的计划，还有，她该拿那些钻石怎么办？三颗藏在她的床头柜后面，另外还有二十五颗依然躺在那个小袋子里，藏在那张画的后面。大太太再没有提起它们，也没有别人知道它们的存在。

坐上叮叮当当的有轨电车后，她心里想着，也许，她应该带上它们逃向远方。生平第一次，她在经济上自立了，她有钱了，可以做她想做的事。一路上，这个奇怪的念头一直徘徊在她的脑海里，直到她回到华格臬路。

杜月笙雇用的刺客赵富年有着冷血杀手之称，备受国民党非正规武装部队的推崇，已经为他们执行过好几次任务了。然而，他的出身背景却是非常平淡无奇，没有任何与众不同之处。

赵富年是浙江人，他在风景如画的江南地区长大，家里有五亩地。他有五个兄弟，那年家乡闹灾荒，他的大哥带着年龄还小的他离开了家乡。他先是到了杭州，和一些小混混搞到了一起，靠勒索商家店主的保护费过日子，后来他成了杭城最大的乞丐王的保镖。再后来，国民党秘密警察找到他，让他来执行他们自己不便出手的任务，那就是后话了。他身手敏捷，反应迅速，守口如瓶，必要的时候也很有魅力，具备杀手的专业素质，这个任务由他来执行是最合适了。

“那个钢琴家，他也一起去死吗？”他问杜月笙。

“放过他吧，当然是在可能的情况下。”杜月笙眯缝了眼睛。这是一双冰冷的眼睛，赵富年注意到了，这双眼睛里没有一丝感情。“只要取了大将的性命，付出任何代价都在所不惜，无论牺牲的是中国人还是美国人。”

凭借多年的经验，赵富年知道了这件事情很重要，比他做过的任何一件事都重要。在那间租来的小公寓里，他兴奋了好几个小时，想象着那个日本人倒在他的枪口之下的情景。这间公寓在皇家剧院的后面，他一根接一根地抽着烟，把烟头摁在窗台上。从这个窗口望出去，他可以看见剧院的后门，乐手们从那扇门进进出出，从那扇门出入的还有厨师、服务生和清洁工。可是他很容易就把那个钢琴家给认出来了，他看上去像个管事的人，而且，他的手上从来不拿任何乐器。

然而，赵富年还需要更多的细节，尤其是森冈和那个钢琴家之间的来往，这些信息只能来自于剧院内部的人。不久，他的目标就锁定在一个名叫陈贵阳的服务生身上。几天前的一个晚上，剧院关门之后，他在剧院附近的一个小面摊上听到陈贵阳和别人在说话，他听到了一口柔和的南方话，很像赵富年自己的口音。那是浙北地区的方言，这样说来，他们是半个老乡了。赵富年假装着看那个油墩子的摊头，就势凑到了他的身边，听他和身边的人说着话。他确信他们来自于同一个县城，运气实在太好，他心里一阵狂喜。他还听到他的同伴叫他的名字，原来他叫陈贵阳。陈贵阳是个理想的目标，他和另外七个服务生挤在一间房间里，他一天吃两顿，他把攒下来的每个铜板都寄回了家乡。掌握了这些信息，就可以去搭讪了。

那天夜里两点半的时候，赵富年开始了行动，他尾随着这个服务生去了一个小吃摊。当时，陈贵阳正在对付着小笼包，他小心地咬开一个小口，嗞溜溜地吸着里面的汤汁。就在这个时候，赵富年从他的身边经过，他假装不小心掉了几枚铜板，有几枚还滚到了陈贵阳的凳子底下，他只好放开小笼包，侧了侧身让赵富年过来捡。“他妈的你没长眼睛啊。”陈贵阳正吃得有滋有味，心里老大不耐烦。

赵富年说：“听你的口音……你是从浙江来的？”

“是啊。”陈贵阳的不耐烦显然变成了好奇。

“浙北，对吧？”

“是……”

“慢！我的朋友，这不可能吧！”现在，赵富年已经在他对面的板凳上坐下来了，他就像一片影子一样越靠越拢，“我好像认识你哎。你不会是从甬江边上的陈家庄来的吧？”

“我就是啊！”陈贵阳瞪大了眼睛。

“你爸不是那位酿醋的大师傅吗？”

刀豆的眼睛瞪得更大了：“你认识我爸？”

“是啊，他可真是个好人哪。”

“可我不记得你了。”

“我是从郭家村出来的。”

他看见陈贵阳在打量着他，在记忆中搜索。这时，该甩出他的王牌了。“哎，你爸爸，”赵富年凑了更近一点，语调里充满了同情，“老人家死得冤啊。”

对面的年轻人瞬间僵住了，他低下头，呆呆地看着吃了一半的小笼包，包子还是热的，散发着诱人的肉香。他眨了眨眼睛，继而闭上了眼睛。

“好了，我的朋友，”赵富年说着，用温热的手掌轻轻地拍了拍小同乡的肩膀，“都会好起来的，你现在到了上海了，菩萨会保佑你的。”

“没有，没有保佑我。”陈贵阳头垂得更低了，这副可怜巴巴的样子，让他看上去简直就像是一个孩子。“我拼命干活，可我啥也没挣到。老家还等着用钱，可我连自己都喂不饱。”

“唉，”赵富年陪着叹了一口气，“是啊，可是，你也不要对自己太苛刻了。”他用老家的方言说道：“我们老乡就应该互相帮助，对不？”他拿出了几个铜板，跟伙计又要了一客小笼包，“呃，我的朋友……对了，你还没告诉我你的名字呢？你叫什么？”

“贵阳，陈贵阳。我长得瘦，大家都叫我刀豆。”

“郭力伟，”赵富年顺口扯了一个谎，“你听着，刀豆，”他凑近他的耳朵说，“我给你一个捞外快的机会。”

第二天，深夜两点钟，演出结束了。和往常一样，宋玉花跟在杜月笙后面往外走。经过站在门口的托马斯时，她迅速地将一张纸片塞进了他的手心。他们既没有打招呼，也没有对视，在别人看来，他们根本都没有注意到对方。那天，她穿了一身象牙白软缎旗袍，上面绣满了浅粉色的蝴蝶。她径直从他面前走过，目不斜视，而他正在和一个打着黑领带的英国人说话。然而，他们的手在暗中碰到了一起，一张纸条从她的手中传递到他的手中。他也迅速地用手指轻轻触碰了她一下，以示回应。她消失在人流中，他马上把字条塞到了口袋里，然后，不动声色地继续和人们打招呼，而内心，却燃起了熊熊的火焰。

她有话要对他说。

而他，知道她的秘密。

回家的路上，一坐上黄包车，他迫不及待地掏出了那张字条。他打开了字条，借着路边昏暗的路灯，急促地看着纸条上写的字。他听到自己的内心在狂野地呼叫：

华联茶馆

海格路[1]麦琪路[2]路口

七月二十九日，礼拜四，下午两点

等到那一天，坐上有轨电车后一问，托马斯才知道，碰面的地点有点远，几乎都到法租界的西头了。叮当作响的有轨电车载着他，摇摇晃晃地向西驶去，看着马路两边越来越浓密的绿荫，他把这次约见的可能都想了个遍，可他还是猜不出她为什么约他。还没到目的地，他就跳下了电车，他想步行走到海格路，以此来安抚一下骚动不安的神经。

到了茶馆门口时，离约会时间已经过了几分钟了，他在门口定了定神，走进了茶馆，立刻，马路上的暑气就被关在了外面。茶馆里光线幽暗，一眼看过去，里面几乎没几个人，宋玉花挑了一个顾客稀少的时间。天气那么热，没有人愿意在一天里最热的时候出门。他走过一个个木屏风隔开来的小房间，里面都空无一人。直到他走到尽头处，是一个圆形的隔间，隔间的墙壁上开了一扇窗，是那种老式的八角木格窗，从窗口望出去，可以看见外面马路上有轨电车的轨道。阳光从窗户射进来，照在玫瑰花图案的墙纸上，照在白色缎子坐垫上，照在桌子上一壶热茶和两只杯子上。可他什么也没看见，只看见她坐在那里，当他走近时，她站了起来，脸上漾开了一个浅笑。“你来了。”她说，向他伸出了手。她穿着了一身样式平常的白色棉布旗袍，一双高跟鞋的鞋跟有两英寸，这是上海女人们喜欢的款式，除了

---

① Avenue Haig，现华山路。

② Route alfred Magy，现乌鲁木齐中路。

耳垂上两粒小小的珍珠，她身上再也没有其他的首饰。

门在他身后关上时，他才意识到，他们两人真的在一起了。在他的心里，她已经待了很久，他心心念念的都是她。而现在，他们第一次坐在了一起。

“宋小姐。”他开口道。

“就叫我宋吧。”

“你的名字不是叫玉花吗?”

“那是个很土气的名字，我从来都不喜欢。”

“好的，那我就这样称呼你。”他看着她，乌黑的眼睛里都是疑虑，“呃，一切都好吗?”

“不太好。”她倒了一杯茶，推到他面前，“我把你约过来，是要告诉你，你正面临着危险，一个非常巨大的危险。这个危险和那位日本大将有关，就是那个好几次到舞厅来看你表演的大将。”

“原来是为那件事!”他大声地叫了起来，他猜了很久，终究是没有猜出他们这次会面的理由，“相信我，这个，我自己知道的。”

“你知道?”

“是的，这事并不复杂。他们想杀了他，而他呢，喜欢到我这儿来听音乐，一坐就是老半天，听了一首又一首！就是这样。”

听他这么说，她放松了一点，“我知道杜月笙在策划着什么……估计林鸣也会知道。我不知道他是否敢对你透露。”

“对于他来说，那样做很危险。”托马斯不置可否地说了一句，这样他就不用再多说了，他也不想让她知道森冈本人也知道了。

“那我都没有必要来了。”

“不不不，”他看着她的眼神里，充满了温暖，“我很高兴你把我约到这里，谢谢你的关心。还有，我希望我们之间可以坦诚相见，没有秘密，我也知道你的事，但是我不会告诉任何人。所以……我知道了，请你明白。”

一霎间，她身体里的所有警报器都在嘶鸣，看着眼前的这个男人，她一时理不出头绪。可是，她挣扎着让自己的声音平静下来。“你这话，是什么意思?”

“我的意思是，你是一个共产党。”托马斯不想和她绕圈子，他要让她知道自己的坦诚。

“什么?”

“别急别急,”他把手覆在她的手背上,“我不会走漏一丝一毫的。”

她感觉自己的嘴巴张了张,又闭上了,发不出一点声音。他知道了,有人知道了她的秘密,她的生活或许将从此毁灭。不行,她得想办法应付这个局面:“看来,我得离开上海了。”她脱口而出。

“不,别冲动,我告诉你了,一切都没问题。你是安全的,我会把你的秘密当作自己的秘密来保守。”

她盯着他看了很久,脑子在飞速地转动。如果他保守她的秘密,他想要得到什么,她又将以什么作为回报。这个问题在脑海里一出现,立刻梦游般不由自主地出现了另一幅画面,她躺在了他的怀抱里。她定了定神,将这个画面从脑海里赶出去。如果这是他要的,她会给他,即使不是为了保守这个秘密。看着他西装下面肩膀温柔的线条,她慢慢地平静了,轻轻地问道:“我能相信你吗?”

“百分之一百。”

“还有谁知道?”

“没有别人。”

“林鸣呢?”

“没有人。”

她陷进去了,她心里明白。泪水慢慢聚集在眼眶里,模糊了她的视线。

他说:“相信我,即使从今天起我们再也不能相见,依然没有人会知道。我发誓。”

她站了起来,思忖着,他也站了起来,给了她一个轻轻的拥抱,作为承诺。

“千万小心,”她对着他的耳朵轻声说道,“不然我就没命了。”

“我会的,”他们又坐回到座位上。那轻轻的一抱,托马斯周身如同触电。“我能不能问你,关于你和杜月笙的那份合同?林鸣告诉我,那份合同是缘于你欠他的债务。”

“是我家里的债务。”

“根据合同,你不能……”

“不能，”她悲伤地说道，“我不能。即使我跟他不是那样的关系，他有很多别的女人。”

他看上去很有耐心：“那么，这份合同的期限还有多久呢？”

她感觉悲伤涌上来，刺向她的眼睛，她恨那个答案，因为那个答案会浇灭他所有的欲望。而她，在他的眼睛里看到了他的欲望，她是多么希望这欲望之火永远不要熄灭。“还有十年。”她无奈地说道。

她看着他的脸色迅速地灰暗了下去，她让他失望了，从此以后，他再也不会对她有兴趣了。何必呢？外面的世界那么大，他为什么要浪费十年的光阴，等待她这样一个最终被遗弃的女人。无可否认，她根本不属于她自己，她早就把自己给卖了。现在，连他都知道了，她隐隐地觉得，他马上就会找个借口，然后转身离开这里。

可是，他没有。他说：“十年很长。”他的话，听上去干干的，仿佛他的嘴巴很干。“有没有例外？”

“没有。”她说着，竟然还微微地笑了一下，不为别的，只为他的坚持。他的表达方式，这种直白的方式，对于她来说，很陌生。但是，奇怪的是，她喜欢这种方式。和他在一起让她觉得安全，比和组织派来的联络人在一起还安全。她希望能够一直和他在一起，可是日本人就要来了，上海的未来一片黯淡。大家都在传，日本人已经包围了北平，任何时候都可能长驱直入，中国军队已经撤离了。天津保卫战只打了三天，现在北平连打都不打了，而下一个城市就是上海。她多么希望，如果那一天来临，她是和他在一起，而不是躲在华格臬路，和杜家的人在一起。作家王统照说过的一句话回旋在她的心头：问题在于我们走什么道路，在精神上和行动上，是坚持抗战还是向敌人投降？她会选择抗战，她愿意成为抗战的一部分，如果托马斯也是其中的一部分的话。

可是，这是一场和他无关的战争。“如果我们在剧院里相遇，你的眼睛一定要回避我，”她告诉他，“我们不能说话，也不能会面……如果你有什么话想告诉我，现在就告诉我吧。”

他笑了。在他的世界里，语言占了很少的位置。西巴尔的摩的大理石台阶、音乐学校训练房里的钢琴声、他的妈妈、他的祖母，生活里所有这些，在他心里都是音乐。如果有一天，他能把这一切都弹给她听，那么她就会理解了。他能弹出贫困的变调旋律；他能弹出一个总是在生活里演戏的人，被挡在门外的感觉；他能弹出从东部到西部，从美国到中国的漫漫长路。这是一段行走中的蓝调，如果只有他们两人，如果有一台钢琴，他就会去弹奏，她会懂得关于他的一切。“我们也许相见也不能相认，但是，我会留下来。”

“你会留在上海？”

“是的，直到留不下去。还有，从今以后，如果你听到我在弹奏，那就是为了你，只为了你，你要记住这一点。如果事情发生了变化，或者，你需要帮助，来找我吧，我会一直在这里。”

她的眼睛一热，差点要落泪：“为什么，对我这么好？”

他拿起茶壶，给她添了茶。因为你在奴役中求自由，因为你的聪明配得上你的美貌，还有，因为没有一个男人曾经有机会让你快乐。可是，他都没有说，只是淡淡地说道：“我只想成为你生命中的一部分。”

八月八号那天，林鸣在傍晚时分出现，把珠丽吓了一跳。那个时候，桂香楼刚刚开始活泛，穿着艳丽轻薄的绫罗绸缎的姑娘们都聚在大厅里，有的在打牌逗趣，有的在收听无线电里播放的歌曲。当他走进大厅的时候，收音机里正在播放周璇的《夜上海》。那是他的夜上海，如今却如此脆弱，他感觉有一把恐惧的匕首扎向了他的心脏。

“林鸣。”听到这身后温柔的喊声，他转身，见到了他亲爱的珠丽。看到他最宠爱的美丽的珍珠，正在等待着他，他心头的担忧和焦虑立刻散去了许多。他迎上前去，把她搂进了怀里，根本不在意这会儿他们都站在前厅，在众目睽睽之下。“我们上楼吧？”她说。

他点了点头：“好，要一瓶红酒，早点吃晚饭，我饿啦。”她拍了拍手，唤来了女佣。他则转身上楼，急急地想进她的房间。

在楼上的走廊，鸨母迎面过来了，问道：“今晚你要包夜？”

“是的，”他回答道。今晚，他需要珠丽，还需要一瓶温热的红酒。外面的世界在翻天覆地地变化着，而他无力阻止这一切，也无力保护珠丽。不过，桂香楼不需要这种承诺，而他，却需要珠丽的温情。只有在珠丽这里，他才能放下一切，被宠爱着。

他们一进屋，她就脱去了外面的袍子，取下了沉重的耳环，身上除了一袭贴身的杏色真丝长裙之外，只有因为惊喜而泛出的光彩。他来这里之前，很少会提前告诉她。

菜上来了，一盘糟醉蛏子、一盘毛蟹年糕、一盘糖醋小排，还有一盘五香蚕豆泥。他们像所有热恋中的人儿那样，互相喂着吃，从一只杯子里喝着红酒。

“上个礼拜，我二十八岁了。”珠丽很随意地说了一句。

他心里一咯噔，立刻就明白了。到了二十八，她的赎身费就降到了五千块。不可否认，他们两人之间，有一股欢乐的暖流，有一种熨帖，外国人会把这种感觉称为爱。在他们最亲密的时刻，她会在他的耳畔轻声诉说，告诉他，她的一切都属于他。这样的话语，一次次将他送上欢乐的巅峰。

而她现在的身价，更加低了。

她垂下眼睑，继续吃着，刚才说的话，似乎就在陈述时间的流逝，而没有别的意思。但是，他心里明白，她的后半生，其实就押在这个转折点上了。她曾经向他要过自由，只是没有把话说出来。

他僵住了，困在情感和现实的夹缝之中。首先，他该上哪儿弄到这五千块钱呢？就算他有了这笔钱，他又怎么能够保护她，保证她从此过上好日子呢？战争就要爆发了，即使在和平时期，像她这样的女人都无法生存，无论男人花了多少钱，这些女人最后还是要回到青楼，度过余生，就像他妈妈那样，这是一个陈旧的上海故事。这样的话，即使他为她赎了身，又有什么意义呢。至于娶她，那是他从来没有想过的，在青楼里长大的他，看惯了男欢女爱，可是他从来没有看到专情的爱，他不想背上这样的责任。

和过去一样，他要了她，他这样要了她很多年了，然后，他都会在她身边酣然入睡。通常，他会和她一起睡到第二天的中午，可是这次他六点半就醒了，他快速地起身穿好衣服，因为杜月笙今天早上要见他。也许是他起床的动静把她惊醒，也许是他的脚步声把她吵醒，反正，正当他准备开门离去的时候，他一眼瞥到了她正在看着他。

他们都明白他已经回应了她了，因为这是第一次，他在离去的时候没有给她一个拥抱。他不能为她赎身，这个问题没有必要讨论。她醒着，这他知道，而且，他在她的眼里看到了一丝伤痛。可是，当他在跨出门槛，回头再看她一眼时，她合上了眼睛，假装还在熟睡。他的心一抖，但还是跨了出去，带上了门。

他没有选择。

林鸣跳上了一辆开向华懋饭店的有轨电车。平时这个时间，杜月笙几乎都还在睡觉。通常来说，他的一天从中午开始，那个时候，他会泡着蒸汽浴，喝着热茶。花旗阿根和老火鸦给他搓背，在一个公众的场所，任何陌生人是不得靠近大老板的。现在，一切都变了，北平已经沦陷，几乎不费一枪一弹，日本人就进了北平城。是的，没有流血事件和人员伤亡，没有造成对建筑的破坏，而且，大多数的艺术珍品已经被转移出来，但这依然是让人痛心疾首的耻辱。前一夜，和俱乐部里的其他人一样，虽然早有思想准备，但是听到这个消息，林鸣还是惊恐得说不出话来。

而伴随着这个消息而来的是，前一夜的进账却创了纪录，夜总会里挤满了人。人人心里都惶然，他们整夜流连在夜总会里，任由情绪宣泄。小日本肯定会打进上海的，没有任何可能会阻止他们。大家的心里都明白，他们只想在这个时刻，在音乐和美酒里放纵自己，缓释恐惧。

现在，来他的俱乐部的外国人也比任何时候都多，这些外国人原本举家都住在上海，在战争的预期之中，出于安全的考虑，他们把家眷儿女送走了，自己留下来看情况再说。现在，这些无牵无挂的外国人每天夜里来夜总会的时候，手上总会挽着个年轻的女孩，而且，这些女孩走马灯一般地换着。漂亮的女孩涌进了大城市，在夜色中为生计奔波。坐着电梯上餐厅的时候，林鸣心想，战争在中国乡村打得怎么样，看看这些女孩的数量就可以了。正如从每天涌入的犹太人数量上，也可以看出欧洲的局势。情况已经变得越来越紧急了，所以杜月笙才会在这个时间召见他。

杜月笙在一间小包厢里等他。他从大厅走进去，绕过茶水站，后面有个不为人知的通道。包厢在一个隐秘的小阳台上，正面对着黄浦江的玻璃房。江面上，行驶着各种船只，巨大的货轮停靠在岸边码头，各色旗帜迎风招展。杜月笙正在吃着稀饭，看见林鸣进来，立刻给他也盛了一碗，放在他的调羹和筷子旁边。看到这种居家般的温暖场景，林鸣的眼睛一湿，他知道自己心里有多么盼望来自爸爸的爱。但他马上提醒自己，这只是一种假象，不要以为他会给你一个家，他已经不止一次地伤害了你，让你失望到极点。除了送他去读美国人开的寄宿学校，杜月笙没有担负起任何作为一个父亲的责任。当然，毫无疑问的是，他所受的教育的确给了他一种不同的人生。他平静了一下情绪，准备好面对现实。林鸣拿起了筷子，桌子上，摆了几碟开胃小菜，有咸蛋、酱瓜、花生米和酱肉，他很恭敬细心地给杜月笙夹了些菜，放在他的粥碗里。

吃完早饭，杜月笙说："现在，就是时间的问题了。但是，我们一定会抵抗的。在上海，蒋介石将要发动抗日战争，这一点，他明确地告诉我了。我们不再会像在北方那样，拱手相让了。"

"我们能打败他们吗？"

"也许不能，但是，我们会用对抗来延缓时间。工厂需要被拆分，然后重建，金条和银子也要转移到更安全的地方。"

林鸣感觉自己的脸在抽搐，他曾经安抚他的美国音乐家们说，即使上海沦陷了，也未必会有一场真正的战场上的厮杀。

那天在皇家剧院，他把剩下的七位乐手召集到一个小间里。"它来了，它终于来了，无可回避，"他对乐手们说道，"你们都听说了，北平和天津已经沦陷，几乎没怎么打仗，就成了日本人的地盘了。他们的下一个目标，就是上海。所以，你们每个人，每一个，都要明确地告诉我，你们是理解目前的处境的，因为这是新的状况。如果你们有足够的路费，也希望离开，那么，我会祝你好运。不用担心你们的合同，这是非常时期，就不要浪费时间了。"他转向了阿隆佐，他是七个人里面最年长的："你怎么说，罗宾斯先生？"

"留下，"阿隆佐很轻松地说道，"我们会尽量把这段时间熬过去的。"他们都知道，他说的我们指的是他和惠子。

"寇尔先生？"林鸣转向了这位法国圆号乐手，莱斯特也说要留下来。

“马特先生，你呢?”

“留下，”埃罗尔说道，“我知道其中的风险。”

林鸣感觉到了托马斯很紧张，他朋友的铜管部的命运，还是留到最后再揭晓吧。“那么，查尔斯和欧内斯特呢?”他问。

两兄弟对视了一眼，“只要尾巴留在这里，我们也留下，”欧内斯特说道：“再说，我们也没钱买船票。”

“艾米斯先生呢?”林鸣转向吉他手。

“我礼拜四走，”威尔答道。“已经买好观光游客票了，”他的眼睛从托马斯身上转到林鸣身上，“我希望我的最后一张支票能早两天拿到。”

“没问题。普拉特先生，你呢?”他问小号手。

“我也要走了，”塞西尔答道，“和威尔同一艘船。”

“很好，”林鸣说着转向他的朋友，“那么，现在轮到你了，格林先生。”自从他们离开西雅图之后，他就没再这样称呼过他，但是这一次是正式的点名。

“这里是我待过的最好的地方，”托马斯说，“我留下。”

“好的。但是，你们必须明白，一旦日本人打进来，这里的夜生活，整个夜上海，都将完全消失。”天津在一个礼拜前全面沦陷，之前的很多年，它就是日本的租界。他们在那里开了鸦片馆，为顾客提供海洛因，一旦顾客注射了这种比鸦片更为厉害的毒品之后，他们就会在迷幻中被剥去衣衫，身上财物洗劫一空，然后扔进海里。最近，一波逆流把一百零七具裸体男性的尸体又冲回了入海口，这个令广大民众惊恐万分的事件才暴露出来。这起“一〇七尸体谜案”引发了巨大的骚动，令民众闻之欲呕。“他们随时都可能让我们关门。如果那样的话，同望将不再提供住宿了……”他扫了一眼托马斯、查尔斯和欧内斯特，“到那时，你们就得立刻想办法逃出去。所以，还是要认真考虑一下。”

他们向他保证，已经认真思考过了。可现在，就在第二天的早上，杜月笙却在这里告诉他，这个城市不会放弃抵抗，这种抵抗很可能是一场漫长而艰苦的浴血奋战。“当然，如果有外交干预的话，也许不用打仗。”他这样说。

说这些话的时候，杜月笙的眼睛硬冷得像一块石头。

“如果蒋介石能够说服希特勒，停止对犹太人的迫害，那么我们还有可能获得英美的同情。”林鸣说道。他希望能打动杜月笙，可是，他在杜月笙的眼睛里找不到一丝一毫的兴趣。

可是，林鸣依然在心里默默祈祷，祈祷杜月笙回心转意，这会让他的爸爸成为一个英雄。在上海的犹太人中，有优秀的音乐家，还有作家、医生和科学家。然而，每一个和他说过话的犹太人都告诉他同一件事，我们只是逃出生天的一小部分，还有很多很多犹太人依然滞留在德国。

但是，杜月笙摇了摇头：“蒋介石对此没有兴趣，他依然希望希特勒能够助他一臂之力，尽管孔祥熙已经带回来令人失望的消息。蒋介石是不会在犹太人的问题上对希特勒施压的。”

“可是，希特勒不会帮我们。”

“不会。”杜月笙的口中冷冷地吐出了两个字。

林鸣不想放弃，至少，他希望能利用希特勒的愤怒来保护已经在上海的犹太人。“那么，上海还是您的地盘。现在，这里已经有数千名犹太人了，他们都在您的保护之下。我相信，你一定也已经听到了来自于公共租界德国人的抱怨，他们希望您能对犹太人加以限制，比如，把他们关进一个集中营，像在德国那样。”

“做梦！”杜月笙大怒，他拍着桌子说，“这是我们的城市，不是他们的。上海是个自由港，没有任何限制。这一点不会变。”

“先生说得对，”林鸣感激地点着头，至少在这一点上，杜月笙的态度很明确，这让林鸣感到欣慰。

“事实上，是你给我出了一个主意，”杜月笙说道，“我已经将轮船公司的部分股份转移到香港了，连同几艘货轮。”

林鸣吃惊地瞪大了眼睛，这是他第一次听到杜月笙明确地表示，他已经做好离开上海的准备了。如果他那样做的话，那么一切都乱了套了……

“只是往香港转移了几艘货轮而已，”杜月笙好像看出了他的心思，“大达的主要船只都还留在上海，继续把守苏北码头。也许，我们应该让犹太人进入董事会，做我们的代理业主，以免日本人把大达给夺过去。”

听了这话，林鸣心里一动。一九三三年，杜月笙设计收购了大达轮船公司，这家公司的客轮和货轮控制了“小扬子”航线，这条航线南起上海，北至海门、南通和扬州等苏北城市，因此其基地被称为苏北码头。那时的青帮已经控制了远洋运输公司和中国海员工会，包括名下的码头的船员。一旦收购了大达轮船公司，那么，在上海港的大片海域之内，由海运产生的丰厚利润都将为青帮所有。所以，这是要紧紧攥在手里的，即使离开这个国家，也不能轻易让别人夺走。想到这里，林鸣的心跳加速了，如果杜月笙离开这个国家，那他就自由了，宋玉花也自由了：“您打算离开了？”

杜月笙的眼神又变得硬冷了：“即使我们在最精准的时点上除掉森冈，即使第五军英勇作战，我们还是有可能会输。所以，留条后路是必须的。我需要你把相当一部分的金条和现金转移到香港账号上去，这只是一个开始。比起我用在军备上的费用，那是少多了，”杜月笙的眉毛挑了挑，“这只是我和夫人们会用到的。”

林鸣抽出钢笔，准备好做记录，他可以看出，杜月笙财产保护措施的精明之处。而且，杜月笙为抗日军备提供了大量的援助，这方面他做得无可挑剔。虽然这些钱到了蒋介石手里之后，到底又流向何处，已经不得而知。但是，这个问题并不在于他。他已经给了，而且非常慷慨。

而且，他对自己的王国了如指掌，每一个角落他都清清楚楚。不仅仅是他拥有多少船队，连那些错综复杂的董事席位、企业头衔、地产，还有银行账号，他都记得清清楚楚，准确到最后一个铜板。如同他记得他下令干掉的每一个人，以及他操持的每一个交易。林鸣把这些一一记在了笔记本上。

林鸣看着笔记本，说：“那么，您要把大达的几艘货轮运往香港？”

“三艘运到香港的码头，每艘船上都要配置船长和水手。马上去租借一些仓库，我们已经准备好运送了。即使是在战争中，货物必须运送，应该说，尤其在战争中。”茶壶里，还剩了些茶水，他给两人的茶杯都斟上。“我们，”他对儿子说，“就来个浑水摸鱼吧。”

·6·

八月十三日，礼拜五，傍晚，宋玉花坐在梳妆台前，盯着镜子里的自己出神。晚宴时间快到了，她从一只小罐里挑了一点点胭脂，凑近镜子，轻轻地在脸颊处润开，她要努力让自己的内心平静下来。两天前，情况已经非常紧急，中国军队不顾一九三二年的协议，开进了上海。中国军队受到上海民众的夹道欢迎，宋玉花也挤在人群中，涌上苏州河上的铁桥，挥舞着她的手帕，对着军队大声地喊着：中国万岁！看到自己的军队又出现在自己的城市，宋玉花和大家一样，禁不住流下了欣喜的泪水。但是，她也知道，小日本是挡不住的，即使再增加兵力，还是挡不住的。因为军队在上海的出现，已经违背了原先的协议，中日两国的政府间产生了剧烈的冲突和摩擦，直到中方军队做出保证，不会首先开火，这才让一触即发的态势得到缓解。上海的空气里，弥漫着一片脆弱的平静之下的紧张感。

就在这个片刻的平静中，杜月笙决定按原计划举办一次盛大的晚宴。大量的邀请函发出去了，厨师们在厨房里挥汗操作，连唱京剧的演员也都请好了。杜月笙是京剧的超级票友，他虽然没受过多少教育，但是在这个城市里，他对京剧的品位有目共睹。在家里设京剧堂会，广宴宾客，是他最喜欢做的事情。不仅如此，近几年来，他兴趣都在京剧演员身上，他的四房太太就是京剧演员。像他这样的男人，年轻漂亮的女人已经满足不了他的欲望，他需要身边的女人有才华，有魅力，总之，要体面，要彰显他的品位。而宋玉花虽然也有才华，这也是为什么他愿意用她来抵押她父亲的赌债。但是，她的才华是在英语上，那是他既想利用，又从心底憎恶的才华，他讨厌外国的一切。所以，宋玉花充其量只是他的一个工具，一个会说英语的工具。到晚上七点的时候，杜家门前已经停满了黑色的轿车，而杜家大宅里则宾客盈门，连门厅都站满了人，来宾们都身穿华贵的晚礼服。

打扮停当，宋玉花正准备起身下楼，突然间，砰的一声，门被推开了。谁这么不长眼？门都不会敲一声！她正要脱口而出难听的话，就看到闯进来的是老火鸦。她把还没来得及说出来的话默默地咽回去，老火鸦是她随时都要服从的人。

“十四号，快。”他急促地说道，她问也不问就跟着他下了楼。她知道十四号是指二楼众多书房中的一间，那些书房，四壁红木镶嵌，常年拉着窗帘，并有防弹设备。杜月笙要见人的时候，通常会随性地指定一间，从来不固定，这样一来，外人即使知道他在家里，也无从确定他的准确位置。

当她迈进十四号，看到坐在先生身边的人时，神色大变，平时在人前戴着的那副面具都差点要跌落，砸得粉碎。来客是戴笠，一个赫赫有名的国民党间谍。他不仅杀害了大量的共产党人，而且，有传言说他是一个变态狂，热衷于尽量延长犯人的用刑时间，欣赏着他的犯人被折磨得痛不欲生，以此为乐。

他一定是冲着我来的，终于被人发现了。这个念头，快要把她的心脏撕裂，她强打精神，让自己镇静下来。观察着他，等待着，看他如何开口。

在煎熬中等了一分钟，宋玉花没有嗅到任何危险的气息，看上去，他甚至都没有注意到她的存在，他的眼光，一刻都不曾打量过她。那天，为了参加晚上的宴会，她穿了一件剪裁十分合体的旗袍，绯红色的软缎真丝紧紧地贴在身上，她的头发还是在头颈后面绾了一个髻，上面别了一朵娇艳的大丽花。看来，关于戴笠的传言也不是空穴来风了，据说，他既不喜欢女人，也不喜欢男人，风花雪月的事情一律与他无涉。他不光是自己讨厌这类儿女之情，也要求手下清心寡欲，做事干脆利落。不管是否是这个原因，总之，宋玉花站在他面前，他只当没看见她，宋玉花终于放心地松了一口气。

“这儿，念一念吧。”杜月笙拿起一份《字林西报》(North China Daily News)，朝她一挥，这是当时中国最重要的一份英文报纸。

“是，先生。”宋玉花低下头，顺从地接过报纸。在开始翻译之前，她迅速地扫了一眼整篇文章，她的心沉了下去，最后的希望也破灭了。从这篇文章中看，各国都在呼吁上海放弃抵抗，也就是说，直接向日本投降。

文章差不多快翻译完了的时候，书房的门吱的一声打开了，林鸣走了进来，他默默地向戴笠和杜月笙欠身点头以示敬意。这时，宋玉花翻到了最后一段："即使日军的侵入令人憎恶，中央政府也无需以武力抵抗，否则的话，中国的资源将遭到全面的破坏，国家性的复苏和重建的希望将会无限期地延后。"

大家都陷入了沉默，愤怒在空气里弥漫。每个人都曾经寄希望于租界特许国的势力，期待于这些国家的出手相助，事实上，甚至可以说是有赖于他们的援助。

杜月笙首先打破了沉默："他们怎么敢提出这么混蛋的要求！"

"他们想要我们怎么样？成立一个傀儡政府？"戴笠说道，"难道他们要把上海变成满洲里，立一个溥仪皇帝？"

"那个可怜的傻瓜。"杜月笙重重地叹了一口气。

戴笠若有所思地说："无论是英国、法国还是美国，它们根本不在乎我们是否会落入日本的手里，只要它们还能从我们这里攫取利益。"

林鸣在一边已经等了很久，他一脸的焦躁不安，终于引起了杜月笙的注意，他向林鸣点了一下头，一直站在宋玉花身边的林鸣得到许可，上前一步说："先生，请原谅我插一句。刚刚从华叔那里得到你要的信息，今天，森冈大将派伙计过来送邀请信，请托马斯去喝茶，托马斯已经收下了。"

"喝茶？"杜月笙一下子来了精神，"在哪里？什么时候？"

"明天，一大早。在爱多亚路上的伏尔加咖啡馆。"

"这是一个圈套。"戴笠皱着眉头说。

"套什么？"杜月笙毫不相让，"我们的人是不会暴露身份的。"

"森冈派伙计送来了邀请信，托马斯接受了，"林鸣说，"这就是我所知道的全部。"

一边听着的宋玉花心里在尖叫，他怎么能够接受，他怎么能够接受，林鸣，还有她，都警告过他了呀。

前额油光、大腹便便的戴笠，这会儿像一只小布偶一般跳着脚，兴奋得像个小孩子："这次我们不会失手，他奶奶的！我们要把离他十尺之内的人都干光。"

"不要碰那个钢琴家，"林鸣一惊，心痛地叫了起来，"放过那个美国人。"

她从他身后轻轻地触碰了一下他的手肘。

林鸣的声音里，流露出他的焦虑，让杜月笙很觉得意外，他扭过头去看林鸣时，发现宋玉花还站在那里听着，他下令道："你走吧。"她顺从地离开了。

第二天早上，她在炮火轰鸣的声音中惊醒，那时已经是八点多钟了。从远处传来了零星的枪声，在隆隆炮声中，像小孩在放鞭炮。宋玉花跳了起来，扑向窗口。北面远处，苏州河的另一边，一团团浓烟从屋顶上升腾而起，那里就是日本军队指挥中心的方向。她在心里祈祷，盼望中国军队的炮弹已经击中了魔鬼的心脏。按照预先的安排，在昨天深夜，全面的抗日防御已经拉开。

她正准备穿衣梳洗，阿潘推门进来："哥哥在楼下等你了。"

老天保佑。"叫他在花园里等我。泡一壶冻顶乌龙，再准备一些早点，跟他说，我一会儿就来。"一边说着，她一边急匆匆地对着镜子梳理头发，"你去吧。"

阿潘退下了。

在后院的草坪上，宋玉花见到了等着她的林鸣。望着远处天空中翻滚的浓烟，林鸣的脸上笼着一层忧愁。宋玉花第一次觉得哥哥老了，他脸上的肉松弛了下来，颧骨明显地突出来，他看上去越来越像先生了。

看着林鸣阴郁的脸色，宋玉花开玩笑说："看样子要下雨了。"她想让哥哥轻松一点，但是，其实她自己心里也一点都不轻松。远处，东边的天空中，黑沉沉的乌云在聚集，一场台风正在酝酿中，真的是要下雨了。

用人把稀饭和下饭小菜端了上来，轻轻放在一张小餐桌上。她把粥盛在他的碗里，然后撒上葱末、熏鱼、海苔，还有他喜欢的炒花生米，林鸣回头忧伤地笑了一下。从东北方向，又响起了一声大炮的轰鸣，浓烟瞬间遮蔽天空，清晨的上海犹如暗夜。

"哥，"她叫了一声，"说说托马斯吧。"

"我知道！"林鸣急促地说道，"我警告过他，上面有罩网，下面有陷阱，他的处境太糟糕了。这些我都告诉过他了，可他怎么还会接受那个日本鬼子的邀请呢!”

“应该再提醒他一下。”

林鸣舀了一勺稀饭，默默地塞进嘴里。听着远方一阵阵的炮火声，林鸣叹了口气说：“可是他们日夜都盯着我呢。”

“那我去吧，”宋玉花立刻接口说道，“没有人会怀疑我的。”的确，除了大太太时不时地需要她照料之外，基本上没有别人会想到她。在杜月笙的眼里，她的价值无非就是大脑里装了两种语言，除了在有需要的时候可供一用之外，她在杜家是可有可无的。“他们不会注意我去找他的，他和我之间，一点关系都没有。”她这样说着，细细地观察林鸣的反应，确信他没有任何异样的表情之后，放心了。他不知道他们单独见过面，不是一次，而是有两次了。

林鸣缓缓地说道：“你认为他们今天会让你出去吗?”他抬头往北边看去，那里，炮火的浓烟和台风前夕的乌云开始交融。

“今天是礼拜六，每个礼拜六我都要去市中心给大太太配中药，大太太的中药是不能停的。”他当然知道，虽然大太太形同槁木，但是，她在杜家的地位仅次于杜月笙本人。在这一点上，杜月笙是很传统的，他不仅自己善待大太太，也要别的家人都敬重她。“我应该去辣斐德路那边找他吗?”

“不，我刚刚往那里打过电话，他不在。他在北京路上有一间公寓，靠近外滩，他上那里去了。我跟他说过，那里不安全。”

她的眼睛瞪大了，那里的确不安全。那个交叉口正对着日本“出云”号旗舰，那是一个庞大的战斗机器，也是一个明显的军事目标，随时都有可能遭到袭击。“别担心，哥哥，让我去吧，我会小心的。”

通常，她会在下午出门去配中药，可是，那天她看着北边的天空在燃烧，她不敢等到午后了。这些天，杜家的收音机一直开着，嘈杂的背景声音中，循环播放着新闻：蒋委员长昨晚下令，开始对日本驻兵展开攻击，现在，闸北、吴淞和江湾都已经交火。国民党陆军第八十八师被委以重任，奋力阻止日军的侵入，双方激战的炮火，在这个城市的天空中布下了团团浓雾。现在，战斗正在进行之中。

通过大门的时候，她被安保拦下了。“可我得去给大太太配中药啊!”

“外面现在太危险了，谁也不能出去。”

“大太太的中药吃完了，每个礼拜六都要去配的。”她取出处方给安保看，“我必须出去。”

“可是，大台风就要来了。”

“所以啊，我要赶在它之前回到家里。”

她看见安保开始有些犹豫，毕竟，大太太的身体健康可是个非同小可的事情，赶紧趁机说：“如果先生发现了大太太生病没药吃……”

“好吧，”安保说，“但是，你一个人出门太危险了，得有人陪着你。”

“那我带上我的用人。”她赶紧说道，免得他叫上个安保跟着她，那就麻烦了。

一分钟后，她和阿潘通过了华格臬路杜宅的大门，急匆匆地走向大街。一走到大街口，她们两人立刻就被裹入了人流之中，被推着往前走。这一幕，是她们从未见过的：盛夏的酷暑中，成千上万的市民把马路挤成了一条河，一条流动缓慢的河。人们拖家带口，拼了命地要挤进法租界，盼望着在这个中立国家的租界里躲过日本人的炮弹，躲过日本人在大街上的扫荡。台风来临前的空气闷热黏滞，很多人再也走不动了，精疲力竭地蹲下来休息，还有人干脆就躺下了，四脚朝天地摊在马路中央，身边围了哭哭啼啼的孩子们，大包小包的细软衣物，还有锅碗瓢盆。

空气凝滞而闷热，充满着浓重的汗味、此起彼伏的叫声和恐慌。宋玉花和阿潘紧紧地拉着手，以防被人群冲散。她们好不容易走到了爱多亚路，可是，平时在这条路上开的有轨电车根本没有踪影，蠕动着的只有一眼望不到头的缓慢人流。“我们得走过去。”宋玉花说道，她们奋力对抗着人流，往法租界外面挤。

她们花了比平时一倍都不止的时间才走到了市中心，前方的路口转个弯，再走一百多米就是中药铺了。就在她们好不容易接近交叉路口的时候，两股从不同方向涌来的人流差点把她们冲倒。“阿潘！”宋玉花惊叫道，她的手死死地抓住阿潘，指甲都嵌进了她的肉里。人们在她们身边推搡着，冲撞着，每个人都拼了命地往前挤，每个人心里都只有一个念头：冲进法租界，那里是他们心目中唯一安全的地方。

阿潘大声地哭叫起来，她被狠狠地撞了一下，眼看就要倒下去了。宋玉花用尽全身的力气攥住她，拖着她挤向路边墙角，她们躲在墙角稍稍歇了一口气，贴着墙转过街角。这时，一股强大的人流正面涌过来，像洪水一样以不可阻挡之势把她们两人冲散了。“阿潘！”宋玉花再次大叫起来，她眼睁睁地看着阿潘的脸庞消失在人头的洪流中，手还高高地举着，伸向她，一会儿，也看不到了。

“阿潘！”宋玉花失声哭叫，可是她的声音瞬间就被人潮中发出的吼声吞没，她被逼到了墙边，紧紧贴着墙才能勉强站立不倒。她一遍又一遍地喊叫着阿潘，心里又痛又内疚，只能希望阿潘还能好好地自己找到回家的路。她看到自己的指甲里，血迹已经凝固，那是阿潘的血。直到现在，她的心里，才感到了真正的恐惧。

华叔站在厨房门口，他的裤腿卷着，一只手不停地拍打着叮在小腿上的蚊子。天空越来越黑了，他抬头忧心忡忡地看着天。远处，响起了一声警笛，他不由得心惊肉跳，又想起了托马斯。他的主人昨晚没在这里睡觉，到现在还没回来。他已经一次又一次告诉托马斯，那间北京路上的小公寓不安全，因为它正对着日本的“出云”号军舰，可主人从来不听他的，真是个榆木脑袋。而且，现在他还把这两个小兄弟扔给了他，在局势这么混乱的时候，真是给他添乱啊。现在，这屋子里就剩下他这一个管家了，小孔、陈妈和朱叔都离开上海回家乡了，这更是给华叔留下一大堆麻烦。

还有，他的赌场生意也让他烦心。上海的局势从来没有这么恶劣过，没有人还有心思来赌博，所以，他的生意一下子都没了。他觉得这些人都是神经过敏了，可人家就是不来，他也没办法。更加雪上加霜的是，最近很不顺，他亏了三千块钱。照以前来说，这个数目，只要花两三个礼拜，几把就能回来了，可现在不一样，现在他的赌场根本就不开张，没有人来赌。小日本鬼子不得好死，全家不得好死。

他听到身后有动静，转身一看，是欧内斯特站在走廊里。“小屁孩你吓了我一跳。”他假装生气地说了一句，其实他蛮喜欢这个半大孩子。

“华叔，”欧内斯特用中文叫他，叫得很溜，他问华叔道，“托马斯在哪里？他到现在还没回来吗？”

“先生还在那边的公寓里。”

“不会吧，”欧内斯特说，“你听听这炮声。”

“先生还在工作。”

“不可能，他明明知道现在只剩下我们这三个人了。如果他没事的话，他应该会回来的。”

华叔耸了耸肩。

“我要去看看，他是不是出什么事了。把地址给我，我这就出去找辆黄包车。”

华叔双手一揣：“那不行！太危险了，外面已经死了很多人了。”

“所以我才要去看啊。”

“不！你们两个小孩子要待在家里。”

“一定要去看看的。”

“那好，你们在家里待着，我去吧。”说着，华叔把裤腿放下，嘴里嘟嘟哝哝翻找着柜子，找了半天，才找出一把很老的油纸伞。他打开门，然后小心翼翼地撑开雨伞，冲进了雨里。这时，查尔斯也踢踢踏踏地过来了，兄弟俩看着华叔在风雨中摇摇晃晃地往前冲，举着这把雨伞左挡右挡，给自己一点可怜的防护，可就一会儿的工夫，他的长衫就湿透了，紧紧地裹贴着他的身体。又一阵大风，生生地将雨伞从华叔的手里刮走了。收音机里播报说，这是一次强台风，风力达到每小时七十八公里。华叔蜷缩起身子，佝偻着背，一转弯，消失了。

沿着江苏路往北，在地产银行右拐，穿过圆明园路，现在，宋玉花已经能看到北京路口外滩的防波堤了，还有“出云”号，那艘巨大的日本旗舰，黑压压如同食人鲸一般停靠在岸边，它的四周，拥挤着各种客轮、货轮、邮轮和小舢板。当第一滴雨点落在她的身上时，宋玉花正急匆匆地往前赶，经过渣甸集团和加拿大太平洋铁路集团公司，终于站到了那扇林鸣跟她描述过的小小的边门前，这扇边门就在人行道上，离外滩不过二三十米。这时，宋玉花听到了钢琴声，那是从一扇百叶窗里飘出来的，望进去，木百叶后面的玻璃窗开着。

早上一醒来，托马斯就开始弹琴了，可他的心里，还想着昨晚的情景。昨天晚上，天气特别闷热，那是台风来临的预兆吧。侍者们打开了大厅的门，透点新鲜的空气进来，就这样，那天的剧院开着门表演，他们演奏了一曲又一曲。托马斯和他的乐手们看见了潮水一样的人群，从剧院前涌过，他们拖着一家老小，背着大小包袱，源源不断地进来，希望在法租界找到一方安全的天地。那天晚上，乐队也是为他们演奏，整整一夜大门都开着。这一夜，每一支曲子，都是遥远异国家乡的无根蓝调。

早上，当他在公寓里醒来，他闻到了雨的味道。他听见河水在激荡，船只在碰撞，在挤压，这些都是大雨即将来临的信号。他小时候在东海岸祖父的农庄里住过，河流从农庄旁边绕过，这些信号，对于他来说太熟悉了。一场大戏即将拉开序幕，他自然而然地坐到了钢琴前。

他的手轻轻落在降D大调和弦上，然后，左手开始弹奏李斯特的音乐会练习曲《叹息》，而他的右手，加入了一个单纯的旋律，那不是李斯特的旋律，而是他自己的原创，在这个旋律的基调上，他加入了一些蓝调音符，这些充满忧伤的声音，使得这支曲子的旋律绵长舒缓而又富于变化。音乐在生长，在从这充满紧张感的天气里吸取能量，这能量充溢在曲子里，使之饱满而充满激情。他的左手一直保持着李斯特的节奏，而他的右手，呼应着外面风的节奏，嘶鸣，呼喊，回应。接着，下雨了。先是稀稀落落的大点雨滴，时疏时密，时疾时徐，不久，大雨倾盆而下，雨声夹着风声，变成了持续不断的呼啸。他把雨弹进了他的曲子里，琴声在雨水的浸泡中膨胀，不断膨胀，直到他听到了另一种声音。

那是一种击打的声音，有人在敲门。

谁会来这里呢？他赶紧穿上裤子，扣上吊裤带，往光裸着的肩膀上一推。见鬼，衬衫到哪里去了？一时找不到了。他走向窗前，轻轻转动了一点点百叶窗，探头往外看去。

是宋玉花！他赶紧把门打开。

她跳了进来，外面大雨瓢泼。她的棉布旗袍被雨淋得湿透，紧紧地贴在了她的大腿和身体上。

“你在外面站了多久了?”

“雨刚开始下的时候到的。我几乎是一路跑过来的，听到你的琴声，就停下来听了。”

“出什么事了吗?”他轻轻揽过她的肩膀，掌心触碰之处，都是湿漉漉的。于是，他转身去拿了一条大毛巾，打开来，披在了她的背后。“你怎么一个人来这里？到底出什么事了?”

“我的用人和我一起出门的，可是在路上我们被人群冲散了，我不停地喊她，可是……”宋玉花哽咽得说不出话来，外面的雨下得更大了，雨点噼噼啪啪地砸在百叶窗上，她抓住毛巾，捂住了脸，瘦削的肩膀在湿透的棉布下颤抖。

“太可怕了。”托马斯颤声说道，他简直不能想象眼前这个女孩子刚才经历了什么。“我陪你出去找她。”宋玉花听得出，他的声音里有诚恳的关心。

她瞪大了眼睛，“不可能的，你没有出去过，你不知道，外面一片混乱。”

“对，很危险，所以我们不能抛下她不管。”

“你为什么这么关心她？她只是个用人。”

“那又怎么样？她也是个人，你是她的主人，你应该保护她。”

宋玉花抬起头看着他，从他说的话里，她感觉到了他那颗善良的心。在他的脸上，她看到了温柔和悲悯。虽然他们之间面对面站着，但她感觉有一股电流把他们紧紧地连在了一起。

她深深地吸了一口气。就是这种感觉，安全熨帖的感觉，和她上一次在茶馆里感觉到的一样。在她母亲去世之前，她一直有这种感觉的，可那时候，被宠爱着，被保护着，是那样的天经地义。可是，自从母亲走了以后，再没有别人给她这样的感觉了，直到托马斯的出现。“你说得对，”她沉重地说道，“你不知道，我心里有多么感激你。可是，现在去找她是不可能的，但愿她能安全地回家，只能看她的运气了。”她柔声说道，碰了碰他的手肘，这样的亲密而温柔。她要告诉他，在这个时刻，他的善良对她来说，有多么重要。

他让她在一张单人椅上坐下，自己坐在了她对面的钢琴椅上。她解开了蓬乱的头发，理了理之后，熟练地又绾在了颈后。“我是为了林鸣来的，”她说，“你发誓，没有人会知道这事和他有关。”

“我发誓。”

“他说了，你今天绝对不能去，我也是这个想法。无可怀疑，你也是这样想的。你接受了他的邀请只是想打发他，对吗？”宋玉花盯着托马斯的眼睛问道，急切地想在那里找到她想要的答案，“可是我和林鸣觉得不能冒这个险，所以我们之中必须要有一个人过来警告你。”

“别担心，我没想过要去。而且，他也不会去的，”他马上又加了一句，“我的意思是，在现在这样的情况下。”她看了一眼窗外，风雨交加的呼啸声之中，夹杂着不时地从北边传来的炮声。“来吧。”他站了起来，向她伸出了一只手。

这个单间的公寓里有一张床、一张椅子、一张书桌、一架钢琴，还有一个用屏风隔开的洗手间，可是，他领着她走到了床和窗户之间那块小小的空地上。

书桌上，留声机在等待中，盖子开着。托马斯转动着曲柄，然后轻轻地把唱针放了下来。这首歌是艾林顿公爵的大乐队蓝调《最悲伤的故事》，一支单簧管发出一声尖厉的呼啸，像一个巨浪扑向海滩，退潮时，海浪一波一波荡漾，带出了令人心醉的旋律。“你想跳舞吗？”

她看上去很焦虑：“可我不会跳。”

“我也不会，”他温柔地笑着说道，“我总在那儿弹钢琴，你知道的吧？”他跟她开了个玩笑，让她觉得轻松一些。“来吧，试试看。”他向她展开了双臂。这意味着他要带着她，走进舒缓的节奏，引领着她站好位置。“就这样，”他说，“现在，你只需要跟着我。”

旋律很慵懒缓慢，但这首歌并不简单，每一次副歌的再现都由一组全新的和弦变化开始。这也是他听了又听的原因之一，还有就是那低音长管吹出的深沉而一丝细细的忧伤。而现在，他心里只有愉快，是这支曲子能让他如此贴近她，和她在一起。

公爵忧伤的声音缓缓传来，如此轻柔，仿佛水泡在海底孕育，在一线阳光的照射下，从最幽深处慢慢地升上来。他的声线，传递着这支曲子里唯一的一句话：他们说的最悲伤的故事，在大地上，在大海里，是我的故事。她晃了一下，他一把就扶住了她。“你踩到我的脚背上，对，就这样，你好轻。”终于，他能带着她一起跳起来了。他的手，能感觉到她的躲避，那是她肌肤下面传来的轻轻的颤动，于是，他把手松开了一点，而手臂上，又添了几分力。他在等待着她。

这首歌一结束，他们马上分开了，两人都有一点不自然。她掩饰地走到钢琴前，翻看起他的乐谱。“这是什么?”

“我们乐队的字母谱和五线谱。”

“那这个呢?”

“这是我谱的曲。”

“什么意思？谱曲?”

“就是我写的，是我作曲的。”

“弹给我听听看。”

在降D大调的琴键上停留片刻之后，他左手指尖下，流出了一串舒缓轻快、重复循环的音符，那是他一直的风格，来自于李斯特的风格。现在，这种风格有了一些变化，他的右手开始吟唱自己的歌，简单而平静，和左手的复杂多变形成了鲜明的对比。

接着，没有任何预兆，他的右手开始了新的探索，那是他以前从未弹奏过的曲调，不知从何而起，但只属于眼前这个时刻，属于她，也属于他。他不是在弹奏，而是在追随，追随着一个故事，那是他想要告诉她的全部。他的小小的家庭，和他的妈妈，他的爷爷奶奶，还有他的爸爸。爸爸死了，妈妈后来也死了，都离开了他。那是一种痛，环绕着曲调无可排遣，哀鸣中，充满着失落和忧伤。接着，奏鸣曲的韵律开始加入，新的段落在缓解和和谐中展开，那是他对哀鸣的回应。他开始漫长的旅程，在美国大陆上游荡横穿，那是埋葬了他父亲的大地。他离开马里兰甜蜜茂盛的小树林，穿过中西部如茵的草地，翻越缕缕阳光照耀着的落基山脉高山丛林，来到了西雅图。从那里，他来到了她的身边，上海。从那里，进入了最后一个段落，降D弦再次主导旋律。这里是终点，也是起点，他们的客船，一下一下地撞击着码头的防浪堤，那神奇的一刻，他在林鸣的陪伴下，站在了上海的外滩。他让最后一个音符自己慢慢消失，然后，他收回了双手，放在了腿上。房间里，一片寂静，而一瞬间，外面雨声的鼓点再次充满在房间里，除了雨声，再没有别的声音。

这是一种简单的感觉，简单到就像一道阳光，落在地板上。而这一切，只因为有她在这里。

站在他的身后，她也感觉到了，她从来没听到他这样演奏过。她感觉到了一股电流，她几乎能够在他和她之间的空气中看见这股电流。

一切都有可能，他向她打开了自己。但是，她因为恐惧，感到了一股寒冷。她已经不是处女了，但是，从来没有男人见过她的裸体，而且，她几乎不知道男人和女人在一起，到底应该怎么做。她当然知道结果，因为杜月笙已经让她看到了结果，他一下一下地在她的身体里冲撞，好像只是用她的身体来发泄他自己的愤怒。但是，一定还有更多的东西。

一部分的她始终相信这一点，从来没有停止过。一股来自于她身体最深处的力量，让她抬起了手，落在他裸露的肩膀上，褪去了他的吊裤带。他转过身，脸上是又惊又喜的表情，他在寻找她的眼睛，寻找一个答案，一个确定的答案。然后，捉住了她的手，拉着她坐到了自己的大腿上。

当他们终于安静下来，瘫软在床单上的时候，风声小了一点，雨声也平缓下来。他们的手臂和大腿缠绕着，这样的缠绕方式，让他知道，他们将永远都连接在一起，不论今天以后，他们人在何方。

“你知道吗？”她轻声地说道，她的手指穿过了他的头发，“这是第一次，我想要这样做。如果你拒绝了我，我都不知道我到底是怎么了。”

“永远不要这样。我梦里都想。”他都不知道该如何表达，才说得尽心中的感受。他认识的所有的姑娘，包括在巴尔的摩的时候，那些因为他的贫穷而遥不可及的女孩，都有这样那样的不足之处。总有一些不尽如人意之处，留下遗憾，败了兴致。但是，她没有，她身上有他梦想的一切，她是他完美的理想。

所以，当她再次开口时候，他稍稍有点吃惊，她的声音，脆弱而胆怯，“他做得很快，眼睛都没有看过我。这么多年以来，我一直以为我哪里做得不对。或许，是我的身体里面有什么不对，可是那第一次，我流了很多血……”

“宋，”看着她精致玲珑的身段，泛着象牙光泽的皮肤，还有这一次次将他送上巅峰的光滑有力的腰臀，他附在她耳边，轻声地问道，“你太好了，那个，也太好了，难道你感觉不到吗？”

“我能感觉到的。”她的身体紧紧地贴着他的身体，嘴唇贴近他的耳边，细细地低语着，“可是我不知道，他从来没有见过我的身体，”她的手指滑过了他的胸前，“而你，知道我所有的秘密。”

“是所有了吗？”他坐了起来，温柔地分开她的大腿，“他对你做过这个吗？”

她吃惊地张大了嘴：“没有。”

她的身体，微微地拱起，迎合着他。他的心里，涌上了更多的爱意，多过他任何时候所能感受到的，也多过他对任何别的女孩所有过的。他的手，稳稳地托住了她浑圆的臀部，他的声音，低沉得就像一声叹息：“让我做给你看。”

很久以后，他再次起身走到钢琴前，坐下来开始弹奏。他的琴声充满了欢乐，虽然就在几公里外，炮声一阵阵地撼动着大地。没有死亡，就没有爱。然后，正如一个男人，还没有意识到痛苦时，一声哀鸣已经冲出喉咙，就在他还没有意识到之前，一个旋律从他的手指下流淌而出，不知从何而来，不知去往何方，他的琴声，就这样有了一个可爱而忧伤的转折。

他离开了这个旋律，继续原来的弹奏，然后又被带了过去。与其说他是在创作，不如说他是在驾驭，而且，生平第一次，他感觉到了其中的区别。这是一种心醉神迷的状态，超出了他自己的控制能力，就像和她在一起的时候，他放弃了对身体的控制。然后，他听到了一种新的声音，那是歌声，是她的歌声，她在和着他的弹奏，声音高而清亮，音调非常准确。她还有多少惊喜等待着他！

他的手停了下来，她继续又唱了一句，完美的模仿。“这是什么曲子？”她问道。

“只是一个旋律，”他说，脸上依然漾着笑容，那是她的歌声带给他的惊喜，“你来给它起个名字吧。”

“那用我的名字吧，”她说：“宋，song，一首歌。”

“不不，所有的歌曲都可以称为一首歌，整个美国就是一首歌，你给它起个独特的，只属于这个曲子的名字。”

“那你告诉我，这个曲子是什么类型的。”

“我弹奏的方式是，左手琶音定调，右手配合歌声，这是一支适合夜里弹奏的曲子，就像城市的夜景一样展开。”

“像夜上海。”她脱口而出。

“对，上海的夜景。”

“那就叫《夜上海》吧，它属于这个城市。”

“好的，”他把她一丝不挂的身体揽到自己的怀里，“宋，我想永远留在这里，和你在一起，可是，现在外面情况很糟糕。你听到了吗？我要送你回到华格臬路去。”

“是的。”她伸手紧紧地环住了他，颤声说道，“我也是这样想的，我得回去了。”

“那么，就是说我们还会再见面。”

“我们还会再见面的。”她回应着他，可是，她的声音低沉了下去。他心里一痛，忍了忍，没有让问题滑出来。他想问的是，告诉我，什么时候能见到你，如何能见到你。他默默地放下了钢琴盖，他们穿好了衣裳。

正当托马斯和宋玉花准备离开北京路公寓的时候，杜月笙雇用的杀手赵富年正望着窗外。他租来的这间公寓，在爱多亚路和西藏路交接的转弯口，一个理想的位置，正对着大世界娱乐中心。而那个狗娘养的森冈和那个美国佬约会的地点，就在大世界的边上。唯一不便的是，那天大世界正在发放免费的茶水和稀粥，成千上万的难民已经在法租界挤了几天了，现在，为了一口吃喝，他们又挤在了大世界门口，正好挡在了他的目标前面。这样一来，他不可能给他的目标干净利落的一枪了，恐怕要拉上几个陪葬的，可是，这又有什么关系呢？那些人的命本来就像草芥一样卑贱。他的来复枪已经安置好，透过雨帘，他在搜索着。刀豆站在他的身边，端着望远镜观察着对面的人群。

“哎，你说，那个狗屎森冈真的会来这儿吗？在今天？”收音机里，播放着北边战事的进展；一阵阵炮火的轰鸣穿过大雨，在天空中散开；楼下的街道上，拥挤着逃命的人群。在这样的日子里，森冈似乎没有可能有这份闲心，和一位音乐家在一起喝茶。离说好的约会时间只有五分钟了。

“雨小一点了。”刀豆说道。手里继续举着望远镜，在对面餐厅前面的人群中扫来扫去。

赵富年摇了摇头，沮丧地说：“婊子养的没来。”

突然，刀豆摇晃了一下，这一下来得这么突然，赵富年以为他中了流弹。赵富年心里居然惋惜了一下：“还这么年轻！”

不过，这个年轻人没有中弹，他只是太震惊了。“菩萨作证！我看见他了，就是他，那个弹钢琴的。”

“什么！”赵富年从他手里夺过望远镜，对着楼下拥挤的难民，调整焦距，狂乱地搜索着，“瞎了你的狗眼吧。”

“我是在皇家剧院干的，我对他熟！”

“在哪里呢？”

“在那个角落，看到没有？他和一个女人在一起。”

“一个女人……”现在，赵富年终于找到他了，一阵狂喜，是的，没错，他和一个女人在一起。

宋玉花。

“把照相机拿过来。”他眼睛一眨不眨地盯着楼下马路上的这两个人，一边压低声音给刀豆发指令。他们并肩穿行在人群中，她的衣服湿湿的，贴着她的身体，身材一览无遗，显得凹凸有致。他们一边走路，一边还说着话，她紧紧地贴着他。“快！”他对着刀豆叫道，刀豆这时也看到了楼下的一幕，惊得嘴巴都张开了。

“可是，那个婊子养的森冈马上就要来了，他才是……”

“傻瓜，快去拿照相机！”

刀豆在他的帆布袋里一通翻找。

“给我，里面有胶卷吗？快点！”

可是，刀豆拿着照相机的手缩了回去，他感觉到了这里面有利可图，如果把相机交给他，就没有他的份了。“干吗要给你？”

“你别管！”

“为什么要给你？”刀豆又重复了一句，赵富年气得给了他一拳，可他躲过了。

赵富年又转头去盯楼下的那两人。她的旗袍湿透了，曲线毕露，他强自咽下兴奋。“那个女孩是谁？”他说道，“你睁开眼睛再好好看看。”

刀豆的嘴巴再次张大了。

赵富年摊开手掌，他的眼神硬得像一块铁：“给我！”

“是我先看到他的，有我一半。”

“狗东西，不拍下来什么也没有！”

“那我拿百分之四十。”

“二十五，最多了！”

“三十五。”

“二十八。”

“好吧，”刀豆终于高兴了，把照相机递了过去。

“操你妈×，生出你这个王八蛋。”赵富年骂骂咧咧地拧下了镜头盖，对准镜头，调整着焦距。不行，太远了，再回来。他们消失在拥挤的人群中，找不到了。他不断调整焦距，在那里！终于，镜头里出现了两个他苦苦寻找的人，那个不要脸的女人，还挽着他的胳膊。等到杜月笙看到这些照片吧，到那时候，他就发了，他要带着一大沓的钱回到浙江，让乡党们看看，他赵富年是个什么样的人物，过着怎么样的生活！还有，让他的兄弟们也看看，真正的男人应该过怎样的生活。他是五兄弟中混得最好的，他爬到了顶峰。咔嚓，他拍了一张，完美！咔嚓咔嚓，一张又一张！现在，他把镜头对准了街角的那家茶楼，本来这个时候他应该在这里和森冈喝茶的，可现在他和一个女人在一起，他们说着话，一拐弯，从这家茶楼前走过去了，急匆匆地朝南往敏体尼荫路去了。一路上，她都贴着他，这个小婊子！他不停地按下快门，直到他们转过街角，从他们的视野中彻底消失。想到杜月笙看到这些照片后会怎么对付她，他的心里乐开了花。“有大将的影子吗？”

刀豆没有回答，他的脸上有一种奇怪的表情。

“说！看到什么了？”

刀豆只说了一个字：“看。”他的声音很低，他的手抬起来，指了一下远处。远处，在翻滚的乌云的衬托下，一架中国的战斗机着火了，被火焰和浓烟裹着的飞机变成一团火球，在空中狂乱地翻滚。

赵富年不由自主地又看了一眼下面的街道，杜月笙的女人和那个美国人已经不见踪影，可他们的照片在他的手里，很安全。

接着，他听到身边的刀豆轻声道了一句“阿弥陀佛”，轻得几乎听不见。

这会儿念叨什么菩萨？正在诧异着，他看到了一架中国的飞机里，掉下来一排炸弹，一个接一个像一串石头，交杂着暴雨，呼啸着冲向街道，正对着他们。这是他看到的最后一幕。

过了路口，托马斯和宋玉花才走到一半，不远处的爱多亚路和西藏路交叉口突然腾起一片浓烟，浓烟伴随着气浪，四处冲撞着。与此同时，他们的耳边响起了巨大的爆炸声，接着，他们什么都听不到了。过了很久，耳膜才重新复原，而恢复听力后，他们的耳朵里立刻充满了来自于下一个路口的一片尖叫哀鸣。滚滚浓烟交杂着尘土腾空而起，冲上了四周建筑的屋顶，。

“看呀。”宋玉花叫了起来，天空中，一架机身上青天白日旗的飞机掠过他们头顶，钻进了云层。

“是中国的飞机。”

“这怎么可能？”她看上去都要哭出来了。

“一定是个失误。”他说道，双手环抱着她。“听着，你自己肯定没事，对吧？那我得把你送回家去，现在就走。”

“可是，如果炸弹刚好落在我们这里……”宋玉花心有余悸，呼啸的风声把震天响的求救声和哀号声传递给他们。

“宋。”他的手托住了她的脸庞，扳过来正对着他，因为她止不住地要去看前方那个街角，那里，从炸弹的余烬里爬出来的人们已经摊满了马路。“你必须回到法租界里面去，现在大家都想到那里面去，而你是可以的。”

她的手臂环住了他的脖子。

“这里不行。”他赶紧提醒她，可是，他们还没来得及离开，就听到了一阵快门按动的声响。他回过头去，令他大惊失色的是，眼前站着刀豆，皇家剧院的服务生刀豆。

“大耳朵杜月笙会很喜欢这张的。”他说着，转动旋钮，卷到下一张胶片。

“刀豆，”托马斯正色地叫道，“你在干什么？”

“拍照啊。”刀豆还在不停地按动快门，可他显然是受伤了，鲜血不断地从他头上的一个伤口里涌出。可他还是站在路中央，把镜头对准他们。

“把相机给我。”托马斯命令道。

“不可能，里面有很多照片，抱在一起的，亲嘴的。给你？你给我多少钱啊？”

托马斯看到刀豆一侧的脑袋上有个坑，他的头骨都碎了，他怎么会站得住？

“你给我什么？”刀豆又问了一次，就开始剧烈地咳嗽起来。就几秒钟的工夫，鲜血从他的口里涌出来，他不由自主地伸手去接，满手的血看得自己都傻住了。托马斯趁机一把抢过相机，挖出胶卷，把胶片拉了出来曝光了。

“无所谓了！”刀豆哭道，他摇摇晃晃地跪了下来，大口地喘着气，鲜血不断涌出。他的身后，从爆炸现场逃离出来的人们越来越多，一片混乱。“我看见你们了！赵富年也看见你们了，可他已经死了。我还活着，我会把这一切都告诉杜月笙的。”

托马斯抓起了宋玉花的手，拉着她跑到了一边。在刀豆的后面，一堵移动的人墙从敏体尼荫路迅速地压过来，可是，这个可怜的服务生看不到后面的情况，他还在对着托马斯尖叫，他的话随着血水从口中喷出。

然而，这些话再也得不到任何回应了，因为，就在这个时刻，又一声巨响从东北方向传来，随之，一个由浓烟和碎石尘土组成的巨大气团从外滩附近腾起，那里是托马斯住的地方。听到巨响，刀豆也艰难地转过身去看，可是一切都太晚了，他只看见黑压压的人群朝他奔过来，一下子就把他撞倒了。没多久，他就被踩成了肉泥，地上只剩下一堆浸在血水里揉得稀烂的衣服。他的血，黏在了那些踩过他身体的人的鞋底，他们一定会感觉到脚底踩到了什么软软的东西，他们也一定知道是什么，可是，在那个疯狂的时刻，身边都是死亡的气息，没有人会停下来看一看。她把头埋进了他的怀里。

他们站了很久，谁也没说话。最后，他附在她的耳边，轻轻地说道："回去吧。"于是，她转身离开了。

第二天，他、查尔斯和欧内斯特围坐在一起听着收音机里的新闻：昨天，误落在公共租界的炸弹炸死了三千多人。跟在这条新闻后面的，是一则向在华外国人宣布的公告。

"这是说给我们听的。"托马斯把音量调高了，他们三人都凑近了听。

> 大不列颠大使馆和美国大使馆联合公告，我们在此建议所有公民请立即设法离开这里。上海已经进入战争状态，如有公民选择留在这里，两国政府将不能保证其公民的人身安全。

"设法离开？"托马斯转向了兄弟俩，"怎么离开？"这两兄弟一共就存了几百块钱，而他所有的钱都在华叔那里，有两千多块呢。所以他们得赶紧找到华叔，那笔钱够他们三人的回家路费，加上阿隆佐也够了，如果他改变主意，准备离开上海的话。

可是，华叔没有回来。托马斯猜想他是回自己的家了，但他心里明白，可能还有更糟糕的结果。几千条生命，就消失在转眼之间，还有什么是不可能的呢。死在他眼前的刀豆，更让他看到人生的无常，出其不意的一点差池，人生的整个运程就逆转了。这就像在艾林顿公爵的《蓝色漫步》中那个突如其来的第九音，在重叠和弦的末端出现，却改变了一切。这就是命运的转折，他们本来处于重大的危险之中，可是，因为刀豆死了，他们安全了。

那天夜里，在皇家剧院的时候，他跟林鸣提起了华叔的失踪，林鸣面有忧色，对他说："明天早上我们去他家看看，他家住在老城厢里。"

第二天，前往老城厢的路上，林鸣生气地责备托马斯居然会接受了森冈的邀请。

“我根本就没打算去，”托马斯辩解道，“你是警告过我了，可是他的伙计就站在那里等着回复。这些事一般都是管家帮我处理的，我都不知道怎么说才好。”他用一通语无伦次的辩白应付林鸣的责备，只是不想把实情说出来。

“愚蠢，”林鸣听了更生气了，“木头脑袋！我担心死了，叫我妹妹去通知你。那天发生了那么多事，她差点都回不来了。”

“那她都好吗？”托马斯急急地问道，现在，听到别人提及她，他觉得气都喘不过来了。

“你是说宋吗？是啊，她没事。”林鸣说着，抬眉看了看托马斯，对他表现出来的关切有些奇怪。

他们在万竹街下了车，华家住在一个三楼的房间里，房间里挤得转不过身来。托马斯心里疑惑，华叔在这里怎么能开赌场。林鸣用上海话跟华叔的老婆说起话来了，鸟语，托马斯每次听到上海话，心里都会冒出这两个字。他们说话的当口，两个孩子就在一边不作声地看着，一个男孩，一个女孩。华叔的老婆看上去还算正常，这么说来她对华叔的行踪还是了解的。托马斯稍稍放松了一些，开始环顾四周。

哈，那里有一张赌博用的桌子，就在布帘子的后面。帘子后面的小小空间里还有几张床、一个书架、一只取暖烧饭做菜的煤球炉，还有一个刷了黄漆的床头柜，半掩在另一张帘子后面，其实也就是个木桶，上面潦草地放了一个盖子而已。

房间虽然很小，城市的生活倒是很便利。看见托马斯很有兴致地研究着一些奇怪的家什，林鸣转身指给他看一只竹篮子，上面系着一根长长的绳子。林鸣解释说，听到外面的叫卖声，他们就在这篮子里放上零钱，从楼上窗口把篮子放下去，就能从小贩那里换到吃的了。这里的人们喜欢吃软软的方糕，糯米粉和白糖蒸出来的、上面点缀着糖玫瑰花瓣；还有虾肉小馄饨，也是他们的心头之好；还有，从黄浦江的东面过来的小贩，还沿街叫卖五香豆。

华叔会几句洋泾浜，在外国人家里做事，再加上开个小赌场，小日子还蛮滋润的。托马斯放心一点了，他当然希望他的血汗钱存在华叔那里是安全的。

可就在这个时刻，华叔的老婆发出了一声尖厉的喊叫，她干瘦的手在空中乱挥，像是被烫到一样。显然，直到现在，她才明白过来他们来她家的目的，原先她还一直以为老公好好地在外国人家里呢。

那天死了那么多人，大多数人的尸体都迅速被送到公墓去了，连日的大雨冲走了模糊血肉，洗刷了一地血色。托马斯和林鸣交换了一个痛苦的眼神，他们心里清楚，华叔的下落几乎没有疑问了。华叔的老婆身子晃了一下，眼看着就要瘫倒在地，他们赶紧伸出手接住，扶她坐到椅子上。他们就这样坐了很久，华叔的老婆时而大放悲声，时而呜咽抽搐，嘴里还断断续续地哭诉着。托马斯一句也听不懂，可他心里难受得要命，华叔那天冒着暴雨出门，就是为了去找他。

"这是他的命。"林鸣告诉他。他们终于离开了华叔的家，下了楼，走到了嘈杂的街上，空气热得密不透风。

在他们离开华家之前，托马斯看到林鸣不停地安慰着华叔的老婆，他还掏出了身上所有的钱，一定要他老婆收下。现在，华叔的悲惨结局已经不是他的负担了，可还是我的负担，就像刀豆。

"我问了你的钱，"林鸣对他说，"她完全不知道那笔钱的下落，即使那笔钱还在的话。在华叔失踪前，他就欠下了债，几乎有三千多块钱。"

"不过就是个数字。"托马斯故作轻松地说了一句，毕竟，华叔人都没了。可是，他的内心却在翻江倒海，这难道是对他的第一个惩罚吗？这是他到上海后的所有积蓄，是他辛辛苦苦挣来的，可是就这样消失了。一切都发生得这么快，就像那个不和谐的音符，那个第九音，突然出现，出其不意的逆转。他身无分文，想走也走不了了。不过，宋玉花却因此走进了他的生命，这也许就是命运的安排，是命运的眷顾。

他们每天晚上还是照常演出，客人也都照常来，虽然外面依然硝烟弥漫，躲进爵士音乐里的夜晚，给人一种安全感。剧院里少了一个人，那就是刀豆，没人知道他到哪里去了。周经理逢人就问："有没有见到过刀豆？"他问过托马斯，问过其他的乐手，问过衣帽间的女孩，甚至还问过厨房里的伙计，就这样他一连问了好几天。托马斯每次被问到时都会浑身不自在，他无法无动于衷地说出没有两个字，只好答应会留意有关这个年轻人的消息。而当时的一幕时时会在他的脑海里回放，每次想到那可怖的场景，他的心都会再一次经历小小的爆炸。他记得他目送宋玉花急急忙忙地穿过一片混乱的大街，朝着华格臬路的方向离去，她的背影在他的视野中消失之后，他把胶片扔向了一辆燃烧着的汽车，胶片在火焰上跳着舞，然后被火焰吞噬了，那一瞬间，周围的哀号和尖叫都消失了。他如释重负地转过身，想到了家里的那两兄弟，一定在为他的安危焦虑，他也得回家了。他最后一次看了一眼街道中央，现在，那里只是一大片血迹，而就在几分钟之前，那里是刀豆——就是现在周经理不停地到处打听下落的刀豆。

到下个礼拜五晚上，被暴雨浸泡过的上海渐渐恢复正常了，低洼街道的积水也基本退去了。但是，浦东和汇山又陷入了火海，火焰映亮了盛夏的夜空。礼拜天晚上，国王乐队结束了最后一支曲子时，都已经是深夜两点了，他们听见从虹口传来巨大的爆炸声。两天之后，江湾地区又响起了隆隆的炮声。即使如此，皇家剧院夜夜客满，现在乐队只剩下了他们六个人。

他渴望着她，日日夜夜都在想，什么时候才能再见到她。然而，和宋玉花最接近的时候，是当他在弹着钢琴。那些简单的歌，现在有了不同的含义，每一句情话，都是要讲给她听。那首乐队的主打曲《恰恰好似你》，现在，在他的心目中，就是写给宋玉花的赞美诗。当他的手指在黑白键上游走时，他的心飘向了那间小小的公寓，他们将永远住在那里，永远不分开。

那是他们不可能拥有的生活，他们在那个小小的公寓里安了家，厮守在一起。当他们饿了的时候，他会给那个夜里睡在桥下的小乞儿一点点小费，差他去买些吃的。“想吃德国菜还是广东菜？”他会这样问她。

“广东菜。”她会笑着说，更紧地贴着他。

他们在一起，要做的事就是爱着，爱着对方。他会弹钢琴给她听，给她泡上一壶茶。不论是穿着衣服，还是赤裸相对，不论是说着话，还是安静不语，都是他们在一起的方式，情话、笑声和音乐，是他们在一起的内容。“想不想再叫些点心？”把茶杯递给她的时候，他会这样问道。

从前，他的弹奏技巧来自于不间断的练习，现在，他只要闭上眼睛，找到那个旋律，随后，他只是跟随着那旋律，跟着它去转折，去变化，而这种时候，往往是在他想念着她的时候。他突然明白了，这种状态，正是别的乐手在即兴独奏的时候进入的状态。现在，乐队只剩下了他们六个人，大家都盼望着有一天他能够单独表演一支长曲。

今晚，他想试一试，他的心里，充满了跳跃的音符，那是爱情、失落和忧愁组成的音符。当他示意他要来一支独奏时，别的乐器都愕然地放下了。沿着一架欢愉的天梯，他直接弹出了一声直入云霄的狂放高音，那些不安的舞步，一下子被勾引得按捺不住，舞池里，响起了一阵欢呼和口哨。一旁的乐手们欣喜地交换着会心的笑容，连莱斯特和埃罗尔都不由得点头赞赏。漂亮，他的脑海里响起了一个声音，他知道那是宋玉花的声音。她就在他身边。

一阵阵热烈的掌声淹没了他，他想让这样的掌声持续下去，所以，紧接着，他变换节奏，又弹起了d小调《伤感的心》，一个不露声色的炫技，在降D大调上稍作停留，又滑向了F大调。所有的转换都完美，轻捷，他的手指，敲击得恰到好处。他真心实意，他口出谎言，他拥抱爱情，他目睹死亡。

从他在舞台的位置上，阿隆佐观察着托马斯的独奏，激越的旋律奔放不羁。他的眼睛看着钢琴，左手在指板上来回游走，而他的右手，轮流在打击乐器和低音贝斯上弹拨，敲击，拍打。当他的手指在上下翻飞、翩翩起舞时，他的心里充满了疑惑，一下又一下的划拨，一下又一下的爆破，一道亮光射进了他的心里，一切都明了了：这个年轻人在热恋中。就是这个原因，孩子，没错。他接住了托马斯的眼光，在舞池里腾起的欢呼声中，他给出了他的赞赏的一笑。这个孩子，他曾经到过巅峰。

战争开始一个月后，九月十三日，宋玉花在静安寺路上的路易咖啡馆和陈鑫见了面。这里有全上海造型最优美的蛋糕和巧克力，它们出自于涌进上海的犹太难民之手，他们之中，就有手艺高超的甜品师傅。宋玉花同情这些遭到迫害的人们，作为上海人中的一员，她为自己的城市感到自豪，因为它欢迎他们的到来。她怀着坦率的快乐，享受着犹太人才能结出的成果，比如这家店里的招牌甜点甘那休。在法租界和公共租界里，很多餐馆店家又重新开张了，这家店也不例外，开战以后没几天，它就开门迎客了。虽然每个白天和夜晚都能听到炸弹声、炮声，还有小型机枪的声音，而且，菜单上的菜品也经常会因为食材短缺而告急。

这一次，陈鑫是独自一人来的，他们俩压低了声音交谈，几乎是在耳语，因为此时的上海到处都是间谍特务。共产党的眼线也同样四处密布，在法国警察署，在中国银行，还有在另外的许许多多地方，到处都有自己人。

他出现时，神色很低落。“我们坚持不了多久了。日本人在吴淞口增强了兵力，黄浦现在也布满了日本军队，数千名小日本鬼子正在逼近海岸线。”

“意大利军队不是要来了吗？”她的话语里充满了希望，无线电广播里一直在报道，萨伏伊精锐部队已经从亚的斯亚贝巴出发。

“没用的，除非那几个西方大国也加入进来，站到我们的这一边，否则的话，这座城市迟早就要沦陷了。”他同情地看着宋玉花，问她：“那你打算怎么办？”

“我是个契约在身的奴隶。”她提醒他。

“如果那也发生改变呢？”他盯着她的脸庞说，“很多人都要离开这里了，你是知道的，政府已经放弃了南京，准备迁都重庆，”这将是战争时期的首都，“有些人要去香港。但是，如果准备留在中国的话，可以去重庆……”

“……如果是跟着国民党的话。”

“对。也可以去延安。”

她点了点头。延安，这个黄河边上的贫瘠小镇，大风刮起漫天的黄土，然而，它是所有进步人士心中的圣地，这场革命运动的参与者都向往那里，这其中当然也包括了她。延安在共产党控制下的北方地区，安全地位于红线之后。到了那个神秘的地方，她就可以公开自己的信仰了，那该有多好。

她收回了思绪，望着陈鑫说：“那你呢？”她问道，他现在既可以公开自己的共产党的身份，也可以继续潜伏在国民党中间。

“我要去重庆。”这是他的答案。

“那你还是继续做地下工作。”

“那样的生活适合我。”

她理解地点了点头，他出生于一个富裕的家庭，财富和特权，是他习惯于拥有的，难怪他愿意维持得更久一些，而做一个双重间谍，就能使这一切都变为可能了。

“你将会有一个新的联络人，他会通过一项与你有关的商业活动联络到你的。”他对她说。

宋玉花明白他的意思。这个党拥有很多商业，从家具店和茶楼到房地产公司，这些公司所在地常常被派作开会和联络的地点，有时候，店里的经理和员工根本都不知情。宋玉花喜欢透过表面现象，认识后面的现实，她开始意识到，这种认识本身就是一种能力。

还有，她需要运用另一种能力了，计划的能力。如果杜月笙离开了上海，或者说，他给了她自由，谁知道呢，在战争时期任何事都是有可能发生的。如果那一天真的到来，她必须立即开始行动。

她可以跟着托马斯去美国，这个想法，在她的心里，射进一道爱的光芒，穿透了他们在一起的那一天的黑暗——目睹着刀豆的死去。他一定会保护她的，她对此很清楚。虽然他从来没有开口问过她，她也从来没有给过他肯定的回答，但是她知道，他的大门，总是向她打开的。

然而，跟着他走，就意味着她将彻底放弃自己的事业。“北方是我一直向往的地方。”她说道，当然，关于她的未来，这是她能够说给陈鑫听的唯一版本。

“去延安?”他的眉毛挑了起来，“在我的想象中，像你这样的摩登女郎，一旦没有了禁锢，肯定会跑到香港或者美国去。”

她的脸上，露出了愠色：“难道你怀疑我对党对事业的忠诚?”

“不不，当然不，”她的反应，他都看在眼里，“只是你的勇敢让我很佩服，但是，我要警告你的是，你必须要小心。你的身上，永远都会留有外国的痕迹。”

“那你自己呢?”她丝毫不甘示弱，“别忘了，你是有钱人家出来的，你的家庭财富和我的外语一样危险。如果说有风险，我们的风险是一样的。可是，因为有风险就躲避，那还称得上什么忠诚呢?”

"说得好！"他大声地叫好，似乎还有一丝讥讽的意思。她不由得一惊，有点怀疑陈鑫是否故意用话在试探她。

但是什么试探她都不怕，"如果我自由了，我会去北方的。如果我真的去了的话……"

"那你需要有人引见的。"陈鑫把话接了过去，"到那一天，你就传个信，寄到这里……"他在他的名片的背后写了几行字，"这是我哥哥在重庆的地址。我会给他们去信介绍你的。"

她感激地接过名片，的确，这将是个必要的程序："谢谢你。"

"不要客气，同志，我们还不是为了同一个目标吗?"离开咖啡馆的路上，她一直在细细地品味这个词，同志，共同的志向。所以，她不再孤独，她的生活从此有了意义，不仅仅是为了她个人，而且，也是为了所有的同胞，还有她的祖国。同志，她喜欢这个词。

整个九月都炮火不断，不过法租界和公共租界基本不受影响，可是，虹口和闸北却被炸得面目全非，一些建筑只剩下了几根水泥柱子还立在那里。每天，托马斯在上下班的路上低头急走，尽量少在外面逗留。连希金斯兄弟俩现在也老实了，下了班直接就回家。他们每晚依然要在舞台上演出好几个小时；外面，时不时传来炮火声和枪击声，他们也尽量做到不为所动，埋头演奏，直到深夜两点的钟声响起。灯光一亮，他们赶紧收拾乐器，只想在门口握手道别，赶紧回到家里去。夜深了，大家都安全地回到了家里，托马斯独自坐在自己的房间里盯着那盏忽明忽暗的煤油灯，心里充满了担忧。他们每个人都已经开始尽可能地省钱了，可是，物价飞涨，他们还是没有多少积蓄，买一张回家的船票似乎成了一件不可能实现的梦想。

到了这个月的月底，种种迹象表明，日军的大规模进攻即将展开。马路上，一辆辆卡车碾过，满载着新兵和军备物资，车身上装饰着太阳旗。电台里说，好几路日本军队分头同时向南京进发。美国人在上海也加强了兵力，驻扎在上海的海军人数翻了一倍，已经达到三千，希望借此来保护在沪美国人的人身财产安全。空气中的火药味越来越浓了，每个人都能闻得到。

十月，进攻开始了。到处是炮声，到处是爆炸，沉闷的枪击声在城市的上空穿梭。到了十月下旬，托马斯已经相信，中国输了。一批批新入伍的士兵涌入了上海，他们看上去稚嫩得令人心疼，十五岁、十六岁的样子吧，比查尔斯和欧内斯特还小。接着，蒋介石下令撤退到上海的郊外，于是，一眨眼之间，这些士兵又都不见了。而突然间，日本的太阳旗随处可见，在邮局大楼，在各大交叉路口。而在租界外面的马路上，到处可见一堆堆的沙包，士兵撤退后，这些防御工事依然堵在城市的街道上。

掩护这次撤退行动的是一支由八百左右士兵组成的中国军队，显然，这是一个自杀式的使命。这支军队退守到苏州河边的四行仓库，就在西藏北路的交叉口。因为这个仓库正对苏州河对岸的英美公共租界，呈现在国际目光和全体市民的面前，日军不敢对它展开肆无忌惮的进攻。第二天，英国军人在火力的掩护下，穿过大桥，给士兵们送来了食物、香烟还有急救药物。

当日军终于开始对八百士兵的围剿时，全上海的市民都万分紧张地注视着战事的发展，他们称这些军人为八百勇士。

十月二十九日拂晓，一面青天白日满地红旗在仓库的楼顶冉冉升起，清晨的太阳照在这面来之不易的国旗上，它是由一位十四岁的女孩子奇迹般地送到士兵手里的。听到消息，托马斯、查尔斯和欧内斯特也都急急忙忙地赶过去。到了苏州河边，他们发现那里已经聚集了近三万市民，手里挥舞着国旗，高声欢呼着。

他们在那里待了很久，才回家换了衣服，准备去上班。就在这时候，一个送信人来了，带来了周经理的一封信。“皇家剧院今晚关门！”托马斯看着信大叫起来，他的眼睛急急忙忙地往下扫视：“我们将在煤气公司的楼顶上演奏，正对着河对岸的四行仓库。我们会运一架大钢琴上去，到时候，楼顶将会成为一个大型的露天舞厅。”

他们到达楼顶的时候，发现这里就像是一个秋天里的童话世界，四处点缀着红色的中国灯笼和一盆盆盛开的菊花。屋顶上，已经挤满了宾客，他们身穿或西式或中式的晚装，举杯相互致意，服务生端着盛满一杯杯香槟的托盘，在人群中穿梭。国王乐队的《恰恰好似你》刚刚响起，一对对舞伴就相拥着滑入舞池，翩然起舞。零星的枪声，时远时近，在楼下响起，给舞曲的旋律增添了些许的停顿和迟疑。每一次厉害的爆炸发生，空气中就立刻充满了尖叫，所有的人都跑到屋顶的边上，趴在护墙上往下看，楼上楼下的人们一起欢呼着。

在乐曲间休息的时候，托马斯瞥到一个高高的身影，从电梯里走出来，是杜月笙！托马斯一下子紧张得无法呼吸，他等待着杜月笙身后的人一个个走出来，终于，他看到了宋玉花。可是，正如他们来得这么突然，走得也很快，就一会儿工夫，他们下楼去了，据说那里有一个密室，他们将在那里观战。托马斯稳住了自己，坐下来开始重新演奏。

午夜过后不久，突然间，在人群中传出一阵惊叫，楼顶上的宾客都跑到边上往下看，连乐手们都坐不住了。原来，有三名日本士兵正偷偷地顺着一架扶梯爬上了四行仓库，试图从一个炸开的口子钻进去。就在他们接近那个口子的时候，一个男人出现了，他就是这支孤军的指挥官谢晋元。这边屋顶上的人们都屏住了呼吸，紧张地注视着对岸即将发生的一场恶斗。只见谢将军一枪击毙了爬在最上方的日本人，接着他伸手掐死了第二个士兵，挥拳把第三个士兵打了下去，最后，他把梯子掀翻，扔了下去。屋顶上，爆发出一阵欢呼，有那么几分钟，屋顶上一片混乱。利用这宝贵的几分钟，托马斯迅速地穿过人群，去寻找宋玉花，可是，到处都没有她的踪影，也不见杜月笙和他的任何一个保镖。

他们回到座位上，开始演奏最后一支曲子。演完之后，在听众的要求下，又接着一曲一曲地继续着，每个人的心里都明白，这将是最后的告别。

直到凌晨，他们才灭掉了所有的灯。莱斯特和埃罗尔回家去了，阿隆佐带着查尔斯和欧内斯特出门等黄包车。屋顶上，除了托马斯和收拾场地的工人，几乎没有别人了。于是，他从包里取出几张乐谱，开始弹奏巴赫。因为只有这个时候，他的心情才能平静。

在平静的钢琴声中，他听到了一个女性的声音，清了一下嗓子，轻柔得几乎听不见，可是，对于他来说，熟悉得不能再熟悉，自然得就像中央C。这样的声音，只属于她。宋玉花半掩在门后的阴影里，他走了过去，轻声地对她说："我以为你已经离开了。"

"小心点。"她说道。

托马斯环顾四周，屋顶上，只有几个工人，正在收拾桌椅，打扫屋顶场地，根本没有人往他们这边看。

他朝着她走了几步，现在，他也半掩在阴影里了："杜月笙在哪儿?"

"在楼下，开会。他们以为我去卫生间了。"

这意味着她没有几分钟可以待在这里，"宋……"

"不，"她轻轻地说着，将两根冰冷的手指贴在了他的唇上，"不要说话。"她的另一只手在寻找着他，他们的手立刻自然而然地十指交握在了一起。他们的脸贴得那样近，脸颊几乎都碰到了。"我知道的。"她呻吟着。他们就这样站了很久，直到一阵猛烈的枪击声把他们惊得跳了开来，接着，又是一个手榴弹砸开的声音，伴随着砖瓦碎裂坠落的声响。

"他们最终不是死，就是投降，"她的声音里都是苦涩，"然后，一切都结束了，我们都将属于日本。"

"可是，法租界不会，公共租界不会。"

"那么，要祝贺了……一个被占领的城市中的孤岛。没时间了，我得走了。"她哀声说道，目光一刻都没有离开他的眼睛。"为了我，活着。"短促地，但重重地握了一下他的手之后，她消失了。

然而，接下来的几天，多米诺骨牌还是倒了。孤军只剩下了三百七十六人，谢晋元指挥剩下的将士冲出仓库，在那些已经受重伤，决心与日本人同归于尽的同胞军人的火力掩护下，跑过大桥，进入了公共租界。英国军队欢迎他们的到来，但没收了每个人的武器，以免落入日本人之手。接着，他们被软禁在星加坡路①上的一栋建筑里，这栋建筑就被称为孤军营。

这样一来，上海抵御战彻底宣告结束。整个十一月份，一辆辆的卡车满载着日本人开进了上海，这些士兵穿着黄褐色军服，心安理得地在上海的街道上颠簸。托马斯在苏州河边见到他们，那是他们在休息，他还看到他们在马路上晃荡，口袋里塞着清酒和生啤，手上拿着苹果啃着，这些士兵经过商店时，想要什么伸手就拿。

① Singapore Road，现余姚路。

他们在交通要道上设置了岗哨，把持了各座桥梁。任何从外白渡桥上经过的人，都要向日本士兵恭敬地弯腰鞠躬，无一例外。这座桥连接了未被占领的外滩和被占领的虹口区，桥上还通行轿车以及有轨电车，经过岗哨的时候，车上的人一律要下车向日本人行鞠躬大礼。对于托马斯来说，适应这种新规定没有多少难度，在他的过去，和白人的相处已经让他习惯于屈从和退让。相反，在这里，正因为他的肤色，日本人还能接受他的浅浅一鞠，换作中国人，就会招来一顿枪托的殴击。现在，他的肤色突然成了有优越性的通行证，这是多么讽刺的一件事！即使是不会说任何中文的托马斯，现在也会了一个词：魔爪，那是指日本人，魔鬼的爪子。

十一月底的一天，林鸣接到了一个口信，让他傍晚时分到华格臬路去一趟。他的第一个担心是他的夜总会，是日本人终于要来接管了吗？日军占领这座城市之后，上海的夜生活依然继续着，但是以不同的方式，在人们的醉生梦死中，对毒品、赌博和烈酒的需求量比以前更大了，夜总会的算盘声一直会响到凌晨。虽然保险箱越来越满，可他的心里一直在担忧，他担心日本人会发现，会把这一切都据为己有。他总觉得危机在逼近，今夜，会是最后一夜吗？

或者，是因为德国那边又有麻烦了。在上海，纳粹规模很小，但是组织严密，有着他们自己的间谍和人员，对于上海开放接受犹太难民，他们非常恼火。另一件让他们痛恨的事情是，在上海的富裕犹太人，比如维克多·沙逊爵士和贺理士·嘉道理勋爵，向身无分文的难民们伸出了援手，给他们提供食宿。有些在德国做生意的犹太人，希望在上海继续把生意做下去，他们得到了小额贷款，在上海有了栖身之地。不久，犹太人在上海有了他们自己的学校和诊所，甚至有了自己的犹太教堂。林鸣和孔祥熙曾经和杜月笙一起度过了好几个夜晚，探讨犹太人问题，敦促他抵制德国，拒绝德国人限制犹太人的要求。这段时期，“劳埃德·特雷斯蒂诺”号邮轮一次次从意大利热那亚驶来，停靠在黄浦江边，每次卸下数百无助的难民，上海的犹太人口以每个月增加一千人的速度迅速膨胀。幸运的是，说服杜月笙并非难事，自从希特勒叫孔祥熙向日本人投降之后，杜月笙对纳粹就恨之入骨。

林鸣到达书房的时候，杜月笙还没进来，他就等在书房里。这是一间窗户紧闭的书房，这些铺着红地毯、看上去一模一样的书房，是杜月笙的迷信。如同在他的长衫下，戴着一只风干的猴头，那是他的护身符。也就像他在老家建了庙宇，用以供奉祖先，整天香烟缭绕，烛光跳跃，其实，他的先人都是从穷街陋巷走出来的，穷得叮当响。这些房间，四壁嵌着深色红木，莲花造型的灯笼泛着温柔的光，让人联想到他在青楼里厮混的少年时期。这样的感觉，是他的父亲喜欢的，有一天，他自己也许也会这样装饰自己的房间，如果他能熬过这场战争的话。

当然，他也有自己的执着、自己的迷信，他的迷信之一就是珠丽。最近几周的战火，让他意识到自己对珠丽的感觉，他想要保护她，照顾她，要她平平安安的，不能把她留在妓院里，他必须挣出足够的钱把她赎出来。

前一天晚上，他和她在一起。她还是那么美好，那么甜蜜，虽然过了二十八岁，他还是没有提起要为她赎身。这一切都过去了，她已经谅解了他，依然温柔地爱着他，他忍不住告诉了她自己的计划，他已经开始省钱了。但是，他不知道需要多久才能存够钱，因为这场战争，更加不确定了，也许要好几年。和她说着这些事情时，他感到无地自容，这只是他的计划，希望渺茫，前途未卜，可是她还是感动得泪水直流。她在他的身下颤抖，双手紧紧地揽住他的肩膀，她的大腿缠绕着他，他们的身体就这样交融在一起，因为爱，也因为感激。他也抱住她，回应着她的爱，他的心里知道，自己的心意已经不会改变。他会去跟鸨母提出为珠丽赎身的，无论以什么代价，无论需要多久。是这场战争让他意识到了这一点。

一扇隐秘的门响了一下，开了，杜月笙身穿一件灰色丝绸长衫，踱了进来。

“先生。”林鸣站起了身，恭敬地喊了一声。

杜月笙对他点了点头：“等一下你来给我做翻译。”

“愿意效劳。”有些时候，一位男性的翻译在场会更加合适。

“一个日本军官到了上海，他一定要见我，就在今晚。他说，就几分钟的时间，他的名字叫土肥原贤二。”

“土肥原将军？就是那个自称满洲里劳伦斯的？他是华北第一总军司令。”

“就是他。”

“可你不需要翻译啊，他能说中文，据说，他还会一点上海话呢。”

“我知道，可是，我跟他打过招呼了，就说这两种话我都不会。今晚，我和你就用苏州话交谈。”

林鸣心里微微一笑，苏州话，那是他妈妈的方言。杜月笙总是走在别人的前面，林鸣由衷地赞叹着，他虽然恨他，但是佩服他，佩服他天生的机警。“是不是这个土肥原参与策划成立了满洲里傀儡政府，立溥仪为皇帝？”

“是的，就是他。这个人到了中国后，没少干坏事。他难道以为我会听从他的吗？也许，他并不了解上海，在这里，小偷和警察可以手拉手，猫和老鼠可以睡在一起，我们已经就是政府了！太荒唐了，他竟然会认为我会出卖我的城市。”

“他什么时候来？”

“他已经在这里了，这个狗屎。我觉得，我们已经让他等得够久了。”说着，杜月笙打开了书房的正门，步入了走廊。在走廊的另一端，有一间比较大的书房，书房的一侧是一张大书桌，另一侧是一张中式的矮几，围着几张包着软垫的椅子。根据杜月笙的指令，这间书房正中放了一只火炉，那天故意烧得很热。一个穿戴一丝不苟、制服上别满了勋章的日本军官，正在天津地毯上焦躁不安地踱着步，头上都是汗珠。

他们进去的时候，林鸣的父亲轻轻地用苏州话说：“你看看他，你看他居然还笑，都是假笑！他是个骗子，装得温文尔雅，其实他的手下正在拭擦武器，准备向我们开火呢。”

这位将军有一撮看上去很严肃的小胡子，还有一双大大的眼睛，松弛的眼皮下，是忧郁阴沉的眼神。当他抬眼看人的时候，一边的眉毛永远比另一边高。看见杜月笙进来，他双脚脚跟轻轻一碰，并腿鞠了一躬。

林鸣点头以示回应，他用中文对土肥原说：“请您原谅，我必须来做翻译。我的主人只说他的家乡方言。”

“不必客气，”土肥原说，“请你代我谢谢他，我知道，他是个大忙人。”

“跟他说，我当然很忙。”杜月笙说，他故意在苏州话中添了点乡村的口音，免得被土肥原听出来：“有你们这些短脚鬼举着刀跑来跑去，我怎么能安心哦？”

林鸣翻译道：“他说，他今晚本来已有安排，不过，您说有重要的事情……”

“我们想帮你们维护这个城市的秩序。”土肥原说道。

“我们并没有提出过这样的请求。”林鸣说道。

土肥原叹了一口气，仿佛面前站着的是冥顽不灵的少年。“敌对情绪应该停止了，我们需要的是一个高效的政府，这才是最重要的，也只有这样，上海才能恢复正常的生活秩序。我们能够把事情都处理得很好，当然，我们愿意服从于您，杜公。”他低下了他的头。

林鸣心里暗笑，他知道杜月笙心里一定也在暗笑。人们有称杜月笙为杜爸爸或者先生，但没有人叫他杜公。土肥原的中文非常好，但他的准备工作做得不够好。

“告诉他，日他先人。”杜月笙气冲冲地说道。

“他说啥？”土肥原好像听出了点什么。

“请原谅我没有给你及时翻译，”林鸣说：“我的主人说，他愿意与您分庭抗礼，这是一个古老的中国成语……”啊，很好，土肥原的脸上泛出了光彩，显然，他很高兴与杜月笙平起平坐。

林鸣还担心他不明白，但是土肥原已经很满意了。“告诉他，谢谢他。这就是我来这里的目的，找到一条终止暴力、恢复秩序的途径，这才是对大家都有利的，对不对？但是，我不希望这个城市的领导人是个日本人，不！因为，这里是中国。”土肥原挺起了身子，开始他早有准备的演讲：“这里必须有一位卓越的领导人，一位全能的、能够对天皇负责的人。英明而伟大，一个众人之上的人。”

林鸣把他的话翻译了。

杜月笙怒不可遏：“他竟敢以为我会做他的狗腿子！他竟敢以为我会做汉奸，舔他的魔爪！做梦吧，告诉他，叫他滚！”

“我的主人表示遗憾，他已经肩负了太多责任，无暇顾及其他与市政相关的事务。”

“不要这样说！”土肥原打断了林鸣，他要抓住这个他自以为的机会：“在这个城市里，没有谁比杜月笙更令人敬畏，更受人爱戴，更值得信赖。”

林鸣一边把这几句话翻成苏州话，一边竭力藏起脸上的笑意。

杜月笙哼了一声，“他牛皮也吹得太大了，难道不怕吹破吗？你就这么跟他说吧。”

“我的主人说，您过奖了。”

“完全没有。”土肥原还接着往下说，“他就是一个做老大的人，他配得上我的赞美。务必请他再三考虑我的提议，我期待这他的答复。”

“我现在就可以给他我的答复，这个脓包！告诉他，十分钟之内，还不滚出我的家，我割断他的喉管。告诉他吧！”

“我的主人表示遗憾。”林鸣再次说道。别的话，连处理一下再转告的必要也没有了。

杜月笙涨红了脸，他傲慢地一点头，以表示对日式鞠躬的轻蔑。

林鸣听到土肥原吸了一口气。“请允许我……”他做出送客的样子，至少，应该给他一些表面的尊重。

可是，杜月笙止住了他。“老火鸦会送客的。”

这又是一个羞辱，因为林鸣是他的儿子，而老火鸦只是他的一个手下。林鸣注视着这一切，他的心在怦怦地跳着。老火鸦推开了大门，送这位不受欢迎的客人出门，土肥原面色铁青地走了出去，他的每一步似乎都在宣告他父亲的命运。杜月笙当然是永远不会和日本人合作的，他把自己近一半的财产都送进了国民党的财库，用以支援抗日。可是，这样的举动会带来什么后果呢？

大门关上了。“我做得有点过分了。”他承认道。

林鸣抑制着内心的惊讶，他从来没有看见过他的父亲检讨自己。他的父亲当然是过分了，而且，很可能会因此招来报复。但是，他同时也显示了自己的勇气，这一点是林鸣非常敬佩的。“你不愿和他同流合污，”林鸣温柔地说道，“你对他的态度恰到好处。”

送信人告诉宋玉花，孔祥熙要在外滩的汇丰银行大堂见她，但他没说为什么要见她。她猜想孔祥熙是要向她转述杜月笙的指令。那天，继土肥原之后，接着前来造访的是日本人的战斗机，战斗机在杜家大宅的上空盘旋，发出了巨大的轰鸣。杜家的家眷们乱作一团，僵持到半夜，杜月笙终于决定放弃这里。一家人在一片慌乱中收拾了一些细软，谁也不知道要离开这里多久。宋玉花在这个时候倒是镇静了，她最后一次走进了大太太的房间，每个人都自顾不暇，没有人注意到她。杜月笙把家人都塞进车里，分送到散落在城市里的安全的屋子里，而他自己则是最后一个离开这个家的。宋玉花看见他给大门上了锁，然后钻进了另一辆车子，里面有花旗阿根、老火鸦、四太太和他们的孩子。

但是，这已经是三天前的事了，从那以后，宋玉花和杜府里的其他人一样，再也没听到任何有关杜月笙的音信。现在，等待就要结束了，因为，显然孔公什么都知道。

在银行外面，宋玉花惊异地发现，自己居然也伸手摸了摸门口那只青铜雄狮的脚，那是这里的穷人喜欢做的事，因为他们相信这会带来好运，这只狮子的脚已经被这些充满期待的手摩挲得锃亮了。我就是他们中的一个，她心想，当她推开银行的大门时，她没有感到幸运，只觉得不安和忐忑。

镀金的柱子、高挑的穹顶，这个银行的大堂呈现出天主教堂般的庄严，说话声、电话声、皮鞋底在大理石地面上摩擦发出的声音，都被空间和金钱的威力吞没。不过，她还是一眼就看到了孔祥熙，他虽则矮小，但圆胖的身材引人注目。就在她一转身的时候，看见林鸣跟在她后面推门进来了。原来我们两人都被叫来了。

孔祥熙引着他们坐下，他们刚一落座，一位年轻的姑娘端着茶托过来了，茶托上，有一只茶壶、三只带盖的茶杯。姑娘为他们泡上茶之后，就退下了。

“老杜叫我来告诉你们。”孔祥熙说，“他走了。”

她和林鸣一时惊愕得面面相觑。

“走了？”静默了许久，林鸣才开口道：“请您说得明白些。”

“我说得很明白了，他昨晚乘坐一艘法国汽艇离开上海了。”

宋玉花问："去哪里了？"

"香港。最终，会去重庆。但不管怎样，他离开上海了。"孔祥熙端起了他的茶杯，看了看，又放下了。他们两人的茶也都一口没喝。

"是永远吗？"林鸣犹疑地问道。

"可能吧。"孔祥熙稍稍停顿了一下："他心里当然是希望有朝一日能够回来的。不过，他这一走，他知道就是放弃对青帮的权力，还有，就是对你们的权力。这个是确定的，无论他以后是否还会回来。"

"我们两人？"她的声音，因为盼望而颤抖。

孔祥熙从西装背心口袋里取出一把钥匙，"走，"他说道，"我带你们去看一件东西。"

他们一起身，旁边就迎上来一位态度毕恭毕敬的银行经理，他带着他们去开保险箱。这间房间里，一格格上了锁的铸铁盒子一直顶到了天花板，他们坐在一张小小的木桌旁，看着孔祥熙打开了保险箱，然后递给他们一人一只信封。

她把她的给了林鸣："你就告诉我里面说什么吧。"

他撕开信封，看了一遍说："你自由了。他收回了对你的家庭财产的所有权。"宋玉花愣住了，只觉得腿一阵阵的发软，多少年来把她和她家压得喘不过气来的债务，就这么一笔勾销了。接着，林鸣开始看他自己的那一封，"我也自由了。他给了我们各一千块钱，作为遣散费。"

她低下了头，别人如何知道她的心思。现在，她可以跟着托马斯走了，或者，她也可以北上参加革命，但是，无论是哪一种选择，和那些钻石比起来，一千块钱几乎可以忽略不计。可她只是淡淡地说了句："我不在乎钱，自由已经足够了。"的确，这是事实。

"可是，他原本可以再关你……"

"十年。"她脱口而出，她心里太清楚了。每一天，每一个小时，每一分钟，她都在计算离自由还有多远。现在，在晕眩中和孔祥熙道别之后，他们一起走出了汇丰银行的大楼，十二月的寒冷立刻包围了他们。她抬手摘下别在发髻上的鲜花，扔在了人行道上，她再也不用这样戴着花，取悦任何人了。

林鸣的目光落在这朵花上，就一会儿工夫，这朵花就被匆匆来往的脚踩烂了。“你接下来要做什么？”

她可以去找托马斯，现在就投入他的怀抱，离开这个国家，永远和他在一起。一千块钱足够买两张船票，然后，当他们在大海上漂荡的时候，她可以拿出那些贵重的石头，给他一个大大的惊喜。

或者，她也可以去北方，那么久以来，这是她人生的最高理想，而这个理想，现在已经不那么遥远了。

那天夜里，国王乐队演完最后一支曲子，应听众的要求，重新回到舞台上演奏安可曲。那是一曲华丽而富有节奏感的《蓝色狂想曲》变调，托马斯正弹奏到一半，当他一抬头的时候，怔住了。他看见了他从未见过的一幕，宋玉花独自一人进来了。她没有沿着楼梯，进入那个包厢，而是直直地走进了舞厅。她看上去和平时不一样，身穿一件男式的大衣，更显得身材纤瘦。她就站在那里看着他，看得他一时间手足无措，继而勉强跟上节奏，他之所以能弹完这一曲，实在是因为他已经弹了太多次。终于掌声响起又平息，大厅里的灯光亮了起来，他迫不及待地冲向了她，她才是他的presto agitato，激动的急板。

“发生什么了？”她没有戴耳环，没有涂腮红，脸上干干净净。她比任何时候都更美丽。

“杜月笙走了。”她握住了他的手，这样的动作，以前在大庭广众之下，是不敢想象的。

“听到消息后，我跑到华格臬路了，可是，大门锁着。我到处在找你。”他盯着她问：“走了，你是什么意思？”

“他羞辱了前来和他谈判的日本将军，现在他回不了家了。我自由了。”

“那你家的债务呢？”

“都了结了。”

他拉起她的手，径直往外走去，是她硬拖住他，托马斯才回头拿上外套穿上。自从国王乐队在这里复演，这是第一次，他在演出结束之后，无视堵在门口的宾客，直接冲出剧院，冲向外面。“杜月笙把我安置在一间小小的公寓里，我可以在那里住一个礼拜。”她说着，挥手招了一辆带斗篷的三轮车，他们钻进车里，合披一件外衣，依偎在斗篷下。他们躲开了外人的目光，在夜色里穿过法租界，绕进了老城厢迷宫一般的弄堂里。他的心里，只有一个念头，终于可以在一起了。他知道她有自己的生活，有她自己的事业，他不可能完全走进她的世界。但是，无论如何，他也不会再放开她了。

进了她的房间后，再次出来，已经是第二天的中午。那时候的他们，已经饥肠辘辘，他们不得不下楼出去找点吃的，喝点茶了。一来到街上，托马斯发现眼前的世界完全变样了，和高雅幽静的法租界那么不同，这里喧哗嘈杂，人多路窄，充满生活气息。街上跑着各种各样的交通工具，花花绿绿，叮当作响，好不热闹。沿街的店铺打着各色各样的旗帜，在冬日的寒风中猎猎飘荡。穿着厚厚棉衣的行人，在鹅卵石铺成的小路上匆匆来往。在她的楼下，底层店铺是个米店，一麻袋一麻袋的米摞得整整齐齐的，堆得高高的，差不多顶到了天花板。米店的生意很好，来粜米的客人络绎不绝，仿佛这里就是世界的中心。他觉得自己又回到了生活之中。

而且，他饿了，他好像从来没这么饿过，看到什么都想吃。"这儿吧。"她说着，跨进了一家小吃店，一会儿工夫，他已经坐在青花瓷椅子上了，喝着滚烫的豆浆，大口嚼着她递过来的油条。

"我喜欢。"他说道。

"我也是。"她说道，以为他在说这顿早餐，"我喜欢这样简单的生活。小时候，我很骄傲家里有钱，现在不了。住在杜家豪宅里的时候，那里的每个角落都让我厌恶。"

"我知道，但我指的是喜欢你，"他轻轻地对着她说，"喜欢在这里，喜欢和你一起醒来。"

她的眼睛回应着他，她的手在寻找他的手："我从来不知道，还能这样好。"

"和我一起回家吧，去见见查尔斯和欧内斯特，这会儿，他们应该也是正在吃早饭。"托马斯故意说得很轻松，让他高兴的是，她的脸上露出了同意的微笑。他没有想到她会同意，甚至没想到自己会提出这个建议，可这就是宋，恢复了自由之身的宋，一切都不一样了。

在那几个礼拜里，他明白了，无论今后还能活多久，他都不可能有更好的感觉了。杜月笙租下的房间到期后，宋玉花搬进了他的小公寓。在那间小小的公寓里，曾经到处扔着安雅的衣服、鞋子、帽子，以及各种各样的首饰。而宋玉花来的时候，几乎没带什么东西，一只小小的方形旅行箱，里面有几件样式简单的旗袍，还有一双换穿的鞋子。除了她的大衣之外，她把其他东西都叠得整整齐齐的，留在了箱子里。他曾经告诉过她，那张桌子的抽屉几乎是全空的，可她还是只用自己的箱子，他也就不再开口了。可是，看到那只箱子，随时都能拎起就走的样子，他的心就会痛，即使当他们肌肤相亲，她完全打开自己的时候，那只箱子还是会刺痛他。慢慢地他会理解，这就是她，她需要一个出口，即使在爱里，即使她说自己一辈子都在等待这样的时刻，即使他们都能感觉到在这间小小的屋子里，夜复一夜，爱在长大。

他没有说起未来，他也从来不去问她平时白天都在干什么。他们通常在中午才起来，起来后她就走了，有时候，直到夜里她才会出现在皇家剧院，来到他身边。他能理解她有她的使命，所以他还保持沉默，不敢叫她做出选择。

而外面的世界在迅速地倾斜，杜月笙不在上海，青帮群龙无首，以往的秩序被打破，各个行会基本瘫痪，包括乞丐行会、殡仪行会、商贩行会、赌业行会、夜间环卫行会等等，上海市民的日常生活陷入了一片混乱。幸好火车还是照常通行，只是每一辆出城的火车都挤满了旅客，人们纷纷逃离上海。

而那些选择留下来的人们，依然在每个夜晚降临的时候来到皇家剧院。他们穿着绫罗绸缎，戴着珠宝首饰，义无反顾地跨过碎石瓦砾堆成的小山，进入法租界，进入公共租界，幸好还有这些未被日本人染指的区域，如今这些区域成了孤岛。孤岛上，佳酿美酒在流淌，山珍海味端上了餐桌，大光明电影院里放映着赛珍珠的《大地》。当夜幕垂下，国王乐队登上舞台时，他们面对着的是一个人头攒动、衣香鬓影的大舞厅，这样的情景，看起来和以前几乎没有两样。

可是，这样的日子并不长久，终于，日本人开始出没了。他们一来，到处探头探脑，清点人员，甚至还跑到厨房里面查看。这就是上海的真实现状，托马斯开始意识到，当初他第一眼看到的那片自由土地，那个用机会和尊重拥抱他的城市，已经不复存在了。在战车的轰隆碾轧下，音乐已经喑哑。

可以和他谈谈这种感觉的人是林鸣，可是林鸣不在上海。这会儿，林鸣正在香港，为孔祥熙跑个腿，借此机会赚些外快，好攒钱为珠丽赎身。直到新年将近，托马斯才见到林鸣，林鸣高挑的身影在大厅里一出现，就大声宣布道："把人都叫过来，我回来了。"

"你这次赚够钱了吗？"托马斯开口就问这件事。林鸣曾经向他透露过，为珠丽赎身需要多少钱，那个数目托马斯听了为之咂舌，五千块，那可不是个小数目。

"早着呢，不过一点点在接近。你呢？你和宋怎样？"

"我们很好。"林鸣去香港之前，托马斯和宋玉花向林鸣道出了一切。

"你照顾她了吗？"

"我愿意一辈子照顾她，只要她愿意。"

"她有自己的主意。"

"我知道。"托马斯的脸上，流露出无奈的痛苦，林鸣同情地拍了拍他的臂膀。

乐手们都围拢过来了，林鸣说："同望公司解散了，青帮也解散了。你们中有三人的住处是由同望提供的，"他看了一看托马斯、查尔斯和欧内斯特，"现在，这一切都结束了。你们必须在下个月的一号之前，也就是一九三八年一月一日之前搬出去。我很抱歉。"

人群里有低声嘀咕，说这不是他的错。

"查尔斯，"他眼睛寻找着兄弟俩，"还有欧内斯特，你们有地方去吗？"

"他们可以搬过来同我和惠子一起住，"阿隆佐主动提出，"我们还有一间空房。"兄弟俩轻声谢了他。

"莱斯特和埃罗尔，你们是和女朋友住的，对吗？还有，托马斯，你呢？"

"我还有一间小公寓，可是夜总会会怎样？"作为乐队的领班，他对其他成员是负有责任的。“日本人来过这里了，他们到处查看。而且，如果没有同望公司……”

“我知道，”林鸣说道，“舞厅是盈利的，它有自己的节奏。可是，我对新老板所作所为完全没有控制能力。”

“那么，我们安全吗？”查尔斯问道。

林鸣耐心地笑了笑，这已经不是一个新的问题了。“也许，也许不。任何事都有可能，我们都知道，就在我离开的这段时间里，发生了南京大屠杀。”他们都沉重地点了点头，虽然，不久前发生的这场惨绝人寰的大屠杀和他们任何一人都没有直接的关系，可是，听上去令人不敢相信。

“不过，在我们这里，战斗已经结束了。你们的国家是中立的，只要美国不成为日本的敌人，你们在这里就是安全的，但也不能完全保证。可是，一旦美国加入了反对日本的行列，那一切都不一样了，你们就不能在这里待下去了。在那个结果到来之前，你们必须回去，每个人都明白了吗？”

他们中有几人认为美国是没有可能会搅入这场战争的，因此，美国只能是保持中立，没有别的可能性。不过，他们都同意留下来必然面临风险。

托马斯以前听到过这种警告，他一时想不起来是谁对他说的，是阿甫夏洛穆夫还是安雅呢？上个礼拜，他看见了安雅，但是，他正从天津路经过，看见她走进了大上海饭店。他不禁退了几步，默默地看着她，在他的感觉中，和她在一起的那些日子，已经是数年之前了，而不仅仅只是数月之前，而现在的他，和那时相比，是那么不一样。不对，看着饭店的大门在她的身后关上，他心想，是上海不一样了。

一月底，入侵者终于把魔爪伸向了皇家剧院。周经理把他们都召集起来，告诉他们日本人正式接管这家剧院了，他给了大家最后一笔薪水。阿隆佐就站在那里笑着，仿佛在嘲笑命运的捉弄。而两兄弟看上去很恼火，其实他们在这里工作的时间已经超出了他们最初的合同。

“这不是我说了算的，”周经理安抚他们说，“我也想留下来啊，可是，到明天中午，这里所有的东西都要被封掉了，所以，把你们的乐器都拿走。”说着，他自言自语地咕哝着，转身离开了他们。

那天晚上，每个人都说，今晚的堪萨斯国王乐队呈献了一台最完美的演出。人们欢呼着，拼命地鼓掌。有一两位客人兴奋地把舞伴举过了头顶，跟着音乐旋转起来。演出完毕之后，托马斯出来以一曲经典的《蓝色狂想曲》作为安可，以答谢来宾的热情，接着，又一支安可曲把气氛推向了高潮。这支曲子，就是他自己创作的，第一次弹奏是在那个神奇的下午，他和宋玉花在一起，她是第一个听众。此后，在这几个月以来的炮火声中，他一直在继续谱写润色。

他的左手，开始了如层层叠瀑般的起伏跳跃，而他的右手，平缓轻柔，是如歌的倾诉，关于他的游荡和彷徨。他弹着自己走过的路，坐着火车横穿亚美利坚。他能感觉到宋玉花就在那里听着，如同他们在一起的那个下午，他只为她一个人弹奏。接着，他漂洋过海，来到地球另一边的这个城市，这个城市建筑驳杂，道路拥挤，这个城市充满欲望，是冒险家的乐园。

开始弹乐曲的最后部分了，他闭上了眼睛，关上了意识，任由琴声自由飘荡。飘出舞厅，飘出大门，飘荡在法租界上空。掠过旋转舞者的华尔兹舞步，掠过侍者奔忙的身影，掠过醉汉蹒跚的脚步，掠过赌徒手中的骰子，一次，两次，三次。琴声在喜悦中盘旋上升，却在失落中倾泻。是爵士的魔力，把他带回到终点，那却是他生命的起点，他的家乡，他爱的土地，如今已在他的身后。他终于可以如此酣畅地即兴弹奏了，他终于融入了他的乐队，也许，这一刻来得太晚了，可是他切切实实地感受到了，因为他听到人们在尖叫，在鼓掌。

然而，一切都结束了，是要离开的时候了。当其他乐手收拾好乐器，放进盒子时，托马斯所能做的，只是用手指轻轻拂过四十八个黑白键。现在，舞厅地板上印满了杂乱的脚印，窗帘上的污迹和被香烟烫出来的洞也一览无遗。没有什么比灯光亮起的夜总会更令人伤感了，夜色的魔力消退了，即使是今天这个夜里，有宋玉花静静地站在那里，注视着他，等待着他。

莱斯特和埃罗尔攒够了钱，买好回家的船票了，他们在剧院外和大家道别。阿隆佐把查尔斯和欧内斯特带到了惠子那里。在他们的头顶上方，皇家剧院几个字的霓虹灯闪动着最后的光芒。

那天晚上，他们躺在床上，他说："我们该怎么办？如果你愿意，我们可以一直待在这里，我可以出去找工作。或者，如果你能嫁给我，我们可以去美国。"他尽量轻柔地说出这番话，生怕吓到她，可是他还是看到她的眼里流露出惊惶和犹疑。

过了好一阵，她都没有开口。

"怎么样？"

"嗯……现在还太早。我还不想谈论这个，我要先去一趟北方，也许只是很短的一段时间。"她看到他脸上的表情，又接着说："这是我很久以来的梦想，那里是革命的中心，所有的领导人都在那里，所有的思想家……"她语无伦次地说着，紧紧地贴着他，希望他能理解。

"你什么意思？你要去多久？"

"我不知道，几个月吧，"她说道，"结束了五年的躲躲藏藏之后……"

"我懂的。"她现在所追求的，正是当初他踏上上海的土地时所追求的，那就是自由。在他们两人的心中，自由的内容是不同的，但是含义是相同的。他理解她，他能做的，只是伸出臂膀，温柔地环抱着她，轻声地祝福她，虽然放开她是他最不能忍受的痛。"答应我，你一定会回来的。"他说。她答应了。

于是，她离开了，而他失业了。他给了惠子一笔钱，足够偿付兄弟俩一个月的房租，现在他身上只剩下四百三十块钱，就算他想离开上海，也买不起一张船票。

城市又恢复了安静，没有爆炸轰鸣，没有战机在头上盘旋，没有枪弹在空中穿梭。可是，即使从河面上升起的寒气，还有袅袅的煤烟，都有了一种静默的意味。河面上也很安静，来往的船只不多，"出云"号还停泊在原来的地方，在冬天的寒风中，它的旗帜似乎都凝滞不动了。在这只巨大的战舰旁边，是日本的商船，而中国的客轮、货轮，还有舢板，都不见踪影了。

而他自己，只有一架钢琴，还有十四套定制的西服。有隐条细纹的，有华达呢的，有棉麻混纺的，有纯毛粗纺的，也有凉爽呢的。式样上，从三件套的正规装束，到单扣上衣配长裤的休闲款式，应有尽有，足以应付各种不同的场合。这些西装挂成了一排，是他在上海这段时间的必需品，可现在，和他自己一样，也毫无用处了。你是与众不同的，他还小的时候，他妈妈就这样对他说，只有与众不同才配得上难得的机会。可现在没有这样的机会了。

大多数的夜总会都关闭了，只有一支美国管弦乐队还在演出，那就是艾尔·韦利的切分音乐队，现在，他们离开了原先驻演的圣爱娜，移师爱多亚路五四五号的卡萨诺瓦（Casanova），那是一家豪华的舞厅，老板是美国大佬路易·雷都的亚欧混血儿子，路易生前还经营过卡尔顿酒店（Carleton）和礼查饭店[①]。

可是，韦利的乐队里没有留给托马斯的位置，因为韦利已经签了钢琴家F.C.斯托弗，但是他还是想为阿隆佐和两兄弟争取一下。可惜的是，查尔斯和艾尔都是高音部的，好在查尔斯的单簧管也很出色，可以胜任。托马斯邀请这位乐队领班共进午餐。

“雷都的儿子算是半个中国人，不过，他的身份还是美国人，”在和平饭店的餐厅里，艾尔·韦利一边切着盘子里的羊排，一边说道，“只要美国保持中立的立场，日本人还会让他经营下去。这就是它的妙处啊，因为别处都被关闭了。”

托马斯点点头，心里默默合计着这顿饭吃了多少钱，起码要五块钱！他的心抖了一下，可是，不然他的队友们上哪里找工作呢？日本人一来，他们失去了一切。“我听说日本人要在法租界设一个副区？”

艾尔一边说着话，一边闲闲地将盘里的小青豆一字排开，动作利落轻巧，用他训练有素的巧手。“我也听说了，那就触到底线了。他们会干尽所有的坏事，哪里有点油水，就有他们的身影。你把手伸过去，他就给你打一针吗啡。”

“那么，音乐俱乐部呢？”

艾尔哼了一下，“如果你觉得那还能被称为音乐的话。不过除了

---

① Astor House Hotel，现浦江饭店。

菲律宾人，没人愿意给他们干。”在上海夜总会圈子里，菲律宾乐队是属于最低级的，他们擅长的是对时下流行的乐曲稍作改动，然后照搬演出。

“那么别的地方都会被关闭吗？”

“除了雷都的，”艾尔得意地说道，“我们要改名字了，新的名字配新的阵容，就叫艾尔·韦利和他的有色男（Earl Whaley and his Coloured Boys），你觉得这个名字怎么样？”

“很好。”托马斯嘴上说着，心里却翻江倒海着。没有别的地方了，一年前，他会认为雷都只能算是二流的，因为他们还用了舞女，他都不会考虑上那儿去表演。可是，这个世界颠倒了，艾尔的乐队成了唯一幸存的黑人乐队，而雷都的地盘成了上海唯一能演奏爵士的地方，这一切都归功于它有一个美国的老板。而这是他唯一的可能。

他口干舌燥，端起茶杯喝了一口。

“想要来点派吗？”艾尔问道。

“柠檬蛋黄派是这里的特色。”托马斯故作轻松地说着，两块小小的柠檬派要一块钱，他只想尖叫，但他还是叫了两份。

此刻，在一个梦想正在碾成废墟的城市里，两个黑人，坐在铺着白桌布的餐馆里，四周空无一人，服务生都百无聊赖地站在那儿。“艾尔，”托马斯艰难地开了口，“我需要你帮我一个忙。”

第二部 黑暗世界

THE DARK WORLD

日本人占领上海之后，杜月笙去了香港，青帮随之瓦解，其中的大多数成员投靠了日本人。这些人是毫无原则的狗腿子，在主子的手下混口饭吃罢了。爵士音乐厅关闭后，在日本人的副区，也就是人们口中的“歹土”上，赌场、舞厅、鸦片馆和妓院生意兴旺，他们转而帮着日本人去敲诈勒索。在一个藏污纳垢的时代，歹土是罪恶的代名词，任何服务都可以用金钱买到，任何形式的性交易，任何名目的赌局，任何一种毒品，甚至于想取任何人的性命，都可以拿金钱去换。这是对以往时代的拙劣模仿，是恶性的集中爆发。

然而，当我为我的祖国担忧的时候，上海并没有让我失望。她和日本人抗争到最后一分钟，以二十五万条生命的代价，拿下了七万条日军的性命，日本人在中国第一次遭遇了顽强的抵抗。日本人曾经夸口，他们能够在三天里拿下上海，而这个城市用事实扇了日本人一个耳光。然而，尽管如此，我们的时代结束了，灵魂的放逐已经开始，上海变成了一座监狱，被大家称作黑暗世界。逃离黑暗世界是那时候很多人的心愿，有些人漂洋过海去了国外，有些人去了香港，也有些人去了内地，追随国民党的去了白区，追随共产党的去了红区。

我的生命里，经历了两次重生，一次是参加了这场革命运动，一次是遇见了他。和他在一起，让我知道，今后无论我们在哪里，只要他还活着，我就不会孤独。我知道，我终究是会回到他身边的，但我也同样知道，现在，我必须去北方。

·7·

一九三八年的冬天，中国的北方土地被分割得七零八落，形成了日占区、白区、红色根据地以及军阀割据并存的局面。红色根据地是在延安，陕西省的北面，那是一个贫困落后的地方，浑浊的黄河水，滔滔缓流，切割出了黄土高坡上的沟沟壑壑，可是，在宋玉花的心目中，那里是金子堆出来一般的宝地。

即使身为一个党员，宋玉花还是不能直接奔向延安。她要先到西安，西安属于白区，还是蒋介石的地盘，但是对于任何想进入延安的左翼人士来说，这里是一个中转站。宋玉花孤身一人来到这里，身上没有可证明她身份的书面介绍信，她知道，在被接受之前，她有可能需要在八路军联络处停留数周，接受审查。北方的组织非常严密，那里是军事中心，不同于上海，上海的组织其实不过是宣传机构。直到现在，她才想到，也许在她出来之前，应该接受陈鑫的建议，请他写信介绍自己的身份。

的士从驳杂错落的建筑群前面驶过，她叫司机不要停，因为她看见了前方有一个庙，在连成一片的低矮院落中非常显眼。“去那里。”她对司机说，一只手轻轻地触碰了一下缝在衣服里面的一个小包，那里有二十七颗钻石，她一路从上海带了出来，这些贵重的石头，成了她的一个负担，她不想带着它们去找八路军。

关于这些石头，她对谁也没说起过，但是最让她心里不安的是，她瞒过了托马斯，不过，那也只是现在。她知道，会有一天，她会拿出这个小包包给他看。可眼下，她得先找个安全的地方把它藏起来。

到了庙前，她拿上行李，下了车。寒风中，她在这个陌生城市的小街上慢慢地走着，路两旁，是沿街院落的外墙，光秃秃的毫无特征。附近也没有类似公园这样的地方，她或者可以把小布袋藏到岩石下面。

她走进了庙里，对着佛像，双手合十，心里在思忖着。庙里没有别的香客，一个穿着烟灰粗棉长袍的光头僧人在一边看着她，她往一个瓷罐里投了几个铜板，和尚的脸上露出了微微的喜色。她取过一炷香，点上，跪在蒲团上拜了下去，她需要一个答案。

“女施主，”待她立起身来，僧人上前，浅浅一揖，“你看上去面有倦容，如若需要地方休息，那边有个小房间，请随意。”说着，他微微一点头，离开了。

她感激地道了谢，庙里很冷，但高高的围墙挡住了寒冬的朔风。她走向了大殿一侧的小耳房，房间里空空荡荡，只有一个蒲团供香客打坐歇息。从一扇很小的窗子望出去，是杂草丛生的后院。她看到，草地上立着好几个石碑，显得后院拥挤逼仄，这些石碑看上去很古老，上面刻满了字，字迹已经斑驳。她心里默默数了数，共有十来块石碑，石碑群的中间，是一棵枝干扭曲多瘤的老树，老树的枝丫光秃秃的，没有一片叶子，在二月的寒冷中肃杀着。小院的围墙很高，挡住了外面的视线。这里，会是她的避风港吗？如果她想退缩，这里的门会向她打开吗？她不想彻底跨过八路军的那道门槛，除非能留出一条退路，让她能够回到托马斯的身边。她出去绕到后院，在斑驳的墙面上寻找松动的砖块。

半个小时后，她回到了街上，一身轻松。她终于卸下了负担，那个装着几颗冰冷的石头的小布包，藏在贴身的衣衫里，烫得仿佛能灼出一个洞。这个小布包终于有了去处，她感到自由，轻快。现在，和任何一位共产主义信仰者一样，她也能够毫无负担地迈着轻松的步履，走进八路军联络处了。

当她走进联络处的时候，她以为时光倒流了。这里是一间简陋的平房小间，窗户上没有玻璃，糊着一层发白的宣纸，外面的阳光，经过过滤，照进房间里，变成了一种模糊的乳白。一张粗鄙的木头桌上，有一部手摇式电话，使它有别于普通的民居。房间里还有几个人，都穿着肥大的裤子，上衣也同样是松松垮垮的，腰间都系了一根宽宽的皮带。

她自己穿着一条简洁的长裙，低帮靴子，外面套了一件御寒的棉衣。就这一身衣服，还是她精心挑选过的，尽量显得朴实无华，是她心目中无产阶级的模样。可是，她往那儿一站，还是流露出一种不经意的富贵之气，引得别人都朝她看。

在那张木头桌子的后面，坐着一位上了年纪的女人，她身材敦实，灰白的头发剪得很短，像一顶帽子一样扣在头上，她递给宋玉花一张表格，让她填写。宋玉花伸手取过一支钢笔，在墨水里蘸了一下，一落笔，劣质的笔尖就把薄得透明的表格扎出一个洞。她扫视了一下表格，小心翼翼地填写起来。表格的内容很简单，她很快就填上了自己的姓名籍贯等基本信息，以及宣誓加入上海分部的过程。除此之外，没有地方可以填写其他内容，她就在表格下方的空白处说明了一下自己的英语特长，然后交还给那个老女人。那个女人面无表情地在表格上盖了一个章，然后点点头表示收下了她的表格。

没有任何人问起她有什么技能，第二天，连给她指派临时任务的负责人也没问。结果，她被分配到洗衣房工作，给部队领导们洗被单和军装。她自己的衣裤都是拿到渭河边去洗的，那是黄河的一条支流，河水浑浊得像泥浆。她就在河边的石头上，搓揉她的衣服。她的手上起了水泡，开了口子，一夜下来，还没愈合，第二天又裂开了。她以前没有做过这些粗活，但她不在乎，也不在乎给领导的衣服上浆熨烫。

然而，夜晚却是最难的。只要一躺到她的单人床上，盖上毯子，她就会开始做自己的梦。闭上眼睛，他就来到了她身边，每一个夜晚，他们都在一起，他在她的心里长大，充满了她的全身心。她愿意这样半睡半醒的时间停留得长一些，和他多待一会儿，然后才渐渐在黑暗中沉睡。当白天来临，他就褪去了，那是她甜蜜的秘密。

不久，她就发现，自己想他的那种方式，就像在杜月笙身边时，想着她的革命事业，她的党。那些埋藏在心底的秘密，是她的私密空间，是她的另一个世界。抬头看看四周，身边也不乏年轻的男子，他们和她一样，也是刚刚来到这里，参加革命。但是，没有人对她有任何吸引力，她自己的隐秘世界更加美好。

她把头发剪短了，剪成和这里的女性一样的发型，齐耳根的短发，这对于她来说，几乎是一次对自我的挑战。在这里，她的脸也第一次晒黑了，没多久，刚烈的北风把她的皮肤吹得干裂发红，摸上去会疼。这里的年轻女孩都喜欢扎上皮带，把腰勒得紧紧的，但是她不喜欢那样，她的上衣总是松松垮垮的，头发也不像别的女孩那样剪得齐刷刷的。

晚上，她会去夜校上课，这些课是为新来的人开的。起先，她对这些课程充满期待，终于可以学习马克思主义，学习共产党的理论了。可是，去上了课才发现，在课堂上，她被问得最多的是关于上海。几乎每个学员都认为上海是个没有根的城市，居住着来自于别处的人们，他们根本都是异乡人，没有归属感的人。其实，事实并不如此，绝大多数的上海人，包括富有的阶层，在情感上依然和自己的家乡相连，他们会经常回乡探亲，扫墓，祭拜祖祠。这些学员还认为上海是一只大染缸，精神的染缸，一旦进入其中，跳进黄浦江也洗不干净。这些都是对上海的传统成见，而在这个课堂上，她就是上海的代表，所以，她学会了尽量少说话。但是，这么陈旧的观点，让宋玉花意识到，他们并不比杜月笙或者蒋介石高明到哪里去，只是站在不同的立场上而已。

在其他方面，这里是进步开放的，真诚地欢迎着向往革命的年轻人。在这里，她被接受了，有了一份工作，虽然只是分配在洗衣房工作，但这是她第一次能够自食其力。她发现，和她同住一个宿舍的其他女孩也都心怀感激，她们比她年轻，和她不同的是，她们没受过多少教育。这些女孩都是刚刚参加革命，以前没接触过进步组织。相处下来，她还发现这些女孩都有一个共同之处，她们都是为了逃离原来的生活才来到了这里。一个女孩是为了逃避包办的婚姻，另一个女孩是为了躲开婆婆的虐待，还有一个女孩是因为老家被日本人占领了。她们未必是真正的共产主义信仰者，但这里是她们暂时躲避的地方，在这里她们获得了自由。她们所有人，包括宋玉花在内，都在这里找到了栖身之处。

早春的一天，听到外面传来一阵欢闹的声音，她赶忙冲出洗衣房，跑出去看个究竟。她先是听到了嘹亮的歌声，接着，看见了一队学生模样的孩子，大约有二三十个男孩和女孩，戴着鲜艳的头巾，背着帆布背包，唱着节奏鲜明的进行曲，大踏步地从远处走来。

“他们是一路从重庆走过来的。”站在她身边的女孩子说道，一边用一块手帕擦干双手。

宋玉花吃了一惊：“那起码有一千里。”

“所以有足够的时间练习啊。”女孩咯咯地笑着。

这些孩子，唱着歌，沿着尘土飞扬的街道向前迈步，在宋玉花的眼里，仿佛是一群天使，纯洁而热情，高高飞扬。那一刻，她的心中涌起了一股崇高感，这种感觉，因为眼前的这些少男少女，变得非常真实，它更加坚定了她的信念，那一刻，连托马斯都被她暂时放到了一边。

回洗衣房的路上，宋玉花步履轻快，心里充满喜悦。她兴冲冲地走着，差点撞在她的小组长身上，小组长正站在她面前，递给她一个信封，说：“这是给你的下一步指令。”

这一天终于来到了，但愿是让我去延安，去真正的红色中心。撕开信封的时候，她的手指，因为激动，微微地颤抖着。可是，当她的眼睛落到信纸上的那一刻，大脑仿佛停滞了：“陈炉村?”

“你首先需要向农民学习。”他说道。

托马斯的小公寓房租预付到一九三八年二月一日，再下去，他就不能在那里住了。那架钢琴也只好留在那里了，因为他付不起昂贵的搬运费。当他最后一次抚摸那些琴键，然后放下琴盖的时候，心里难过得如同截去了一条胳膊，一条腿。他的生命中，总有一台钢琴在等待着他，静静地等待在花朵图案的地毯上。即使在他来到人世之前，这台钢琴已经在等着他，而现在，有生以来第一次，他将不得不过起没有钢琴的生活。

就像他不得不过起没有她的生活，他心里一直明白，她总是会去北方的，在床边那只收拾整齐的行李箱上，他已经看到了这个结局。可是，她的离去依然在他的心里留下一个巨大的空洞，无法弥补的空洞。

幸好，还有别的事要操心，他得马上找到一个便宜的住处，这是个实实在在的焦虑，因为宋玉花离开带来的悲伤，暂时被这个焦虑冲淡了一些。他埋头在《上海泰晤士报》上翻找，终于落实了一间小小的亭子间，那是一个不到十平米的小阁楼，没有玻璃窗，只是天花板上开出一扇很小的老虎窗。

早在一年前，他就听说过亭子间了，那是他在上海的第一个冬天。正月里，他和林鸣在散步时遇见了一位熟人，林鸣和熟人寒暄了起来。

“他说什么?”和熟人告别后，他问林鸣。

“他说：‘但愿你今年也当上二房东。’这也算是新年的祝福吧，哈哈。”

“什么是当二房东?”

“那是现在大家都很乐意做的事儿。如果有机会从房东那里签下租房合同，把房子捣鼓一下，再分租给别人，从中可以获得可观的收入。通常情况下，二房东和妻子儿女们自己一家人住在最大的那个房间，可能是主卧室，或者是连着厨房的主厅。屋子的每一个角落都能分租出去，包括小阁楼，我们叫亭子间，那是整个屋子里最便宜的。”

托马斯的新家在一条弄堂的深处，靠近绿树成荫的巨福路[①]。他的亭子间在厨房的正上方，二房东老黄一家四口住在主厅，和托马斯共用厨房，托马斯的房租里包括了一顿晚饭，这顿黄家姆妈做的饭，托马斯每天和二房东一家坐在一起吃。和上次租那间小公寓一样，这次托马斯也拿出了很大的一笔钱，提前预付了好几个月的房租加餐费。这样，起码他有了自己的住处，和每天一顿饭，聊以维持生活，他想好了，就这里等待宋玉花。

住处有了着落后，托马斯就开始到处找工作，早饭和中饭就在路边的小摊上解决。他喜欢上海牛肉汤面，端在手里，热乎乎的，里面有菜有肉。他还喜欢生煎包，喜欢巨大的锅盖揭开的那一刻，生煎包在平底锅里烤得香喷喷的，这香味伴随着芝麻香、葱香、肉香散开来，冬天的早上，蒸汽裹着香味罩住了他，让他心里特别踏实。每个礼拜，他都会抽出一天，穿上闲置的西服，走到雷都的卡萨诺瓦，去看望阿隆佐和查尔斯兄弟。他会先在那里听一会儿他们的演奏，等到演出完毕，就和他们坐下来聊聊天，那是他这段时间里最轻松愉快的时光。

可是，他身上的钱越来越少了，就算用最平民化的小吃来填饱肚子，也挡不住每天的小钱只出不进。每个礼拜三，他还会花几个铜板，买一份《上海泰晤士报》，这天的招聘版会更新。可是，上海的

---

① Route Louis Dufour，今乌鲁木齐南路。

夜总会还在正常营业的已经没几个了，能给他提供一个合适的工作机会的，更是所剩无几。

而沪西愚园路、极司非尔路①和大西路②之间的歹土区域，经常发生暗杀等恐怖活动，又充斥着赌博、卖淫和吸毒等犯罪行为，托马斯是不予考虑的。日本人取缔了多处剧院、舞厅、夜总会，就和他们对皇家剧院的做法一样，逼得外国乐手离开各自的乐队，进入他们把持的俱乐部。在俱乐部的底层，他们摆上赌桌和老虎机，那里永远拥挤着赌红了眼的赌徒，卫兵端着枪在人群中穿梭巡逻。俱乐部的其他房间都被改造成用帘子隔开的鸦片间，或者是卖淫的处所。每次经过远东和华都这类中档俱乐部，托马斯都会被升腾的浓烟和甜腻的香味呛到。即使在Hollywood这种顶级的俱乐部里，空气中也充满了这种令人昏昏沉沉的味道。巨大的穹顶下，日日夜夜都有近一万个中国人在那里吞云吐雾，门口停着黄包车和轿车，挤得路都走不过。可是，真正的音乐却无容身之处。

城里的其他地方也不太平，虽然战斗已经结束，但是在抗日力量和日军及汉奸之间的对抗从来没有停止过，报纸以及杂志社爆炸枪杀事件也时有所闻，任何一方的人员，都有可能随时招来杀身之祸。一天，托马斯从薛华立路③走过，看见一群人围着一根电线杆指指点点，他凑近一看，吓了一大跳。电线杆上挂着一个人头，眼睛还睁得大大的，十分恐怖，这颗头颅，正对着法租界警察署，摆明了根本没有把警察放在眼里。头颅下面，还贴了一张告示，他看不懂上面写的字，听人说，上面写着：看看吧，这就是抗日的下场。后来才知道，被砍头的人是一位社会新闻报纸的编辑，受理调查这起凶杀案的警察收到了恫吓信，信里塞着一截剁下来的手指头。不久，更多的头颅开始在法租界各处出现，都附有警告信。虽然情势如此不堪，可托马斯还是要出门，他需要一份工作，否则就要饿死了。

他试着找过很多工作，剧院的伴奏管弦乐队、电影配音乐队和录

---

① Jessfield Road，现万航渡路。

② Great Western Road，现延安西路。

③ Route Stanislas Chevalier，现建国中路。

音棚找工作他都试过，连报纸上登载的排演和陪练工作，他也去应试了，他没有放弃任何一个需要弹钢琴的机会。但是，每次前去应聘时，他都发现挤满了闻讯而来的应聘者，很多人都是高手，和他一样受过古典音乐教育，这些人中，大部分都是犹太人。

一次，他坐在一张长凳上，等待着面试。坐在他边上的就是一位犹太人，他自我介绍说名字叫尤金·希尔曼，来自于维也纳。"我们是乘坐'劳埃德·特雷斯蒂诺'号邮轮，从热那亚过来的，"希尔曼告诉他，"整整一个月，我们都不能离开邮轮。其他游客都上下自由，无论他们是来自于孟买、新加坡、马尼拉，还是来自于香港，可我们犹太人不能离开轮船，几个小时都不行，没有一个国家肯让我们上岸，更不要说接收我们了。"

"除了上海。"托马斯说道。

"对，感谢上帝！虽然德国人只允许我们随身带走两百马克，可我们总算来到了这里。"这时，轮到希尔曼接受面试了，他走进里间，按要求弹奏了一段钢琴曲。

坐在外面的托马斯，仔细地听着。希尔曼的弹奏，音色明亮，手法娴熟，看得出是经过严格训练的，不愧是来自于音乐之都的人啊！托马斯心里赞叹着。他的读谱能力也很强，胸有成竹地看着乐谱，弹奏了两支指定的曲子。然而，他出来的时候，却是一副无精打采的样子，那张线条柔和的娃娃脸，现在也拉长了，蒙上了一层灰色。

"真的没有录用你？"托马斯说道，"可你弹得很棒啊！"

"你看看他们有多少人可以挑选吧。"希尔曼说着，伸手指了指那排着长队的钢琴家们。他沮丧地瘫坐在椅子上，即使穿着外套，托马斯也能看出，他的胸口瘪了进去，脸颊上皮肤显得很松弛，直觉告诉他，这个男人正在忍饥挨饿。

"托马斯·格林？"叫到他了。

他站起了身，进去之前，在尤金的肩膀上拍了一下："下一次，你会有好运的，"他说道，"你弹得很漂亮。"

可是，托马斯也没有好运，他弹完之后，他们就把他的名字从候选人名单上划掉了。

令他吃惊的是，尤金还在外面等着他。"你也没戏？"他在托马斯的脸上寻找答案，“哈，他们要找的是上帝，而不是人。”他站了起来，掸了掸外套。托马斯看到，他的外套已经很旧了，上面还有补丁。他刚来的时候，也是穿着这么寒酸的衣服的，可他现在身上穿着的西服是定制的，用了最上乘的布料，不过，这几套行头现在都没有用武之地了。

他们走出大楼，沿着浙江路，往大上海饭店方向走去。“跟我来吧，尤金，我知道离这儿不远有个很不错的小吃摊，那里的牛肉面很不错，我还有几个铜板，我请你。”

“真的吗？我可不想……”

“来吧。”托马斯亲热地拍了拍他的背，他带着尤金往北走到台湾路[①]上，在两座楼房之间的转角处，有一个热气腾腾的街边小吃摊，蒸汽裹着香味在空气中弥漫，几张小桌子边坐满了食客，埋头呼噜噜地吃着面条。“坐下吧。”托马斯说道，“吃了这碗面就舒服了。”

宋玉花接到指令前往陈炉村，跟农民学习。那里的农民，其实都是烧瓷匠人，陈炉的村民除了在田野山坡里耕种之外，几乎每个人都会做瓷器活。连村民的屋舍，也会采用废弃的瓷器，作为建筑材料。和别的地方不同，这些普通村民的房子，非常有陶瓷之村的特色，既有用整只的次品废品垒起来砌成外墙，也有将敲碎打破的瓷片掺杂在泥土里，有些房子甚至就做成瓦窑的形状。人们告诉她，冬天去陈炉村是幸运的，瓦窑一烧起来，整个村子到处都热腾腾的。在苦寒的北方冬天里，她这个从南方去的姑娘，日子就不会那么难过了。听了这些话，她试图装出情绪很高的样子，可她心里一直嘀咕：这可不是我来北方的目的啊，我向往的是去革命圣地延安。

和那群从郑州来的学生一起，坐上一辆叮当乱响的平板卡车，在土路上颠簸震颤，宋玉花一直在提醒自己，自己是来学习的，要虚心接受教育，要不断进步。这些学生青春洋溢的欢乐情绪，让她对自己的失望和抵触感到惭愧。再说，他们这次去陈炉村，也是有任务的，前一年的秋天，大雨造成滑坡，毁坏了大片耕地，他们这次就是去整

① Taiwan Road，现黄埭路。

地修复。

当小村庄进入他们的视野时，连绵不断的山坡上，缕缕青烟从瓦窑上升起，消散在灰蒙蒙的空中。那时，冬天的太阳正在坠落，渐渐地快要沉没在山后，空气中的寒冷越来越重。继而，饥饿席卷了他们，他们缩在卡车上，又冷又饿。卡车从村民的院落前经过，那些挂在门口的一串串苞谷，还有地上成堆的大豆马铃薯等等农作物，都引逗着他们的食欲。在渐渐降临的暮色里，他们脸上的飞扬神采也渐渐退去。卡车在一个半山坡上停下，呈现在他们面前的是两眼窑洞，车上的人陆续下去后，卡车就开着跑了，他们一脚深一脚浅地走进了寒冷。这两个窑洞，一个供男生住，另一个供女生住。在这个时分，洞里和洞外几乎一样寒冷而黑暗。不过，他们很快就烧热了土炕，煮上了干玉米糙子，一会儿他们就能吃上简单的玉米糊糊了。明天，他们可以去跟老乡要点蔬菜，要点油和盐，或许还能要到一些猪肉。夜里，女生们挤成一排睡觉，宋玉花右侧卧着，夹在这么多年轻的身体中间，她感到温暖而安全。当她第二天早上醒来时，听到有人在唱歌。

几天下来，宋玉花就发现一起来的男生中，没有一个人能让她感兴趣，产生多了解一点的欲望。不过，有这种心思，多少还是让她有点为自己感到惭愧。等时间到了，她还是要回到托马斯身边的，只是现在她要学着做一回农民。

她喜欢上了这个叫陈炉的村子，喜欢红彤彤的太阳从黄土坡后升起，仿佛是被清晨公鸡的啼鸣托起来的；喜欢那些朴实的老匠人，看见他们帮着整好了他家的稻田之后，流露出手足无措的感激；她也喜欢夜晚在窑洞里，感受和女生们挤在一起的温暖；她还喜欢学生们被跳跃的篝火映亮的脸庞，兴高采烈地唱着刚刚学会的歌曲，他们总是在合唱，所有的歌声都是关于“我们”，我们要一起向前进。她知道，他们唱的是一首非常流行的歌曲，那是一个影片的插曲，在夜上海时代由上海电通公司拍摄的，左翼音乐家聂耳作的曲。第一次真正完整地听到这首歌，却是在陈炉村的日子里，当她和大家一起，一边劳动，一边唱歌。在每天挥铲挖土的艰苦劳动中，她理解了这首代表这场革命运动精神的歌曲。从小，她受钢琴老师的启蒙，认识了西方的音乐，所以，当她听到托马斯的琴声，就陶醉在他的琴声之中。她向来偏爱西方的音乐，从上海来到北方后，她有意识地隐藏了自己的喜好。可是，在陈炉村，当她和怀有共同理想和抱负的年轻人们一起，在田野里放声歌唱时，她感觉音乐又回到了她的身上，但是以一种不同于以往的方式。她不再是低声吟唱，而是放开歌喉，声音高昂嘹亮。歌声在黄土地上飘得很远，大家都喜欢她的歌，她知道，这样的歌声，托马斯也会喜欢的。每当伙伴们夸她唱得好，她都很感激托马斯，她永远都不会忘记，在那一天，是托马斯为她定准了音调。很多个夜晚，当她躺在北方的床上，思念着托马斯的时候，她都会想起那一天。

在陈炉村的最后一个礼拜，一天，在地里劳作时，小组长朱洪明挨挨蹭蹭地靠近了她。在这群年轻人里面，他算是个领导，她看见，当别人服从他的命令时，他会显得很得意。“我一直在注意你，小妹妹，你很有才华。”

虽然宋玉花没有多少和男人交往的经验，可这句话还是让她感觉到很不舒服，出于礼貌，她挤出了一声谢谢。

她的隐忍，被他误认为谦虚，他又接着说：“我说的是实话，你的政治见解显示了你的智慧。”

她吃惊地瞪大了眼睛，自从来到这里，她的口中还没有说出过一句政治见解。在北方，她没有花多少时间就懂得了一个道理，少说话是最安全的，尤其是在干活的时候，埋头苦干最好，不要引人注目。

“我可以帮你一把的，”他把脸凑了过来，那张脸上都是青春痘，有几个被他挤出了血，“我认得人。”他碰了碰她的腿。

她一缩，退了一步。

“我认识很多延安的重要人物，高层的人物，我可以帮你开路……”他的手又伸了过来，“也可以给你挡道。”

她一把抓紧了铁锹，横在身前，挡开了那只肮脏的手，那只手赶紧缩了回去。他怎么敢用这么居高临下的口气和她说话？他还是个小孩子，可能都没有二十一岁吧，而她已经是个二十四岁的大姐了。她被父亲卖过，被杜月笙买过，如今她获得重生，现在，这个愣头青居然敢来调戏她。“甭想。”她啐道，拿上铁锹走开，去了另一垄田。这件事，促使她想也没有多想，就在回到西安后的第一天，提笔给陈鑫写了一封信。她已经决定了：在外面，不能只靠她自己。

到了五月，托马斯的口袋里，只剩下最后几个铜板了。除了和黄家一起吃的那顿晚饭之外，他只允许自己每天吃一点点东西，有时是一碗汤面，有时是一只包子。他继续在报纸和杂志上搜寻招聘的广告，每一个应试的机会都不放过，可是还是一无所获。现在他都没机会练琴了，除了在饿得头晕眼花的时候去面试，他连碰一下钢琴的机会都没有。可是依然毫无转机，他终于花光了最后一文钱。大多数的时间，他都在街上游荡，或者关在自己的小亭子间里。他也减少了去找老朋友的次数，不想给阿隆佐和惠子添麻烦。

现在，楼下黄家姆妈成了他的时钟，听到她的一举一动，提醒着他自己还活着。黄家姆妈早上起来后的第一件事，不是做早饭，而是出门买早点。她总是会去那家麻球店，买回来油条、豆浆、粢饭团和麻球。那是上海人最典型的早饭，房东一家人每天早上都吃这些。黄家姆妈曾经告诉他，这是上海人家早餐的四大金刚，有时他会出神地看着他们，看这一家和和美美地在一起吃早饭。黄家姆妈总是去买新鲜的食物，她一整天都在进进出出，不停地为一日三餐操心。家里基本上没有存货，从米面店买来的面条，还有馄饨皮，都只够吃一顿。有时候，她会打发孩子出去买一小把葱，或者到酱油店打一两分钱的酱油，好在买这些东西很方便，一出门就有热闹的集市。她会用煤粉和水调和，做成煤饼，晾干。早上，在屋里烧起炉子，房间里就热乎了，这时，炉子上的茶水也烧好了。黄家姆妈把自制的煤饼压在炉口，明火就被压了下去，但炉火一直不会灭。到了烧晚饭的时候，一打开，又可以用了。这种取暖的方法，也让托马斯的阁楼一整天都暖洋洋的。不过，他也知道，阁楼上只有一扇老虎窗，到了盛夏就难熬了。

日子一天天地过着，在他的心里，总是惦着宋玉花。她藏在他的心中，无人知晓，就像一间密室，只等待着他来开启。白天，当她占据了他的时候，她无处不在，小巷里，女人的欢笑中有她的声音，空气中，飘荡的香味里有她的芬芳。他任由自己和过去的时光若即若离，就像他的意识，时而清醒，时而模糊。

可是，他答应过她，他会为她活着。当夏天的溽热和湿气越来越重的时候，他发现自己已经虚弱不堪，他强撑身体，起来去接受再一次的面试机会。现在，连这样的面试机会都越来越少了，他对找工作这件事渐渐失去了信心。他去面试的那家夜总会，在老城厢一个破败不堪的楼房里，这家夜总会白天不开门，到了晚上，就演奏一些时下流行的淫歌艳曲。这种歌曲，在当地流行歌曲的基础上，揉入了老派爵士歌曲的唱法，以美国管弦乐队带来的舞曲形式表现出来。它们是一种奇怪的混合体，歌词是中文的，曲调在原版基础上又做了一些改动，幸好有乐谱，不然他一曲都不会弹。那天，他的读谱能力再一次发挥了作用，这些曲子对于他来说简直是太容易了，终于，他被录用了。以前，巴克·克莱顿曾经跟他提起过这类歌曲，当时他没有在意，不承想有一天会和它们打交道。

这家俱乐部叫夏莲坊，拿到第一个礼拜的薪水后，他立刻就去找徐先生。徐先生还住在原来的亭子间里，房间里还是到处堆满了手抄的乐谱。托马斯请他把俱乐部里演唱的歌曲曲谱都记下来，徐先生愉快地答应了。

搁在以前，这种俱乐部，托马斯根本不屑于进去。一到晚上，里面都是妓女和嫖客，嫖客们清一色都是中国男人，而妓女却是什么肤色的都有。她们中有俄国人，有法国人，有乌克兰人，有从南美洲来的，也有披着长长黑发的印度女人。她们中甚至还有一个阿拉伯女人，终日披着黑头巾，他不知道这只是她在俱乐部里的打扮，还是她平时的装束。因为，在这里，戴着面具出现的人实在太多了。

整个一九三八年的夏天，托马斯担任着这家俱乐部的乐队领班。他的手下，有五位中国乐手，还有一位妖娆的歌女。歌女往台上一站，一唱就是一晚上，她的腰肢细细的不盈一握，唱到动情处，上身往前倾，托马斯担心她的腰肢会折断。唱起哀怨的歌，她的身子轻轻地摇晃，随着调子摆动。她窄臀削胸，像个没发育好的小孩子，唱歌的时候，她就一边咏叹，一边扭着她小小的屁股。走进这家俱乐部的男人，在昏暗的灯光下坐进雅座，听着哀怨风骚的歌曲，他们的手伸到了女伴的裙子下面。这些眼神空洞的女人，无精打采地靠在男人身上，除非男人出手够阔绰，她们才会发出一点欢声。这些男人是他的听众，是他为之表演的对象。虽然在这里，他们和妓女没心没肺地调情打骂，他知道，其实，他们的生活，也不容易，只是就着夜色，在这里荒唐一把罢了。

九月的一个夜晚，风情万种的歌女正在唱着《桃花朵朵红》，这是时下流行的一首歌，被张帆唱红后，是各个俱乐部里的必点金曲。唱到高音部时，歌女都快接不上气了，这时，伴随着一阵踢门的咚咚声，舞厅里突然一片混乱，托马斯只听得一片尖厉而惊惶的叫声，音乐一下子被打断了。

托马斯不明就里，示意乐队继续，这时，只有几对舞伴还跟着音乐跳着舞，其余的都退下去了。托马斯勉力维持着节奏，歌女犹犹豫豫地开始唱起了下一段。

可是，一会儿门就被踢开了，一个警员冲了进来，手里挥舞着枪支。灯光霎时亮起，照在托马斯身上，他呆坐着，而台上的其他乐手一溜烟地都不见了。

舞女们迅速地从后门溜走了，其中一个女孩见他还在那里傻呆呆地坐着发愣，冲到台上，一把拉起他，把他拽下了舞台。这个深肤色的女孩叫阿比亚，来自于加尔各答，她总是身披丝质纱丽，一把秀发编成粗辫拖在腰后。

“他们冲进来干吗?”

“搜捕表演抗日歌曲的人。快走!”她拉着他穿过了一条短短的后廊，转进了一条小巷，他一下子闻到了清爽凉快的夜晚空气。“他们会杀了你的。”

“抗日歌曲？我们不是在演唱爱情歌曲吗。”

刚才，阿比亚已经把纱丽撩了起来，现在，她干脆取了下来，撒腿快跑。他跌跌撞撞地紧跟着，在路边人家高墙的阴影里奔跑。从他们身后的俱乐部里，传来一阵阵的喊叫声，夹杂着噼噼啪啪的枪声。

跑过一条街后，他们终于慢了下来，重重地喘着气。

“你再也不能回去了。”她说道。

“可他们还欠我半个礼拜的薪水哪！还有，你说的抗日歌曲，是什么意思?”

“你只知道弹琴，并不懂得那些中国歌曲的含义。有些歌曲是左派的，是宣传抗日的。你知道吗，那首《义勇军进行曲》，是电影《风云儿女》的插曲，就是左翼作曲家聂耳创作的，人们称他是时代的先锋。你天天晚上都会弹这首歌曲，被他们知道了，所以才会有今晚的突袭。”

“我一点都不知道这首歌是说什么的。”

“现在你知道了，不要再回去了，那里现在很危险。”她说着，伸出手握住了他。

他的心从身体的深处升起，那是屈辱和失落的黑暗渊薮，是身体深处的一个黑洞，他曾经躲在那里，孤独地存在，与世隔绝。宋玉花是他的天使，可是她飞走了。阿比亚是强健的、黝黑的，她的四肢修长而灵活。当他们在绝命奔跑时，她是带路人。现在，因为刚才的一番激烈运动，她容光焕发，身上散发出的香料的温暖芬芳包围了他。即使她只是因为同情他，他也不在乎。他向前走了一步，他的心，因为她而怦怦地跳动。“你有什么地方我们可以去的吗?”他表述得如此直白。不远处，枪声还没有停息，含蓄温柔不属于此刻。

她带着他，走进了老城厢，爬上两段黑乎乎的狭窄楼梯，走进了一间小小的屋子。屋子里有一扇天窗，花纹繁复的木质窗棂挡住了这扇唯一的窗子，夜间的清凉和黎明前的声音，从缝隙间透进来。她的身子微微缩了一下，抖开一条柔软的、用了很久的蓝色毯子，摊在了床上。

“我想睡觉了。”她说着躺了下去，转过了身背对着他。他脱去衣服，想了想，把裤子也脱了，躺到了她身边。她一下子把身子转向了他，解开衣衫，只剩下了内衣。他发出了一声快乐的呜咽，她咯咯地笑着，伸出矫健的大腿，环住了他的身体。她的肉体是坦率的、随性的，和宋玉花是那么不一样，宋玉花的一举一动，都带足了分寸感。现在，阿比亚把内衣也褪下，托马斯心里充满感激，他甚至感激今晚的突袭，把他送到了这里，虽然这意味着在夏莲坊的差事就此要告一段落。他们做完后，他把头轻轻地抵在她光滑的肩头，发现她睁着眼睛，眼神空洞地盯着天花板。

等他醒来时，已经是午后了。透过窗棂，外面的阳光在墙上洒下斑驳的光影。她已经走了，没有留下任何痕迹，只是在他的身体上，留下挤压过的温存记忆，他用手轻轻地抚过那些地方。

他发现了一张便条：很抱歉，柜子里没什么东西留给你吃，只有一点饼干，想吃你就拿。我不会再回夏莲坊了，你也不该再去。当然，你可以再来这儿，敲敲门看看我在不在。这一回就算了，下次，记得带件礼物来。

他看着她孩子气的笔迹，是中规中矩的拼写，显然是教会学校教出来的。这是第一次他想到了她的出身，想到她怎么会来到了这里。一个受教会教育的印度女孩，来到上海做舞女。看着她的字条，他意识到，和他一样，她来到这里，也是为了寻找她的自由。谢谢你救了我，在她的便条下面，他写下了一行字，他自己知道这句话意味着什么。她不是宋玉花，然而她伸出了她的手，他身上的每一个细胞，都诉说着感激。因为她，当又一天来临时，他安全，充满活力，享受着一个女人给他的满足，现在，他可以走着回家了。

在一九三八年的头九个月里，林鸣攒了九百块钱，现在，他有三千两百块的积蓄了，可是，这笔钱还不够给珠丽赎身。回上海的火车上，他喝着滚烫的茶水，心里却因为失望而阵阵发凉，他在想着该如何向她开口。他的梦想是，牵着她的手走出桂香楼，他要看着她扔下那些皮草，那些绫罗绸缎，那些玉耳环金首饰，他们要穿着棉布衣一起走出去。然后，他会给她买一对简简单单的银手镯，作为聘礼，他们的名字，要刻在缠绕的龙凤之间。

他们不能生活在上海，这里知道她的过去的人太多，他要带着她去香港。这一年来为孔祥熙跑短差，挣快钱，他喜欢上了香港，在香港的大街小巷里，他看到这个城市的勃勃生机。他喜欢从九龙遥望对岸，灰白石立面的现代建筑高低错落，勾勒出特别的城市天际线。他和珠丽将要在那里住下，他们会有很多孩子，都姓林，那是他母亲的姓。你就认了吧，先生。

但是，在他到达上海的第一个晚上，她躺在他的臂弯里时，他并没有告诉她这些计划，因为，给她一个大大的惊喜本身就是这个计划的一部分。就眼下来说，他只是叫她放心，把一切都交给他，他会安排好一切。他告诉她，不能和她在一起，他死不瞑目，所以她尽可以托付给他。听着这些话，她的眼睛亮闪闪的。

第二天中午，他付了包夜费离开之前，他们紧紧地相拥着。然后，他急匆匆地赶往法租界，他和孔祥熙约了在那里见面。

自年初起，孔祥熙就任蒋介石国民政府的行政院长，现在，国民政府已经移至重庆，因此他每次回上海总是秘而不宣，下榻之处也都挑在僻静街巷。林鸣按照他提供的地址找到之后，才发现他这次住在一个石库门房子里，石库门房子在法租界很普通，他以前是不会想到这种房子里还会住着重要人物。他敲了敲门。

孔祥熙的秘书给他开了门，那是个不苟言笑的严肃男人，常年穿着一件老式的长袍，外加一件软缎丝绵坎肩。“孔博士在楼上。”他说着领着他上楼。

“孔公。”林鸣愉快地打着招呼，老人正抽着烟，整个人笼在一团烟雾之中。

“小林。”

“谢谢你召见我。”

“当然，你说你需要我帮忙？”

“嗯……”林鸣知道孔祥熙是个大忙人，“是这样的。我们也认识很久了，我就想知道，你是否还有差事可以交给我来做。你知道，我需要钱。我……我要娶那个女孩。”

“哈哈！”孔祥熙的脸色一亮，又点上了雪茄，“我同意。”

“谢谢！”

“让我想想。你最近还去过汉口，给杜月笙办事。”

“是的，那是在四月底，两位英国作家来采访他，我给他做翻译，他们是W.H.奥登和克里斯多福·伊舍伍。他对他们说，他全心全意为红十字工作。”

“他们相信吗？”

“百分百相信。”他们俩都笑了，继而陷入了沉默。他们之间有多年积累的默契，对事物有共同的理解，即使不说话，在一起也彼此感到舒服。“德国方面有消息吗？”

“情况很不妙。从今年年初起，犹太人必须上缴他们的护照。他们还颁布了新的法令，犹太人不能再拥有房地产和银行，他们还不能行医，不能教书，不能学习。”

“你那两位朋友怎么样了？”

“死了。”

“死了？怎么会？”

“一位被枪杀了，他逃到日内瓦，但还是在大街上被杀死了。另一位在汉堡的街头被浇上汽油，然后点火烧死。”

“太可怕了！”林鸣颤抖的手按在了胸口。

“是的。”

“你听到这个消息一定很痛苦。”

“是啊，他们是很有权势的人，经营着银行，非常富有，很有影响力。如果连他们都不能逃脱厄运，那没人能逃出生天了。”

“难道就没人站出来做点事吗？”

“我知道有一个，”孔祥熙说道，“他是我的朋友何凤山，他在维也纳，刚刚被提升为总领事。他正在尽快地签发去上海的签证。正是这些签证，让大批的犹太人得以离开奥地利，否则的话，他们只能是死路一条。这些事，你听说过吗？”说着，他低下了头，神情苍凉，把手中的雪茄摁灭了，“除非把犹太人统统杀死，不然德国人就不会收手。”

在夏莲坊赚来的钱并没有维持很久，但起码让托马斯熬到了一九三八年的年底，这时候，他的体力也恢复了不少。他不想让他过去的乐队老友们看到他日渐消瘦，所以有一段时间很少和他们见面，后来，他又每个礼拜去几一次雷都的卡萨诺瓦，看望老朋友们，他们什么都没有觉察。连林鸣也没有觉察到他的变化，十月份的时候，他回到过上海，去看看珠丽，还参与了一些事务性的会晤。

可是现在已经是一九三九年的一月了，他的钱又花完了。为了保存体力，托马斯基本上都待在家里，幸好他已经预付了房租，起码在家里他不会挨冻，还有每日一餐。他生活在声音的世界里，他熟悉这个屋子里的所有声音。一楼的客厅住着一个警察和他的老婆以及两个儿子。餐厅里住着一个老男人，他是个放高利贷的，借钱给住在邻里的小贩们。楼上的起居室还有一间亭子间，里面住着一个贫困潦倒的京剧演员。主卧住着一个水手和他的老婆，水手经常长时间出海，他的老婆经常被人指指戳戳，据说她从男人那里得到过好处。另一间卧房，合住着一个三十来岁抽鸦片的女人和一对来自苏州的舞女。有时候，当他躺在床上时，他就聆听着这些声音，听着这些声音在四壁间回荡，祈祷在回音中幻化出宋玉花的声音，于是，梦想和现实之间的界限慢慢模糊。

一天当中，和黄家围坐在一起吃饭的时间，最让托马斯期盼。饭后，他们还会继续坐上个把小时，听听收音机，一家人喜欢换着不同的频道听。虽然他们生活在一个沦陷的城市，但是，这些电台居然奇迹般地存活下来，继续着每天的广播节目。最初，他们只想听听有关战事的进程，当他们在转动旋钮调换频道的时候，发现了很多不同的节目，以及不同语言频道。后来，他们还发现收音机里有大量的音乐节目，于是就继续听下去了。他们喜欢听夏威夷钢弦吉他，喜欢古典作曲家的作品，喜欢法国香颂，还有广东粤剧、波尔卡、俄国进行曲、昆曲，以及流行歌曲和类似于他在夏莲坊演奏的那种艳曲。

二月的一个夜晚，他们在调频道时，偶尔听到了一台巴赫室内乐音乐会。这台巴赫作品音乐会从虹口的摩西犹太会堂直播，由逃离德国后聚集在上海的管弦乐音乐家们演奏。他知道，在上海，住着近两万名犹太人。从他们的音乐中，他听出了一种特殊的蓝调，那是对生存主题准确而优雅的演绎。因为音乐，他们将家乡的一部分带到了这里，无论德国人如何辱骂他们，排斥他们，巴赫也属于他们。那个晚上，他心中的一部分被唤醒了，他明白了，无论起源于何处的音乐，通过演奏，就融入了他的身体，成为属于他的一部分。正是在摩西教堂演奏的恣意飞扬的巴赫让他清楚地意识到了这一点，当别人还在转动旋钮、挑选频道的时候，他已经开始在想象属于他自己的音乐了。

生平第一次，他意识到沉湎于过往毫无意义，过去的一切他必须放手。现在，他没有歌曲可以演奏，没有风格可以模仿，除了聆听，他没有其他事情可干，他放开自己的心灵，任由它翻飞，他的手指，在灵活地移动，仿佛在黑白键上游走。他不弹奏，他只是聆听。现在，他成了一个真正的音乐家，纯粹的思维，直接的创作。音乐在他的心中荡漾开来，带着激越的情绪，横冲直撞，肆意奔流，新的旋律，在生长成型，在撕裂融合。他依然每个晚上和黄家人坐在一起吃饭，听音乐，他的手在大腿上点击，他的心已经高高飞扬，飞往他梦想的世界。

三月份的时候，林鸣被叫回到上海，孔祥熙要召见他。他拿着地址找过去。这次，他还是入住一个石库门房子，在领馆区孟德兰路[①]上的一个弄堂里。来开门的还是那个老秘书，身量圆胖的孔祥熙就站在他后面。他没有请林鸣入内，而是匆匆地套上外衣，一步跨出了门槛。“我们出去走走。”他说道，这是他以往不曾有过的举动。

路上，他们聊起了孔家和杜月笙的近况，说着说着，就走过了静安寺路，穿行在卡德路[②]和大通路[③]之间错综复杂的小弄堂时，孔祥熙说道：“我给你找了个事儿，”他四下看了看，说，“但我们得找个地方，坐下来说说这事儿。”

“去那儿吧。”前方有个公共澡堂，门口一个老虎灶。灶台上，趴着几口大汤罐，咕咕地冒着蒸汽。他们从油纸糊的灯笼下走了进去，灯笼上，写着四个毛笔字：清水盆汤。他们付了几个铜板，进了男客人的那一边。

里面水雾缭绕，一个小小的衣帽间，客人在这里脱光衣服，然后走进里面有个大木桶的澡堂里。澡堂的上方横拉了一根绳子，上面吊着一排篮子，有专人看管。这些篮子是给客人放贵重物品的，孔祥熙脱下金表，摘下眼镜，放进了篮子里，当林鸣跟在孔祥熙后面走进雾气中的时候，他心里只觉得好笑。这个中国最富有的男人，居然一丝不挂地出现在一个小巷深处的大澡堂里。

他们在墙脚边上的小木桶里舀水洗擦，手里的擦身布用得久了，很柔软。洗擦完毕，才跨入大木桶，他们在木桶里面慢慢地移动，走到了大桶的另一端。

---

① Mandalay Road，现江阴路。

② Carter Road，现石门二路。

③ Ta Tung Road，现大田路。

洗澡水很烫，但烫得让人心安，林鸣嘘了一口气，沉了下去，只露出了头。

孔祥熙挨着他坐着，他开口说："我需要你帮我一个忙。这件事，比我做过的任何事都重要，如果失败了，那么我的生命将毫无意义。"

正全身舒坦地在木桶里沉浮着的林鸣，听了这话一个激灵。"孔公，这话怎么说?"孔祥熙家世显赫，是孔子的第七十五代后人，自己也是富甲天下，权重四海。他的这番话让林鸣吃惊不小。

"我曾经告诉你，我的朋友申戈尔德和施瓦兹两人的惨剧，他们的遭遇让我意识到，如果富有如他们还不免一死，那么没有人能逃脱魔爪。"孔祥熙在热水中舒展了一下白皙而肥满的身体，"我自称为基督徒，可是，在眼下的局势中，除非我站出来，采取行动，不然就是一个谎言。现在，上帝给了我一个机会，一个把犹太人从德国解救出来的机会。"

"你说什么?"林鸣知道，国民党和纳粹之间的关系已经岌岌可危，德国亲日，虽然还没有结成正式的联盟。虽然如此，国民党还是希望德国能给日本施加一定压力，促使他们放开中国。蒋介石崇拜希特勒，他手下的秘密警察就是对纳粹党的模仿。"德国市政委员会正在施加压力，力图让我们将已经在上海的两万犹太难民遣送到别处去。"

"我知道，"孔祥熙说道，"可是，至少他们已经在这里了，现在安全了。而上百万的德国犹太人和奥地利犹太人仍然等待着救援，这才是我想要和你讨论的。我们有一个计划，我和孙科准备在四月二十二号向重庆的立法院提交议案。"

林鸣闻言站起了身，带起了一片水花，因为现在孔祥熙在说的是法律，是要通过一项立法："什么？向立法院提交议案?"

"没错，"孔祥熙说道，"我们将要建立一个新的安置区，那里将成为欧洲犹太人的第二故乡。他们将给我们带来福报，而不会成为我们的负担，这一点从上海的犹太人身上已经可以看出来了。现在，在云南，我们修建滇缅公路的地方，已经有两个县被清空，随时可以安置犹太人，那里将是他们通往世界的新路径。我们可以将难民经由海上带到仰光，穿过整个缅甸抵达我们的国境线。"

"哦，"林鸣明白了，"因为那是英属地。"

“这样一来，德国人无法接近这些犹太人。但是，我需要你去那里做一些准备工作，就像我们在上海做的那样。那些犹太人来到这里的时候，将是一无所有的，德国人只允许他们随身带走两百马克。所以，我们将要尽可能地给他们提供援助，像临时营房和施舍处都要准备妥当。上海的犹太人有两万，但是，在新的安置处，人数将是上海的数倍。他们在那里主要依靠农耕生活，至少在一卄始的时候。那里的土地很肥沃，气候也适宜，水源丰沛。只要在中国法律的允许范围之内，他们可以建立他们的理想社区。”

“永久的安置?”林鸣的心里开始慢慢有了一个大致的勾勒：“这可是一个非同一般的姿态啊。”

“中国有必要做出自己的姿态，当然，我们也希望获得西方国家的同情，共同反对日本，但是，这不是我们的此举的理由。让我来告诉你，这是上帝的意愿。”那一刻，透过水蒸气，林鸣看到孔祥熙神采飞扬，他被他的激情深深感动。

可是孔祥熙的脸色随即又恢复常态，还是那个讲求实际的他。“再说，有了工程师、教师和园艺师，有了男人、女人和孩子，那个区域也会得到快速的发展。看看上海吧，现在有了一流的维也纳烘焙店，交响乐团有了新的音乐家，舞台剧也和柏林一样精彩犀利。”

“那么，你准备从德国解救多少人呢?”

孔祥熙的手在水里搅动，他抬头看着林鸣，他的眼里闪烁着动人的光泽：“十万。”

·8·

到了三月的时候，宋玉花到延安已经整整一年了。陈鑫的介绍信起到了关键的作用，很快，她就离开八路军联络处，抵达她所向往的革命圣地红色延安。

然而，她的新世界和她的想象有很大的距离。这个小镇，隐藏在连绵起伏的黄土坡上，浑浊的延河从它身边流过。虽然这个小镇高高的城墙依然挺立，但其他地方都被日本人炸成了一片废墟。镇上的居民和共产党放弃了城墙里的一切，转移到城外的干涸的山谷里，古老溪流的侵蚀切割，雕刻出这片黄土地上的千沟万壑，当地的人们居住在依山而凿的窑洞里。中央党校就隐藏在山谷之中蜂巢般的窑洞里，虽然有数千名学员在这里接受教育和培训，但是日本轰炸机找不到他们的身影。也有络绎不绝的外国人进入这片政治和军事活动的蜂巢，在他们当中，有传教士，有记者，有医生，也有冒险家，几乎他们所有人都需要语言上的帮助，宋玉花工作的部门就是为他们服务的。大多数的外国来访者不会停留很久，但是，医院里总是有来自于英语国家的医生，无论他来自于印度、澳大利亚还是美国，都需要翻译的陪同，因此，那支小小的翻译队伍总是很忙碌。

对于宋玉花来说，利用她的才智，发挥她的特长，自然好过在陈炉村挖土。然而她始终有被边缘化的感觉，任何重大事项都与她无关，同在这片山谷之中，可那些思想家和领导人离她很远。日子一久，她的心里开始有了疑问，她到底是为什么来到这里，她能贡献什么？有一次，在和身边一位翻译同事聊天中，她向这位在上海壳牌石油工作过的中年女性问起怎样才能真正为革命做贡献，这位同事无奈地一笑，好像在告诉宋玉花死了这条心。“你和我都是受过西洋教育的，”她说，“这是我们阶级出身上的污点。”

因而，虽然宋玉花身在延安，但是完全没有融入革命的主流，没有人知道她的想法、她的信仰和她的过去。在她居住的窑洞里，她和另外两个女学员睡在一个炕上，那两个姑娘都是四川来的，她们说着家乡话，冷落了一旁的宋玉花。白天，她给外国人做翻译，他们都夸她的英语好，但是她没有朋友。在延安，没有什么人和她接近，她在这里没有朋友。

每天夜里，她爬上和另外两个姑娘共享的土炕，心里想着托马斯，就这样一天天地熬着。看起来，已经不会有什么转机了。就在宋玉花心灰意冷之际，一天，她的上级吴国勇把她叫了过去，递给她一个信封。

“这里有上级的指示，”他说道，“如果你要问我是什么的话，应该是一项特殊的任务吧。”

她接过了信封，心里怦怦跳着，从上级的语气里，她明白这项任务是非她莫属的。回到她自己工作的地方，打开了信封。

这项指派给她的任务是护送一位美国女作家离开延安，回到日本人占据的上海。

回上海。

她兴奋得不知道怎么办，拿着信冲进了外面的茅房，关上茅房的小门。她的心乱跳，激动得连裤子都没脱就蹲了下去。她颤抖着，想象着见到他她会怎样，要跟他说什么，如果他还在那里的话。他会在的，她知道，她能感觉得到。他在那里等待着她，再过两个礼拜，她就能见到他了。

那天，刚忙完手头的工作，她就在暮色中跑到了镇上，去见那位美国作家乔伊·荷马。这个小镇已经被炸得面目全非，几乎已经没有一栋完整的屋子。白天，没有人会进入已经成为废墟的城墙之内，所以，日本人的轰炸机不再光顾这片废弃之地。然而，到了夜里，那些尚未被夷为平地的房屋亮起了灯光，变成了面摊，成了日用品发放点，有的还成了简陋的话剧小剧场，或者是木偶戏舞台。人们从坡上涌进小镇，夜晚的小镇成了人们爱去的娱乐场所。

她们约定见面的地方是一个小吃摊，当宋玉花看见一位颈上挂着相机，在高低不平的土堆和瓦砾间穿行的外国女子时，她已经知道她是谁了，她就叫摊主给她们准备两个菜，然后，她走向了那位长相很普通的外国人。

“宋小姐!”荷马小姐惊喜地伸出了手。

“叫我宋吧，”她回应道，她也伸出了手，“来，我们坐下来吃点东西。”她们拉过小凳子坐了下来，餐桌是一个纸箱子，翻过来搁在泥地上。

“这个地方，真是很特别啊!”乔伊看着四周，开口说道：“你还很年轻，这里的人都很年轻，对吗?”

“你说得对，我也这样认为。”当然，领导人年纪会大一些，不过荷马小姐估计也没见到谁，宋玉花自己就一个也没见到过。

“阎司令的手下年纪普遍都大一些，”荷马小姐说了一句，接着问道，“你知道我们刚从那边过来吧?”她的语气中，分明带着一丝自矜，谁都知道，那位著名的国民党将领和他的部队很不容易采访到。

“他们那里也都是黄土高坡，和你们住的地方很相似。一个神奇的地方！他们在黄土山畔利用崖势，先将崖面削平，修庄挖窑。窑洞之间，用小木梯连接，像极了纽约的防火逃生梯。我们住的窑洞几乎有四十英尺深，一张炕上可以睡二十人。你知道吗，”她说着上身凑了过来，“每天晚上，士兵们带着铺盖卷进来，在我们身边铺开就睡。哈，我可从来没想到一个晚上会和一打年轻男人睡！”她呵呵地笑了起来，因为她自己的幽默机智，也因为这个奇异的世界。“这里真神奇啊，过去的清规戒律都不复存在，取而代之的是彻底的自由和开放。”

宋玉花勉强地笑了笑，眼前这个美国人看到的自由不过是战争时期的特殊现象而已，这个国家在进行着一场革命运动，有些旧的教条是会随之而去，但是，这并不意味着女性在这场运动中获得了力量，也没有真正掌握了自己的命运，她们依然是被男人利用的工具。在延安这个贫瘠的北方黄土小镇，男人比女人多多了，她时时都能看到男人们焦渴的眼光，她只是个工具，一个翻译的工具，根本没有人关心她的内心世界。不要抱怨，她告诉自己，这是你自己的选择，为了你为之献身的革命事业。

摊主把吃的放在了她们面前，乔伊下意识地往后仰了仰身子。“这是什么？”她吃惊地问道。

“土豆泥拌野菜，还有窝窝头。”她夹了一点，放在美国人的盘子里，“告诉我，你怎么会到中国来的。”

“嗯，”荷马小姐用筷子戳着面前的土豆，“是各教派教会对华救济委员会派我来的，你知道，我的身份是新闻记者。我需要获得准确的信息，第一手的资料，在此基础上撰写文章，帮助他们获得战争救济的援助。”

宋玉花点了点头，理解了他们为什么要给这个女作家在离开时留下好印象。

“你知道延安最让我吃惊的是什么吗？”乔伊说，“是这里没有俄国人！”

宋玉花不解地抬头看着她，问道：“这和俄国人有什么关系？”旁边的食摊上传来阵阵笑声，这片废墟中的广场此刻就像一个喜气洋洋的农贸市场，到处灯光照耀。一个男人在附近的摊位兜售毛线织的袜子和围巾，另一摊位在卖手电筒，还有卖锅碗瓢盆的。从旁边的餐桌上，传来了喝酒猜拳的喧闹。“我们和俄国人分道扬镳了，”宋玉花说，“我们走自己的路。”宋玉花知道，大多数美国人好天真，他们是不知道这些的，毕竟，中国官方的报道总是把共产党说成是强盗土匪，从来不会如实报道他们真正的立场，更不要提他们真正的盟友，西方的民众一般不知道真相。

不过，乔伊还是让她吃了一惊，她毕竟是派来了解真相的记者。听了她的话，乔伊说道：“我承认，美国人的确很天真，很简单，只要你们都是共产党，他们就认为你们是一伙的，由此推论中国会得到俄国的军事援助。我可以告诉他们，事实并非如此，可这种信息无济于事，改变不了人们已有的成见。话说，这团东西是什么？”她用筷子戳了戳盘子里那个圆乎乎的东西。

宋玉花觉得自己开始喜欢这个女人了：“是窝窝头，你吃吃看。”

乔伊撕了一小块塞到嘴里。“嗯，味道还不错。在我来这里之前，我自己对你们的运动也是一无所知，今天我遇到了党校一整个班的学员，他们给我留下了深刻的印象。那些女孩子剪着可爱的荷兰波波头，男孩子们戴着眼镜。他们是步行到这里的，从西安过来的！”

“啊，是的啊，”宋玉花说，“学生们源源不断地来到这里，你可以看出，他们都是理想主义者。”的确，看到这些朝气蓬勃的孩子，总是让她很感动。

“为了未来！”乔伊脱口而出，举起了她手里缺了口子的茶杯。

她笑了一笑，但她的心里却在想着，为了托马斯，他会在那里，他不会离开，他已经等了一年，他不会去找别的女人。这些思绪，在她心里翻江倒海，“为了未来。”她回应道。

当托马斯第一眼看到站在楼下的宋玉花时，他以为自己在做梦。这些天，他一直觉得晕晕乎乎的，他总是在挨饿，除了一天一顿之外，他没有任何别的东西下肚。看到宋玉花，他一下子恍惚了。

可是，当宋玉花一步一步向他走近时，他看到了分别的这一年，都写在了她的眼角，满得要溢出来，他懂得。现在，她又在他的怀抱里了，什么也没有改变，甚至连她身上的味道，都和以前的一样。可她分明又是完全不同了，她的头发剪短了，穿着一件宽松的外衣，长裤，她还是那么漂亮。“快进来。”

“我是被派回来，这还是第一次。”她说。

“你怎么找到我的?”

“我去了雷都，他们说你在这里。”

他们沿着窄小的楼梯上楼，她吃惊地看着他那间小小的亭子间，里面被他的床，他的衣服，还有他的乐谱挤得满满的。房间里，只有一扇小窗子，它好像是在天花板上挖出来的一个洞，唯一一个通往外面的出口。在倾斜的天花板下，只有在房间的一边，才能站得直身子。

“这简直是天堂啊!”她说道，“我一直梦想，有这样一间属于自己的房间。”

他和她一起笑了起来，把她拉到了床上。几个小时后，他才问她能待多久。

“三天。”她回答道。这么快就要离开，虽然他极力想隐藏起他心中的痛，可是她还是感觉到了，更加紧紧地抱住了他。他们躺在床上，手臂和大腿紧紧缠绕着，他们都知道，只有这样，才是他们在一起的正确方式。

“上哪里方便?”她轻声低语道。

“啊，对不起，我这里没有解手的地方。我都是上小巷里的公厕的。”

“你得下楼，经过他们的房间?”

“不，其实，我是上楼，从屋顶上过去。”他用下巴点了点天窗，“可你就不能那样。”

“我当然也可以，我们走吧。”她站起来穿衣服的时候，又低声说：“一会儿我们还要回来的。”

他笑了，他也不想离开这间小屋。

可是，当他们出去后，清晨的凉风扑面而来，她改变了主意。“我们还是去吃点东西再回去吧，我记得这里附近有个不错的小笼包店。”

“可我没有钱。”他轻声说道。

宋玉花看着他，从头看到脚，心里想着原来如此。他们在一起，还是那么好，可她确实注意到他很瘦，瘦得连一阵风都能把他吹跑。

"我给你买早饭。"

他感激地跟上了她的脚步，"你怎么会有钱？杜月笙几乎没给你留什么。他们会付你钱吗？我是说共产党。"

"不，我为他们工作，他们给我提供吃住。而且，我也继承了一点遗产。"她很高兴他陷入了沉默，没有再问下去。在某种意义上，这的确是继承，虽然大太太现在还活着。他们站到了一个生煎包摊子前，师傅正打开一只巨大平底锅的盖子，里面是码得整整齐齐的包子，包子的底部铺了些许芝麻，煎得焦脆喷香，和着馅子的肉香，扑鼻而来。"你喜欢生煎包吗？"宋玉花问他。

"我很喜欢的。"他说，她当场买了两只，他谢了她。"不要谢。"看到他这么饿，她心痛死了，很后悔没有把那些钻石拿出来，至少，拿出一颗换成钱，他就不用受这些罪了。

可是，只要她还是党的一员，那些钻石就会好好地躺在石墙缝里。那天，当她和乔伊一同离开的时候，她几乎想去取出它们，然后永远地和挣扎奋斗说声再见，可是，她还是觉得时机未到。

第二天早上他们醒来时，他拥紧了她，她心里涌上一阵忧伤，她知道，是说告别的时候了。

"我知道，你很忠诚。"他轻轻地把她前额的头发往后拂去，"这也是我爱你的地方。那我们为什么不结婚，然后带上我一起去呢？我知道，他们那里不需要钢琴家，可是我有力气，那里一定有我可以干的事儿的。"

"你是外国人。"她说。

"可我不是来自于剥削阶级啊，你知道的。"

"不，"她说，"不是因为你个人，而是所有和外国有关的，政治、文化、学问。"

"学问？"他挑了挑眉毛。

"他们欢迎医生和工程师的来访，只要他们持有支持的态度，但是，这些来访者也待不久，几乎一个都留不下来。而且，他们反对党员和外国人结婚。"她夸张了一点，其实，和外国人结婚是允许的，可是，这样一来，几乎意味着所有的大门都向她关上了，那么，进一步向前也就更难了。

“你是说，我不可能和你一起在那里生活？”

“那样对你不安全。”

“你的意思是对你吧，”他顶了一句，她心里黯然，“那样会引起对你的怀疑吧。”

“是这样的。”她郁闷地说。

“那这算是怎样的一种体制啊？”他愤愤然地叫了起来：“因为是不同的人，就该被排斥吗？”

“这是现实，”她在竭力维护，“这样的想法并不奇怪，看看日本人都对我们做了什么吧。”

“可美国人没有做那样的事啊！”

“但是，美国人也没有对我们伸出援手，还有英国人和法国人，都在袖手旁观，他们眼睁睁地看着我们成为日本人的口中肉。”

他改变了策略：“宋，你自己也是受西方教育的，如果我在那里不安全的话，那你怎么会安全呢？”

“你说的有道理。”她表示同意，可是，她的让步并没有给他带来安慰。

她走了以后，他迅速地消沉了下去，她给他留了一些钱，但他还是每天只吃黄家烧的那顿饭。四月，在一次面试中，他又遇到了尤金·希尔曼，他说起自己很缺钱，于是，尤金就带他去见一个姓鲍的中国人。这位鲍先生想找个美国人，帮他做点事，但这事儿和音乐无关。

“我经营着一份报纸。”鲍先生喝了一口茶，解释道。他是在自己家里见了他们两人，那是一个很不起眼的公寓。“是《上海每日时报》，你听说过吗？”

“当然。”托马斯和尤金交换了一下眼神，心里暗暗惊诧，这份报纸他们当然知道，里面的招聘广告是他们一直跟踪的。

“我需要招一位发行人。”鲍先生轻轻说道，可这句话把托马斯惊得瞪大了眼睛，“不要害怕，不需要任何经验，只需要用一下你的名字。有了一位美国发行人，我们就可以继续印下去了，他们就不会来骚扰了。我会付给你工钱的，你明白了吗？”

是的，托马斯很明白。他还知道，很多家报社被炸，员工遭到杀害，报纸就像磁铁，吸引着人们的注意力。“对不起，朋友，这个工作我做不了，太危险了。”

“可是有工资啊!”尤金叫了起来。

“代价太高了。”托马斯想起了在西雅图时，别人对他的告诫：谁不服，谁就死翘翘。所以，你就弹你的琴，什么也别管。“实在抱歉。”

现在，衣服穿在他身上，越来越显得空荡荡了。他一天里的大多数时间都待在屋子里，等待着夜晚的降临，到那时，他可以吃上一顿饭，听一个小时的音乐。时常，在对宋玉花的思念中，他迷失了自己。当他清醒的时候，他意识到生命正在慢慢流逝。

初夏带来了暖和的天气，也带来了一个陌生的男人，他来到了这个拥挤的深巷小屋前，跟人们打听托马斯。他来自于欧洲，浅棕色的头发下面，有一双温柔敏感的眼睛。他的手里拎着一个小提琴盒子。

“大卫·爱泼斯坦。”他说着伸出了手。

“托马斯·格林。”

“请原谅，我的英语不好。阿龙·阿甫夏洛穆夫给了我你的名字。你认识他的，对吗?”

“哦，当然。”托马斯兴奋地叫道，很高兴又听到了老朋友的名字。“他怎么样?”

“他很好，他说你现在可能有空，叫我来找你。你看，我就冒昧地来了。”爱泼斯坦带着歉意笑了一下，把手里的乐器举了举。

托马斯摇了摇头，他已经很久没有弹钢琴了，现在他几乎都不能肯定自己还能不能弹。“演奏什么呢?”

“你是说我的愿望吗？我离开维也纳以后的梦想吗？那就是演奏那两首我最喜爱的莫扎特降B大调小提琴钢琴奏鸣曲。”

“哦。”托马斯也从来没有弹过那两首曲子，那是两首辉煌的奏鸣曲。“我已经一年没碰钢琴了。”

“是吗？那如果我能找到一架钢琴，你能和我一起演奏莫扎特吗？这是我的梦想。”

托马斯在考虑。

爱泼斯坦上上下下打量着他，难怪他这么瘦，原来已经很久没有收入，来喂饱自己了。“我们表演得出色的话，就能得到小费了，就不用为钱发愁了。”

“我需要练习。”

“我们应该可以找到地方练的。”

他想了想，说：“我的几位朋友在雷都驻演，也许，在上午可以借用那里的场地。可是，我只会读谱，爱泼斯坦先生，我需要有乐谱。”

“大卫，叫我大卫。我会带上乐谱，回来找你的。”

几天后，他就带来了乐谱，托马斯也和雷都联系过了，同意让他们清早在那里练习。

那天，他们在爱多亚路雷都门口见面，清晨的阳光明亮干净。见到他，还没来得及进雷都，大卫站在大街上就抽出了莫扎特的那首广板乐章，它是莫扎特的第一号小提琴奏鸣曲。“我需要先看一两遍。”托马斯说道。

“我也这样认为。你说你已经好几个月没弹琴了，对不？所以，我还带来了这个。”说着，这个维也纳人抽出了另一份乐谱，翻到了第一页。

托马斯一看，是小提琴家和作曲家弗里茨·克莱斯勒的《爱的悲伤》，这是一首由小提琴家谱写，以小提琴为主角的乐曲，钢琴只是个配角，读谱和伴奏都十分容易。

“这个我当然没有问题，随手就能弹的。”他说道，有点窘迫，这不免也太简单了。

“这首曲子里的钢琴部分确实很简单，”大卫承认道，“但是，我不是因为这个原因把它带给你的。嗯，格林先生，我需要钱，我的妻子和小孩在虹口，而且……”

“你和你的夫人小孩一起来上海的？”

“是的，我们很幸运！可是，她的父母却没能离开，我几乎可以肯定他们已经去世了，还有她的表姐……”他哽咽住了，一时说不出话来。过了一会儿，他恢复了平静，“请原谅我的失态。我们没法带上其他的家人……还有朋友……太多人没能逃出来。但是，现在我的家人们在这里，他们需要吃的，我要赚钱养家。而格林先生，我们两人合作，就可以在酒店的大堂里表演赚钱。这就是我为什么挑选弗里茨，因为他的音乐，呃，我该怎么描述呢，非常地……让人舒服。德国人和奥地利人会喜欢，因为他的音乐会勾起他们对战前安逸舒适的生活的美好回忆，你明白吗？那些维也纳人，他们会沉浸在回忆之中，他们会给我们更多小费。”

他们一起排练了数周，在此期间，托马斯发现自己又会笑了，为小小的事笑，比如在温暖的日子里，小巷口的杂耍和木偶表演都会让他开颜。他依然很虚弱，但是他的生活里又有了音乐，音乐于他，如同虔诚的信仰，给他力量，给他慰藉。在他的心里，他还是会弹给宋玉花听，虽然她在遥远的地方，但这种时刻，他会看到大卫会露出惊喜的一笑，他知道，因为，那是他弹得特别好的时候。

进入六月，这两人觉得已经准备得差不多了。他们先是去找派克饭店[①]的大堂经理，因为托马斯早就注意到了，那里有一架施坦威。

显然，大堂经理知道托马斯，“你是夜上海时代最耀眼的明星，”他说着，无比惆怅地回忆起那个时代，虽然只过去了两年，却恍若隔世，“你们当然可以在大堂表演，我不能付你工钱，但你们可以从客人那里收取小费。还有，每次有表演，你们都可以在酒店餐厅里免费享用一餐，这个条件可以吧？”

就这样，他们一家家酒店跑过来，每家酒店对他们都挺欢迎。对于酒店说，这也是吸引客人的一招。在上海，很多人安安静静地生活着，等待着，过着拮据但又体面的生活。法租界里的酒店大堂是向大众开放的，是个半公众的场所，很多人会进来喝个咖啡，吃点点心，这是种实惠而又高雅的消费。

这个夏天，托马斯和大卫以派克饭店为起点，用莫扎特的曲子让自己站稳了脚跟。接着，他们就开始演奏克莱斯勒的曲子。当人们取出手帕拭擦眼角的时候，大卫用他的下巴和身体，或者说，用整只小提琴，向人们致意。“你看到了吗？他们听到克莱斯勒都会动情。”

他是对的，《爱的悲伤》和《爱的喜悦》能让他们收获超过莫扎特和勃拉姆斯一倍的小费。每当如泣如诉的克莱斯勒开始在空气中回

---

① Park Hotel，现国际饭店。

荡，穿着被蛀虫咬过的西装的年迈绅士，起身邀请同样衰老的妻子，牵着她们布满皱纹的皮肤松弛的手，在种着棕榈树的酒店大堂里起舞。这就是他们想从音乐中得到的，是一种感觉，一种和另一段时光相连的感觉。他抬头看看大卫，是他把他带到了这里，谢谢你。他把他的感激之情都倾注在曲子里，用戏剧化的表现和变幻的节奏来强化效果，打动在场所有人的心，如雨点般洒落在小提琴盒子里的钱币就是这种效果的最好注脚。他的眼神和大卫相遇，他看到了那双敏感的眼睛里的笑意，那是纯粹的欢乐，比金钱的声音更美好。

林鸣乘坐一辆敞篷吉普离开了腾冲，司机是个白族人。吉普在这一段滇缅公路上颠簸，这里已经离边境很近了。腾冲在一个多山的高原上，被火山和烟雾包围，一股股蒸汽从沸水翻腾的温泉里升起，冲向空中。这里的生活是简单的，日子缓慢得像一首田园牧歌。数百个当地的家庭以采石为生，他们把玄武岩凿成一块块石板，送到镇上铺路。那里也有能源，那些不停地沸腾着的温泉，如果在工程师的手中，可以转换成电力。

当他们从高原上下来，进入靠近边境的丛林时，高原上的凉爽空气也渐渐变成热带的闷热。沿途他们停靠在一个叫和顺的小村庄，这个鹅卵石铺路的村庄四周被小河缠绕。很多村民都漂洋过海去谋生了，挣了钱寄回家乡，盖了一座很大的图书馆。图书馆有高挑敞亮的窗户，数万册藏书。离开村庄往下走，道路通向一条宽阔的、渺无人迹的山谷，这里松木葱茏，水源充沛。也许还有人会记得，这里曾经是个翡翠和红宝石的交易市场。犹太人会喜欢这里，他心想。

犹太人来到这里首先得有吃的，有住的，这就是他的任务。现在，他心里的全部念头就是孙科和孔祥熙的提案，这项提案已经在四月二十二日被立法院通过。

有国籍之犹太人保有其本国国民之义务和权利，如欲来华，可照现行条例及惯例办理……无国籍之犹太人则情形特殊……吾人理应尽力之所能予以协助，以体现我国素重人道主义。

现在，这已经是法令了，十万犹太人将被挑选，他们在这里安家落户，重新开始生活。望着这一片开阔空寂的旷野，他的心被正义感充溢。

孔祥熙付给他此行的酬劳，能凑足为心爱的珠丽赎身的钱，当他们的吉普在山谷中颠簸时，他的思绪回到了上一次的相聚，他一整夜都搂着她，告诉她不用等很久了。“我的计划快要实现了。”他附在她耳边低语着，她的身子贴着他，满足，什么都不用问，只需要等待。她信任他。

自从开始在派克饭店弹琴，托马斯有了收入，也不愁没吃的了。毕竟年轻，他马上又恢复了充沛的精力。接着恢复的是他在音乐上的想象力，他开始能够自如流畅地处理一些音符了。当然，他时不时地还是会看一眼乐谱，这已经是他的习惯动作了，不过，现在他发现自己已经能够离开乐谱，更加随性地加入即兴的装饰音。有时候，他还会给曲子做一些变调处理，就像他们在皇家剧院的舞台上做的那样。不过，他的小小独奏不会改变整支曲子的基调和结构，他总是明白自己的位置。

在派克酒店，休息的时候，他们会去餐厅吃东西。那是一家西式餐厅，有牛排，有土豆泥，有青豆，还有美味的苜蓿叶卷。托马斯想念这些家乡的食物，虽然他知道黄家姆妈会把他的那份晚饭一直留到他回家，他还是会在这里吃个饱。大卫总是吃得很快，埋头狼吞虎咽地吃着，托马斯很能理解，他一定是饿坏了。而且，他在这里还有老婆和孩子。

“请问，二位在我们这里吃得怎样啊?”大堂经理笑着问他们，他对这里的高品质餐饮服务很自信。他很高兴他们两人为酒店带来的音乐，最近，大堂酒吧的酒卖得好多了，相比之下，为两人提供一顿西餐简直不算什么。

“很好，不过，有一个问题，”托马斯顿了顿，说道，“我们在表演当中最好不要吃东西。”

大卫在一边听得怔住了。

托马斯接着说："这会让我们分心，所以，我想，当我们在演奏的时候，可不可以让爱泼斯坦先生的夫人和孩子来，代替我们用餐呢？"这些话，他说得语气平和，不卑不亢。

"当然可以。"经理说道，托马斯看到坐在他对面的大卫眼里都是感激。从那以后，当他们在派克酒店演奏的时候，马吉特和里奥也会来到酒店，穿着他们最好的维也纳服装，母子俩都瘦得可怜。他们坐下来吃的西餐，是在上海用钱能买得到的最好的，一流酒店里的一流服务，身穿制服的侍者在一边照应着他们。托马斯注意到，里奥总是狼吞虎咽，而马吉特吃得很少，她把食物包起来带回家给大卫吃。而他们的小提琴盒子里，钱币也越来越多了。

他带着阿隆佐，还有查尔斯和欧内斯特兄弟，去俄罗斯餐馆吃饭，餐后，他坚持要付账，这个时候，他知道已经找回原来的那个自己了。他甚至还说起，他要开始存钱了，等存够了船票钱，他要带着他们回美国。

"哈，可不是吗。"欧内斯特坏坏地笑着。

"得了吧，朋友！"连查尔斯也顶了他一句。

他们说话的时候，阿隆佐就在一旁笑着，他的嗓音很低沉，总让人感觉是从他的乐器里发出来的。在欢快的吵吵闹闹中，托马斯突然意识到，刚才说的一番话，显得自己像个傻瓜。可不是吗，他们有他们自己的生活，如果他们想存钱，那他们自己就可以存。阿隆佐总是把钱寄回家，这是他对家人的补偿。至于欧内斯特和查尔斯，天知道他们把钱都花到哪里去了，托马斯说的话，对他们起不到一点点作用。但是他们愿意这样生活着，每个人都有自己的生活，他们自己选择过这样的日子，正如他的生活也是他自己的选择。他们所有人身上都带有一种新的自由的气息，当他终于接受了他们的生活方式时，他自己也获得了自由，他觉得自己终于放下了。

一九三九年的六月，一位姓魏的外科医生来到了延安，她是宋玉花在那里遇到的第一位女医生。魏医生的脸颊宽宽的，笑起来咧着大嘴，看上去像个没心没肺的乡下姑娘。其实，她是从北京协和医科大学毕业的高材生，医术十分了得。整个营地上的女性排着长队来找她看病，她们都太需要女医生了。

魏医生不需要翻译，宋玉花当上她的助手完全是因缘巧合。那天，一个当地农民驾着马车赶来，连滚带爬地冲进诊所，恳求医生救命。说是他那小山村里，一个九岁小女孩从树上摔了下来，砸伤了头部，昏过去了，情况很危急。魏医生一听，一边脱下她的白大褂，一边把用得到的医疗器材都找出来，一把抓起她的医疗箱。“你！”她对着宋玉花叫道：“带上这些，跟我上马车，你可以帮助我。”

“可我不是护士。”宋玉花说道，捧着一堆医疗器材不知所措。

“没关系！”魏医生叫道。一辆马车就在外面等着，宋玉花只好硬着头皮爬上了这辆破破烂烂的马车。

他们在山路上颠簸了近半个小时，终于穿过一个柏树林，冲进了村子，很多等待着的村民都在叫嚷：“来了，来了。”摔伤的孩子已经被运到一间平房里，躺在一张桌子上，双目紧闭，昏迷不醒，她一侧耳朵后面的头上开了一个口子，血流不止。

魏医生俯下身子，迅速地为女孩做了检查。当她解开血压计的袖套时，面呈忧色。她吩咐身边的女人去烧开水，然后转身对宋玉花说：“是硬膜下水肿，我们得马上动手术。”

“就在这儿？”宋玉花四下环顾，这里看上去像是村里开会的地方，土墙，木头屋顶，一张大桌，几张条凳，除此之外就没有什么了。

“情况很危急，得抓紧时间了。”魏医生说话又急又快。她取出一盘子的手术用具，叫宋玉花放开水里消毒。“等下你用消过毒的钳子夹给我。”他们拿来了好多盏明亮的灯，放在桌子的四周，毛巾、纱布和缝合线都按照指令摆了出来。魏医生用药皂急促地洗着手，并要求宋玉花也洗手。然后，她们两人都戴上了帽子和口罩。

“叫女孩子家里的人出去。”医生命令道，村里的女人们开始把他们往外赶，这边魏医生剃去女孩的头发，用碘酒拭擦伤口周边，然后将女孩的头颅安置在一卷卷毛巾之间。

“她要是醒过来可怎么办？”宋玉花轻轻地问道。

“她不会的。”魏医生割开女孩的头皮：“我们必须减少她头部的压力。”魏医生一边说着，一边用一把医用手钻往女孩的头盖骨上钻下去，口中还时不时地对着惊恐的宋玉花下简短的命令。

一番折腾，头盖骨刚刚取下一部分，里面的组织立刻从开口处挤了出来，“这是硬脑膜。”魏医生嘟囔了一句，好像她是位教授。然后，她拿起一把手术刀切了下去，令宋玉花吃惊的是，这层脑膜似乎很结实，看上去像皮革。第一刀下去，随即喷出了血水和血块，这就是造成大脑压力的致命之处。然后，魏医生开始修复在硬脑膜和蛛网膜之间的桥静脉，破裂就是从这里开始，致使颅内充血的。漫长而紧张的时间一分一秒地滴答流逝。女孩子的家里人好几次开门进来，又被赶出去了。

终于，魏医生说：“好了，可以缝回去了。”这部分的工作对于魏医生来说很简单，她一边手不停地做着事，一边向宋玉花简单说了一下手术的情况，最后，她用绷带缠好了女孩的头部。

当他们走到外屋，向焦急地等候在那里的家人解释女孩病情的时候，魏医生似乎已经从手术的疲劳中恢复，她耐心地向他们解释着，不管他们是否听得懂。“这孩子头部受伤，里面的血管破了，流出来的血都跑到大脑和头盖骨之间，压迫着大脑。这种压力是很危险的，会要了她的命。现在好了，血已经放掉了，应该能平安度过。我们会在这里等到她苏醒过来，再看情况。”

“你不需要给他们讲一些注意事项吗？”女孩家长们离开后，宋玉花问道。

“注意事项？”魏医生说，“哦，不需要，我们会留在这里，她必须有人照看。”虽然宋玉花一再提议魏医生先休息一会儿，让她来陪着还在昏迷中的女孩子，可是魏医生坚持不休息，她自己坐到了女孩子的身边。

最后，她们在这个小山村里住了五天，天天守在这个小女孩身边，直到女孩苏醒过来。那几天里，络绎不绝的村民上门求医，这些村民生什么病的都有，而且都是衣衫褴褛，面黄肌瘦。宋玉花看着他们，才明白这些山村有多么贫困落后。

在她们所在的临时诊所里，有几个女孩子天天来帮忙，她们中领头的是梅花。晚上，诊所关了门后，姑娘们帮着清洗器械，叽叽喳喳地问这问那，叫魏医生把每一种医疗工具的用途都解释给她们听。

和绝大多数的农村孩子一样，她们这几个姑娘也是文盲，第二天晚上，宋玉花说："你们想上课吗?"结果，她的提议得到了热烈的响应，于是，每天晚上在诊所关门之后，她们就坐下来认字。她一笔一画地教她们，让她觉得意外的是，女孩们很喜欢，都不愿走，要多学点儿。而第二天来的时候，那些字她们都还没忘记，她们学得很认真。这件事不过是宋玉花和这些女孩子在一起时临时起意的，却成了她到北方之后所做过的最有趣、也最有用的事。

在山村的最后一夜，宋玉花端了一盆吃的给魏医生："谢谢你，你付出了很多。"她真诚地说道。

魏医生吃惊地抬起了头："不用谢我，是你们的行动，带来了改变。你知道吗？这些村民从来没有见过医生！他们和大多数的中国农民一样，从来没有医生给他们看病，过去的皇帝和过去的将领都没有做到的事，你们做到了。这些女孩，从来没有人教过她们认字。这就是为什么我会来到这里，你懂的。这就是为什么我对你们的事业有信心。"

第二天，下山的途中，坐在马车上，宋玉花想着梅花和她的朋友们，宋玉花知道，那也是她所相信的东西。他们正在从事的运动，是中国的希望，是中国的未来。也许，它本来就应该高于爱情，高于托马斯。现在，她知道了现在为什么在这里。改变这些人的命运。她的使命是为了解救比她更不幸的人们。在梅花身上，这些变化就在她的眼前，对于宋玉花来说，梅花的改变就发生在眼前，让她认识到自己能做的还很多，革命具象化了，那就是改变这些孩子的命运，也许不能改变她们的生活，但是给她们更多的选择，打开了一扇认识世界的窗子，就像她自己小时候受的教育，让她知道了中国之外的世界，从梅花她们的身上，她认识到这场革命是会成功的。

很快，托马斯和大卫谈妥了很多酒店，他们的日程排得很满，一个礼拜表演六天了。他们有了自己的忠实听众，人们跟随着他俩，从一个酒店的大堂来到另一个酒店的大堂，这些大堂还留着战争的痕迹，显得有些简陋，有些仓促。他们表演的地方有都城饭店、礼查饭店、汇中饭店，还有法国总会（Cercle Sportif Francais），这不是酒店，而是一家乡村俱乐部。在每家酒店，他们都得到差不多的待遇，酒店会给他们提供一顿饭。等到客人来得多了，大堂酒吧的生意也好起来，趁着经理高兴，他们会提出让大卫的妻儿也来吃饭。托马斯注意到，看到老婆和儿子进来，大卫会很开心。他的妻子戴着白手套，脖子上是祖母留给她的项链，男孩穿着西装短裤，袜子，一件小小的外套，打扮得像个小绅士，仿佛什么都不曾改变，好像他们并没有永远地失去他们的世界，所有人都还在一起。

和大卫在一起，托马斯看到，和爱泼斯坦家庭一样，其他犹太难民家庭也带来了一部分他们原来的世界。每一次，当年老的伴侣从天鹅绒坐垫的椅子上站起身，开始在舞步中旋转的时候，他都能感觉到这一点。当他们第一次看到这个情景时，两人交换了一下目光，第二次再见到时，已经不需要任何语言。大卫带来了肖邦的《降E大调华丽大圆舞曲》，还有施特劳斯的《新维也纳华尔兹》中的一首，效果很明显，越来越多的男人开始拉起妻子的手，旋转起来。有时候，会有好几对舞伴同时起舞，大堂变成了舞池，人们的脸上露出了笑容。当他们起舞的时候，托马斯注意到，那些犹太老人穿着陈旧但是体面的西装，袖口都磨破了，但是上面的大卫星依稀可辨。他们在这个远离家乡的地方，跳着舞，他们的脸上又露出了久违的笑容。

他们的听众越来越多，从七月开始，有时森冈的身影也出现在人群中，他不像是专程来听，而是在附近有事，路过此处。可是，这样的次数太多，都不像是巧合了。大将几乎不和他们交谈，好像在刻意回避着，托马斯心里暗暗感激他的内敛。他并不在乎这个日本人来听他的音乐，虽然这件事如果被宋玉花知道了，她很可能会非常生气。可是对于他来说，音乐是属于另一个世界的，在音乐的世界里，没有战争的位置。唯一一次，森冈和他说了话，那也是关于大卫："你的朋友是哪里人？"

"大将，爱泼斯坦先生来自于维也纳。"

"哦。"森冈睁大眼睛看着大卫，很理解地说，"所以，你是犹太人。你们有很多人生活在虹口。"

空气一下子紧张起来，直到他鞠了一个躬后离开。"可以了吗？"托马斯低声问道，声音里有一丝不安。大卫点了点头，缓缓地抬起小提琴，跟随着钢琴的拍子开始了表演。

林鸣到达上海的时候，贴身的钱袋里装了五千块钱，这笔钱，终于让他心安了。不过，他没有马上赶去桂香楼，虽然他知道珠丽在等他。他要先去一下虹口，和犹太人的领导开个重要的会议，讨论安置计划。

他匆匆地走出了火车站。现在，火车站依然显得冷清，不过铁轨都修好了，火车来往行驶已趋正常。淞沪会战两年后，城市在修复之中，废墟被清理了，炸毁的建筑被修葺了，然而，这个城市没有了往日的光彩，在林鸣的眼里，这里就像是一座悲伤的监狱，苍凉的天空下，暗灰的建筑了无生气。再没有人提起夜上海了，因为这里现在就是一个黑暗世界。当林鸣走向有轨电车时，他感觉到四周一片黑暗。

但是，他心里的热忱没有被这片黑暗淹没。现在，安置计划在立法院会议上正式通过，它已经不再是个秘密。然而，日本人随时都可能发动攻击，他必须倍加谨慎。他两次改变了路径，还有几次闪入路边的店家，然后从后门出去转到另一条街上。当他按照事先的约定，在小巷深处大卫·爱泼斯坦的住处门前见面时，他知道身后没有跟踪的尾巴。

“谢谢你的安排。”进去后，他对大卫说道。在昏暗中，他们走过了一条长长的走廊，走廊两边，是数十间小屋子，每扇门上，都钉着一个小小的编号牌。每间屋子里都住着一家犹太人，大多数屋子里没有窗户，所以很多门都开着。林鸣一路经过这些房间，向屋里的人们点头致意。他知道，日本政府将这些犹太人定义为“无国籍人士”，目前的态度是由他们自生自灭。不过，林鸣虽然为他们做了很多事情，但他这还是第一次进入他们的生活区域，看到他们的生活状态。“谢谢你带我进来。”他说道，大卫毫不在意地一笑：“你是托马斯的朋友嘛。”有这句话，什么都不用多说了。

在大卫家里，林鸣见到了他的妻子和儿子，另外，还有三个人在等着他，一位欧洲老人，头上只剩了一圈白发，他旁边坐着一位满头黑发的年轻人，另一位亚洲男人也是年轻健康。

大卫介绍了林鸣，那位老人说：“我叫赫尔·阿克曼，这两位是阿姆莱托·梵斯派和安恭根，安先生是朝鲜民族英雄安重根的弟弟。梵斯派先生来自于罗马，我是从维也纳来的，我们是大卫之剑联盟的代表。一九三七年在虹口，我们为你们而战，你知道吗？我们和日本打过游击战，不断地捣毁日本人的据点和设备，把炸弹塞进他们的卡车。”

林鸣微微侧身，点了点头，说道：“我们知道的，没有别的外国人团体和我们一起对敌，只有你们，为此，我们感谢你们，敬重你们。”

阿克曼一听，回他说：“应该谢谢你，更要感谢你们的政府，通过了这样的议案。”

“我只是个信使，”林鸣说道，“先别谢我，我们还需要你们的帮助呢。是这样的，我们现在急需资金，美元或者金条都可以，但至少需要价值五万的资金，越快越好。我们已经做好计划，将在滇缅公路上设置救济物资以及食品的发放点。”

林鸣看到他们交换了一下眼神，点了点头，看来这笔巨款对于他们来说并不是问题。“这事还有很大的危险，”林鸣提醒道，“我们需要把这笔钱送到重庆，可是，日本人会想尽一切办法，阻挠我们将十万犹太人接到中国来的，他们知道，我们的这个举动会让我们赢得国际间的同情。因此，如果被他们发现，他们会重金悬赏你们的脑袋的，他们可是非常聪明。”

安恭根和梵斯派互相对视了一下，他们的眼神犀利如针。“没有我们聪明。”安恭根说道，这是他第一次开口。

梵斯派点点头，他是个中等个子的年轻人，一头卷曲的黑发。“你就告诉我们，第一批资金送到哪里？”

在林鸣离开之前，马吉特把他拉到一边，对他说：“托马斯说，我可以问问你，希望你别介意。我的表姐哈娜·罗森，她现在在维也纳，有两个孩子。我很担心他们会死在那里。那里的中国领事馆在发放签证，可不知为什么她就是拿不到。如果可以的话，能否帮我问问孔博士……也许他能帮帮我们的忙……”

“我会问的。”他向她承诺道。她的眼里含着泪水，林鸣从口袋里掏出一块手帕，递给了她。

他离开了他们，虽然行动依然小心翼翼，但满怀着豪情，因为他们的使命是要救出很多人，就在德国人和日本人的眼皮底下救人。而且，不是几个人，而是很多很多人。

而此刻，他的心里装满了珠丽。生活，又对他露出了笑脸。

他跳上了一辆有轨电车，在靠近后门的一个位置上坐下。这是最安全的位置，一旦有险情，他可以迅速跳下电车。

但是，一切都很正常，电车在路上当当地行驶着，林鸣悠闲地看着乘客上上下下。我来了，我的珍珠，我马上就要到了。他从后门下了车，走进了狮子街。

到了桂香楼，他发现门关着，早上的这个时间关着门，他一点都不觉得奇怪。他咚咚咚地敲起了门，直到大门上的那个小铁窗，露出了老门卫一只眯缝的眼睛。

“老冯，让我进去！”

“林先生，是你吗？”

“还有谁啊？快开门。我要见珠丽。”

“珠丽不在这里了。”

“老家伙，你开什么玩笑，”林鸣心里闪过一丝慌乱，但他迅速挥去了心里的不快，“快开门。”

老冯慢悠悠地开了门，林鸣冲了进去。

院落里冷冷清清的，在这个时候，也是正常的，很多姑娘还在睡觉呢。

只有鸨母和几个女孩站在那里呆呆地看着他，好像不认识了一样。林鸣顾不上和她们打招呼，直接上了楼。

推开门，林鸣一愣，屋子里空荡荡的，梳妆台上瓶瓶罐罐没有了，平时软榻上凌乱地扔着的衣服没有了，透过红色纱帐，林鸣看到床上连被褥都没有了。

林鸣跌跌撞撞地下了楼，一把抓住鸨母的手腕，却说不出话来。

鸨母一脸惊慌，使劲地挣扎着，可是挣脱不了。“她走了。”

“走到哪里去了？”林鸣终于从发紧的喉咙里吐出了一句话。

“闸北，和田路，广东坟场边上，他们把她带走了。”鸨母断断续续地说着。

闸北！林鸣的心头涌上一阵惊慌，那是日本人的地盘。他们把她带走了，鸨母的话在他的耳边轰鸣，他扔下鸨母，不顾一切地冲出了桂香楼。

当他穿过孤岛，在卡德路的尽头，过了苏州河桥进入日占区后，他立刻感觉到了不同。在这里，到处都是日本人，女人牵着孩子，一家一家的日本人，有老有少，还有穿着制服的男人。这里看上去已经不像是在中国了。

进入和田路，这里一片凄凉的景象，直到快要到达广东坟场的绿化带边沿，他才看到了一长排低矮的白色建筑，几乎没有任何特征。不断有日本男人从前门闪出来，匆匆走开。

他们把女人关在这里。

他从排着队的士兵身边挤进去时，耳朵里灌满了嘈杂的声音，他奋力扑到了前台。“有张珠丽吗?”他大声地问了好几遍。

前台的男人看见他，不耐烦地挥着手说：“出去，出去!”

旁边的士兵也推搡着他，他紧紧地抓住台子，喊道：“我找张珠丽，她是我妹妹，我爸爸生病快要死了，我要找她。”

终于，这个前台的男人从桌底下拿出一本花名册，找了起来。“不在这里。”

“请你再找找，他们告诉我她在这里!”

前台那个男人又抽出一本更旧的花名册，打开又找了起来。

一本花名册都快要翻完的时候，他看见了她的名字。“啊，在这里。”他说着把册子递过来，指着珠丽的名字给林鸣看，那名字上划了一道横线。

“她现在在哪里?”他粗着嗓门问道。

“死了。”男人把花名册一合，冷淡地说道。

林鸣往后踉跄一步，顿时觉得天旋地转。“你肯定吗?”他颤声问道，声音是那么遥远，仿佛从别人的口中发出。

“肯定。”这男人恶狠狠地对着他吼了一声。上海这个城市已经沦为奴仆，这个城市里的娼妓是死是活，他根本不在乎。

当他从排着队等着进去的人群中挤出去时，耳朵里的轰鸣已经让他听不到任何声音。他盲目地走着，不知道要往何处去。直到一声断喝在他耳边炸开，他猛地站住了脚，这时他才发现自己差一点就撞到了一部手推车上。两个男人推着这部手推车，车上，堆着十来具女人的尸体。这些女人身上的衣服都被剥光了，像木头一样叠在一起，一张麻布覆盖在上面。女人裸露的光脚伸在麻布外面，随着手推车的震动一颠一颠的。正是这悲惨一幕，还有这些颤动的脚，击破了他脆弱的壳，从那里，发出了一声长长的悲鸣。

托马斯已经能分辨得出楼里的所有声音。他用耳朵跟踪着所有住户的生活，他们的愤怒和他们的快乐，他们之间的对话，他们离开和回来的时间。当他们有了客人的时候，他也能分辨得出哪些是来过的，哪些是第一次出现的。

所以，那个上午，他惊奇地听到楼下有一个熟悉的声音。这是一个男人的声音，是他知道的人，这个人的中文，在托马斯听来清晰悦耳，即使托马斯根本听不懂几个字，他也能听出，这个声音属于一个有教养的人。他从床上跳了起来，匆匆地披上外套。虽然他一下子不能确定这是谁的声音，但是他知道，他从来不曾预料会在法租界的这条小巷里听到这个声音。

到了楼下，他吃惊地发现，孔祥熙站在门前。他的身边，聚了一小堆围观的人，行政院长孔祥熙在这里出现，太容易被人认出来了。

“孔博士。”托马斯恭敬地叫了一声。他在皇家剧院见过孔祥熙几次，现在感觉好像是上辈子的事了。“请进来吧。”

“谢谢。”孔祥熙抬手碰了一下圆帽边，这种非常美国化的动作，还是他在美国念大学时养成的，一直没有改变过。“可是，如果你不介意……”他朝巷口的方向看了一眼，三四十米开外，他的车子和他的司机在等着他。托马斯懂了。

在车上，孔祥熙对他解释道：“我来是因为林鸣。你知道，他已经为犹太人安置计划工作了好一阵子了，四天前，他回到了上海，为这项计划的执行举行了很重要的秘密会晤，随后，他就消失了。”

“在这里？在上海？”这些话从托马斯口中说出来时，每个字都在颤抖。现在，随时随地都可能会有人被杀害，而林鸣到了这城市，而没有和他联系，那已经是很不寻常了。

孔祥熙抬了抬手，阻止了他的胡思乱想：“他还活着，但是情况很不妙。我的手下今天找到了他，这就是为什么我会来找你。”

“他人在哪里？”

"在歹土。"

歹土，这个词托马斯是知道的，他倒抽了一口冷气。"他是被绑架了吗?"

"不是，"孔祥熙说着，重重地叹了一口气，"珠丽死了，看来，自从听到这个噩耗，他就错乱了。我已经派了三个人去，可没有人能将他劝离。"

"是酗酒吗?"

"不，是海洛因，比吸鸦片更糟糕。"轿车停在了Hollywood俱乐部的大铁门外。即使在大白天，俱乐部门口的霓虹灯还在不停闪烁，前方的草坪上，停满了黑色的轿车。

"他在这里面?"托马斯皱起了眉头，有传言说，这座气焰嚣张的建筑里，每个晚上都有人死于各种各样的过度沉溺，它像一头怪兽，吞噬着进入它口中的一切猎物。

"这样的地方，我自己不能进去，没法亲自去劝他出来。"孔祥熙说着，语气里充满了沮丧，"刚才在你家门口，你也看到了。所以，我请你来，就是麻烦你把他叫出来，而且，他会听你的。"

一走进大堂，托马斯立刻感觉自己置身于一台巨大的机器，一台充满了刺耳噪音和闪烁灯光的机器。从一个方向传来了一支管弦乐队资质平庸的乐曲演奏，从另一个方向，又传来了老歌的翻唱，这些声音都纠缠在了一起。依着孔祥熙的指点，他沿着最东边的走廊，朝尽头处的一个吸毒小间走去。在那里，托马斯果然在一张窄窄的藤编躺椅上发现了林鸣。这个小间里有四张躺椅，每张上面都躺了一个同样姿势的男人，眼皮半开半合，互不相干。

"林，"他推了推林鸣的肩膀，"该走了。"

他的朋友缓缓地转过了头，用他针尖般幽深的瞳孔盯了他很久，好像是从遥远的地方看过来，然后，他的嘴里说道："小格林。"

"走吧，车子在外面等着哪。"

林鸣依着托马斯扶着他的肩膀，帮他坐正。然后，托马斯试图握住他的手腕，把他拉起来，林鸣又畏缩了："不能去那里。"

"你是说外面?"

"那里。"林鸣的眼睛看向了门口，托马斯懂的。林鸣的眼睛看到的是珠丽被送去的地方，上海人会在惧怕中低声谈论那个地方，据说，中国女孩被送进去后，每十五分钟就被一个不同的日本兵糟蹋，直到蹂躏致死。

“我知道。”他轻声说道，双臂抱起了他的朋友，“但是，你不是一个人出去。”他终于让林鸣站了起来。

在车里，他们都觉得最好还是让林鸣跟着托马斯回去，由托马斯照料他，直到他走出来。“他会很难受的。”孔祥熙提醒道，“要过三天，毒性才会过去。”

等到把林鸣安顿在托马斯的床上之后，孔祥熙取出一小沓钞票给托马斯，作为林鸣的费用，但是被托马斯拒绝了：“我有工作。”

“请一定收下。”孔祥熙把钞票塞进了托马斯的口袋。“他也是我的朋友，至少，这能解决一部分他的用度。”他环视了一下这间天花板低矮的逼仄小亭子间，又抽出了一张钞票，“还有，我要提个建议，”他把钞票也塞到了托马斯的口袋里，“买只夜壶吧，他会需要的。”

“可以。”

“等他缓过来后，告诉他，我非常非常为珠丽感到难过……但是，也请告诉他，他干得很棒。第一批资金已经在前往重庆的路上了。很多人将会因为有他而活下来，他们中有女人、有孩子。”

“我会告诉他的。”

“谢谢你，小格林。我可以这样叫你吗？他提到你的时候，总是这样称呼的。”

“当然，您随意。”

孔博士拿起了圆帽，点了下头，很敏捷地转身下了楼梯，仿佛每天都在这里走动似的。

第一个晚上，托马斯一直坐在林鸣身边陪伴着他，接下来几天都是和晚上演出的阿隆佐轮流照看林鸣。其实，他们也做不了什么，只是一直给他擦汗，告诉他一切都会好起来的。在他焦躁的时候，安抚他，哄着他喝点汤汤水水的东西下去，即使有时过一会儿又会都吐出来。到第四天的时候，虽然林鸣还是脸色苍白，虚汗直冒，但是他已经神志清爽了。

“你一直睡地板上？”林鸣倦怠无神的眼睛扫视着房间，看见了靠墙堆着的一摞被褥和枕头。“实在抱歉，这样几天了?”

“三天，感觉好些了吗?”

“没有，你不用管我的。”

“朋友，你以为我们会这么轻易地放弃你吗?”

“我们指的是谁?”

“阿隆佐，我，还有惠子，她给你煲了汤。查尔斯和欧内斯特也想来看望你，可我不想让他们看到你前些日子的样子。”

林鸣把头转向了墙壁：“我倒希望你离开我。”

那天，托马斯没有再和林鸣争下去，但是，他一直把林鸣留在亭子间里，并且继续和阿隆佐轮流陪伴他，从不让他独自一人留在家中。很多次，阿隆佐带上林鸣一起去听托马斯和大卫的表演，自然而然地，后来阿隆佐也带上他的低音贝斯，加入了进去。阿隆佐不会读谱，所以他会先听一段，然后再融合进去。第一贝斯的加入，给乐曲增添了令人惊喜的变幻和复杂，甚至加入了一丝摇摆的味道。

当他们演奏到一些循环重复的片段时，比如，莫扎特的第一号小提琴奏鸣曲中，那些发生在小提琴和钢琴之间的呼应唱和段落，他们会在这种节奏中停留，反复地强调，来回地重复。托马斯和阿隆佐会在第七音和第三音上做降调处理，或者，加入更多的切分音。他们之间的合作是这么和谐，这种和谐，是音乐家对音乐的理解，在音乐中，互相理解，所以，他们才是这样生死与共的朋友，因为音乐在异国他乡，萍水相逢，在战争中，但生死与共。他们之间流淌的这种和谐和理解，从琴声中传递出来，清晰地传递给听众，听众们往往欣喜地接受这些变化，不过，只有林鸣脸上露出的微笑才是他们所期待的。台上台下，他们的眼神在音乐中传递。

一天晚上，托马斯受邀前往大卫和马吉特家吃晚饭，而林鸣不想去。林鸣得了热伤风，只想待在家里，晚上早点睡觉。这些天，他都睡在地板上，说床垫太软了，睡地板更舒服。“你去吧，”他对托马斯说，“我没事的。”

于是，托马斯去市中心坐上了一辆往北开的有轨电车，过外白渡桥，进入了虹口区。这个人口众多、陈旧破败的城区现在是犹太难民隔离区。大卫给他画了一张地图，上面是各种提示和箭头，因为他住的地方没有门牌号，是在一栋大楼里，大楼里的房间被隔成小小的单间，他家就是那些迷宫般的房间中的一间。

大卫看到了托马斯，他正穿过长长的幽暗过道，向大卫家走来。大卫发出一声欢呼，愉快地引他进了屋子。屋里只有一扇小窗，开得很高。屋子中间的餐桌上铺了一块格子桌布，平添了温馨的感觉，炉子上，炖汤散发着诱人的香味。

托马斯拥抱了马吉特，然后弯下腰和里奥握了握手。“你们两人太勇敢了，居然带着小孩子来到这么远离家乡的地方。”托马斯说道。

“勇敢？”大卫叫了起来：“不，不是勇敢，是幸运！你不能想象，逃离那里有多艰难，有多危险。但是，我们是幸运的，是的。我一点都不夸张。他们要杀了我们，一个都不留。”

“太可怕了。”托马斯说道，“在欧洲，有数百万犹太人啊。”

听了这话，马吉特坐不住了，“我们还是开始吃饭吧。”她站起身，一边说道，一边开始往每个人的碗里舀汤。她把一根刚刚出炉的面包切成厚片，旁边放上一条黄油。

开始用餐之前，大卫低眉垂眼，用希伯来语做了一个祷告，托马斯只听懂了一个词，以色列。接着，大卫说道：“这个祷告是要感谢上帝，让我们活着而自由地来到这里。在这里，我们有这么多从德国和奥地利逃出来的同胞，在异国他乡开始新的生活。还要感谢像你这样的朋友。”

马吉特在一片面包上涂好黄油，递给里奥。“你现在看到我们一家平平安安地在这里，可是你无法想象当时离开维也纳是多么不可能，我们都绝望了。纳粹不让我们离开，除非我们拿到别国的签证。”

“可是没有国家愿意给我们发放签证。”大卫加了一句。

“那你们是怎么逃出来的呢？”

“是上帝让我们逃出来的。”大卫说道，“是上帝给我们送来了何凤山，中国驻维也纳的总领事。”

一年多以前，一九三八年，三月的一个礼拜六早上，空气清新怡人。早餐后，何凤山走出他在维也纳的家门，他准备步行到领事馆，看看德国有什么新闻。近日来，他密切关注着来往于德国和奥地利之间的电话和指令，什么都可能发生，什么都不确定。银行门口排起了长队，大家都想把钱取出来，放在身上才放心。前一天，孔祥熙和他通过话，为了安全起见，他们是通过暗线联络的。孔祥熙告诉他，纳粹德国随时都可能拿下奥地利，但过程应该是平和的。因此他想去领事馆，在那里，消息会更多更及时一些。冬天快要结束，这是一个明媚的清晨，他很想走一走，于是，穿上他的外套，戴上软呢帽，走出了家门。

当他快要走到那条绿树成荫的大马路时，他听到了卡车发动机的声音，还有行军的踏步声。他以为自己听错了。拐过街角，他蓦然发现，大马路上都是士兵。没错，德国人来了。

里三层外三层的围观人群聚集在路障后面，其中有几人在欢呼着，伸手做着纳粹的手势。愚蠢，他暗暗骂了一句。他站在人群中，伸长了脖子察看马路上的状况，可他只能看到士兵，六个人一排，起码有几百排，数也数不清，他的心沉了下去。

"何领事。"他听到了一个孩子的声音，他转过身去。

"仁慈的主啊！"他轻声唤道。这句话，是他小时候学会的第一句英语，那位挪威老师教他的。直到现在，他还是经常脱口而出。

一转头，他看见了莉莉丝·希尔维亚·多兰，他认识这个女孩子，他上她家吃过两次晚饭。"希尔维亚，你怎么一个人在这里啊？"

"我本来和同学在一起的，可我和他们走散了。"看上去她都快要哭了，可怜啊，他心想。多兰家是犹太人，眼前的这些列队士兵，对于她的家庭来说，是令人惊恐的纳粹势力的展示。

她在发抖，何凤山握住了她的小手，"走吧，"他说，"我送你回家。"

他冷静地牵着希尔维亚的手，离开了纳粹军人和用德语高呼着胜利的人群。他们转进了一条安静的小路，道路两边的树木枝丫光秃，路边的房子窗帘低垂，一派肃杀静穆的气氛。和这个小姑娘走在路上，何领事能感觉到注视着他们的目光，透过窗帘的缝隙，看着他们。春天快要到了，可是人们的心进入了严冬，没有人敢于随便出门了，尤其是在维也纳的犹太人。

他按响了她家的门铃，希尔维亚的爸爸妈妈小心翼翼地开了门，一见到他，就眼泪汪汪的。

“好了，好了，”他沉稳地说道，“她现在安全无事了。如果你们还是很怕，我可以留下来多待一会儿。我是个外交官，总领事，只要我在这里，没有人敢伤害你们。”

说着，他在客厅里坐下了，就着温暖的火炉，和希尔维亚，还有她哥哥卡尔，以及她的爸爸妈妈聊着天。直到夜幕降临，赫尔和弗洛·多兰觉得应该没问题了，何凤山可以回家了。“记住，”他走之前说，“我们是朋友，有任何问题，都可以来找我。”

接下来的几个月，针对犹太人的行动变得经常化、公开化。他看到纳粹党的人守候在犹太教堂外，看到做完礼拜出来的犹太人，就捉住他们扔进卡车，然后，逼迫他们用犹太祈祷巾洗擦纳粹兵营的便池。何凤山鄙夷这样恶毒的行为，荒唐幼稚，而充满了仇恨。

夏天来临的时候，中国领事馆门口开始排起了长队。不久，队伍变得越来越长，人们一排就是好几个小时。

他们都是犹太人。

那天早上去上班，他看见了领事馆门口的长长的队伍。“发生什么事了？”他低声询问他的秘书国美。

“签证，”她说道，“他们排队要签证。”

“你是什么意思？什么签证？”

她耸了耸肩。

他走进了办公室。办公室的墙壁上，贴着条纹图案的墙纸，房间正中，是一张厚重的办公桌，看着让人觉得心安。他准备闭门工作，不去理会外面的喧哗和人群。他知道，纳粹禁止犹太人离开本国，除非他们有一张他国颁发的签证，可是，眼下这种局势中，没有国家愿意给他们签证，因而犹太人都被困住了。

刚一坐下，他发现办公室的门还半开着，于是他起身去关门。这时，他听到一个熟悉的声音，外面有人要找他，国美在拦着。

他开门探出了头：“是希尔维亚吗？”

“何领事！”她挣脱了国美，向他跑过来。

“你在这儿干什么？”

“帮帮忙吧！您说过，您会帮我们的……”女孩眼泪汪汪地说。

“孩子，坐下来慢慢说。”他温和地对希尔维亚说道，转而用中文叫秘书去倒一杯茶来。“你现在看上去很害怕，怎么了?”他看着她的眼睛。他的眼神平静、沉稳，或许，这是因为他的心里装满了信任。他的童年不幸，但生活没有亏待他，上帝也一直眷顾他，他以仁爱作为回报。“告诉我发生什么了，你爸爸妈妈呢?”

“他们把卡尔抓走了！爸爸妈妈快要急疯了，他们都病倒在床上。”

“什么？他现在在哪里?”

“他们把他押上了开往达豪的火车。”

达豪，何凤山的脊背一阵发凉。那里是臭名昭著的纳粹集中营，是人们心目中地狱一般的地方。

“他们不会放过他的，除非他能搞到一张签证。你能给他弄一张去上海的签证吗？求求你了！”

他的眉头紧皱，“中国领事馆不会发放上海的签证。”他说道：“你不需要签证，就可以去那里，谁都不需要签证。那是个自由港，根本就没有上海签证这一说。”

泪水沿着她的脸颊淌了下来。眼前的这个女孩，已经站在了成年的边缘，但是，在他的眼里，她永远是个孩子，他会尽一切力量保护她。

他的心里迅速地过了一遍卡尔的案例。的确，进入上海不需要签证或者任何形式的身份证明。上海对任何人都是欢迎的，无论从哪里来，以何种方式抵达。

“无论如何给他一张签证吧。”她流着泪哀求着。

“我们当然可以试一下，对吧？国美！”他大声地喊叫道，“给我拿一张签证表格和签证章。”希尔维亚满怀希望地抬起了头，她只听见国美说了一连串的中文，接着，何凤山说：“我怎么知道？你只管去弄一张普通的签证表格吧。”

二十分钟后，上海签证做好了，上面盖了一串印章。“你看到了吗?”何凤山说道，“第一份上海签证。”他流畅地签上了自己的名字。接着，他口述了一封言辞冷峻的外交信信函，要求达豪的有关负责人立刻释放卡尔，卡尔将和他的家人一道离开维也纳，前往上海。落款是中华民国，总领事。

希尔维亚伏在他的肩头抽泣了起来，感激得说不出话来，这倒是让何凤山有点尴尬了，他擦去她脸上的泪水，轻声地喝止她，叫她要坚强起来。“把信藏好，这里是给你家另一份签证，以备万一。都藏到夹克里层去，对了，这才是好姑娘。现在，希尔维亚，你听着，不要拖延。一旦卡尔回到家，马上整理行装，离开这里，动作要快。”

“好的，”她说道，“谢谢您！”她往门口走去。

“还有，希尔维亚，上帝与你和你的一家同在。”这是他的真心话，他相信路德站在他的一边，希望他向犹太人伸出援手。

他从高高的窗子往外望，窗子两边垂着厚实的天鹅绒窗帘，半掩了窗户。他看着希尔维亚走出大门，经过那些排队的人们。他感觉到人群中有一阵小小的骚动，她的出现给人们带来一丝希望。

“国美，我认为这个是可以的，”他微微转头喊了一声，“这些人有救了。”

“你可以让他们走的。”秘书说道。

“不。”他说道，无须任何解释。何凤山是幸运的人，他身受上帝的恩泽，他不能期望别人都能理解。

他出生在一个农民的家庭，家境贫寒。七岁时，他的父亲就去世了。母亲无力独自抚养他长大成人，于是不顾他又哭又喊，送进了挪威路德教会，只求在那里能吃饱饭。结果，他不仅能吃得饱，还受到了良好的教育。在教会的几年里，他开始信奉上帝，他们并没有向他多解释，可是他自己看见了。他们给予他的，抚养他，培育他，给他受教育的机会，都是以上帝之名。现在，作为一个外交官，他也以同样的方式对待他人。

何凤山开始向排队的犹太人颁发前往上海的签证，他在办公桌前一坐就是一整天，工作到头都痛了。他签发的签证都是以家庭为单位，这样效率更高。这是他的创举，越来越多的人从他这里拿到了生命签证，然而队伍还是排得越来越长，闻讯而来的犹太人日益增加。欢迎你！祝你幸运！一路平安！下一位！

国民政府派驻柏林的大使得知了此事，向何凤山提出严厉的警告，命令他立刻停止。何领事将这些怒气冲天的电报锁进了抽屉，置之不理。

第二天一早，他来到办公室时，发现又收到了更多的电报。国美正在看着一份份的电报，惊惶得张大了嘴：“他叫你停止，否则就要拘禁你。”她说道。这是第一次，她看上去如此惊恐。

“我不会停下来的，”他平静地说道，“除非他们硬把我拖走。”说着，他坐了下来。“再给我一沓新的表格，啊，很好，谢谢你！现在，开始工作吧。”

那个夏天，马吉特关起门来，陪着里奥在家里玩，他们不敢让里奥到外面去玩，只有家里暂时是安全的。大卫忧心忡忡地看着他们，不知道这样的日子能延续多久，这不是一个小男孩应该过的日子。虽然他们无处可去，可是他依然一直在痛苦地思索，是否应该带着他们离开，如何离开。他的父母都已去世，而她的双亲都还在，也住在维也纳，年迈体衰而不愿离开这个城市，但是，他们一直督促大卫带上马吉特和里奥远走高飞。而她亲爱的表姐哈娜也拼命地想和丈夫及孩子一起逃出维也纳。

晚上，大卫和马吉特躺在床上，花上好几个小时讨论他们的计划，他们每人就带上一个小旅行包，还有一个包里装上里奥的东西。马吉特在那个包里放进里奥最喜欢的手工钩织小毯，还有一件缎子边的小睡衣。就在里奥和马吉特都入睡之后很久，大卫还是无法入眠，他痛苦地盯着天花板，仿佛要在那里找到答案，到底应该怎么办。他现有的钱够买三张通铺船票，现在有个委婉的叫法，称为观光客船票，之外还略有盈余。不管他们将会到达哪里，在哪里开始新的生活，现在，每一个先令都极其重要。

然而，问题是，哪里都不肯接收他们。他几乎跑遍了维也纳的每一个大使馆和领事馆。再想想，总会有办法的。可是，他躺在那里想了很久，还是没有任何答案，唯一的办法就是明天一早再去碰运气，排下一支队伍。

就在他排在墨西哥大使馆的队伍中时，他听说了中国领事馆的何凤山，这位总领事正在签发去往上海的签证。大卫一听，立刻转身往中国领事馆跑去。到达那里的时候，正是中午，他手里除了从不离身的小提琴盒子之外，别无他物。他看看这支长长的队伍，心里想着先回家吃点东西。可是，他看到人们从各个方向涌来，急匆匆地排上队，队伍越排越长。他也不再犹豫，赶紧站好了队，刚好挤进了大门之内，而队伍迅速地向街上蜿蜒而去。

接下来是漫长的下午和夜晚，他一直站在那里，连在地上坐一会儿都不敢，生怕自己迷迷糊糊睡着了，不仅会丢了位置，还可能会丢了小提琴。他就一直站着，无聊而焦急地挨着时光。他知道马吉特一定在为他担心，但是，他也没有办法，排在他后面的还有几百人，他不敢离开一步。

第二天早上八点左右，大卫迷迷糊糊地站在那里，睡眼惺忪中，他感觉到蜿蜒如长蛇般的队伍里有一阵兴奋的骚动，有人在叫着：何凤山来了，何凤山来了。大卫打了个大大的哈欠，竖起了耳朵，果然，他听到了一辆轿车由远而近开过来了。

这辆黑色的轿车一开进领事馆的大门，人们立即围了上去，趴在车窗上往里面看，对着坐在后座的那位脸色温和的亚洲人招手。轿车缓缓地慢下来，突突地排着废气。人潮把大卫推向了轿车，抵住了车窗，他看见后座的这个男人神色安详，目光平和，尽管外面一片喧哗嘈杂。

何凤山一定能感觉到他的存在，因为他微微转过头来的时候，刚好和大卫的眼光对上，在四周的尖叫、哀求和吵闹声中，他们两人在对视中分享了片刻的宁静。

没有开口，大卫举起了他的小提琴盒子，隔着窗子给何凤山看，好像是在说，这就是我了，帮帮我吧。

令他吃惊的是，坐在靠另一边车窗的何领事把手伸向了一旁座位上的一沓表格，他取过上面的一张，签写完毕，然后把车窗摇下来一条缝，把表格递给了出去。

大卫瞪大眼睛看着，完全看傻了，一动不动地站着。

何领事把手中的表格摇了摇："拿去吧。"

人群骚动起来，他们拍着车窗，叫道："我也要我也要。"何凤山安抚大家："不要着急，大家都会有的，让我先进办公室。"

大卫接过了表格，简直不敢相信自己的眼睛。这时，堵在车前的人们已经让开了一条道，司机慢慢地滑进了停车位。大卫低头看着这张表格，这是一份给他们全家的上海签证，上面盖了章，签了名，墨迹未干。只有一栏是空白的，那里要写上他们的名字：大卫、马吉特和里奥·爱泼斯坦。他们马上就要坐船离开，从热那亚的港口，上帝会保佑在海上漂泊的这一家人。

我们自由了！我们自由了！他小心翼翼把这张宝贵的纸贴身放好，一路走回去的时候，一直用小提琴盒子紧紧地压着。他刚刚把钥匙塞进锁孔，就听到了她的欢呼，他的心一紧，想到这一夜她受了多大的苦，不知道发生了什么，设想他不能回到家里的种种可能性，担惊受怕的一整晚。门开了，她就站在门口，眼睛还红肿着，饱含泪水，现在是喜极而泣的泪水，感谢着上帝。接着，他们都陷入了沉默，为意想不到的幸运，天上掉下来的福分。

“收拾吧，亲爱的，我们就要去上海了。”他把签证往她手里一塞，和衣扑在了床上，鞋子也没脱。

她在他的头下塞了一个枕头，给他盖上了他们的婚礼羊毛毯，看着他沉沉睡去，她擦干了眼泪，开始向上帝祷告，感谢上帝的赐福。

餐桌边，大家陷入了沉默。大卫和马吉特的眼里满是感激之情，里奥在妈妈的膝头睡着了。所有人都感到了上帝的恩典，给这个故事一个圆满的结尾。“我也深深地感谢何领事。”托马斯接过了话题，“因为他，现在你们都在这里了，健康，平安。”

听到这句话，马吉特站了起来，把里奥塞到了大卫的怀里，低头走了出去。看上去，她是要去小巷的公厕，但是她经过托马斯身边时，他看见她的眼里有泪。

“唉，是想起她的表姐来了。”她出了门之后，大卫哀婉地说道，“我们写了一封又一封的信，可是石沉大海，没有任何回音，维也纳那边没有任何消息。他们的孩子只比里奥大一点点，他们全家人都生死未卜。”他低头看看怀中的儿子，用颤抖的手臂把他搂得更紧了。

“我很难过。”托马斯说道，他们沉默了很久，直到马吉特又回到房间里。告别之前，他紧紧地拥抱了他们。

回到亭子间，他发现灯还亮着，林鸣也还醒着，他的身子半倚在墙脚，现在那里是他的床铺。托马斯还没开口，林鸣抬头看着他说：

“我终于和孔公联系上了，他可是个大忙人。”

“毫无疑问。”

“不过，他会开到一半就出来见我了。”

“他在为你担心，他很关心你。”

“我不知道这是为什么。”

“不要这样说，看看你所做的一切吧。你把爵士乐带到了这里，你让所有人跟着音乐跳起舞来。”

“是你，那是你和你的朋友们的功劳，正如巴克·克莱顿和泰迪·韦瑟福德这些在你们之前就来到这里的音乐家。而不是我。但是，不管怎样，现在这一切都结束了，夜上海已经死了。”

“可我们还没有，我们还是和你在一起，你看到了吗？还有孔先生，他把你视为他的儿子。”

“哈哈，还真像，我们走在一起人们都会把我们当作父子。”这是自从那天把他从Hollywood俱乐部拖出来之后，林鸣开的第一个玩笑，一瞬间，原来那个机智幽默的林鸣终于又回来了。

受到鼓励的托马斯蹲下身，凑近了他的朋友，他们的眼睛平视着。“我们所有人，都是被你带过来的，我们从来不曾拥有这一切。我不是在说钱，而是尊重。我可以说，你带来的是每一个音乐家身上共有的一部分，是每一个音乐家一辈子都在追求的东西。而在这里，我们找到了它，就是因为你。你在这个意义上拯救了我们，即使我们回到美国，回到底层，我们知道我们有过。”

林鸣点了点头。

“还有，你知道你现在正在帮助犹太人，包括马吉特的表姐……”

“希望可能是残酷的。”林鸣打断了他的话：“我建议你还是不要抱太大希望，她的表姐已经太久没有音信了。”

“我知道。”托马斯说道，想起马吉特的那一双泪眼，他的心头还是会烧灼般的疼痛。“但是，有了安置计划，你可以解救那么多的犹太人。这就是为什么你必须振作起来，想想吧，十万！”

“如果成功的话。”林鸣呆滞地说道。

“如果成功的话。”

“那么，我为什么就救不出一个人？”林鸣轻声说了一句，泪如泉涌，积累了那么多天的痛苦终于倾泻而出："我为什么没有早回来一个月?"

"我知道，"托马斯平静地说道，把一只手放在了他的手臂上，"真是太不幸了。"这就是蓝调，他心想，他终于懂得了这种音乐。他们坐在一起，谁也没有开口，只有老朋友才能这样的默契，他们就这样坐着，直到半夜。

那年的十月，宋玉花每隔几天，有空的时候就会回到那个山村。她把新的书和作业本带给那里的女孩子，教她们认更多的字。孩子们都很喜欢她，和孩子们在一起她感到了轻松，她想起了自己的童年，那是她最幸福的时候，虽然这些孩子和她优渥的童年很不一样，但是她们的天真热情一直感染着她。这些女孩中，梅花最机灵，学得最快，她给宋玉花写了一封短信。这封短短的信里面有很多错误，可是宋玉花在读这封信时又惊又喜，那种纯粹的快乐，在她来到北方后，这是第一次感受到的。宋玉花表达快乐的方式是回了一封信，在信里，她把字写得大大的，很清楚。

一天，一个通信员赶来找她，叫她跟着他去开会。这是一条崎岖的山路，一侧就是黄土山崖，笔直峭立。以前，她没有来过这条山谷，这里是中央高层干部工作的地方。她走进了一个巨大的山洞，山洞被布置成了会议室，一张低矮的方桌边，有一圈男人围坐着，洞壁上搁着煤油灯，灯焰一闪一闪，照亮了山洞。山洞的地上，铺着一块新疆地毯。

"宋翻译，"一位年纪比较大的男人跟她打招呼："我是老冯。"说着他让宋玉花坐下，继续说道："我们接到了一份情报，它来自于我们在满洲里的线人。"

她的眼睛一下子睁大了，情报意味着秘密，在延安，秘密和权力一样，都离她很遥远。

"根据这份情报，日本人已经获知，国民政府将在云南实行一项安置计划，收容犹太难民。因此，日本人也在策划一项安置计划，他们称这项计划为河豚计划。"

"也是为了犹太人?"宋玉花问道，她听得有点晕，试图能跟上。

“是的，他们这样做的目的，当然是为他们自己争取西方的好感，而不是为了中国，为了解救犹太人。他们的计划是要将现在滞留在上海的两万犹太人迁往满洲里。”

“什么？为什么？”她不能想象，在上海的犹太人，怎么会要去那个冰天雪地的地方，他们在上海住得好好的，还形成了自己的社区。

“他们声称让犹太人去开垦农田，其实这是个谎言。据我们了解的情况，他们是想用犹太人作为他们自己和抗日力量之间的人肉缓冲器，他们的目的在于剥削利用犹太人。问题是，他们想把这个河豚计划包装成一个维护人权的行为，从而获得西方对他们入侵中国的支持。”

“可是，他们这样怎么能救犹太人呢？这批犹太人已经在上海安全地生活了。”

“正是如此。我们支持的是中国的计划，虽然这项计划是由国民政府制订的，根据这项计划，十万名犹太人将要被安置到云南。”

她赞同地点了点头。她知道，通常情况下，他们不会支持国民党的计划，但是，这项犹太人安置计划属于特殊的例外。

“所以，我们需要你。我们了解到，日本人将在所有的上海报纸和杂志上宣传他们的河豚计划，捏造大量的谎言，说服犹太人接受，并且愿意迁移到满洲里去。我们知道，你以前在上海是认识外国人……”说到这里，老冯停顿了一下：“不不，你别担心，这没什么。或许，那里还有你认识的人，对吗？所以，我们现在需要你立刻赶回上海，尽你的一切可能，和那边的相关人士取得联系，阻止日本人的谎言的扩散。我们不能让犹太人被河豚计划误导，受骗上当。”

她的心在飞扬，上海！托马斯！“我知道了，冯同志！”她迅速地思考着各种可能性，“你是否还希望引导媒体，反对河豚计划呢？”

他微微地露出赞许的神情，一点头说：“如果可能的话，把我们对这件事的看法也公之于众，当然更好。”

三天后，宋玉花已经在上海，听说托马斯那天下午将要在王宝和大酒店演奏，她赶到了广东路，站在酒店门口等着他，眼睛扫视着来自各个方向的人流。演奏是两点半开始，和他一起的小提琴手她已经在里面见到了。现在，她急迫地等在酒店门口，期待着他见到她时脸上露出的欣喜。

宋玉花看到，托马斯是和林鸣一起在拐弯处出现的，他正在听着林鸣讲述着他的苏州之行："你知道，我是去找我的妈妈。"他们站在交叉路口，等待着川流不息的黄包车、手推车和汽车停下来，他们好穿过马路。"看好了，"林鸣提醒道，"红头阿三要改手势了。"

那位包着红头巾的印度人用大幅度的手势止住了他们前面横马路上的车流，他们随着人群和汽车穿过了马路。"所以，我到了苏州，去找她。"林鸣继续说道，"可是，她已经去了另一个世界。而老杜还活着，但和我已经没有关系了。现在，我只剩下我的朋友们，你们所有人。还有，虽然我不知道她在哪里，但我知道，我还有个妹妹……"

踏上人行道，林鸣完全呆住了："……宋玉花。"他终于把话说完。

她就在眼前，在酒店门口等待着他们，她的笑容如此灿烂，照亮了人行道。林鸣先向她伸出了手，和她紧紧地拥抱在一起，然后，她转向托马斯。

他们拥抱在一起时他问她："你怎么知道我在这儿的？"

她笑了："夜上海并没有过去很久，你的名字人们依然记得。我只要去问问托马斯在哪里演奏，问两次就有答案了。至于他吗……"她笑吟吟地看着林鸣："我只是期望你能告诉我关于他的消息，没承想，你把他一起带过来了。"

托马斯心里涌上一阵悲伤，因为，不一会儿，她就会听到关于珠丽的不幸，还有林鸣的遭遇了。可现在是演奏的时间了，他已经有点晚了。"我们三个人一定要好好聊聊，可现在，请原谅我，我已经晚了几分钟了。我七点结束，到时候，我们一起吃晚饭怎么样？"

"太好了，"宋玉花开心地叫起来，还没等林鸣开口，她就提议说，"去德兴馆怎么样？就在东门路的尽头，外滩边上，离这里也不远。"

"可以。"托马斯说道，林鸣也默许了。他们三人站在人行道上，在人流中形成了一个孤岛，身边不断有行人来来往往，穿着棉夹袄的老妇人，头发梳得光溜溜的少妇，间或还有吃力地挑着担子的乡里人，晒黑的脸孔涨得通红。

“回到上海真好。”宋玉花说着，给了托马斯一个灿烂的笑容，“那么我们一会儿见。”然后，她挽着林鸣转身离开了。托马斯站在酒店的门口，望着他们的背影，看到林鸣在俯身对她说着话，想到林鸣可能要说的话，他的心沉了下去，连见到宋玉花的喜悦都被冲淡了。

那天下午，托马斯的心思完全不在演奏上面，有好几次他都忘了自己弹到哪里了。等到反应过来之后仓皇掩饰，也很难被认为是创造性的演绎。大卫冲着他做鬼脸，他心里明白这是为什么。

“我一看就知道是她，她进来找过你。”乐曲之间短暂休憩时，大卫对托马斯说：“她真漂亮啊！我就知道她是来找你的，她可没想到会遇上林先生。怎么，林先生是你的情敌吗？”

“哦不，他是她的义兄。”

“啊，原来如此，”大卫孩子气地笑了起来，“那就没事了，你一会儿就能见到她了。”

听到大卫轻描淡写地这么一说，托马斯笑了起来，不过，他也的确按捺住了内心的骚动，把眼睛盯在乐谱上，安安心心地弹完了后面的几支曲子。那天晚上结束表演后，他没和大卫聊几句，而是急匆匆地收拾好自己的谱子，忙不迭地离开了，和大卫合作几个月，这还是头一次。

不一会儿，他就来到了东门路。路边的店家正在收拢遮阳顶棚，店铺里面一下子亮堂了起来，店主把灯笼挑了出来，四方柱形的灯笼以红木为框架，四面是有手绘图案的玻璃，灯笼下面垂着流苏，这些灯笼挂在了店铺门口，准备好在即将来临的夜色里点亮。行人在人行道上走过，时而停下脚步，选购路边店铺里兜售的货物：一筐筐的水果和秋季的蔬菜堆在店门口的地上；新款的秋衣和落季的夏装并肩挂着，挤挤挨挨的一排排把店铺衬得更逼仄了；卖日用品的商店门口，搪瓷碗和搪瓷夜壶一摞摞叠放着，堆得高高的。

在东门路的尽头，他找到了面对黄浦江的德兴馆，到了店门口，他才意识到这家店他来过。上次，他就是在这里和林鸣吃的饭。吃饭的时候，林鸣给了他关于安雅的建议，这段时间里发生了那么多，感觉这已是上辈子的事了。当他踩着陈旧的石板楼梯，到了二楼时，他想起了上次喝的那份海鲜浓汤。林鸣和宋玉花已经在那里了，他们坐在一个靠窗的位子上。窗外，黄浦江上昔日的喧哗不再，距离日军的入侵已经两年过去了，虽然货轮、汽艇、舢板和平底船又出现在江面上，但是已经没有了当年的热闹繁华，船只上的灯光黯淡了，汽笛的声音也没有那么洪亮张扬。

不过，在他面前的宋玉花却是那么美丽，她浅浅地笑着，比他见到的任何时候都更加可爱。她的眼睛顾盼有神，显得幽默而自信，她的一举一动都自然得体。看着现在的宋玉花，托马斯都快要想不起以前的那个女孩：在杜月笙的要求下，穿着腰身掐得紧紧的、泛着缎子光泽的旗袍。她的皮肤被太阳晒得黑了，身上穿着一件蓝布长衫和黑色裤子，是城市里最普通人家的打扮，但是，她的周身都散发着迷人的光彩。

而林鸣却正相反，他脸色灰暗，神情忧伤，最近一段时间以来，他一直都是这个样子。林鸣伸手取过白酒瓶子，看了看标签，给三个人面前的杯子都斟上了。他们举杯庆祝重逢，她跟他们讲述了此行的目的。

“那很容易，”林鸣说道，“我可以带你去大卫之剑联盟。”就是这个协会派遣安恭根和阿姆莱托·梵斯派前往重庆，赠送捐款的。他们还会在虹口区的犹太人中间开展宣传，揭露日本人的阴谋。

“对了，可以去找找那位我去见过的鲍先生，”托马斯想起来了，“他也许愿意在《上海每日时报》上发表文章，揭露河豚计划的真相。”

“不错。”林鸣点头赞许，转而对宋玉花说：“别着急，妹妹。很快，所有在上海的犹太人都会知道的。”

“谢谢你们！”他们举起酒杯碰了一下。

林鸣又陷入了伤感：“可是，夜上海，已经一去不复返了。”

“那是另一个世界。”托马斯说道，他想起了在激战中的那三个月，偷偷地去看宋玉花的眼神。是的，另一个世界。

“上海的夜晚已经黯淡无光，”林鸣忧伤地说道，“再也听不到真正的音乐，我昨晚走了很多地方，甚至穿过了歹土，可是，没有音乐了，夜上海现在就是个讽刺。”

侍者端上来一只带盖的大汤碗，里面盛着鱼羹，放在了桌子中间。林鸣摇了摇头说："我们有可能还会相遇，我们三人，可是我们再相聚的时候，我们将是忧伤的小三和弦。"他端起酒杯，一口喝了下去，都没有和他们两人碰杯。一饮而尽后，又倒满了一杯。

宋玉花和托马斯的眼光碰在了一起，"哥哥，"她伸手也去舀了一碗汤鲜美的鱼汤，"你多吃点东西吧，你伤了元气了。"

"你需要时间。"托马斯接了一句。

"谁也没有时间了，"林鸣哀怨地说道，举起了酒杯，"难道你不知道时光一去不复返吗？我们拥有的一切都如流水一般逝去，和它对抗是徒劳的，这就是命，你不能不认命。"

"可以的，你也可以的，"托马斯看着宋玉花说，"看看你妹妹吧，她在战争中都变了一个人了。我们躲不开这场战争，但是我们可以选择我们的生活。"

"一切都是命，"林鸣一口把酒喝了，"没有人能逃脱，它正在抽走我们的生命。"

"好了，哥哥，"宋玉花对着林鸣温柔地说道，她又看了一眼托马斯，接着，她把汤碗往前推了推，说："多喝点汤吧，它会让你恢复体力。鱼片、干贝、海参、豆腐还有雪菜，都是上海的味道。"

林鸣又倒了一杯白酒："你知道对于我来说，什么是上海味道吗？虾仁锅贴，还有小摊贩的粗炒面。"

"对，对！"宋玉花高兴地叫道。

"他会挑着担子来到我们的弄堂，他的小厨房，就在他的肩膀上挑着。他有自己的叫卖声，叫起来跟唱歌似的。你一听就知道是他来了，他的叫卖声和别人都不一样。可这些都没了。"

"不会都没了的。"宋玉花温柔地顶撞她哥哥，"这些东西，时间到了就会回来的。一个新的年代就要开始，一九四〇年马上就会来到。等你还没回过神，晚春的梅子就上市了，咬一口，酸得口水都要流出来了。"她看了一眼托马斯，又加了一句，"到那时，黄梅天就开始了，空气变得湿答答的。"

"还记得烤白果吗？"林鸣的兴致也高一些了，"小贩一边穿街走巷，一边高声叫卖，嗯，让我想想呀，他是这样叫的：'刚刚出炉的烤白果嘞！只只爆开嘞！只只大嘞！’”把小贩的叫卖声翻译成英语，显得很有趣，他的嘴角终于有了一丝笑容。

“上海还活着。”宋玉花肯定地说。

托马斯接着说：“我同意。”

终于，林鸣把汤碗和调羹移到了自己前面，开始喝起来了。可是，喝了几口，他又伸手去抓酒瓶，把最后几滴都倒光了。“但是，这个安置计划，”他眉头紧锁地说道，“万一蒋介石不答应怎么办?”

“怎么会呢?”宋玉花说，“这么好的一个主意，没有道理反对啊，连我们这边都认同了。”

“这个计划会惹恼德国人，而蒋介石想要取悦他们，所以，他不敢得罪希特勒。只要他能挨得上，为希特勒舔腚包他都愿意。”

“操蛋!”她脱口而出。

林鸣笑着站了起来，宋玉花把他惹笑了，因为她以前从来不会说这样的粗话。“妹妹，你长大了。”他的双手撑在餐桌上，“寸金难买寸光阴啊，妹妹，我已经太晚了，不要再犯我的错误了，打仗，随时都会死的，抓紧时间吧。”林鸣闭上了眼睛，身子在前后稍稍晃动着，好像是在记忆中搜寻着什么，要对他们讲。可是他放弃了，他的声音低得几乎听不见：“我该走了。”

但是，接着他又想起来了：“对了，我知道我想说什么了。刚才忘了说了，还有一样，小贩的新鲜玉米，那些香喷喷的煮熟的嫩玉米。你知道的，小贩挑着捂在热锅里的熟玉米，一路叫着：‘珍珠米，珍珠米！’”他摇了摇头：“没了。”

“现在过了玉米的时令了。”

“我告诉你，不会再有了。”他转身朝着门口走去。河面上，响起了一声低沉的悠长的汽笛。

“我们送你回家吧。”托马斯说道。

但是，林鸣举手制止：“我没事，明天见。妹妹，我们找个时间去虹口。”

“我会给那位编辑打电话的。”托马斯说道。

这个时候的林鸣已经半醉了，但他还是能够体面地戴好了帽子，稳住脚步走出了餐厅，下了楼去。

她的手轻轻地放在他的膝头，托马斯感到身上如同触电般颤了一下。“我知道，我来去都没有事先打招呼，”她说道，“我根本不知道他们什么时候会把我送到这里，这对你来说不公平，实在对不起。有时候，我都不知道我对你的感觉，是不是对的。让你等待着我，我也不知道这个等待是否有结果，这不公平，我不知道我自己做得对不对。”她的声音变得那么温柔，“但是，如果你还要的话，我在旅馆里有个房间，而且……”

“那我们走吧。”他急促地说道。

后来，她躺在他的身边，看着熟睡中的他。她疼爱地看着他的手，那只灵巧的手，每一根手指都精美绝伦，现在这只手随意地搭在她的腿上。她把自己的手放在他的旁边，相比之下，她的手那么小，那么白皙，然而，和他的相比，又像是未经雕琢的璞玉一样显得笨拙。通过他的手，他能够表达出他所知道的一切，感受到的一切，在钢琴上，在她的身体上，在她的人生里。她属于他，每次她回到他身边，和他在一起的时候，她都深信不疑。

但是，她觉得头晕沉沉的，一切都没有确定的答案。她挪了挪身子，把头贴近了他。

这一次，她又把钻石留在了西安。

第二天中午，托马斯回到家，一进亭子间，他就看到林鸣正在仓促地穿衣服。

“宋玉花在哪里？”林鸣问道。

“她去路口那家老虎灶洗澡去了。”在托马斯可怜的中文词汇里，老虎灶算一个，在他手头有点钱的时候，“她说半小时就够了，然后她想和我们一起去新雅吃点心……”他猛地止住了口，因为，林鸣正在把他的东西往一个袋子里塞。“你在干吗？”

“我要走了。”

“离开上海？”

“离开中国。”他把口袋的拉带一收，一副决然的样子。“犹太人安置计划流产了。希特勒威胁蒋介石，蒋介石退缩了。十万犹太人的生命悬于一线，可是，只能这样了，他们没有活路了。”

“真的吗？”托马斯大声问道。

可是，林鸣没有回答他，他脸上绝望的神情已经说明了一切。

“可是……为什么要离开中国？”

“我在他们的名单上，下一个就是我了。孔祥熙刚给我发了电报。”

“什么名单？”

“还记得安恭根和梵斯派吗？就是我派往重庆运送资金和金条的那两人。死了，两个人都死了，他们在半路遭到了拦截。日本人要杀死所有参与此事的人。”

“那么在上海的人也会遭遇不测吗？”托马斯听到自己的声音因为恐惧都提高了，“安恭根和梵斯派会说出去吗？”

“不会的，他们都是很有经验的。而且，我听说他们是被杀手枪杀的。我知道你在想什么，你是在担心大卫和他的家庭。但是，请相信我，如果日本人知道他们的名字的话，他们早就死了。而且，安恭根和梵斯派在一个月之前就被杀害了，几乎就在他们刚到重庆的时候。所以，爱泼斯坦一家是安全的。”

“这么说来，你也是……”

“不，”林鸣的脸因为担忧而变得僵硬，颧骨显得很突出，那一刻，他更像他的爸爸了，“我已经为这项计划工作了两个月了，腾冲县的每个人都认识我。”

“我猜也是，再加上过去几天新闻报道的宣传……”

他们对视了一下，都会心地笑了笑，总算还有些事让他们感到欣慰。托马斯给鲍先生打了电话，林鸣联系了一批中文报刊，结果是日本人的河豚计划在媒体上被曝光了，没有一个犹太人愿意去往日本人统治下的满洲里。

托马斯吐了一口气，说：“那你要去哪里？”

“香港。”

“今天？”通常来说，当天票是不可能买到的，除非是头等舱，有时候，连头等舱也不能保证。

“孔祥熙和我父亲联系过了，大达轮船公司还是老头子的，公司的地盘是苏北码头，但是他们没有直接到香港的轮船，我要转道海门，然后去香港。”

“那你什么时候走？”

“过一个小时。”林鸣伸出了手，要和他握手告别。

托马斯没有和他握手，而是张开手臂紧紧拥抱了他：“我陪你去。”

“不，你会引起人们的注意的。”

托马斯只觉得嗓子眼发堵，他使劲地咽了一口，他在上海的根基，已经被抽走了。“你还会回来吗？”

“当然，这里是我的家啊！可是，只要日本鬼子一天不滚蛋，我要来，也只能悄悄地回来，你要记得这一点。”

“我会记住的，”托马斯说，他接着问，“那你要跟你妹妹告别吗？”

“嗯，我会在老虎灶那里停一下。”

在楼梯口，他们默默地站了一会儿。“谢谢你。”林鸣终于开口了。

“你说什么呢。”托马斯捶了他一下，他们都笑了。

“那好吧，”林鸣说，“那我们就用中文告别，再见，意思是，我们还会再见面的。”

“再见。”托马斯吐出了这两个字，然后，他看着他的朋友走下了楼梯。

森冈正在他的办公室里起草一份海军总部最高机密的电报，他的副将敲门进来，报告海军少将柴田弥一郎（Shibata Yaichiro）求见。

森冈迅速把电报文悄悄地放进了抽屉。弥一郎是日军海军特务部部长，他出生在中国，对中国非常了解，不过，森冈和东京之间的一些联系，他无从得知。

副将刚刚退出办公室，把门带上，弥一郎就叫了起来：“完蛋了，河豚计划完蛋了。”

“是因为西方舆论的压力吗？”森冈问道。自从中国的报刊对这项计划展开抨击之后，他就面临着外交上的麻烦。

弥一郎点了点头。“可是，报纸怎么会了解到这项计划的细节呢？”他不解地问道。

“别在这个问题上浪费时间了。”森冈的手指，把玩着办公桌抽屉的圆把手，抽屉里的那份秘密电报，是关于和德国人结成新同盟的条款，这比河豚计划可要重要多了，虽然，在他心里，很不喜欢这项新计划。在上海的犹太人属于他的管辖之下，就算现在和德国人成了同盟军，他还是希望这批犹太人能安然无恙。“就这样吧。”

弥一郎鞠了一躬，足跟一碰，离开了。

·9·

一九四〇年和一九四一年过去了，这两年，安雅·彼得洛娃过得很艰难。黑暗世界是个沦陷的城市，它不再吸引世界各地的男人，来到这里寻欢作乐，挥金如土。一九三七年秋天上海刚刚被日本人占领的时候，情况还没有很糟糕，后来，随着整个欧洲都陷入战争，愿意在女人身上花钱的男人越来越少了，在上海，似乎只有日本男人口袋里还有钱。

一九四一年的夏天，安雅和她的朋友李岚开始为高级日本军官服务，当然，她们是偷偷摸摸地进行这种营生的，毕竟，和入侵者交往，也会随时招来杀身之祸。她们独自前往闸北日军驻地，在秘密的地方和客人私会，但从来不和他们同进同出。不过，这些日本军官，对她们很客气，比后来在上海出现过数月的纳粹党人好多了，相比之下，她们更愿意和日本人在一起。

安雅自然是为了生计，但是，李岚却是出于完全不同的原因，所以她必须比安雅要小心百倍。她和日本人周旋，要冒着巨大的风险，因为她为抗日组织工作。

一九四一年十一月十五日，在闸北爵士夜总会，她们两人坐在日本人喜欢的榻榻米上。这间密室，用一道日式幛子纸移门和外面隔开，这道门挡住了好奇的目光，但不会挡住来自于大阪乐队的爵士五重奏。那天，李岚的客人是柴田弥一郎少将，日军的特务头子，他带了日军在上海的最高级官员，海军大将森冈正。弥一郎知道，森冈痴迷于爵士乐，所以，他预订了在这家夜总会和他共进晚宴，他还让李岚把黑发灰眼珠的安雅也带来，陪伴他的同僚。

然而，森冈看起来对安雅没什么兴趣，对音乐的兴趣却是浓郁多了。大多数时间，他用日语和弥一郎交谈，完全无视安雅的存在，弥一郎微微一笑，说：“他们都说你对爵士乐很痴迷，看来此言不虚啊。”

森冈不置可否地一笑，和着音乐的节拍，手指轻轻敲击着餐桌。

“可是，一旦那个时刻来临，这些都没有了，包括那些美国音乐家。”

森冈的脸轻轻地抽了一下，不过他很快就复原了。一旦开战，这里的美国人都不能幸免，是的，即使那些他喜爱的音乐家。“那就是他们的命了，”森冈冷冷地说道，“这是一场战争，战争就是意味着死亡。”他是一个军人，在战争面前，所有的一切都要让路，即使是他最喜爱的爵士乐。

他们的对话，安雅一句也听不懂，而李岚却不然，她的日语非常好。她的奶奶是日本人，小时候，在她北方的家里，一家人用的就是日语。不过，这是个秘密，是她要竭力隐瞒的，如果被弥一郎和森冈发现她听得懂他们说的话，而且在刻意记下他们说的每一句话，他们会毫不犹豫地掐死她。两个日本男人陷入了沉默，两个人喝起闷酒来了。

李岚在桌子底下轻轻地碰了一下安雅的腿，然后用英语说了句：“我们要去下洗手间。”安雅马上就明白她有话要对她讲，她们轻轻地起身退出。

走进洗手间后，关上门，李岚压低了声音说：“好像是要发生什么大事了。听上去是森冈早就知道了，可弥一郎才刚刚发觉。我听不出到底是什么事情，但是好像很严重，而且和美国人有关。”她顿了顿说，“如果我没记错，你以前有个男朋友是美国来的爵士音乐家吧？”

“会发生什么事情？”安雅知道托马斯还在上海，和一个犹太小提琴家一起表演节目。“他们说什么？”

李岚凑近了安雅的耳朵，声音低得几乎听不见：“我不知道他们在准备做什么，只知道和美国人有关，而且，很重大。”

安雅吃惊地张大了嘴巴，压低声音说：“那他们是不是计划袭击公共租界呢？他们应该不敢那样做吧，美国人会报复的……”

她们对着镜子补了妆，再抹了些口红，袅袅地走出洗手间，回到那两个男人身边坐下，脸上露出了职业的笑容。

那一年，阿隆佐和惠子决定在自己的公寓里举办一次美式感恩节晚宴，他们邀请了乐队里的老朋友，还邀请了大卫一家，委托托马斯转告。于是，托马斯去了虹口区爱泼斯坦的家里，向他们发出邀请，并且解释了感恩节的由来。

“因为战争，你们离开了家乡，来到了这里，开始新的生活，”他说，“这在某种程度上，就好比那些刚刚踏上美洲大陆的新移民。能活下来就是他们的胜利，这就够了。他们很可能会饿死，但是，印第安人帮助了他们。所以，他们用丰盛的食物来庆祝，大家坐在一起享用美食，表达感谢之情。这就是为什么会有这个节日。”

“这就是为什么你们会到美国。”大卫说道。

“是的。”

“可你们是奴隶，对吗？”大卫问道。

“有些家庭以前是奴隶……但是，这已经是过去的事情了，和现在无关，现在重要的是我们都在上海了，而且，在这里，你们三人拥有了你们的自由。”他的目光落在了大卫、马吉特和里奥身上，里奥现在已经是个五岁的小男孩了，看上去，他有和年龄不相称的沉静。“所以，请你们来和我们一起度过感恩节吧！”

结果，那天晚上他们一家都来了。当他们上了楼，走进惠子家的公寓时，他们都惊呆了。餐桌上，摆着惠子做的菜，餐桌正中是一只香气扑鼻的烤鸡，在中国，这已经最接近于烤火鸡了。不过，大卫一家吃惊的还不仅仅是这一桌子的食物，更令他们吃惊的是巨大的窗子。那天，主人把窗帘都拉开了，窗外是万家灯火。这种景象，对于在小房间里待了好几年的大卫一家来说，简直是星光耀眼的仙境一般。他们站在那里看了半天，兴奋地用他们自己的语言说个不停。看见他们这样，托马斯很欣慰。

他和大卫在一起度过了一九四〇年和一九四一年，在心里，他早已经把这个维也纳人视为自己的兄弟了。他依然时时为他们一家人的安危而担忧，虽然到目前为止，日本人对犹太难民的管制很有限，仅仅是只允许他们住在虹口区，现在，这个区的犹太人人口估计已经达到了两万五千人。纳粹曾经设法阻止犹太人进入上海的劳动力市场，可是没有多少人响应。曾经有部分雅利安人停止赞助雇用了犹太人的公司，可是他们的退出几乎没有造成任何影响。在上海，犹太人不仅活下来了，而且，活得挺好。然而，他们在欧洲的亲人却杳无音信，写去的家信也好像石沉大海，没有回音。托马斯知道，如果柏林的手臂能伸到上海的话，他们也会对这里的犹太人下狠手的。

可是，托马斯现在还有更直接的担心，那是安雅给他的警告。

前一天晚上，他从大华酒店（Majestic hotel）出来，安雅已经在门口等他了。"安雅？"他吃惊地叫道，他已经两年没见到过她了。

"老朋友，我们边走边说吧，别大惊小怪的。"安雅压低了声音，把她听到的向他转述了一番。

"可你不知道日本人要做啥？"

"不知道，只知道美国人会有麻烦。"

"我能看出有些事情在酝酿，我们都能看得出，可是没有人能洞悉未来。"

"这么说来，你应该离开这里了。"

"我也想啊，"托马斯握住了安雅的手，很自然的动作，过去的感觉立刻又回来了，"可是我不能，我没有路费。而且，我的朋友也没有路费，我也不能撇下他们。"其实，他在等待宋玉花，可是他没说，现在还不能说。

"我懂的。"她就说了这么一句，在下一个路口，她就告别了，好像和他一起走这一段路只是一次偶尔的相遇。

他还记得，他往前走了几步，从过马路的行人中穿过之后，才发现安雅已经不在身边了。现在，在感恩节晚宴之前，站在这扇窗前看着小巷人家的点点灯火，他心里对安雅也充满了感激。因为她冒着风险来警告他，虽然他也不能做出什么应对的行动。

餐桌都摆好后，他们都团团坐好，手拉手做了一个餐前祈祷，然后开开心心地传着菜肴开始吃起来了。

除了烤鸡，惠子还端上了晶莹的蒸米饭、味噌茄子、韩式辣白菜、煎鱼。吃完饭后，大卫取出他的烟斗，把烟丝塞进去，点上抽了一口。阿隆佐抱着吉他，弹起了十二音节蓝调旋律，那是发自胸臆的、完全无意识的曲调。托马斯舒服地后仰，靠在椅背上，静静地听着，感激在这一切之上，还有音乐的美好。阿隆佐和他眼神交汇，给了他一个微笑，那是属于老朋友之间的默契，一切都在不言之中，一切都坦然接受，一个微笑照亮了这么多年来一同走过的路，一个微笑传递着对今后的祝福：不用担心，生活自有安排，有一天，你会和我一样老。

欧内斯特打开他的乐器盒，他的那把次中音萨克斯，躺在陈旧磨损的天鹅绒上，他取出来，将簧片含在嘴里，湿润着它。继而，他开始吹奏，他的声音升到了阿隆佐的曲调之上，嘶鸣、呜咽，仿佛在抱怨着吉他的调子。最后，查尔斯拿出了他的中音萨克斯，也加入了合奏。他先是跟随着他的兄弟，形成了他们经典的三重奏，接着，贝斯的声音渐渐隐退，只剩下兄弟俩最拿手的演奏形式，两支不同音高的吉他一问一答，相互呼应。

这一刻，每个人都停了下来，里奥趴在妈妈的怀里，托马斯闭目靠在椅子上，惠子放下了手中的活。这一刻，在这个小小的公寓里，不存在种族和国家的区别，大家都在静静地聆听着这支蓝调。而上海，本身就是一支纷繁驳杂的即兴曲，就像这循环往复的十二音节蓝调，一次又一次地重复，没有尽头，诉说着生活中的一切可能性。

终于，大卫站起了身，打开了小提琴盒子。托马斯的心里，涌起了一股骄傲之情，他为大卫感到骄傲。因为，大卫总是跟他说，他永远也不可能拉出即兴曲的，他不敢去尝试，托马斯很能理解他。当他用下巴抵住钟爱的乐器时，他的心里都是忐忑，最初的几个音节，他用他所熟悉的方式演奏。

阿隆佐摇了摇头，说："重音的位置要改变。"说着，他在贝斯上示范了一下，把刚才大卫的弱音加重了。

大卫马上就听懂了，他重新开始，加入了他十分拿手的吉卜赛式的哀怨。过了一会儿，他已经能够抓住他们的迟疑，技巧地利用起他们留出的间隙。他用琴声回应着这样的空白，于是留出了更多的空白。

他想了一想，说："所以，你们降了三音和五音。"

"还有降七。"欧内斯特说道。

"看情况临时决定。"阿隆佐补充道。

大卫点点头，他优雅的小提琴声把这支曲调变成了一种奇异的组合，忧伤的欧罗巴风格。托马斯看到阿隆佐和欧内斯特交换了一个眼色，他们显然对大卫的音线很感兴趣。外面响起了零星的几声枪响，他们抬头互相看了看，随即又回到了音乐里，对于暴力，他们已经习惯了。

这支曲调，在欢呼和笑声中结束，托马斯倒了一杯酒，他是在场唯一没有加入合奏的音乐家，他说："现在该轮到我了。音乐是我的国度，你们是我的人民。"他举起了酒杯："这就是我的国家，就在这里：美国就在音乐里。我们刚刚证明了这一点，谢谢你们，我的先锋们。"他们举起酒杯，一饮而尽。

第二天，十一月二十八日，森冈大将走出了日本海军作战指挥部。在他的大衣里，藏着一个皮革文件包。走在路上，他的皮肤，能感觉到皮革的硬度。包里是一沓已被破解的文件。他需要离开疯狂涌来的电报，和喧闹嘈杂的下属，他需要一个人静静地想一想。数周之内，日本就会对美国发起攻击，他的部队，已经在上海全面铺开，一旦攻击开始，他随时会将上海紧紧收拢。在这个城市里，有数千名他的部下，还有数千人已经驻扎到郊外，将上海团团围住。最要紧的是，到时候他将迅速地控制住外国租界的海军和陆军部队，而他的第一个行动，将是控制住停泊在黄浦江上英国的"海燕"号浅水炮艇和美国的"威克"号浅水炮艇。然后，他会布置他的人，扫地式地排查市中心的每一条路，任何对抗力量都格杀勿论。到那时，你们连孤岛也没有了，统统都是我们的天下。

到时候，他要控制各盟国的外交人员，将他们都软禁在法租界的华懋公寓[①]。这些西方国家在中国的殖民统治从此结束，他还会将上海总会从英国人手里夺回，将它变成供日本军官娱乐的场所。还有，等他把汇丰大楼顶上的英国国旗换成太阳旗，他一定会把门前的铜狮子都处理掉，那狮子的脚都被迷信的穷人们摸得光溜溜了。

---

① Cathay Mansions，建于一九二七年，即今锦江饭店北楼，俗称十三层楼。

接下来，就要处置在上海的八万外国居民了，那些英国人、美国人，还有荷兰人，作为敌国的公民，他们在上海必须戴上编了号的袖章，禁止出入一切公开场所，包括餐馆、剧院和夜总会。他们的银行账号将会被冻结，他们的房产将会被没收。必须对他们严加管制，他们在中国的地位，还不如中国人。然后，到明年的一月、二月，他会把他们都赶出上海，关进集中营。他们在上海的豪宅公寓一律归日本人所有。

想到这里，他想起了那些美国音乐家，他那么喜欢他们，这让他心里有些难受。可是，他是一个将忠诚置于一切之上的男人，将这次最高机密的袭击行动泄露出去那是绝无可能的。

他深深地相信，日本对中国的接收，是一个高贵的举动。一百零一年之后，英国对中国的殖民，终于结束了。一个世纪以来，中国始终未能摆脱盎格鲁-撒克逊的统治，然而，只有在日本的帮助下，才终于做到了。中国最终将获得自由，得到照应，作为东亚各国自然天成的主宰，这个义务，必然责无旁贷地落在日本的肩上。强壮的，就要照顾弱小的，这才是正确的关系。

但是，今天收到的电报让他不安，这些电报来自于柏林。他坐进了轿车，让司机一直往前开。他隐藏在后座，想着他的心事，怎么办？他仰头靠在椅背上，车窗外，是灰色的冬日天空，马路两边的梧桐树排成了行，光秃秃的枝干在灰色的天空中划出一团谜语。轿车漫无目的地开着，开过了法国公园的外墙。

德国人显然已经忍了很久，终于爆发了。这么多犹太人能够在上海生存，在上海做事，家庭安好，还有了自己的社区。他们不能再忍下去了，必须采取行动了。面对这种责难，他以前总是回一句：上海是在日本的管辖之下，和德国无关。可是，现在的情况不同了，他在承受压力，这种压力，来自于柏林。

他感觉心里压上了一块大石头。他们的袭击计划将要把全世界都卷入战争的漩涡，在这样的时刻，和德国交恶是不明智的。可是，上海属于日本，而这个以色列的族人在上海活下来了，这让他怎么办？难道要剥夺他们工作的权利吗？还有，那些富有的西班牙犹太人又该如何应对，像沙逊和嘉道理，他们的家族，从十九世纪就来到了这个城市，现在已经成为上海滩的风云人物。显然，他们是不属于今天的电报中提及的处置对象。他的手，不由得去摸了一下贴在胸口的文件包，那个文件包还好好地藏在大衣的内袋里。这件事，是不可能做到的。

“右转。”法国总会就在前面，他知道，每个礼拜五的下午，托马斯都会在这里的大堂里演奏，他们的身后，精美堂皇的黄铜雕花扶手盘旋而上。音乐安抚他的心，让他平静。“等着我。”他说着下了车。

他一直在想着心事，根本没有在乎旁人看到他时，一副惊慌失措的模样。他走进大堂，静静地站在那里听了一会儿。音乐在大堂里回荡，拂过光亮的镶嵌花瓷砖地板。听到这旋律，他又找回了自己。小提琴和钢琴的声音安抚着他，他往前走了几步，坐了下来。

一曲一世界，森冈被这支曲子深深感动。他叫过一个佝偻着背的中年侍者，侍者在他面前吓得发抖。

“什么名字？这个曲子。”森冈问道，侍者一转身就颠颠地跑去问了。平时，托马斯和大卫在演奏的时候，总有人会跳起舞来。不过，今天，听众们也都和他一样，坐在椅子上、沙发上，静静地聆听着。他闭上了眼睛，感受着音乐的纯粹和澄净。在静穆中，一切都变得清晰起来，盘踞在他心中的巨大迷宫，他找到了出路。他会做出正确的决定的。

乐曲结束了，琴声渐落，他睁开了眼睛，看见大卫·爱泼斯坦，那个犹太人，正在一张纸头上写着什么，然后交给了侍者。接着，托马斯接住了他的眼神，给了他一个不露声色的颔首，他回以浅浅的一鞠躬。无论是否会发生战争，他都从心底里尊敬他们。

一会儿，侍者又跑到了他身边，递纸条的手抖个不停，大将给了他一个铜板，将他打发。森冈打开了手中的纸条。

莫扎特　降B大调小提琴奏鸣曲　作品四五四

他的嘴角，浮起了一个不易觉察的微笑。莫扎特的音乐是欧洲文化的巅峰，而他刚刚听完了一段精彩的演绎，通过眼前这位犹太人。这支曲子是莫扎特在二十八岁那年写给他爱慕的意大利女提琴家，同台演出时，已婚的莫扎特用琴声传递心底的隐秘，那段慢乐章是钢琴和提琴的悠长对话，细腻而优雅，伤感而饱含激情。音乐慢慢渗入森冈的心底，对于他来说，答案已经很清楚了，纳粹施加的压力，已经超越了他们的权力范围。

当他听完第三支曲子，答案已经不能更清晰了。那是一支小快板，灵光闪动，节奏轻盈，结束时，听众报以热烈的掌声，在掌声中，他站起身，走出了大堂。冬天的阳光温和暖人，他解开大衣，触碰到那个文件包时，他的心里很平静。心里的焦虑，已经被刚才的琴声抚平。

至于如何对待他的犹太人，他不会被德国人牵着走。

在北方的延安，关于上海的消息如潮水般涌来。上海已经被日本人团团围住，在这个城市里，唯一还没有置于日本人统治之下的区域就是孤岛，也就是公共租界。因为，华界已经沦陷，而法国成了纳粹的附庸。在延安，大家都一致认为，种种迹象表明，针对公共租界的袭击已经不可避免，再没有其他的可能性了。

然而，那些不幸的西方人却没能引起太多的同情，毕竟，他们都被认为是帝国主义者。这些有关上海的新闻给宋玉花带来了恐惧，可是她无处可说。

她只能独自默默地为托马斯担忧。宋玉花已经两年没有回上海了，上一次他们三人在上海分手，还是一九三九年。他可能已经不在上海了，或者他已经有了别人，不再想见她了。但是，在她的内心，她直觉托马斯还在等着她，她必须回去提醒他。

她鼓起勇气，走进领导的办公室，请求回上海探亲。

“你在上海有家?”吴国勇翻看着她的资料，有点不相信：“资料里没有提起。”

“是朋友。”

“是外国人。”他说道，她默不作声。

他把手中的资料又翻了几页，说：“你从来没有请过假，现在，既然你的家人面临危险，我们当然放你的假，不过……”

她只是看着他，目光没有退缩。

他的手指在资料上敲了一敲，叹口气说：“你知道，现在回上海非常危险，值得吗？”

“值得。”她就说了两个字。

他看了她一眼，说：“你在这里进步很大，我看到这份报告说，保定那个村里的孩子们很爱戴你。”

“能为这里的人民服务，我感到荣幸。”她不假思索地说道，脑海里浮现出梅花的脸庞，本来，这个礼拜天她要去教书的，这个姑娘会等她，一整天都会等她。

“好吧。”老吴说着，在请假条上写了同意两个字。

第二天，她到了西安，这一回，她径直走向离八路军联络处不远的那个庙宇。

从外面看，这座庙宇和她第一次见到时一模一样，可是，四年过去了，任何事情都可能发生。也许，钻石被别人发现拿走了，如果是那样的话，那就是命了。她走进了大殿，在蒲团上跪了下来，闭上眼睛，让自己的心绪平静下来。无论钻石还在不在，我都能接受。梅花，对不起了，我不能再教你了。僧人走了进来，他的脸庞平静如水，没有一丝感情，他已经完全不记得她了。等他离开后，她独自走进了空无一人的后院，慢慢地走近了那堵墙。她的心，在怦怦地跳着，她找到了藏着钻石的那个位置，上面长满了青苔。

她拿出一把小刀，凭着记忆，轻轻地撬动一块青砖，手在不听使唤地颤抖着。青砖松动了，她小心翼翼地将它抽出来。那个小布袋，就是砖洞里，依然完好地躺着。菩萨保佑，她心里叫了一声，取出了布袋后，她把砖头塞了回去。

回到大殿里，她又跪了下来，心还在乱跳。现在，她想好了，她必须要做决定了。但是，首先，她就要带着这些钻石，离开这里了。

不知道多少次，她设想着把这个小布袋放进他的手心里，那会是在什么地方呢？也许，是在轮船上，当他们漂荡在太平洋上。也许，是在大洋彼岸，当他们终于抵达了美丽新世界。无论在哪里，她都愿意，想象都让她满怀欣喜。她一遍一遍地设想着，就像一部电影，在她的脑海里一遍一遍地放映，也像一个梦，她一遍一遍地回到那个梦境里。这是她心灵的避风港，在那里她得到了抚慰。现在，她就要去追随那个梦境，她坐上了从西安出发的二十一次火车，一声长鸣后，火车头突突突地喷着蒸汽，向着上海开去。

秘书的突然闯入，让森冈很不快，可是秘书的表情比他还要痛苦："实在抱歉打搅您，大将。那个德国人来了，盖世太保上校梅辛格，他坚持要见您本人。我拦不住他，他现在就等在外间。"

"什么？他已经在上海了？"这是礼拜一的上午，他才看完一半来自于东京的电文，其中的几份电文中提到约瑟夫·梅辛格将要来上海，就犹太人的问题和他展开讨论。可现在，未经邀请，他就已经……

现在，他已经被堵在办公室里了。"带他下楼，请他在东厅等我。"他冷峻地说道，"我们谈五分钟，你就进来。"

他起身离开书桌，翻看日历，这是一九四一年十二月的第一天。他深深地吸了一口气，闭上眼睛让自己平静下来，心头回响起莫扎特小提琴奏鸣曲的旋律，那是几天前他刚刚在法国总会听到的。他必须表现得平静而正常，保持一个长江口岸作战总指挥官应有的沉着和冷峻，他们的计划将如期实施，不能让梅辛格看出一点破绽。

森冈大步走进了东厅，这是一个空荡荡的大厅，厅里没有任何布置，也没有烧炉火。站在这个冷飕飕的大厅里等着森冈，梅辛格感觉很不舒服，但是他一点都没有表现出来。他一头金发，身材健硕，甚至可谓壮实，如果不是那张淫荡放纵的嘴，他算得上是美男子。

"大将。"看到他进来，上校很愉快地叫道，好像他们是平起平坐的军人。

森冈心里一阵不快，但他一点没有流露出来。他的声音平和，用简单的英语和梅辛格对话，而没有用德语翻译。他不想冒任何风险，使得他的话被另一个人重复转述："请问，您来此有何贵干？"

"我此行有个秘密使命，是代表我的政府，拜访你的政府。"

"请长话短说。"

听了这话，梅辛格吃惊地眨了眨眼。森冈的冷淡终于渗入了他对自己人种骄傲的壁垒。"我来找你，是为商量有关我们的犹太人的事情。"梅辛格加了一句："德国的犹太人，在上海的那一批。"

"你们的犹太人？德国的犹太人？"

“对，他们在上海有两万五千人。”

“他们是无国籍人士，你们已经注销了他们的德国国籍，对吧？”

“是的，但他们依然是我们的敌人，现在，我们已经有了一个新的计划对付他们。这个计划将会在下个月的万湖会议上最后确定，但是，我们已经准备好开始建集中营了。我们会处理所有在欧洲的犹太人，现在只需要你配合我们处理一下其中的一小部分，也就是在上海的犹太人。”

梅辛格凑了过来，他身上散发出一股欧洲人身上特有的奶味，这股味道笼罩了森冈。臭奶油味，森冈在心里暗暗嫌恶了一下。“你想要怎么样呢？”

“靠你去杀了他们。”

森冈直视着梅辛格：“都杀光？”

这个壮硕的白种人傲慢地回视着他：“这并不难。在犹太新年，他们都会去教堂做礼拜，这种时候，你就可以把他们一网打尽，赶到船上，不给他们吃的喝的，让他们饿死在船上；或者，在崇明岛上建一座集中营，把他们关在那里，用他们做医疗实验。”

森冈已经不想掩饰自己的厌恶了：“为什么呢？”

“因为他们必须被清理干净，一个不剩。”梅辛格很冷静地说：“所以，我们不能落下在这里的两万五千人。”说这些话时，他的口中又喷出了一股酸败味：“你明白的。”

森冈别过脸去。就在接下来的二十四个小时里，他将有七千名海军乘坐战舰抵达上海，他在上海已经布下重兵，严阵以待。

他马上要指挥打一场惊天动地的大仗，这个时候，他何必要去杀那几个犹太人？

“你什么时候会给我答复？”梅辛格问道。

“你等着吧。”森冈冷冷地回答。在他心里，早就有了答复，几天之前，在他听着莫扎特的时候，答复已经在他心里生根。你不可能杀掉我的犹太人，如果你想取他们的性命，有本事你就来上海，从我的手里抢吧。

只剩下不到一个礼拜，就要发动袭击了。

宋玉花在这个月的六号礼拜六抵达上海。她先去了外滩，在一条小巷里，找了一家珠宝商。店主是个皮肤黝黑的锡兰人，看着眼前这个一副乡下人打扮的女人，拿出一粒价值不菲的钻石，他的眼睛连眨都不眨。有钱人的种种怪相，他看得多了。他是这种秘而不宣的钱货交易的专家，当他把钱数给宋玉花的时候，他故意显得没有一点好奇。

走出珠宝店后，她融入了人群之中。她穿着一件最普通的棉衣，连日的奔波，衣服脏兮兮的，走在路上，没有人会多看她一眼。上海的郊外，正经历过又一轮的炮火摧残，大批难民涌进了城里，宋玉花看上去就像他们中的一个。这对于她来说是很好的掩护，让她感到安全。可是，在汇中饭店，她就遇到了麻烦，当她向门口的红头阿三打听托马斯和大卫时，遭到一顿呵斥，赶下了台阶。幸而马路对面华懋饭店的门卫是个好心人，告诉她他们第二天将会在礼查饭店演奏。

礼拜天下午，宋玉花赶到了那里。英国门卫看了她一眼，就抬手作势要赶她走。她迅速地将一卷钞票塞到了他手里，门卫还算机灵，没再拦着不让进。循着琴声，她看到了他们，在大堂的一侧。她的心里，又涌起了第一次听到他的琴声的感觉，他的琴声，带着她所有的感觉，高高飞翔。超越了生活的本身，充满惊喜，充满意外，然而又让她感到踏实。

可是，琴声突然停止了，那是因为他看见了她。他们对视着，目光穿越了酒店的大堂，大堂里一时安静了下来，所有人都看着他们。

托马斯急忙朝她跑过去，大卫跟在后面。"你都好吗?"托马斯焦急地说道，他的手抚摸着她肮脏的脸颊，好像在他们之间，并没有两年的分离。

她把手覆在他的手上，"我没事，这个样子，在外面行走更方便一些。"她环顾着酒店的大堂，在这个石柱矗立的富丽堂皇的大堂里，有很多衣着华贵的白人。你们都不知道马上会发生什么。"我们等下找个地方说说话吧。"

只剩下三个人的时候，她神情严肃地对他们说："据我们所知，在近期之内，日本将会对上海发起一次猛烈的袭击。"

托马斯和大卫对视了一下，"我们见到了很多士兵，"托马斯说道，“还有，我也听到了一些风声。”他在想着安雅对他讲的话。

“还有更多的士兵，你没有看见。”她说，“在上海的郊区，起码有五千名士兵，把上海团团围住，严阵以待，随时准备发动进攻。我之所以赶到上海来见你们，是因为我的上级说这次袭击是针对公共租界，也就是孤岛，袭击随时都可能发生。”

托马斯和大卫陷入了沉默。

“那就意味着英国和美国将会受到攻击，”她说道，“所以，以你的身份，现在留在上海太危险了，很可能死于日本人之手，或者被关进他们的监狱。你不能冒这样的风险，你明白吗？你必须离开，现在。”

“那么大卫和他的家人会怎么样？犹太人有危险吗？”

“这次的袭击不是针对他们的。他们已经处于日本人的控制之下了，这次日本人会放过他们，就像他们对法国人那样。现在在上海，只有英国和美国有兵力驻守孤岛，所以他们才是日本人的目标。”她顿了一顿，决然地说：“你必须离开。”

“可我走不了。”托马斯说道，“我没有钱，路费不够。”

“但是我有，今天晚上九点半有一艘开往旧金山的船，我去弄船票。”

“别开玩笑了，你哪来的钱买船票？”

“我有，我会帮你。”她的眼神平静地看着托马斯，然后又转向大卫：“如果你想离开的话，也可以，包括你的家人。不过，我相信你们在上海是安全的。”

“你太好了，可是……”他抬了抬手，手里还握着小提琴，“如果我们坐船到了美国，美国人就会把我们遣返到德国。不，我们还是留在这里吧。”他转向托马斯，张开双臂，拥抱了很久，谁都没有说话。“谢谢你。”终于，托马斯开口说道，可是，大卫不要听这样的话，就像那时候，托马斯不要停林鸣这样说。

他转向宋玉花说：“你和我一起走。”这已经不是个问题。

她深深地吸了一口：“是。”那些钻石，在她的口袋里。可是，为什么一个是字卡在她的喉咙里，说出来会那么难？

他握住了她的手，“可是，还有一个问题，”他说道，她看着他，等着他说下去，“我不能扔下我的兄弟们不管。”

“那就带上他们！现在几点了？”

“差不多七点三刻。”

“去叫他们。”

“宋！你能买几张票？”

“你有几个人要带？”

“三个，他们还有五个乐队伙伴，所以……”

“把他们都带上，”她说道。

“你能肯定你可以……”

“赶紧吧！我们在百老汇路[1]口的老码头见面，九点半会准点起锚。去吧，说服他们，让他们相信你。”她轻轻地推了他一下，让他快点走。

在雷都的前门，他跟塔玛拉先生解释了几句后，很快就进去了，这个澳门来的大堂经理，干瘦，高个子，一套西装穿在他身上晃晃荡荡的。巨大的舞厅里，挤满了人，他从侍者和舞女中间穿插过去。这个地方，曾经在他的眼里是那么宏伟，这个带包厢的大厅有两层楼那么高，两边的包厢一排到底，和大厅等深。可是，现在都结束了。

他焦急地等待着，终于一支曲子结束了，他悄悄地走近艾尔·韦利，低声说道：“请你让乐队暂停一下，有紧急情况。”

艾尔瞪大了眼睛：“兄弟你算老几啊？我们还有三十分钟才会场间休息啊。”

“要出大事了。”他用眼睛示意了一下外面，说：“我必须要告诉你。”托马斯严肃的表情镇住了艾尔。艾尔让了步，挥手示意乐队暂停一下，乐手们纷纷围到了F.C.斯托弗的钢琴边，听取托马斯的解释。

“狗屎！”托马斯一说完，艾尔就叫了起来。

“千真万确。所以，现在每个想走的人都可以拿到船票，今晚就走。”

“是你哪个朋友说的？林先生吗？”

“不是，林先生现在还在香港。”

---

① Broadway Road，现大名路。

“我知道，”欧内斯特说道，“一定是他的妹妹，一位高贵的女士。”托马斯的表情肯定了他的猜测。

“上帝啊！”阿隆佐问道，“那她自己也和我们一起走吗？”

就在这个时候，一旁的艾尔大叫了起来：“现在都听着？这一切都是空的，和礼拜天上午的杜松子酒瓶子一样空，你们不要相信他。”他的眼睛从他的乐手们身上一个个扫过去：“你相信吗？”

大家你看看我，我看看你，一时不能确定。他们都看到了越来越多的日本军人，但是大家都有自己的猜测和解释，直到今晚。

“我已经养了你们很多年了，”艾尔瞪大了眼睛，看着这些乐手，“可是你们却要听他的？他的脸都没有我们的黑，他演奏的是欧洲音乐，和那个德国人一起。每个星期，每一天，哼，经典！和一个可恶的德国人！”

“一个犹太人，”托马斯冷静地回答道，“从奥地利来的德国人。”

听到这儿，艾尔手一挥：“别相信他的，他已经不是我们的人了。”

“他是的，我们是一起的。”欧内斯特说道。

托马斯举起手来，他思忖了一会儿，说：“这和我演奏什么音乐没有关系，和我是什么人也没有关系。我们都是为了同一个原因来到这里，我也从来没有想要离开。可是，如果日本人攻入孤岛，孤岛就会沉入深海，无影无踪。你们根本不可能演奏了。今天晚上，在这一切发生之前，我们有机会离开这里，我们所有人。”

“狗屎。”艾尔又骂了一句。

没有人接口，这句话就像一滴水消失在沙子里。终于，阿隆佐悠悠地开了口。“你总是这么说话，你就说吧。你管好你自己，我就不奉陪了。”他站了起来，舒展了一下腰身，仿佛是要将过去的许多年一起卸下，“我要去拿我的贝斯了。”

托马斯一时间感激得几乎要晕过去，关键时刻，这位老友总是一如既往地信任他。

“我们也要走。”欧内斯特和查尔斯把他们的乐器也放进了琴盒。

“听着！”艾尔咆哮起来，“你们中的任何一个人，只要到了那个码头，去坐那艘胡诌出来的轮船，你们就别想再回来了。明天这儿就没有你们的位置了！”

“艾尔，”托马斯说，“你也和我们一起走吧。”

“我看你是疯了。”韦利冲着他吼了一声之后，转向他的吉他手艾尔·韦斯特：“你怎么说？”

“我不走。”韦斯特干脆地回答道。

他又把眼光落在了低音吉他手雷金纳德·琼斯的身上：“那你呢？”

琼斯摇了摇头：“想让我离开我的菲律宾甜心，这个理由还不够。”

“斯托弗，你呢？”艾尔问他的钢琴家：“你要走吗？”

斯托弗很坚定地说：“不，我和你一起留下。”

托马斯的心沉了下去，他的眼睛再一次在五个要留下来的人身上逡巡：“你们确定？”

没有人说话，时钟在嘀嗒地走着。托马斯的耳边响起了林鸣的声音，身在香港的老朋友仿佛这会儿就在他的耳边，对他说着一句中国的谚语：寸金难买寸光阴。此刻，他的理解是，每一分钟，都是金子换不回的生命时刻，该走了。

他转身往外走去，他们四个人在沉默的大厅中穿过，穿过那些等待着音乐重新响起的人们。当他们走到大街上的时候，托马斯才回过头，看着阿隆佐的眼睛，问道：“那惠子呢？”他知道，这个时候，对于阿隆佐来说这是最悲惨的问题。

“别提了……”这位年长的黑人阴沉着脸，从喉咙深处吐出了一句。他们急急忙忙地朝他们的公寓跑去，幸好离这儿不远。

托马斯等在外面，他们三人急匆匆地跑到了楼上，兄弟俩抓了一些日用必需品，阿隆佐去和惠子告别。

“你怎么什么都没带。”下楼后，欧内斯特看着托马斯说。

“我带上了我的音乐。”托马斯拍了拍他的公文包。

阿隆佐是最后一个下来的，他的脸色阴郁悲伤。可他们谁也没说话，一起沿着麦底安路[①]朝着爱多亚路跑去。

赶上了有轨电车后，托马斯一路都在焦急地问时间。终于，电车在靠近外滩的站头停下了，他们跳下了车，手里都拎着他们的乐器，那时已经是九点一刻了。“还是从外白渡桥上走过去更快，可是我们

---

① Rue Vincent Mathieu，现山东南路。

不能跑，那样目标会太大。”虽然心急如焚，他们还是以正常的步行速度前行，他们经过了渣甸洋行、加拿大太平洋铁路，还有英国领事馆。四个身穿便服的美国音乐家，在一个礼拜天的夜晚，拎着乐器在外滩匆匆走过。终于，他们来到了桥边。

“站住！”一个日本卫兵冲着他们喊道。

他们停下了脚步。

“鞠躬！”另一个士兵用日语大声叫道，这句话他们都懂，现在，只要过这座桥，谁都要向皇军鞠躬。阿隆佐一只手拎着装在盒子里的低音贝斯，他尽可能地平衡住身子，鞠了一躬。

可是还不够，一名士兵走上前来，用来复枪的枪托猛击了一下，阿隆佐一个不稳，踉跄着倒在了地上，他的低音贝斯撞击出一阵噪音，那是琴弦和木头共振的声音。

“什么东西？”士兵弯腰查看这个庞然大物，吃力地拎起来，使劲地摇了一摇。

“别！”阿隆佐请求道，“请别这样摇，里面只是件乐器……”他跪了起来，挪到琴盒边，说：“看吧，我打开给你看，好吧？”他慢慢地打开了琴盒，动作格外小心翼翼。他的手指修长灵活，现在，这双手打开了琴盒，不是因为要拿出来演奏，而是因为有七把插着刺刀的来复枪都对准了他的脑袋。

士兵们都探头看着，眼前这比人都高的乐器让他们觉得很新奇，他们兴奋地说着听不懂的话。“听着，伙计。”阿隆佐又恢复了一贯的平静，他取出了乐器：“我给你看看。”他把吉他立在尾钉上，很熟练地一转，贝斯服帖地倚在他怀里。士兵们开心地笑了，但是他们的枪还是端着，阿隆佐右手轻轻拨动琴弦，低音贝斯在他手中发出了一串流畅的音符。

“你可以走了！”一个士兵挥了挥手，阿隆佐一手抓起琴盒，一手一把攥住琴颈，迫不及待地离开了关卡。四人急匆匆地小跑起来，一路上还为刚才有惊无险的恐慌笑了一阵。他们能看到对面的德国领事馆和俄国领事馆，还能看到百老汇大厦深褐色的砖墙。

教堂的钟声响了，九点半！

太晚了太晚了太晚了。他们上气不接下气地奔跑着，从礼查饭店的右侧抄个近路，前面就是老码头了。“就在那里！”一转弯，托马斯叫道，在他们面前，突然就出现那条轮船，漆黑的船身兀立在他们面前，水手们正在一圈圈松开锚绳。

宋玉花站在岸边一个木桩瞭望台，焦急地上搜寻着他们的身影，终于，她看到了他们朝这里跑过来，终于松了一口气。他们在巨大的轮船前停下了脚步，也在寻找着她。这里的江水很深，船只都停泊在锚位里，而不需要驳船运送。

她看见他们睁大了眼睛，四下里看着，焦急地寻找着她。她数了数，包括托马斯在内四个人，定定心，她又数了一遍，四个人。

选择生命，还是爱？

她把船票打开成扇形。她总是需要选择，为什么命运总是在逼迫她？但她年轻的时候，是她的幸福，还是家庭的生存，不能兼得。现在，是做一个爱国者，还是一个女人，还是不能兼得。

而四个男人就在下面等着她。

就在这时，她听到从下游传来一声低沉的、悠长的汽笛声，从她站的地方，她可以看得很远。在夜色中，她努力地辨识着。她看见了，在江面上，有什么黑东西在越来越近，是大东西，渐渐地，她看清了，那是一艘巨大的战舰，在它的后面，还有一艘，两艘，不，是整整一支舰队，从远处开来。

也许，袭击就在今晚。

她的心里，突然烧起了一把怒火，她曾经有过这样的愤怒，对她的父亲，对杜月笙，对那些让女人们抬不起头的男人，像梅花这样的女人，也像她自己这样的女人。望着这支慢慢移近的舰队，她明白了，如果没有这种感觉，她就会枯萎，就会死去。她会冷却，那么，他也会对她冷却的。

她抽出了四张船票，手一松，任由剩余的船票飘落，落到了下面黑色的江水里，然后消失了。“托马斯！”她叫了一声。

他抬起头看见了她，全身的关节瞬间都松弛了下来，兄弟俩高兴地欢呼起来。在舷梯尽头的水手们在等待着他们。

一秒后，她扑进了他的怀里。“谢谢你！”他上气不接下气地说道。

“拿着，”她把信封递给了他，上面盖着日期，一九四一年十二月七日，“可是，只剩四张了。”

她的话，他听懂了。“你要回到北方去。”

她点点头：“我现在不能离开，还不到时候，你知道的。”

“就像你也知道，我不能落下他们自己走。”

“对，”她轻轻地说，“患难见真情，但是在我的心里，我从来就知道你是这样的人。”他们拥抱在一起，直到一声尖厉的汽笛声把他们惊醒，他们蓦地分开了。

“等到……”她急切地说。

他制止了她：“什么也不用说，只要你为我活着。”

“我会的。”他能感觉到她的手伸进了他的大衣，她把什么东西放进了他的裤子口袋里。

“你走吧。”她的声音颤抖着。

“尾巴！”查尔斯大声地叫唤着他。水手们正在准备收拢舷梯。而现在，他也能看到了，就在他们的身后，在夜色笼罩下的江面上，那是什么？他捧住了她的脸。“再见。”他说道，那是林鸣教他的，她悲伤地点了点头，把他推开。就几步路，他登上了被海水浸泡过的舷梯，那里有他的兄弟们，他们身后的美国，还有他们的音乐。而同时，他也看到了江面上的第一艘战舰，战舰上没有一盏灯亮着，它缓缓地越来越近，悄无声息。

“快走。”他说道，跟着他们登上了舷梯。

那天晚上，我看着他们的船冒着蒸汽，缓缓地驶离了码头。当他们的船和第一艘军舰擦肩而过的时候，我相信他们一定能看见军舰上成排的士兵，他们端着来复枪，刺刀在夜色中闪着寒冷的光。我躲进了阴影里，不让他们看见，只是在心里为他们的那条船祝福。

我也可以离开，选择走一条更平坦、更安逸的道路，或者，去香港。但是，我属于这场战争，我已经身在其中，所以，我要回到北方去。在那里，我有美好的记忆，直到有一天，风向改变了，吹走了我所有的一切。我是一个受过西方教育的翻译，看得懂英文书，听得懂外国音乐。也许，一个又一个人站出来说我是间谍，那是不可避免的结果。现在，我被独自关在一个小小的牢房里，孤独是对我的惩罚，挨饿更是家常便饭，还有，我必须朝左侧躺着，面对着牢门，这可真是个天才的想法，他们还规定，我必须露出双手。在我的右侧，是一个天堂，那里有吟唱着的天使，每天都在我的梦里出现。连托马斯也在那里，等待着我。但是，我回不去了。

除此之外，我是自由的，因为我的思想是自由的，它带着我，在记忆之廊里漫游，去探访每一个角落，那里有过美妙的世界，不复存在的世界，我们称它为夜上海。

·后记·

就在那天的凌晨，三点不到，日本人袭击了珍珠港。而数周前日本人在上海及周边地区的人员增加以及战备活动引发了恐慌和猜疑，很多人因此离开上海。但是，艾尔·韦利留下了，他和他的乐队伙伴们先是被拘禁在浦东，后来又转移到潍县集中营。无论在哪里，他们都设法组织乐队，人手不够时，一人演奏多种乐器。可是，他们中有人没能熬过去，韦利的钢琴师F.C.斯托弗就死在了集中营里。有传言说，韦利的手被人剁掉了，不过，有资料显示，他在战后一直生活在美国，至少活到了一九六四年，在邮政局以及房地产公司干过。巴克·克莱顿在战争爆发之前就回到了美国，和贝西伯爵有过合作，他把在上海的经历写进了他的个人回忆录。泰迪·韦瑟福德的管弦乐队继续在二战时期的亚洲巡回演出，一九四六年，在加尔各答，他最后死于伤寒。在战争时期，阿龙·阿甫夏洛穆夫一直安安静静地生活在上海，后来，他移居美国，和他的儿子、作曲家兼指挥家雅各布·阿甫夏洛穆夫定居在俄勒冈州的波特兰市。

因为孔祥熙、孙科以及其他国民党高层的努力，一项犹太人的解救计划几乎就要成功，按计划，十万犹太人将会在云南安家。大卫之剑联盟的确派出了意大利籍犹太人阿姆莱托·梵斯派和朝鲜流亡革命家安恭根，给重庆运送现金和金条，但是他们都被杀害了。不久，迫于来自于柏林的压力，蒋介石否决了这项计划。而我们现在只能想象，如果一九三九年这十万犹太人在如今的中缅边境上安居下来，会有怎样的结果。而现在，这个计划只是历史中的一个小小装饰音符，淹没于历史的尘埃之中，这本书，将翻动陈年的记忆。

在上海的两万五千名犹太人躲过了一劫，他们中的很多人，是被驻维也纳总领事何凤山解救出来的，他所签发的数千份宝贵的签证中，很多是给家庭的。在一份上海犹太难民名册中，记录了这批难民的原住城市，证实他们中有大批人员来自于维也纳。何凤山死于旧金山，享年九十六。在以色列，他被授予义人称号。

日本人投降后，杜月笙回到过上海，但是，他的健康和他的权力都已走下坡路。一九四八年，他娶了第五任夫人，京剧演员孟小冬。一九四九年五月，当他最后一次离开上海时，身边有孟小冬和他的第四任夫人。

孔祥熙随国民党退避台湾，之后定居美国，死于一九六七年。

一九四一年四月，八百勇士的将领谢晋元被汉奸暗杀。十万上海民众自发悼念活动。

还有其他真实的历史人物，本书都尽可能地复原，他们中包括花旗阿根、老火鸦、大路易斯·理查德森、朱力耶·汉森 、多兰一家、赫尔·阿克曼、施瓦兹、申戈尔德、李滋罗斯爵士、戴笠、乔伊·荷马、艾尔·韦斯特、雷金纳德·琼斯、土肥原贤二、柴田弥一郎，还有张小姐——那位怀了宋子文的孩子，被杀死的舞女。森冈大将是个虚构的人物，但是，他的原型在上海时，的确顶住德国人的压力，拒绝杀害两万五千名犹太难民。

《夜上海》几乎完全基于史实，书中出现的众多人物都是确有其人，不过，值得注意的是，小说中的两个细节是在历史记录的基础上有所改动。其一，约瑟夫·梅辛格来到上海，执行消灭犹太的终极计划，时间是在一九四二年的七月，而不是一九四一年十一月。其二，在上海滩，青帮的势力范围非常之大，触角伸及贩卖毒品、赌博、卖淫、走私、向商号收取保护费等等方面，不过，在上世纪三十年代的上海，他们对俱乐部乐队的控制程度，也许没有书中表现得那么大。

宋玉花关进监狱的那些年，对于很多中国人，尤其是对有海外关系的中国人来说，是噩梦般的岁月。这一段历史，离我们故事，已经过去很多年了。宋玉花最初对革命事业的乐观的热情，在经历了反右运动、大跃进、大饥荒和文化大革命之后，或许会被浇灭。不过，在一九七六年之后的数十年间，中国再一次向世界打开大门，像宋玉花这样的人们又能重新找回属于自己的生活。当然，磨难虽然过去，伤痛却难以忘怀。

当然，杜月笙并没有一个叫宋玉花的契佣，也没有一个叫林鸣的私生子。不过，他的确认为像爵士乐这种西方音乐，对中国是有害无益的。在这一点上，共产党的观点也是一样，并导致了此后近三十年对西方音乐的抵制。在夏莲坊，引发了日本人突袭的《义勇军进行曲》，现在已经成为中国的国歌。上海，在时间长河中，不断改变。但是，她的经典形象，依然是夜上海。

·鸣谢·

……没有这些杰出的学者和历史学家的研究成果，这本书就无法面世，感谢他们：安德鲁·F·琼斯、保罗·德·巴罗斯、董碧方、安德鲁·大卫·菲尔德、傅葆石、李欧梵、卢汉超、潘翎、冈瑟·舒勒和罗斯·特里尔。

……他们曾经在那里，见证时代的风云。是他们记录下来的亲身经历，打开了一扇通往已经消失的昨天的大门，感谢他们：巴克·克莱顿、欧内斯特·G·海普纳、乔伊·荷马、李敦白、玛格丽特·斯坦利、德斯蒙德·鲍尔、雅各布和阿龙·阿甫夏洛穆夫、约翰·P·鲍威尔、W.H.奥登、克里斯多福·伊舍伍和兰斯顿·休斯。

……感谢奥古斯特·威尔逊基金会，允许我在本书中选用了《七把吉他》中的文句。威尔逊先生关于美国非裔生活的十部剧作，贯穿了二十世纪的每一个十年。感谢法拉斯特劳斯和吉洛克斯出版社，允许我在本书中摘录了兰斯顿·休斯《我漂泊，我彷徨》中的一个段落。感谢伦纳德音乐书店，允许我选用《恰恰好似你》中的歌词。

……感谢我的研究员助理聂本洲，他所发现的一份有关犹太人安置计划的资料，改变了整个故事的走向。他为我翻译大量的中文资料，挖掘历史事件的相关细节，他甚至设法让一家日本轮船公司的工作人员从资料库里找出了一九三七年的船票价格，并将信息电邮给我们。

……感谢凯文·琼斯、斯开普·瑞德、张克明和已故的麦克·透纳，一直催促着我；感谢来自世界各地的读者，他们的来信给了我莫大的支持和鼓励；感谢阅读并对我的初稿提出中肯建议的朋友们：瑞纳·格蓝迪、简·罗斯曼和梁伯驰。

……感谢小提琴家朱迪·鲁宾回答了我所有有关音乐方面的专业问题；感谢凯伦·克里斯滕森、史蒂文·沃林思对中国问题的真知灼见；感谢蒂娜·霍格给我寄来了一份她舅舅的日记复印件，日记中记录了他在上海孤岛时期度过的艰难日子。感谢德维尔·巴尔·贾勒，他带我参观了当年犹太人居住的街区和房屋。

……感谢我的编辑安德里亚·舒尔茨，耐心而专业地引导我领略创作的精彩和愉悦；感谢我的经纪人波尼·纳代尔，感谢她无与伦比的判断力，和宝贵的友情。

……感谢保罗·莫尼斯，永远。

还有本和路克，谢谢你们。这本书是写给你们的。

中文版后记

一九七七年，我第一次来中国出差，自此，上海不知多少回成了我的目的地。这座城市几十年来的变化，我都看在眼里，为之惊叹不已。近几年，上海的变化尤为神速，随着旧貌日益被新颜取代，记忆中的上海也日益远去，于是，我萌生了探索上海历史的念头。然而，虽然在中国经商十八年，接着又以中国为背景写了十五年的小说，但是，我此前从来不曾想过写一本有关老上海的小说，因为这个主题已经被讲述了无数次，它几乎成为了一种文体类别，有着固定的情景模式。

然而，一次，我偶然地读到了一本美国黑人音乐家的自传。上世纪三十年代，他应聘从美国前往上海，在那个东方城市的夜总会里演奏爵士乐。就在读完这本自传的那一刻，我想，我要写一本小说，关于上海的小说……这些与他同时期的音乐家来到上海后，获得了在美国所无法拥有的自由、尊重和机遇，于是，这些黑人音乐家在上海如鱼得水。而同时，他们也为上海的舞厅夜总会注入了一种新的声音，那就是爵士乐。一时间，年轻的爵士乐风靡上海滩。这种音乐，大量使用切分音，音符跳跃冲撞，混合了忧郁的蓝调。这种音乐，带着一点点危险，又带着一点点新奇，听着这种音乐，人们不由自主地会跳起舞来。这种音乐，即兴表演是它的独特之处，即使整支乐曲节奏紧凑，但依然留出了展示个人魅力的空间，每位乐手都可以来上一段独奏。在独奏中，他们可以随意发挥，所以往往给听众们带来惊喜。而对于乐手们来说，那是在舞台上的一次次探索，有一些冒险，又收获一份满足。

正是这种音乐，这种爵士乐，它所带有的隐喻，成为促使我撰写这本关于上海的小说的主要契机。上海就是这样的一座城市，她总有蓬勃的生命力，跳跃前行，左右顾盼，随性不羁。她接受新潮，创造摩登，她和爵士乐是那么合拍，有着天然的融洽。上海拥有爵士乐的气质，爵士乐表达了上海。

然而，在她的爵士乐时代，上海这座城市不仅散发出无尽的魅力，也蒙受了难言的痛楚。跨越于本书的那些日子，从一九三六年到一九四一年，降临于这座城市的，是战争，是勇气，是混乱，是危险，也是难以取舍的选择。那些年里，上海经历了太多，它是中国面对世界的窗口，它立于时代转折的节点。风云变幻，时局跌宕，它自然而然地成了众多小说的背景，情节的曲折变化超出了作家的想象。这本小说就是基于那个时代的真实故事，书中发生的一切，几乎都在现实中发生过。而且，除了四位主人公之外，书中出现的其他人物都是真实的，对他们的描写，也尽量贴近本相。在原版的后记中，还有对他们之后生活状况的简略交代。

本书用部分的篇幅，描写了一个刻在犹太人记忆中的上海。当年饱受纳粹迫害，几乎被全世界抛弃的犹太人，在上海找到了避风港。做前期研究时，我搜集了大量相关资料，而当时驻维也纳的总领事何凤山的义举，更是深深地感动了我。两万多名犹太人在最无助的时候，惊恐地涌向上海，免遭杀身之祸，很大程度上就是因为他的努力。更让我感到吃惊的是，我还了解到，当时国民党高官孔祥熙和孙科竟然力排众议，推出了一项在云南安置十万犹太人的计划。虽然这个计划最终还是流产了，但是，在内外交困的时代，中国出了这么一批人道主义义士，令人为之动容。本书中文版的出版，让这些尘封的往事公之于众，以文学的形式展示给中国的读者，这是我的心愿，为此我深深感恩。

在此，要特别感谢本书的译者余彬女士，作为一位专业的译者，对这本书，她所做的却不仅仅是语言上的切换。在翻译过程中，她和我不断交流，对书中的细节展开讨论，通过她的诠释、翻译，人物形象更加清晰，情感的交融更为自然而真实，时代感也更加鲜明。她常住上海，热爱上海，计划以走遍上海城区一千一百余条马路的方式，去探索感悟城市的前世今生。她的译笔，让上海美丽呈现，用语调，用情感，用不经意的细节。感谢她，让这本小说变得更好，我欠了她一份情。

尼克·莫尼斯

二零一五年六月于洛杉矶

译者记

听尼克说起她的《夜上海》，是在去年的初夏。她来上海，熟门熟路地住进了富民路上的一条弄堂里，我都不知道她是怎么找到这种只能住两三个人的小民宿的，只能说，对上海，她比我还熟。我们约了去杭州，在西溪的桨声欸乃中，她说起了刚刚在美国出版的《夜上海》。

早在二〇〇七年，我就在一个读书专栏里撰文介绍过她的《最后的中国大厨》，那是当时刚出版的一本畅销书。尼克的每一本小说，都是以中国为背景，意在探究中国的历史、文化和风情。当听说《夜上海》讲的是一位美国黑人爵士乐手在上海的故事时，我立刻有了兴趣。在上海的大街小巷，散落着大大小小的爵士酒吧，当暮色四合，华灯初上，这些酒吧开始开门迎客。客人来了一批走又一批，歌手唱了一曲又一曲，曲间休憩，长发的洋人贝斯手和客人逗笑调侃。这是特别的上海夜景，微醺中，让人产生年代的错乱感。而这本书，把我们带向了上海爵士乐文化的源头。书中展示的那个年代，上世纪三十年代，是正值华年的爵士乐的大乐队时代，乐队高手云集，阵容庞大，和现在的简单配器轻唱浅吟十分不同，那种气势，我们只能在书中寻觅。

三十年代的上海滩，看到这几个字，你会想到什么？是十里洋场，纸醉金迷？是旗袍软缎，灯红酒绿？是浪奔浪流，恩怨情仇？中国迷尼克放下了小说家的想象，钻进了史料传记之中，于是，有了这本关于美国乐手在中国的历史小说。不敢说，这本书是如何的另辟蹊径，但是，它有很好的补充，很好的角度，很好的挖掘。作者立足史实，力求还原本相的意愿深得我心。在这一点上，我和作者是不谋而合，而上海，也慷慨地满足了我们的愿望。

翻译这本书，是一次别样的工作经历。工作内容一分为三：一为翻译文本，二为考证史实，三为交流沟通。作为译者，我第一次逾越了权利范围，在和作者商榷探讨的基础上，对本书的某些局部细节，做了补充或改写。这个交流的过程，是饶有兴味的探索追问，也是中西方文化的温柔碰撞。举个例子，杜月笙喜欢让他的女人在发髻上别一朵鲜花，作者一定是对栀子花这种美国见不到的芳香馥郁的花情有独钟吧，她多次提到女主人公的发髻上别了这种花。我对她说，杜月笙不会让他的女人在头上别一朵白花的。她明白了道理后，立刻就改掉了。不过，我还是满足了她对这种东方花卉的偏爱，让男主人将一朵栀子花别在了一个俄罗斯女孩的头发上。呵呵，让那些外国人胡闹去吧。

必须提一笔的是，这本书吸引我的另一个重要原因就是对何凤山的描写，这位被称为“中国的辛德勒”的外交官，当年是驻维也纳总领事，在纳粹治下的维也纳，他以发放上海签证的方式，挽救了成千上万的生命。而对这段八十多年前的历史，他自己极少提起，直到上世纪末，在各方的努力下，他的事迹才呈现在世人面前。这本书，使得何凤山的形象第一次在文学作品中出现，而对这位传奇人物的研究，将会成为我持续的关注。上个月，因缘巧合，我来到了维也纳，找到了当年国民政府驻维也纳总领事馆的旧址。走在通往旧址的林荫大道上，想象当年血流成河的白色恐怖，不胜感慨。

作为一个在上海生活近二十年的新老上海人，在这个城市生活的时间已经超过了在家乡的日子，对这个名副其实的第二故乡，我总有一种去翻开其过往前世的冲动。感谢作者，让我有机会贴近了上海的旧时月色。她没有欠我一份情，我们扯平了。

余　彬

二〇一五年六月于上海

（京权）图字：01-2015-5017

图书在版编目（CIP）数据

夜上海 /（美）莫尼斯（Mones，N.）著；余彬 译. -- 北京 ：作家出版社，2015. 10

ISBN 978-7-5063-8271-7

Ⅰ. ①夜… Ⅱ. ①莫… ②余… Ⅲ. ①长篇小说 - 美国 - 现代 Ⅳ. ①I712. 45

中国版本图书馆CIP数据核字（2015）第206231号

夜上海

作　　者：［美］尼克·莫尼斯
译　　者：余　彬
责任编辑：丁文梅
特约编辑：宋迎秋
装帧设计：天行云翼·宋晓亮
内文版式：韩　捷
出 品 方：北京中作华文数字传媒股份有限公司
出版发行：作家出版社
社　　址：北京农展馆南里10号　　**邮　　编：**100125
电话传真：86-10-65930756（出版发行部）
86-10-65004079（总编室）
86-10-65015116（邮购部）
E-mail:zuojia@zuojia.net.cn
http://www.haozuojia.com（作家在线）
印　　刷：三河市紫恒印装有限公司
成品尺寸：150×215
字　　数：260千
印　　张：9
版　　次：2015年10月第1版
印　　次：2015年10月第1次印刷
ISBN　　978-7-5063-8271-7
定　　价：36. 00元